宁夏大学优秀学术著作出版基金项目

国家社科基金一般项目“中国当代杂文编年史”
（11BZW106）阶段性成果

宁夏大学优秀学术著作丛书

解冻与复苏：
1978—1982年中国杂文档案

王岩森／著

中国社会科学出版社

图书在版编目(CIP)数据

解冻与复苏:1978～1982年中国杂文档案/王岩森著. —北京:中国社会科学出版社，2015.11

(宁夏大学优秀学术著作丛书)

ISBN 978-7-5161-7024-3

Ⅰ.①解… Ⅱ.①王… Ⅲ.①杂文—文学研究—中国—当代 Ⅳ.①I207.67

中国版本图书馆CIP数据核字(2015)第262476号

出 版 人 赵剑英
责任编辑 郭晓鸿
特约编辑 王 彬
责任校对 韩海超
责任印制 戴 宽

出 版 中国社会科学出版社
社 址 北京鼓楼西大街甲158号
邮 编 100720
网 址 http://www.csspw.cn
发 行 部 010-84083685
门 市 部 010-84029450
经 销 新华书店及其他书店

印 刷 北京君升印刷有限公司
装 订 廊坊市广阳区广增装订厂
版 次 2015年11月第1版
印 次 2015年11月第1次印刷

开 本 710×1000 1/16
印 张 20
插 页 2
字 数 335千字
定 价 72.00元

凡购买中国社会科学出版社图书，如有质量问题请与本社营销中心联系调换
电话:010-84083683

目　录

序

牛撇捺

王岩森教授继出版《“香花”与“毒草”：1955—1957 年中国杂文档案》之后，又推出了学术力作——《解冻与复苏：1978—1982 年中国杂文档案》。对于杂文界、文学界尤其文学史界，这是一件可喜可贺的事情。

研究中国现当代文学，有许多的方向和领域可供选择。选择杂文为研究方向，麻烦很多，危险性很大。记得岩森的第一本专著，辗转好几家出版社，耗时经年，迟迟不能出版，原因很简单，有些问题编辑拿不准，怕万一书中某些观点甚或一两句话让某些“权威”、“长官”之类不舒服，会连累到出版社“走麦城”。这一下马威对岩森不能说不严厉，但他没有退缩，没有停步。他的研究，视野更加开阔，领域更加广泛，资料更加丰富，思维更加细密，剖析更加深刻。岩森研究杂文家，与杂文家具有同样的钙质和血性。

1949 年以来，中国的社会进入了新的境界，有许多可圈可点可歌可泣的地方，但也有许多让人性堕落、让政治污损、让历史蒙羞的事情。这表现在杂文领域，极为直接、形象、深刻、惨痛。历史是人们一步一步走出，一个字一个字码出的。有选择的记述不是真实的历史，遮盖血腥丑陋愚昧落后的所作所为的记述，是伪历史、引人重蹈覆辙的险恶历史。岩森不做矫饰的别有用心的所谓杂文史，他投入极大的精力，一张一张报纸，一本一本杂志，一部一部书籍，一份一份文件地去翻检，去甄别，去感知感悟感受，沙里淘金，为社会整理出了简单明了、微言大义、观点鲜明、指向明确、条理清晰，可以资学资政的杂文档案，其实也是人伦档案、道德档案、政治档案、学术档案，以杂文史折射思想解放史、政治史、社会发展史、国民生存史。从这个角度看历史，揭示了历史发展最深层的动力、最鲜活的轨迹，更为彻底地揭示了历史发展的偶然性与必然性。

在治学的原则与精神上，岩森是持价值中立立场的。但在治学的目的与取向上，岩森又是价值偏移的。他始终站在民主、科学、人性、人道的立场。他的学术研究，一个重要的目的是让人们从历史中有感悟、有警醒、有敬畏，防止反胡风运动、“文化大革命”等等的历史重演，防止中国人不时地变回猴子甚至不如猴子。

岩森的“杂文档案”是座富矿，各色人等均可以从中找到自己想要的东西。我在读他的第一本“档案”时，在书的边角处写了不少正确的话错误的话以及废话，用他书中的材料，写了二三十篇杂文。我认为这是我读的最认真、受益最多的书之一。岩森的这本“档案”，我是较早的读者之一。粗粗读了一遍，已让我收获良多，有了创作杂文的冲动并有了一堆的题目。从这里看出，研究对于创作的支持与推动作用极大。为此，我不揣谫陋，愿为此书写上以上几句话。

谨为序。

2015年6月24日

第一章　解放思想：1978年中国杂文档案

3月18—31日，全国科学大会在北京召开。会议指出，我国知识分子的绝大多数已经是工人阶级的一部分，是党的一支依靠力量，要在我国造就更宏大的科学技术队伍。

4月5日，中共中央批准中央统战部和公安部"关于全部摘掉右派分子帽子的请示报告"，决定全部摘掉右派分子的帽子。9月17日，中共中央批发《关于全部摘掉右派分子帽子决定的实施方案》。到11月，全国各地摘掉右派分子帽子的工作已全部完成。对错划右派的改正工作到1980年基本结束。

5月11日，《光明日报》以"特约评论员"名义转载中央党校《理论动态》文章《实践是检验真理的唯一标准》。新华社当天播发了这篇文章。12日，《人民日报》和《解放军报》同时转载。文章指出任何理论都要接受实践的检验。这篇文章引发了关于真理标准问题的讨论。

5月27日—6月5日，全国文联第三届委员会在北京举行第三次扩大会议，宣布文联、作协、音协、剧协、影协、舞协正式恢复工作。

10月10日—11月4日，中共中央组织部分批召开落实知识分子政策座谈会。会议认为知识分子队伍的状况已经发生深刻变化，解放初期提出的对知识分子"团结、教育、改造"的方针已经不适用于目前的情况。

11月10日—12月15日，中共中央工作会议在北京举行。11月25日，华国锋代表中共中央政治局宣布，为"天安门事件"、"反击右倾翻案风"以及涉及党的领导人的一些已经查明的重大错案平反。12月13日，邓小平作题为《解放思想，实事求是，团结一致向前看》的讲话，指出：一、解放思想是当前的一个重大政治问题；二、民主是解放思想的重要条件；三、处理遗留问题为的是向前看；四、研究新情况，解决新问题。

12 月 16 日，中美建交。

12 月 18—22 日，中共十一届三中全会在北京举行。会议决定停止使用“以阶级斗争为纲”的口号，做出把工作重点转移到社会主义现代化建设上来的决定。并决定在组织上要健全党的民主集中制、健全党规、党法，严肃党纪，反对突出和宣传个人，要加强集体领导的作用。全会公报指出：“一个党，一个国家，一个民族，如果一切从本本出发，思想僵化，那它就不能前进，它的生机就停止了，就要亡党亡国。”

一月

1 日，《人民日报》《红旗》杂志、《解放军报》发表元旦社论《光明的中国》。指出，建设速度问题不是一个单纯的经济问题，而是一个尖锐的政治问题。

是日，张光年日记载：“迎来大好形势的一九七八年。读了两报一刊的元旦社论，眼前一片光明。”①

2 日，《人民日报》发表岳平《以怎样的精神状态跨进新的一年》、李洪林杂文《时间》。岳文指出：“‘四人帮’制造了一系列精神枷锁，设置了一系列思想禁区，使人们不敢越雷池一步，思想僵化。”

4 日，《解放军报》发表道新（刘道新）杂文《“风派”人物脸谱初析》。文章说：“风派”的主要特征是看风使舵、投机取巧。有人给“风派”作了一首打油诗：“闻风色就变，灵魂大减价，投机已成癖，有奶便是妈”，可谓入木三分。

5 日，《人民日报》发表刘金《“黑线”、“黑网”及其他》。

6 日，是日，张光年日记载：“花了一整天时间，帮助阅改总政文化部为《人民日报》写的批判‘文艺黑线专政论’长文。次日上午，同总政文化部三同志谈了修改意见。”②

---

① 张光年：《文学活动日记（一九七八年）》，《新文学史料》1998 年第 4 期。

② 同上。

7日，《人民日报》报道：北京图书馆开放大批中外图书。

9日，《人民日报》发表邵华泽《文风和认识路线》（转载自1977年12月15日《理论动态》）。指出："'四人帮'搞的一套宣传，根本不需要以事实作基础，也根本不对任何事物作具体分析，有的只是拼凑起来的抽象的概念，空洞的词句，吓人的帽子，打人的棍子。"这是明确提出并阐述实践标准最早的文章。

同日，《解放军报》发表金戈杂文《给"溜"派人物画个像》。文章说，有一种"溜"派，是两条路线斗争中常见的人物：明明跟着林彪、"四人帮"干了大量坏事，却装作一贯正确，一不检讨，二不改正，脚底擦油，溜之乎也。

15日，《解放军报》发表尚弓杂文《奉劝"震派"人物改恶从善》。"震派"人物的特点和手段是："矛头向上"，打倒一切；以乱为纲，捣乱"有理"；拉帮结伙，大搞阴谋；唯我独"左"，拉大旗当虎皮。

16日，是日，张光年日记载："上午李季来看我，稍后约了冯牧、丁宁先后来，漫谈恢复文联、作协及《文艺报》问题。我意目前条件不具备，晚点也好。丁宁传达了中央对文艺工作意见。"①

17日，《人民日报》发表评论员文章《抓纲治文艺》。指出，这些年来，社会主义文艺之所以受到摧残，就是由于"四人帮"疯狂推行资产阶级文化专制主义。他们不准提"百花齐放"的方针，肆意扼杀革命文艺，为他们大搞阴谋文艺创造条件；他们鼓吹"一家做主"的谬论，压制革命文艺工作者的正确意见，实行法西斯专政的一言堂。

同日，《人民日报》发表新年前夕华国锋为《人民文学》写的题词："坚持毛主席的革命文艺路线，贯彻执行百花齐放、百家争鸣的方针，为繁荣社会主义文艺创作而奋斗。"

18日，新华社报道：昆曲《十五贯》在南京上演。

22日，《人民日报》发表潘际坰杂文《科学虐待狂》。文章说，"四人帮"把科学、知识视为罪恶，把知识分子看作专政对象。迫害科学是为了扼杀社会生产，也就是反对我们把国民经济搞上去，反对四个现代化。

23日，《人民日报》发表孙长江《重视群众的历史主动性》、郭罗基《来一个思想大解放》。郭文说："离开了人民群众，不为千百万人着想，

① 张光年：《文学活动日记（一九七八年）》，《新文学史料》1998年第4期。

对群众的呼声充耳不闻，那就只能离开真理了。”

24 日，《人民日报》发表李泽厚《形象思维的解放》。

27 日，《解放军报》以《读者对“溜派”“风派”“震派”人物的批判和忠告》为题，发表了 7 封读者来信，并加了“编者按”。“编者按”说：“这三种人物，他们的世界观都是资产阶级的，都是中林彪和‘四人帮’的毒太深；他们有着同‘四人帮’相类似的思想体系。这些人吃亏在于太不老实了。”

29 日，是日，张光年日记载：“上午刘白羽来谈。冯牧来，同吃炒面，谈到筹备恢复作协及《文艺报》问题。中宣部关于恢复文联、作协的报告，中央已批示同意。”①

31 日，《人民日报》发表袁淑娟杂文《斥“风派”“理论家”》、解斯杂文《反对形式主义》。

本月

《人民文学》第 1 期发表徐迟报告文学《哥德巴赫猜想》。

《北京文艺》第 1 期发表何文轩、杜书瀛《“根本任务论”剖析》。

《上海文艺》第 1 期发表巴金《“最后的时刻”》、江俊绪杂文《“四人帮”的“评论权”》。

《广东文艺》第 1 期发表社论《砸碎精神枷锁　繁荣文艺创作》、本刊记者《狠批反动黑论　砸碎精神枷锁》。

《红旗》第 1 期发表文化部批判组《一场捍卫毛主席革命路线的伟大斗争——批判“四人帮”的“文艺黑线专政论”》。

《复旦学报》第 1 期发表徐连达《“清官”“贪官”优劣论》。

二月

1 日，《人民日报》发表姜鹰《放开手脚　大胆创作》。

同日，《光明日报》发表盛祖宏杂文《玻璃纤维与“四人帮”》。

3 日，壮族民间歌舞剧《刘三姐》重新上演。

4 日，《人民日报》刊登武汉大学图书馆学系理论组《从禁锢图书看“四人帮”的愚民政策》。文章说，用大量封存图书的法西斯手法，抹掉革命前辈形象，摧残文艺百花，扼杀百家争鸣，扫荡文化遗产，掩盖自己罪

① 张光年：《文学活动日记（一九七八年）》，《新文学史料》1998 年第 4 期。

迹，妄图使广大人民群众不知党的优良传统，不懂科学文化，不会分析鉴别，不明事实真相，这就是“四人帮”所推行的愚民政策。

6 日，《人民日报》《光明日报》同时刊登中国人民解放军总政治部文化部评论组《“文艺黑线专政”论的出笼和破灭》。

7 日，是日，张光年日记载：“中午得罗荪四日航信：市委组织部通知他，还有赵丹、白杨、黄佐临、吕复、柯灵等，恢复党的组织生活。”①

11 日，《人民日报》发表李洪林杂文《从择优录取谈消灭差别》。

18 日，《人民日报》发表评论员文章《落实干部政策的一个重要问题》、张琢杂文《学习鲁迅的求实精神》。

同日，《新华日报》发表毓璜、怀德杂文《余悸和余毒》。

22 日，《人民日报》发表谢殿斌杂文《略论“捂派”》、余颂杂文《“纲”和“目”》。谢文指出：“这种人，既具有‘风派’的‘转’，又具有‘溜派’的‘滑’，还具有‘震派’的‘闹’等恶劣品质，至今还掌有一部分权力，在那里捂盖子，保自己。因为他们的主要特征是捂盖子，姑且称为‘捂派’人物吧。”

24 日，《人民日报》发表评论员文章《决不容许压制批评》、华泽（邵华泽）《假左真右和宁“左”勿右》。华文指出，“四人帮”被打倒一年多了，但他们的流毒还远远没有肃清。时至今日，“左”比右好这个东西还像一根铁索，紧紧框住一些人的头脑，障碍了批判“四人帮”的更加深入，障碍了实事求是等优良作风的充分发扬，障碍了党的政策的进一步落实，障碍了人们思想的大解放。现在还不把“左”比右好的错误思想加以澄清，更待何时？

本月

《人民文学》第 2 期发表林默涵《关于题材》，批判“四人帮”的“题材决定论”。

《广东文艺》第 2 期发表本刊评论员《应该认真清除流毒》。

《文学评论》复刊号发表王朝闻《艺术创作有特殊规律》、蔡仪《批判反形象思维论》、唐弢《谈诗美》，以及冯牧、柯灵、洁泯、秦牧、赵寻、水夫、京南、谢华等写的批判“文艺黑线专政”论的文章。

《红旗》第 2 期发表北京大学理论组《“四人帮”篡党夺权的急先锋——

① 张光年：《文学活动日记（一九七八年）》，《新文学史料》1998 年第 4 期。

梁效》。

三月

11日，《人民日报》发表特约评论员（《理论动态》编辑部撰写）文章《认真肃清“四人帮”的流毒》、本报评论员文章《一定要让社会科学研究空前繁荣起来》以及郭沫若（《在理论工作上要有勇气》）、黎澍（《“四人帮”与社会科学》）、冯至（《“大”、“洋”、“古”是罪名吗?》）、邢贲思（《砸烂枷锁　迎头赶上》）等在中国社会科学院座谈会上的书面讲话。特约评论员文章强调：“没有充分的人民民主，广大人民群众不可能真正地从‘四人帮’的精神枷锁下解放出来。”

13日，周扬在外国文学规划座谈会讲话时说：“我国的无产阶级文艺运动已经搞了半个世纪了，我很希望出现几个出色的真正的马克思主义的文艺理论家，出几本真正像样的有水平的马克思主义的文艺理论著作。我自己很惭愧，在这方面没有做出什么成绩。”

14日，新华社报道：中共武汉市委坚决反对资本主义经营作风，点名批评红塔等四个皮鞋厂用马皮冒充牛皮等恶劣行为。

16日，《人民日报》发表丁伟志《破除迷信　解放思想》。文章说，还有很多禁区横亘在社会科学界面前，“解放思想，突破禁区，是当务之急”。

18—31日，全国科学大会在北京举行。

20日，《人民日报》发表评论员文章《整顿就是革命》。

同日，《安徽日报》发表短评《决不容许打击报复》。

26日，《人民日报》发表张成[①]《标准只有一个》、徐占焜《斥“事实服从路线需要”论》。张文指出：“真理的标准，只有一个，就是社会实践。这个科学的结论，是人类经过几千年的摸索和探讨，才得到的。”

27日，《人民日报》刊发新华社记者、本报记者述评《学习、学习、再学习》。

28日，《人民日报》发表特约评论员文章《开展一个新的持久的学习运动》[②]、秦牧杂文《鬣狗的风格》。

---

① 《人民日报》理论部张德成。

② 由中央党校《理论动态》编辑部撰写，沈宝祥执笔。

本月

《历史研究》第 3 期发表李洪林《揭批“四人帮”是一场历史性大决战》、周振甫《从“四人帮”的假批孔看影射史学的破产》。李文指出，“四人帮”利用批判刘少奇修正主义路线的机会，给自己披上了一件“左派”的外衣，接过革命的口号，把它推向“左”的极端，否定十七年来的一切成就。周文强调，批判孔孟之道必须实事求是。

《哲学研究》第 3 期发表宋振庭《评“四人帮”的反动世界观》。

四月

1 日，《人民日报》刊登新华社记者、本报记者述评《百家争鸣　发展科学》。

3 日，《吉林日报》发表特约评论员文章《为啥落实政策慢腾腾?》。

6 日，《人民日报》发表评论员文章《坚决同违法乱纪行为作斗争》。指出，我们党从来就是把党置于人民群众的监督之下，我们的宪法也明确规定了人民群众监督国家机关工作人员的民主权利。

7 日，是日，张光年日记载：“胡耀邦同志批回了我和李季同志四日写给他的信，同意发表赵树理遗作。”①

8 日，《人民日报》发表邢贲思《哲学和宗教》。文章指出，林彪、“四人帮”对马克思主义最大的破坏，就是妄图把经过他们篡改的马克思主义变成宗教，就是要在毛主席缔造的社会主义的中国搞信仰主义、蒙昧主义。

同日，《人民日报》报道：最近，广东省哲学社会科学学会联合会召开了揭批“四人帮”大会。哲学学会的同志着重揭露“四人帮”假左真右的反动面目。他们说，“左”倾不是马克思主义，这本来是起码的政治常识。可是“四人帮”却把“左”说成是进步和革命，谁反“左”谁就是反对革命，这个谬论在相当一部分干部、群众中造成极大的混乱，对党的作风破坏极大，只有加以深入批判，党的方针政策才能够贯彻。

11 日，《人民日报》以《“文艺黑线专政”论早已不得人心》为题加编者按发表黄燕军的来信。“编者按”指出：1974 年 2 月 9 日，黄燕军同志给本报来信，大胆地对“文艺黑线专政”论提出了质疑。他实际上认为，这个谬论否定了社会主义的文艺运动，否定了社会主义的革命成果，否定了

① 张光年：《文学活动日记（一九七八年）》，《新文学史料》1998 年第 4 期。

新中国成立以来文艺战线的成果，因而也否定了毛主席的丰功伟绩。这封来信说明，“四人帮”的“文艺黑线专政”论，早就不得人心，早就遭到革命群众的痛斥。这封来信也说明，在“四害”横行时候，真正敢于反潮流的人是有的，但不是张铁生之流，而是像这封信的作者这样的革命同志。

13 日，《人民日报》发表特约评论员文章《要有一个好会风》、于是之《忆老舍》。特约评论员文章说，有些人总是不那么喜欢“群言堂”，而习惯于“一言堂”，觉得唯独自己的看法最高明。这就有点危险性。我们应当以历史为戒，彻底刷掉“四人帮”的流毒，永远不搞他们那一套恶劣作风。

同日，新华社报道：以革命知识分子为主人公的话剧《丹心谱》，连日来在北京上演，受到热烈欢迎。

14 日，《人民日报》发表秦牧《青年人应该怎样选择生活道路》。

15 日，《人民日报》发表陈铁健杂文《神化杂谈》。文章说，“四人帮”唯心主义和形而上学猖獗之时，历史人物或遭鬼化，或被神化。神化或鬼化，都是为了现实的阶级斗争的需要，对历史真相加以歪曲的结果。

16 日，《人民日报》发表苏烈杂文《关公再战秦琼》。

18 日，《人民日报》发表武培真《要真实　不要虚假》。

19 日，《人民日报》发表石竹杂文《“脱离政治”辨》。文章说，“四人帮”挥舞“白专道路”大棒，胡说“专”，便是“脱离政治”；“脱离政治”，便是“白”。这种仇视科学、迫害科学的政治，是中世纪欧洲的“宗教裁判所”的政治，是希特勒法西斯的政治。

25 日，《人民日报》转载、刊登一组如何对待群众批评的文章（《不计较过激的言词》《不怕“过头话”》《闻过则喜》《“牢骚话”的背后》），并配发短评《正确对待来自群众的批评》。

本月

《人民文学》第 4 期刊载 7 篇来稿，肯定报告文学《哥德巴赫猜想》。

《新吉林》第 4 期发表刘耕路杂文《一门丑恶的“学问”》。文章说，“四害”横行期间，独有一门“学问”却兴旺发达起来，那就是“关系学”。掌握了它，就可以左右逢源，四通八达，升官发财，万事亨通。

《历史研究》第 4 期刊登编者《答读者——大家都来提倡自由讨论》。

五月

1 日，北京、上海、广州等地新华书店开始发行《子夜》《家》《曹禺选集》《安娜·卡列尼娜》《堂吉诃德》等重版的中外文学名著。

4日，《人民日报》发表特约评论员文章《科学和民主》（《理论动态》编辑部撰写）。指出，我们要估计到中国长期的封建社会和半封建半殖民地社会遗留下来的官僚专制主义遗毒、缺乏民主习惯和经济文化落后等不利因素，只有通过长期的努力，才能广泛地实现人民群众直接管理国家的一切事务。

同日，《光明日报》发表黎澍《民主与科学》。

5日，《人民日报》发表特约评论员文章《贯彻执行按劳分配的社会主义原则》。

7日，《人民日报》发表刚主杂文《朱升的回答》、董学文杂文《鲁迅的"梯子之论"》、黄传会杂文《从"人梯"说开去》。

8日，《人民日报》发表刘元彦《也谈"揠苗助长"》、王梓坤杂文《从陆游的经验谈起》、韩慕勤杂文《读万卷书》。刘文说，1974年7月，"四人帮"控制的《学习与批判》发表了一篇题为《"揠苗助长"与"守株待兔"》的杂文。文章替"揠苗助长"翻案，为"四人帮"的极"左"手法辩护。谁知，拍马屁拍在马腿上，据说，这篇杂文发表后，立即遭到"四人帮"的批评，被斥为"愚蠢"。在揭批"四人帮"的假左真右的时候，重读一下这篇杂文，并索解它为什么受到"四人帮"的申斥，倒也不无意义。

9日，《人民日报》"党的生活"专栏刊登一组文章《不要"一言堂"》《主观武断害死人》《要善断，不能武断》《要耐心听取不同意见》。

10日，中共中央党校内部刊物《理论动态》第60期发表《实践是检验真理的唯一标准》一文。文章初稿由南京大学哲学系胡福明撰写，经过《光明日报》社杨西光、马沛文，中央党校吴江、孙长江等的多次修改，最终由胡耀邦审定。文章指出，检验真理的标准只能是社会实践，理论与实践的统一是马克思主义的一个最基本的原则的观点，任何思想、理论，即使是已经在一定的实践阶段上证明为真理，在其发展过程中仍然要接受新的实践的检验而得到补充、丰富或者纠正。文章强调，无论在理论上或实际工作中，"四人帮"都设置了不少禁锢人们思想的"禁区"，对于这些"禁区"，我们要敢于去触及，敢于去弄清是非。科学无禁区。凡有超越于实践并自奉为绝对的"禁区"的地方，就没有科学，就没有真正的马列主义、毛泽东思想，而只有蒙昧主义、唯心主义、文化专制主义。

14日，《人民日报》报道：文化部对“四人帮”展开大揭批大清查。报道说，文化部是“四人帮”插手最早、控制最严、破坏最大、流毒最深的一个“重灾区”。

同日，《人民日报》发表宋振庭杂文《马尾巴、蜘蛛、眼泪及其他》。

同日，《解放军报》就该报最近选登古代不怕鬼的寓言故事和读者来信谈他们从中受到的教益，加了题为《斗鬼驱邪，解放思想》的编者按。

15日，《人民日报》刊登新华社记者、本报记者述评《一个马克思主义的回答》。指出，多年以来，林彪、“四人帮”推行一条假左真右的反革命修正主义路线，在教育战线上向党发动了一次又一次的猖狂进攻，挑起了一场又一场的大论战。谁坚持党的教育方针，谁就是“右倾复辟”；谁提高教学水平，谁就是“业务挂帅”；谁提倡学习科学文化，谁就是“智育第一”；谁说教育质量下降，谁就是“九斤老太”。

17日，《人民日报》发表章云《斥“血统论”》、谭力夫《谈谈我这个老红卫兵的遭遇》。章文指出：“林彪、‘四人帮’搞假左真右，拿‘血统论’的大棒打人、整人；我们一些同志宁‘左’勿右，置党的政策、党的事业于不顾。这就使得‘血统论’这个反动的谬论，至今还有一定的市场。”

18日，周扬在参加全国戏剧创作座谈会时对与会者说：“我看到你们很难过，我整过你们，伤害了很多朋友。……时间很长了，对不起大家。”①

21日，《人民日报》刊登本报记者的文章《揭穿一个政治骗局——〈一个小学生的来信和日记摘抄〉真相》。“编者按”说：“调查结果证明，所谓《一个小学生的来信和日记摘抄》，完全是适应‘四人帮’篡党夺权的反革命政治需要，蓄意编造出来的，是一个政治骗局。”发表郑伯琛杂文《“智识过剩”和铲除知识》，文章说：“任何时代，‘智识过剩’的观点和在人民中铲除知识的作法都是反动的。”

22日，新华社刊发记者来信《靠劳动好挣钱多是资本主义吗?》。

23日，《人民日报》发表社论《为繁荣文艺创作而奋斗》。强调，繁荣社会主义文艺，要继续深入批判“文艺黑线专政”论；批判阴谋文艺；批判法西斯文化专制主义和禁锢政策；批判唯心主义的“三突出”的创作模式，等等。

---

① 李辉：《与吴祖光谈周扬》，氏著《摇荡的秋千——是是非非说周扬》，海天出版社1998年版，第55页。

24 日，《人民日报》发表刘纲纪《蒙昧主义的反动谬论——批判“知识越多越反动”》。指出，“四人帮”胡说“知识越多越反动”，这是一种赤裸裸的蒙昧主义的反动谬论。他们宣扬这种蒙昧主义，是为了推行最黑暗最腐朽的法西斯文化专制主义。

27 日—6 月 5 日，中国文学艺术界联合会第三届全国委员会第三次会议在北京举行。27 日，周扬在会上作题为《在斗争中学习》的讲话。讲话在谈到文艺创作要表现社会主义新时期的工农兵英雄形象时说，还要表现革命知识分子，特别是科技工作者和教育工作者，“我们的作品过去很少写他们，一写他们就往往是戴着眼镜，书生气十足，对他们多少带些讽刺的意味，虽然是善意的讽刺，而没有足够地写出他们在社会主义建设中的积极作用和他们对我们祖国的重大功绩。”在谈到双百方针时指出，艺术和科学的发展，没有一定的学术自由，一定的民主空气是不行的，这和资产阶级的“自由化”，完全是两回事；在争鸣的过程中，不要把学术上的争论，动辄提到政治问题上，在政治问题中，也不要把一切矛盾都看成敌我矛盾，敌我矛盾是少量的，大量的是人民内部矛盾。

28 日，《人民日报》发表社论《实施新宪法　加强社会主义法制》。

31 日，《解放军报》发表常巧章杂文《唯心史观批判三题》。

本月

《人民文学》第 5 期发表林默涵《解放后十七年文艺战线上的思想斗争》、王瑶《扫除污蔑，澄清是非——批判“四人帮”关于三十年代文艺的谬论》。

《广东文艺》第 5 期发表吴有恒杂文《不是一加一等于二》。

《红旗》第 5 期发表茅盾《漫谈文艺创作》，鼓励砸烂精神枷锁，解放思想。

《学术研究》（广州）复刊号发表陈寅恪《〈柳如是别传〉缘起》、楼栖《“四人帮”的反“写真实”论和阴谋文艺——批判“文艺黑线专政”论》、牧惠杂文《忠肝涂地》、原璞杂文《剥画皮》、廉锷杂文《招牌的效用》。

六月

8 日，《人民日报》刊登报道《大会师　大声讨　大进军——中国文学艺术界联合会全国委员会扩大会议侧记》。

9 日，《文汇报》发表谷华《谈谈解放思想》。

12日，郭沫若逝世。终年86岁。

13日，《人民日报》发表文化部理论组《认真调整党的文艺政策》、李凌杂文《敌人的脸上并不是都有记号的》。文化部理论组文章指出，我们的文艺要热情讴歌社会主义、共产主义的伟大事业，也要尖锐、犀利地批判封建主义、资本主义以及它们在今天的流毒。我们反对旨在暴露人民大众和社会主义事业的所谓“暴露文学”，但并不一般地取消暴露，对于“四人帮”及其死党，对于那些破坏社会主义法制、欺压人民群众的坏人坏事，难道不应该无情地加以揭露么！对于那些风派人物、溜派人物，对于“四人帮”所遗留下来的种种歪风邪气，难道不应该辛辣地给予讽刺么！“金要足赤，人要完人”，这是形而上学的表现。

16日，《人民日报》发表邢贲思《关于真理的标准问题》。

17日，《光明日报》发表辛广民《恩格斯一封信的启示》、柯伦《脑力劳动无产阶级是无产阶级自己的一部分》。

23日，中共中央转发湖南省湘乡县委《关于认真落实党的政策，努力减轻农民不合理负担的报告》。

24日，《解放军报》发表特约评论员（吴江）文章《马克思主义的一个最基本的原则》。指出，理论与实践的统一是马克思主义的一个最基本的原则。

同日，新华社报道：曹禺在不久前举行的全国戏剧创作座谈会开幕词中说，1962年春天在广州召开的话剧、歌剧、儿童剧创作会议，尽管在具体工作中有某些缺点错误，但总的说来是正确的，对繁荣戏剧创作起了积极的作用。叛徒江青勾结林彪把广州会议诬蔑为“广州黑会”，是别有用心的。我们要把这段被颠倒的历史颠倒过来，给广州会议恢复名誉。

25日，新华社刊登报道《揭开文艺战线阶级斗争盖子　分清路线是非安徽省文联在激烈斗争中恢复》。

同日，《人民日报》发表丹赤杂文《寄语育花人》。

同日，新华社刊发题为《餐桌上的假左真右要打扫》的报道。

28日，《人民日报》发表上海市出版局批判组《评“四人帮”的极“左”》、鲁庸杂文《“推卸术”小议》。上海市出版局批判组文章说，“四人帮”的极“左”的表现很多，这里只能择要列举若干示众。一曰全盘否定，彻底扫荡。二曰颠倒敌我，“全面专政”。三曰运动群众，以帮代党。四曰制造混乱，乱中夺权。五曰混淆界限，破坏政策。六曰高喊“革命”，冲击一切。

29日，《人民日报》刊登读者来信《正确使用祖国语言，认真改进报纸文风》，发表伊琳杂文《人物姓名小议》。伊文，这些年来，在“四人帮”搞得形而上学猖獗的影响之下，文艺作品中人物的姓名，雷同现象十分严重。所谓“主要英雄人物”多出自“高”、“洪”等家，而资本主义自发势力的代表人物如富裕中农等，则多出自“钱”门。至于反面人物，则非“刁”即“胡”，非“孔”即“孟”。其实，人决不会因为姓“高”就一定“高大完美”，姓“洪”（红）就一定“红心赤胆”，更不会因姓“刁”就一定“刁顽凶狠”，姓“钱”就一定“钱迷心窍”。形而上学之作恶，于此可见一斑。

本月

中宣部批转文化部关于恢复优秀传统剧目的请示报告。

《安徽文艺》第6期刊登本刊编辑部《荡涤文艺领域的极“左”流毒》。

《广东文艺》第6期发表杜埃《冲破禁区，摆好题材位置》、陈残云《砸碎“爱情禁区”》、曾敏之《文艺作品可以描写爱情吗?》、黄培亮《肃清“帮八股”批评的流毒》、梁梵杨《爱情不是作品的调味剂》、欧阳翎《关于描写英雄人物的爱情》。

七月

2日，《人民日报》发表社论《认真实行民主集中制》。

同日，《解放日报》发表陈虞孙杂文《杂谈出笼》。文章说，“四人帮”的一手看家本领，就是善于抢大旗，扯来当虎皮。特别阴毒的是，扯起大旗当虎头牌，来设置形形色色的禁区。谁敢去闯禁区，就把你整一通，轻则打板子，重则坐牢杀头。把人们的思想禁锢起来，把你搞得不仅不敢说，不敢动，甚至不敢想。打了你的屁股，还要你叩头谢恩。杀了你的头，还要你称赞刀快。牢笼关得久了，有些人头脑就僵化了，就安之若家了，以至你要他冲出来，他还感到不自然，不习惯。

4日，《光明日报》发表柳松《实践出科学》。

5日，中国科学院理论组和中国自然辩证法研究会在北京联合召开第二次理论讨论会。与会者指出：我国进入了又一个伟大的新的历史发展时期。在这个历史转折的重要时刻，迫切需要开展一个马克思主义的思想解放运动。人类历史上每一个重大的历史转折，都伴随着思想解放运动。

6日，《人民日报》发表张雷克、刘新如杂文《辫子与民主》。文章说，我们实行“三不主义”，提倡让人讲话，最重要的也是不抓辫子。只有这样，才能“使人心里不怕，敢于讲意见”，才有党内党外充分的民主生活。

6日—9月9日，国务院召开务虚会，研究加快四个现代化的速度问题。提出要组织国民经济的新的大跃进，要以比原来设想更快的速度实现四个现代化，要在20世纪末实现更高程度的现代化。

7日，是日，王蒙在致邵燕祥的信中说：“真理检验标准问题，《解放军报》特约评论员的文章写得多好！七千人大会上的讲话，我也在学习。现在，在拨乱反正、抓纲治国上，理论文章远远胜过了文艺作品。现在我读报纸，读《历史研究》《哲学研究》的兴趣超过了《人民文学》与《诗刊》，更不要说等而下之的文艺刊物。力量、尖锐性、正视现实、砸烂枷锁、突破禁区等方面，现在的文艺作品根本赶不上各个特约评论员。我看，只要掌握住大杠杠，还是可以更大胆得多。当然，这也都是空谈。”“现在，我国已进入新的历史时期，中华民族或者是现代化，或者是灭亡；或者是文艺复兴，或者是文化的灭绝。没有别的路。现在，文艺思想战线面临的任务是启蒙（现在的许多理论文字都有明显的启蒙味儿）。需要的是真理，巨大、威严、如火如潮。现在的文艺作品远远没有跟上。只要无损于光辉旗帜，只要利于华主席为首的党中央抓纲治国、拨乱反正、巩固政权，只要乐观（文艺其实总可以比生活更乐观一点，不论是鲁迅的花环也好，欧·亨利的藤叶也好），就可以大胆地写、干。敢说，敢笑，敢哭，敢骂。无需躲闪，无需收缩，无需努力证明自己对于任何人都无害。要有锐气，要自信，‘从心所欲，不逾矩’。这是我的想法。这些年来，我也吸取教训，自我保护，但主要限于人事关系方面，能多团结一个就多团结一个。至于如果允许拿起笔，就要呼号，唤起……小子何敢让焉！我们有义务为生者、而且为不幸的死者写。”“我觉得，五十年代我们不过是发芽，然后经过了二十年风雨，现在才开始抽枝，长叶，开花，‘茁壮成长’。”①

8日，《人民日报》发表宋振庭杂文《从列宁的故事想起的一道试题》。

10日，《人民日报》发表评论员文章《要革命，不要“官官相护”》。

11日，《人民日报》发表马立诚杂文《从郦食其见刘邦谈起》。

① 邵燕祥编：《旧信重温》，武汉出版社1999年版，第226—228页。

13 日，《人民日报》发表特约评论员文章《民主和法制》。指出，在一定意义上，肃清“四人帮”的流毒和影响，就是肃清封建专制主义的流毒和影响。这是一场深刻的思想革命。没有这个思想革命，社会主义法制的民主原则，就不可能在人们的头脑中普遍地、牢固地树立起来。

同日，《光明日报》发表石松《力戒“原则话”——谈谈从实际出发》。

同日，林放作杂文《“尾巴”翘得好快呀!》[①]。指出：“‘又翘尾巴啦’，一个‘又’字，岂不是说，知识分子曾经大翘尾巴；那末，因为翘尾巴而挨‘四人帮’的棍子、帽子岂不是咎由自取吗？一个‘又’字，岂不是说当前落实知识分子政策，徒然引起知识分子的尾巴高翘，毫无好处吗?”

15 日，《人民日报》发表马端杂文《论做“伯乐”》、吕绍宗杂文《斥“反‘极左’就是反对革命”》。

17—24 日，社会科学院哲学研究所、《哲学研究》编辑部召开理论和实践问题讨论会。周扬在讲话中说，关于社会实践是检验真理的唯一标准问题的讨论，意义重大。这个问题不仅是一个理论问题，而且是关系到思想路线、政治路线的问题，也是关系到党和国家的前途和命运的问题。因为离开了实事求是，离开了理论和实践的统一，离开了千百万人民群众革命实践的检验，就是离开了辩证唯物论的认识论，离开了马克思主义和毛泽东思想的轨道。周扬说，现在，这个问题之所以成了问题，是因为有人不承认实践是检验真理的唯一标准，似乎真理还要受实践的检验，真理就没有“绝对权威”了。这就足见林彪、“四人帮”虽然被粉碎了，但是他们的思想流毒还远没有肃清，他们的阴魂不散。我们要来做消毒工作，做驱散阴魂的工作，否则揭批“四人帮”的第三战役就不能打好，新时期的总任务就不能很好地实现。周扬再一次地讲了科学无禁区的问题。他说，如果给科学设置禁区，那就是扼杀科学，宣布科学的死亡，就是阻碍着人类从必然王国向自由王国飞跃。科学无禁区，是不是否定或削弱党对科学事业的领导呢？当然不是。开放禁区就正是体现了党对科学的正确领导。加强党对科学的领导，不是设置禁区，不是压制科学的自由讨论，而是给科学研究指明正确的方向，制定正确的科学政策，采取正确的方

① 收入氏著《未晚谈》，上海人民出版社 1986 年版。

法来领导科学事业，包括开展学术的自由讨论，鼓励独立的见解、独立的创造，等等。[①]

18日，《石家庄日报》发表金戈杂文《良工用木的启示》。

20日，《解放日报》发表沙叶新杂文《“心有余悸”杂议》。文章说，近十年来，由于“四人帮”这伙瘟神的兴妖作怪，中华大地也流播了一场空前的政治瘟疫。虽然党中央以回天之力，粉碎性地葬送了“四人帮”这伙瘟神，果敢地扑灭了这场瘟疫，终于使得玉宇澄清，风和日丽；但是，疫气虽散，恐惧犹存。怎见得？君不见人们不是至今还感到“心有余悸”吗？这正是这场政治瘟疫所带来的后遗症。按理说，“四凶”已除，天下始治，何“悸”之有？但有些同志还是有二怕。一怕当前抓纲治国所施行的一些方针政策并不符合毛泽东思想。二怕会有反复。

22日，《人民日报》发表邢贲思《哲学的启蒙和启蒙的哲学》，燕钧、季云杂文《谈“来头”》，樊庆荣杂文《小心“霸王别姬”！》，熊映梧杂文《穷、革命与社会主义》。邢文指出，思想上的创伤需要用思想来治愈，精神上的扭曲需要用精神来平复。从某种意义上讲，我们需要一个新的启蒙运动。

24日，中国社会科学院哲学所主持召开“理论与实践问题”讨论会。周扬在发言中谈到真理标准大讨论的意义时说：“这个问题不单单是个哲学问题，而是个思想政治问题。这个问题的讨论，关系到我们的思想路线、政治路线，也关系到我们党和国家的前途。如果我们放弃了实践是检验真理的标准这一马克思主义的基本观点，那么我们就会离开马克思主义的轨道。”

27日，《解放日报》发表林放杂文《这个题目出得好！》。

28日，《光明日报》发表石松《切忌“公式化”——再谈从实际出发》。

本月

《文艺报》复刊。初为月刊，1981年8月改为半月刊，1982年1月再改为月刊，1985年7月改为周报。复刊号发表周扬《在斗争中学习》、巴金《迎接社会主义文艺的春天》、李春光《打破禁区，发扬民主，加强团结》、欧阳山《提倡批评和反批评》、秦牧杂文《杜甫爬树和鲁迅驰马》。

《北方文学》第7期发表于晴杂文《从火刑、门槛说起》。

---

① 《光明日报》1978年7月30日。

《文学评论》第 3 期发表周柯《拨乱反正，开展创造性的文学研究评论工作》。指出，在文学评论研究工作中，一定要严格区分政治问题和学术问题。不能把学术探讨中的争论、不同意见或者某些错误的意见，都和政治问题混同起来，更不要把人民内部的政治和思想认识问题当作敌我问题。

《广东文艺》恢复原名《作品》。复刊号发表伊仲一杂文《想起了“江毒深”》、辛远茶杂文《改造小议》、岑桑杂文《齿发篇》。

八月

1 日，邓小平就英国《每日邮报》刊登的记者维得从北京发出的一则消息作出批示：“此类材料，在英国社会成为笑话。这是编者和出版社对外国无知的反映。请教育部调查一下，采取办法加以改正。”[①] 该消息称：在辽宁省一本为儿童编写的英语教科书中，描写了“一个住在伦敦的可怜的英国女孩”的生活，把现在的英国依旧描写成像狄更斯时代那样贫穷。

3 日，《人民日报》刊登北京市第七机床厂工人王英斌来信《说说我的“尾巴”》，并刊发高放评论《评“留尾巴”》。

6 日，《人民日报》发表姜芳杂文《“别姬”小议》。

8 日，《人民日报》发表张雨生杂文《正反面人物的比例是文艺批评的标准吗?》。

11 日，《文汇报》副刊发表卢新华创作的短篇小说《伤痕》，引起了广大读者的共鸣，几天之内文汇报社和卢新华本人收到赞扬的信件达 1600 封。美联社、法新社驻华记者报道说：“《文汇报》刊载《伤痕》这一小说，说明中国出现了揭露‘文革’罪恶的‘伤痕文学’。”[②]

13 日，邓小平在同吴冷西谈话时指出：“实践是检验真理的唯一标准，是马克思主义的。实践标准那篇文章是对的，现在的主要问题是要解放思想。”还指出：“文化、学术和思想理论战线正在开始执行‘双百’方针，但空气还不够浓，不要从‘两个凡是’出发，不要设禁区，要鼓励破除框框。”[③]

15 日，是日，张光年日记载：“上午看了《文汇报》上发表的短篇小

① 冷溶等主编：《邓小平年谱（1975—1997）（上）》，中央文献出版社 2004 年版，第 349—350 页。

② 蔡美华：《党报与真理标准大讨论》，复旦大学出版社 2011 年版，第 102—103 页。

③ 冷溶等主编：《邓小平年谱（1975—1997）（上）》，中央文献出版社 2004 年版，第 357 页。

说《伤痕》。这篇小说在上海引起争论（另按：‘伤痕文学’之名可能由此而来）。小说控诉了‘四人帮’，我看是可以发表的。”[①]

20日，《人民日报》发表谢殿斌杂文《“烹说者”与“延上座”》。

24日，《黑龙江日报》发表短评《提倡七嘴八舌》。

25日，《人民日报》发表王若水的杂文《名与实之间——从“盗泉”谈起》、梁冬杂文《事事都连着“纲”和“线”吗?》。王文指出，“四人帮”造成的“名实之乱”是历史上空前的。他们把许多好东西扣上坏帽子（如“资本主义”、“修正主义”、“右倾”等），要我们“恶其名而弃之”；又把许多坏东西予以好名称（如“社会主义”、“马列主义”、“革命”等等），要我们“爱其名而取之”。

26日，是日，张光年日记载：“下午，在礼士胡同由默涵召开了大批判领导小组第一次会议，到会者林默涵、刘白羽、张光年、冯牧（四人被推为正副组长）、陈荒煤、许觉民、孔罗荪、吕骥、赵寻、袁鹰、贺敬之共十一人，热烈讨论四小时。我在会上发言，主张集中深批‘黑线专政’论，不受当前一些情况的干扰。大家同意了。”[②]

27日，冯英子作杂文《也谈“心有余悸”》[③]。

28日，《解放军报》发表全俊敏杂文《马谡和本本主义》。

29日，《人民日报》发表评论员文章《思想要适应现代化的要求》。

同日，《解放日报》发表江安杂文《从“名义的手”说到“句句照办”》。

本月

《文艺报》第2期发表茅盾《关于培养新生力量》、刘白羽《创作与生活》、刘梦溪《彻底解放文艺的生产力》、董代杂文《“德先生”“赛先生”的传统不能丢》、以洪杂文《是“暴露文学”吗?》。

《北方文学》第8期发表唐逸才杂文《不谐调的谐调》、郑训智杂文《“方程式”与“答案”》。

《作品》8月号发表萧殷《图解政策——导致作品概念化》、江励夫杂文《闯禁区》、司荼杂文《“应景”与寿命》、艾彤杂文《反其道而行之》。

《人民日报》文艺部编辑的《战地增刊》创刊号出版。该刊本年出版

---

① 张光年:《文学活动日记（一九七八年）》,《新文学史料》1998年第4期。

② 同上。

③ 收入氏著《相照集》,生活·读书·新知三联书店1985年版。

两期，从 1979 年开始，从季刊改为双月刊。1981 年 1 月，改名《大地》，“意味着这块小小版面孕含着广阔的天地”。期号从第 1 期始，两个月出版一期，12 月停刊，一共出版了 6 期。

大型综合性文艺丛书《十月》（《十月》杂志前身）在北京出版。创刊号发表茅盾《驳斥“四人帮”在文艺创作上的谬论并揭露其罪恶阴谋》、杨沫《遵循工农兵方向，坚持创造性劳动》。

九月

3 日，《人民日报》发表荒煤《阿诗玛，你在哪里?》。

同日，《解放日报》发表陈迟杂文《“心有余悸”辨》。

4 日，《人民日报》发表孙启佑杂文《热水瓶·洋奴哲学·夜郎自大》、孟令哉杂文《从井陉之战谈起》。

同日，《黑龙江日报》发表袁野杂文《议“摘句”》。

6 日，《人民日报》发表评论员文章《必须保障党员的民主权利》。

7 日，新华社报道：北大为翦伯赞、傅鹰等一大批干部教师学生平反昭雪。报道说，北京大学“文化大革命”前的 143 名校、系两级的党员领导干部中，130 人被打成“死不改悔的走资派”、“走资派”，或被诬陷为“犯严重走资派错误”、“犯走资派错误”等；此外，受株连而被打成“黑班底”、“黑爪牙”的，还有数百名一般党员干部。一大批教授、副教授和学有专长的人，都被戴上“反动学术权威”的帽子，受到迫害。全校 177 名教授、副教授，被列入专案审查的就有 145 人，还有一些教师被打成“叛徒”、“特务”、“现行反革命”。

同日，《光明日报》发表官伟勋杂文《神童与幼孤》。

同日，《北京日报》发表李连忠杂文《无知者的“批判”》。

12 日，新华社报道：官僚主义、文牍主义作风的恶果——一份公文旅行四十一天，吉林省机电公司卢文生在来信中对此提出尖锐批评。

14 日，新华社报道：最近，文化部召开干部大会指出，一定要坚持实践是检验真理的唯一标准这个马克思主义的基本原则，反对乱戴帽子、乱打棍子的蛮横作风和唯心主义、形而上学的倾向。

同日，《光明日报》发表严家其《宗教、理性、实践》。

是日，丁玲日记载：“下午收到五妹来信，抄来一段邓副主席讲话，内容大体是说，文联各协会要搞起来，调动各方面的积极性，文人相轻是个老问题、老传统了。三十年代的文艺路线总的是对的,也还有错的。老账新账都要实事求是的对待。还说到错案,不管谁批的,都可以推翻。”①

16日,《文汇报》刊登消息《复旦大学党委举办党员干部读书班 就理论与实践的关系等问题畅所欲言各抒己见》,发表虞丹(蒋文杰)《读马克思的一封信——谈实践是检验真理的唯一标准》。“1978年9月26日(应为16日——引者),复旦大学党委举办党员干部读书班,党委书记夏征农不顾市委负责人的禁令,在读书班上讨论真理标准问题。夏征农还在会上作了动员报告,讲了真理标准问题讨论的意义,解放思想、实事求是的重要性,还讲了民主集中制问题,说没有民主,就没有社会主义,等等。《文汇报》记者根据他的讲话写了一则新闻,问夏征农能不能发表,夏坚定地回答:为什么不能发表?我们认为,这是在报纸上冲破市委禁令的好机会,因为夏征农是一位有影响的老同志,新闻发表后如果宣传部长追问,就说是夏征农让报纸发表的,估计他们不敢对夏怎么样。这则新闻放在《文汇报》第一版,通栏标题,标题上标出‘讨论真理标准问题’的字样,在全市造成很大影响。”“在同一天《文汇报》的第三版上,我们又发表虞丹写的题为《读马克思的一封信——谈实践是检验真理的唯一标准》的文章。”“以上一篇新闻和一篇文章的发表,打破了上海报坛的沉寂,成为在上海报纸上展开真理标准问题讨论的先声。接着,这一讨论逐步展开了,在无形中,‘三不’的规定在实践中失效了。通过这场讨论,对上海广大干部群众端正思想路线起了不可估量的作用。”②

是日,丁玲日记载:“前几夜月色很好,又正值停电。静坐院中,看树影东移,夜凉如水,忆几十年大好年华,悄然消失,前途茫茫,而又白发苍苍,心高命薄,不觉怆然,惟有鼓起余勇,竭力挣扎。难图伸腰昂首于生前,望得清白于死后,庶几使后辈儿孙少受折磨,有发挥能力的机会,为国为民效劳而已。”③

18日,《解放日报》发表郦国义杂文《“胶柱鼓瑟”的教训》。

19日,《光明日报》发表特约评论员文章《坚持马克思主义的科学态度》。

① 张炯主编:《丁玲全集》(第11卷),河北人民出版社2001年版,第439页。

② 马达:《冲破“两个凡是”的樊篱——“真理标准问题”的讨论》,《马达自述——办报生涯六十年》,文汇出版社2004年版,第26—27页。

③ 张炯主编:《丁玲全集》(第11卷),河北人民出版社2001年版,第440页。

同日，《文汇报》发表陈荒煤《〈伤痕〉也触动了文艺创作的创痕》。

21 日，《解放日报》发表邱少全《实践高于理论——兼谈实践是检验真理的唯一标准》。

22 日，《人民日报》发表特约评论员文章《谈谈“抽象肯定，具体否定”的问题》。

同日，《解放日报》发表纪栩《坚持实践第一的观点——批判林彪、“四人帮”的“倒过来”公式》。

24 日，是日，丁玲日记载：“下午谢老师来。谈到老舍……我不觉心潮起伏。……说老舍曾谈过他后悔过去因为盲从，而损害了一些人。在被损害的人中，曾经提到我的名字。”①

25 日，《人民日报》发表特约评论员文章《一切主观世界的东西都要受实践的检验》。

同日，《解放军报》发表空军理论组《让人讲话是实行民主集中制的关键》。

28 日，《人民日报》发表特约评论员文章《坚持社会主义的民主原则》。指出，发扬人民民主，首先必须保障人民享有充分的民主权利。一切言论和行动都要体现人民群众的利益，而决不能滋长官僚主义。

本月

《文艺报》编辑部召开短篇小说座谈会，讨论《班主任》《伤痕》等作品并予以充分肯定。

《文艺报》第 3 期发表戚方《坚决贯彻“放”的方针》、徐迟《文艺与“现代化”》、秋耘杂文《心有余悸与心有余毒》、吴繁杂文《不要做“后街阿狗的妈妈”》。

《人民文学》第 9 期发表秦似杂文《诡辩术的渊源流变及其他》。文章说，当前，在拨乱反正、正本清源的时候，清算一下种种诡辩论的危害性，使社会风气来一个大的改变，实在是有其必要的。

《上海文艺》第 9 期发表评论员文章《一个反革命的共同纲领——批判林彪、“四人帮”合谋抛出的“文艺黑线专政”论》。指出，“文艺黑线专政”论已经破产了，但它的流毒，仍不可低估。这种谬论之所以猖獗一时，是有其社会历史根源的：一则由于这种谬论打着毛主席的旗号反对毛

① 张炯主编：《丁玲全集》（第 11 卷），河北人民出版社 2001 年版，第 442 页。

主席，搞假左真右，具有很大的欺骗性；二则由于中国曾经是小资产阶级极其广大的国家，而小资产阶级的狂热性、主观片面性和好走极端，使他们很容易受极“左”的词句和口号的迷惑和影响；三则由于我们建国以来对宁“左”勿右思潮的揭露和批判不够，因而就看不透假左掩盖下的极右实质。

《作品》9月号发表江励夫杂文《葫芦和空中楼阁》、谢望新杂文《为何惧“新”?》。

《中国青年》杂志于11日复刊。发表特约评论员（李洪林）文章《破除迷信，掌握科学》①、韩志雄《革命何须怕断头》、童怀周《青年革命诗抄》。特约评论员文章指出，林彪、“四人帮”是现代迷信的制造者。现代迷信必须打破，它的流毒必须肃清。这是实现新时期总任务的要求，是摆在青年面前的迫切任务。

《新吉林》第9期发表刘耕路杂文《也论睁了眼看》。

《学术研究》第3期发表张磊杂文《“余毒”、“余悸”及其他》。

十月

2日，《人民日报》发表李洪林《科学与迷信》、余思《评“有权即有理”》。李文指出，林彪、“四人帮”为了达到篡党夺权，颠覆无产阶级专政，建立封建法西斯专政的目的，大搞迷信，不是求神拜佛的那种迷信，而是一种新式的迷信：用马列主义、毛泽东思想当作外衣来吓唬人的迷信。他们搞的这种迷信多年来禁锢着一些人的头脑，至今还有待解放。利用马克思主义来搞迷信，欺骗性特别大。怎样反对这种迷信，对于共产党人和劳动人民来说，确实是个重要问题，值得我们仔细研究，认真对待。

同日，新华社报道：深受群众喜欢的黄梅戏优秀传流剧目《天仙配》重新公演。

3日，《解放日报》发表邱少全《真理必须不断地接受实践检验》。

---

① “我在1978年春节期间写出一篇比较长的札记《科学和迷信》寄给《人民日报》，但当时的总编辑不赞成发表，这篇文章就退给我了。到了夏天，《中国青年》正准备复刊，向我约稿。我把它压缩一下，题目改成《破除迷信，掌握科学》，给他们送去了。这篇文章第一次提出‘现代迷信’的概念，胡耀邦看了校样，很赞成，让《中国青年》用‘特约评论员’名义发表在杂志复刊第一期上。”李洪林、马国川：《回首“理论风云”》，《财经》2012年第15期。

5日，《光明日报》发表《对实践的专横就是对真理的恐惧》。

同日，《解放日报》发表荒芜杂文《说一首揭批江青的诗》。所说诗为时任广东省文史馆长胡希明所作七言绝句："银幕华灯迹未残，高呼万岁梦江南；当年庆寿人如在，记得儿家旧姓蓝。"

同日，《文汇报》发表钟仑《坚持实践标准才能真正高举毛泽东思想伟大旗帜》。

6日，《人民日报》发表胡乔木《按照经济规律办事，加快实现四个现代化》。指出，社会主义经济如果不研究不遵守客观规律，靠长官意志想当然瞎指挥，那就会造成某些单位甚至整个国民经济停滞倒退，使千百万以至几亿人民遭受苦难。

7日，《解放军报》发表评论员文章《林彪、"四人帮"的流毒非肃清不可》。

8日，《人民日报》发表袁良骏杂文《读〈看镜有感〉有感》。

是日，丁玲日记载："午睡时构思一短文，以一中学教员回乡务农，从他的生活中反映农村所受'四人帮'毒害之深为题材，用日记形式，仿《狂人日记》。真是数年不见，农村的面目全非，令人痛恨。但一觉醒来之后，又有些畏惧了。文章要写得深刻点，生活化些，就将得罪一批人。中国实在还未能有此自由。《三八节有感》使我受几十年的苦楚。旧的伤痕还在，岂能又自找麻烦，遗祸后代！"[①]

9日，《人民日报》发表张显扬、王贵秀《"全面专政"的提法是反科学的》。

同日，《解放军报》发表金汶《理论的权威从何而来——批林彪、"四人帮"的绝对权威论》。

同日，《文汇报》发表夏禹龙《真理标准与解放思想》。

11日，《黑龙江日报》发表严真《不要逼人说假话》、张矛等《打破对"权力"的迷信》。

13日，《人民日报》发表刘革文、杨振明杂文《不闻恶声与鸦雀无声》。

同日，《文汇报》发表朱伊卓、沈佩英《真理不能作为检验真理的唯一标准》、吴良恒《坚持实践标准和加速实现四个现代化》。

15日，《人民日报》转载《广西日报》所发谭欣杂文《姓"钱"和姓

① 张炯主编：《丁玲全集》（第11卷），河北人民出版社2001年版，第447页。

“资”是一家吗?》。文章说，“赚钱就等于搞资本主义”，这是万恶的“四人帮”编造出来的。这个谬论不批判，社会主义事业就还要受影响。

同日，《解放日报》发表林章《请看老伽利略的意见——关于真理标准问题读书札记》。

17日，《人民日报》发表周咏杂文《与王安石何干?》。

18日，黄裳作杂文《西太后与现代化》[①]。

20日，《人民日报》发表北京观众乔长路《把门开得大一些——致中央电视台的一封公开信》。信中说，粉碎了“四人帮”，再不能用狭小的眼光对待历史，对待观众。不能总是害怕祖宗的东西、外国的东西会带来过多的毒素。好的艺术作品是全人类的共同财富。谁敢说为马克思所称颂过的莎士比亚、巴尔扎克的作品是纯属英国的、法国的，而不是属于全人类的呢?

同日，《文汇报》发表董石竹《马克思主义理论是随实践的发展而发展的》。

21日，《中国青年报》发表王乐天杂文《2+2=?》。

22日，《解放日报》发表亦木杂文《打破“紧箍儿”》。

23日，《人民日报》发表新如《“拔红旗”辨》、黎英杂文《“勤攻吾之阙”——诸葛亮的智慧和他的谦虚》。

同日，《解放日报》发表江安杂文《谈“修正”——读斯大林一次讲话札记》。

25日，《诗刊》社和中央人民广播电台联合举办“为真理而斗争”诗歌朗诵会。

同日，《解放日报》发表杜东亮《坚持实践标准与发扬人民民主》、卢纯田《真理标准与工作作风》。

26日，《光明日报》发表郭罗基《毛主席的旗帜是革命的科学的旗帜》。

同日，全国八大城市开始举行日本电影周，放映《追捕》《望乡》等影片。

27日，《人民日报》发表宋振庭《论高举毛泽东思想的旗帜》、刘纲纪《政治觉悟与物质利益》。刘文强调，把物质利益看成是极端卑下的东西，把政治觉悟、革命看成是凌驾于物质利益之上、同物质利益毫不沾边的、

① 收入氏著《榆下说书》，生活·读书·新知三联书店1982年版。

无比“圣洁”的东西，这是唯心主义者和政治骗子们的极端虚伪而又反动的谎言。

是日，张光年日记载：“下午三时去省委礼堂作报告：从真理标准讲到‘文艺黑线’和文艺民主问题，讲了三个小时。听众四百余人，有从芜湖、滁县、上海赶来的。”①

是日，陈登科日记载：“光年同志的报告，第一个问题，谈的是‘实践是检验真理的唯一标准’。‘四人帮’制造了很多新的迷信，愚民政策，如今还在束缚着我们的思想。揭批‘四人帮’是保卫毛主席文艺路线的生死斗争。当然，这也引起来许多联想。广大工人，农民，知识分子干的，想的，就是要使我们国家富强起来。一个作家如何在实践中检验自己，这就看你的作品，是不是表达了广大人民的思想和愿望，表达了，就得到人民的欢迎。”“‘双百’方针，过去成为整人的钓饵，现在会怎样呢？眼前，看来是放字当头，不会成为钓饵。现在正开始宣传民主与法制，将来会如何，只有天知道，因我们是处在变幻莫测的时代，一切进步的太快了，进步快变化当然也就快，这是一定的。”“文艺黑线专政论，本身就是个大冤案，这句话过去没人敢讲的，现在人们也慢慢在谈论了，是冤案。但是，是谁为文艺界招来这场大灾难？人们还在吞吞吐吐，没人敢于承担，可历史就是历史，已成历史了，不承担是没有用的。我看有些人，还应早一点站出来，爽爽快快地把问题揭开，摆到全国人民面前来，人民自有公论。想掩盖是不行的，避开也是不行的。”②

28日，《光明日报》发表李敏生、赵越胜《真理的标准和群众路线》。

同日，《解放军报》发表纪平《勇于接受实践的检验》。

28—30日，《文汇报》连载宗福先《于无声处》全文。

29日，《解放军报》发表石仲泉《用马克思主义的科学态度学习革命领袖》。

同日，《黑龙江日报》发表晓江《冲破思想的牢笼》。

本月

黎澍在《历史研究》编辑部和吉林省社会科学研究所联合举办的中国古代史分期问题讨论会上，作题为《坚决贯彻百花齐放、百家争鸣的方

① 张光年：《文学活动日记（一九七八年）》，《新文学史料》1998年第4期。

② 陈登科：《陈登科文集》（第8卷），北京燕山出版社2003年版，第346—347页。

针》的讲话。指出，学术问题的自由讨论是社会主义民主赋予人民的权利。“国家实行‘百花齐放，百家争鸣’的方针”已经载入宪法。在研究工作中的一得之见允许他人有不同的和进一步的看法，并乐于在讨论中接受检验，这是我们所遵循的社会主义民主和“四人帮”推行的文化专制主义的根本区别。

《红旗》杂志第 10 期发表社论《解放思想，加速前进》。

《文艺报》编辑部举行“实践是检验真理的唯一标准”讨论会。

《文艺报》第 4 期发表短评《到火热的斗争中去》、孙犁《用实事求是的方法写文艺评论》、陈言杂文《扫荡瞒和骗的文艺》、丹晨杂文《文艺与泪水》、倪铭杂文《立此存照——记某同志在讨论剧本时的三次发言》。

《北方文学》第 11 期发表丛星杂文《也谈“人情味”》。

《中国青年》第 2 期发表特约评论员文章《做保卫和发扬社会主义民主的战士》。指出，要发展社会主义民主，就要同一切反民主的思想和行为作斗争。谁个搞封建家长制统治，谁个违反民主、侵犯人权，甚至打击报复，我们有权根据党章、宪法批评他，揭发他，控告他。不要怕摸“老虎”屁股，“老虎”也是怕民主、怕群众的。

《复旦学报》复刊。发表夏征农《没有民主就没有社会主义》以及周谷城等关于真理标准问题的 7 篇笔谈文章。夏文发表之后，在社会上引起了强烈的反响，此文很快为《人民日报》转载，并得到胡耀邦肯定、推荐，说“没有民主就没有社会主义”是一个正确命题。

《工人日报》于 6 日复刊。

《中国青年报》于 7 日复刊。

黄翔等人在贵州创办民间刊物《启蒙》。创刊号发表黄翔长诗《火神交响曲》。

十一月

1 日，《人民日报》发表谢殿斌、张雷克杂文《莫做“套中人”》。

是日，陈登科日记载：“下午，袁鹰同志做报告，事后大家一致意见，说他干脆，讲得好！”“对文艺界做报告，能得到一个好字，是很不易的。我想他之所以讲的好，在于他没有包袱，过去和今天，都不欠任何的债。说出同志们心里想说的话。如：实践是检验真理的唯一标准，是不是人们都接受，都同意，实际并不如此，有的人心里不同意，又不敢公开站出来反对。”“文艺民主的问题，这话总理在六二年就提出了，可没有人敢公开宣传。没有民主，百花齐放，怎么放？”“社会主义民主与法制，光靠报纸表态，能解决问题？我看没有用的，只有彻底打破个人迷信，个人迷信不破除，怎么能谈得上民主，一人说了算，根本就没有民主可言。”“百花齐放，搞文艺工作的，谁不主张放呢？可是你一提艺术民主，就会有人加上你主张创作自由的罪。这个‘放’字，可不那么容易呵！”“心有余悸，是一种病，这个看法，我很同意，既然是病，就要请医生，这个医生是谁？到何处去请？从来就没有什么救世主，只有人民。”“天安门事件，在粉碎‘四人帮’后，吴德还公开讲，这是反革命事件，是铁案，谁也翻不了。可现在怎样，人民不是大声疾呼：这是一次伟大的革命斗争。人民，只有人民才是最公正的裁判者，吴德的话是不能代表人民的，所以，他才被人民赶出北京市。可这件事，并没有使某些人从中得到教训，实有点遗憾。”“一个文艺战士，当前最迫切任务，就是要站到人民的行列，拿起笔杆，向那些不合天意，违背民情的人和事，勇敢的冲刺，打破，推倒，砸烂。”①

2 日，《人民日报》发表嵇思《批“大树特树”》、沈阳部队后勤部理论组《“斗争就是一切”是什么货色？》。

同日，《光明日报》发表陈铁健《毛泽东同志是生活在人民之间的革命领袖——批判林彪“四人帮”煽起的神话迷信思潮》。

3 日，《人民日报》发表社论《学习和利用国外先进经验》。

4 日，《光明日报》特约评论员文章《革命文艺的神圣使命——从〈神圣的使命〉谈起》。指出，粉碎“四人帮”以后，一些作家努力摆脱“从路线出发”、“主题先行”、“三突出”的枷锁，冲破“四人帮”设置的禁区，写出了一批较好的作品。但是，人们中也出现了一些不同的议论。比如说这些作品是“暴露文学”，为什么要写阴暗面和悲剧，写这样的作品，会否定“文化大革命”，等等。这些议论，涉及文学创作的某些重大问题，有待于进一步研究和澄清。

同日，《文汇报》发表谷雄《拨乱反正的一个重大课题——论实践是检验真理的唯一标准讨论》、沈长钧《科学无禁区》。

5 日，《人民日报》发表杨洪立杂文《良药未必苦口》。

---

① 陈登科：《陈登科文集》（第 8 卷），北京燕山出版社 2003 年版，第 349—350 页。

同日，《光明日报》发表卞毓方《眼光向着“引证”还是向着实际——读〈非批判的批判〉随感》。

同日，《文汇报》发表评论员文章《真理标准与文艺创作》。

同日，《大众日报》发表戴永夏杂文《“忌讳术”及其他》。

6日，《解放日报》发表许柯杂文《从“招贤榜”说到实践标准》。

7日，《人民日报》发表谷春德《有了政策还必须有法》、梅鉴杂文《法和言》以及短评《人民的民主权利不容侵犯》。谷文指出，长期以来，在我们法学研究和政法工作实践中，流行着一种错误观点，认为政策就是法，政策就等于法。有了党的政策就行了，法可以不要。我国法制长期处于不完备的状况，和这种观点的影响颇有关系。

8日，《人民日报》发表欧阳山《剥去假左的外衣》。指出，林彪、“四人帮”炮制的所谓“文艺理论”的特点是以假左的伪装来掩盖真右的实质。

9日，《人民日报》发表特约评论员文章《思想再解放一点》。

同日，《解放军报》刊登编者述评《正确对待群众在报纸上的批评》。指出，种种不能正确对待群众的批评，甚至侵犯、压制人民民主权利的行为，说到底，是这些同志把自己经管的部门和单位看作不容许任何人批评和监督的独立王国。我们在揭批林彪、“四人帮”的斗争中，务必认真扫除这种反人民、反民主的封建专制主义流毒。否则，要坚持好社会主义的民主，正确对待群众的批评，是不可能的。

同日，《北京日报》发表文章《“长官意志”不能代替法律》。

同日，《文汇报》发表评论员文章《开动机器 学会分析》。

是日，陈登科日记载：“山西不准集市贸易，不准社员有自留地，这说明山西革命彻底，割资本主义尾巴坚决，三鸟不准养，不知山西人吃不吃鸡蛋？猪也不能养，那没关系，有全国人民支援。唉！光出典型，不出粮食，这个典型，还有多大意思。”①

10日，《北京科技报》发表吴胜明杂文《焦尾琴及其他》。

11日，是日，陈登科日记载：“过去，我把‘文字狱’三字，一直认为起源于戴震，今再查对一下，才知弄错了，不是戴震，而是戴名世。”“查了这段历史，不禁使我联想到文化大革命中，一人有罪，牵连到几十人，几百人就不是‘四人帮’首创了。在‘四人帮’横行的日子

① 陈登科：《陈登科文集》（第8卷），北京燕山出版社2003年版，第352页。

里，不是也有好多烈士的墓被毁，书稿被焚么？唉，看看古人，想想前几年，多么耐人寻味呵！”[①]

12日，《人民日报》发表达丁杂文《毛孩与“革命”》。

13日，《人民日报》发表社论《严守党纪国法》。指出，有些干部，包括少数高级干部，在林彪、“四人帮”反革命修正主义路线的腐蚀影响下，凌驾于党和人民之上，横行于党纪国法之外，他们不是遵法守纪的模范，而成为违法乱纪的罪人。

同日，《解放日报》发表夏阳《实践标准与“六条标准”》。

14日，新华社发出《天安门事件是革命行动》的电讯稿，全国各报纸以大字标题刊登这条消息。

同日，《解放日报》发表钟方《实事求是和安定团结》。

同日，《黑龙江日报》发表特约评论员文章《一定要发扬民主健全法制》。

15日，《人民日报》发表评论员文章《实事求是　有错必纠》。

同日，《文汇报》发表评论员文章《真理标准与文艺创作》。

是日，陈登科日记载：“办公室送来一份政法简报，第一例案件复查，就是庄辛辛案例：庄辛辛系广州半导体厂青年工人，一九七六年四月八日，他以‘广东广西悼念委员会’名义，向《人民日报》和《红旗》杂志编辑部写了一封信，并附词一首，词牌名《水调歌头·话井冈山》，全词如下：闻有凌云志，未访井冈山，昔有莺歌燕舞，今朝全不见，遍地猿鸣雀蹈，虽有潺潺流水，不知入何端，文化大革命，美处不可赞。/群贼动，阴谋烈，一人言。/整整十年过去，全如一梦间，幻想九天揽月，做梦五洋捉鳖，可笑徒往返。终必有一日，独裁要复颠。”“为了这首词，庄辛辛以反革命罪，被判徒刑十五年，剥夺政治权利五年。现今终于平反了，恢复名誉，恢复工作。在‘四人帮’横行的日子里，全国又何止一个庄辛辛呵！”[②]

16日，新华社报道：遵照华国锋为首的党中央关于全部摘掉右派分子帽子的决定，全国各地党委已经给最后一批右派分子摘掉帽子。

同日，《光明日报》发表萧蓮父《真理与民主》。

---

① 陈登科：《陈登科文集》（第8卷），北京燕山出版社2003年版，第353页。

② 同上书，第355页。

17日,《人民日报》发表社论《一项重大的无产阶级政策》、童怀周《革命人民的呐喊——〈天安门诗抄〉前言》,摘发《天安门诗抄》一组诗作。

同日,《人民日报》发表《天安门诗选》。

18日,华国锋为即将出版的《天安门诗抄》题写书名。

19日,《人民日报》发表林淡秋杂文《"文人相亲"》、石松杂文《说一不二》。

21日,《中国青年报》发表评论员文章《伟大的四五运动》。

21—22日,《人民日报》发表本报记者《天安门事件真相——把"四人帮"利用〈人民日报〉颠倒的历史再颠倒过来》。

22日,《光明日报》发表苏双碧《评〈评新编历史剧"海瑞罢官"〉》。

24日,安徽小岗村户主在村西的严立华家召开了秘密会议,20户人家除有两户仍在江西要饭外,18户都到了场。会上,社员们一致通过了分田到户的决定。

同日,《人民日报》报道:《文艺报》《人民文学》《诗刊》举行编委联席会议。会上,就如何贯彻"双百"方针,发扬文艺民主的问题,大家发表了许多意见。茅盾在书面发言中说,现在"四人帮"彻底打倒了,但"四人帮"的流毒和影响却远未肃清,在文艺战线上常常听到对一些敢于冲破"禁区"而深受群众欢迎的作品发出种种非难就是一例。他指出,在实践是检验真理的唯一标准面前,不存在什么"禁区",不存在什么"金科玉律",这就为文艺事业开辟了广阔的道路,为作家们创造新体裁、新风格乃至新的文学语言,提供了无限有利的条件;也只有这样,"百花齐放、百家争鸣"才不是一句空话。

25日,《人民日报》发表评论员文章《谁是文艺作品最权威的评定者?》。指出,人民群众才是文艺作品最权威的评定者。

26日,《人民日报》发表石名杂文《"审查"小议》、陈红胜杂文《少说废话》。

同日,《解放日报》发表亦木杂文《并不奇怪的奇怪逻辑》。

27日,新华社报道:邓小平副总理昨天上午就日本民社党委员长佐佐木良作提出的关于中国国内形势问题发表了谈话。有关群众贴大字报的问题,邓小平副总理指出,这是正常的现象,是我国形势稳定的一种表现。他说,写大字报是我国宪法允许的。我们没有权利否定或批判群众发扬民主,贴大字报,群众有气要让他们出气。群众的议论,并非一切都是深思熟虑过的，也不可能要求都是完全正确的，这不可怕。经过“文化大革命”的锻炼，我国绝大多数人民群众鉴别是非的能力和关心国家命运的觉悟是了不起的。广大群众是要求安定团结的，是顾全大局的。有些问题群众有疑问，有些话对安定团结、实现四个现代化不利，要向群众说清楚，要善于领导。

同日，《黑龙江日报》发表纪思《“语录裁判所”应该关闭了》。

28 日，《人民日报》发表邢贲思《真理有阶级性吗？——关于真理有没有阶级性的对话》、宗杰杂文《“四化”和“四话”》，转载《辽宁日报》所发靳军杂文《“铁饭碗”与瞎指挥》。

同日，《文汇报》发表评论员文章《实践是检验文艺的唯一标尺》。

同日，《解放日报》发表汪言《坚持实践标准与实用主义是两回事》、陆振球《不应当抱住昨天的理论不放》。

29 日，是日，陈登科日记载：“这两天，北京又热闹起来了。晚上，西单有游行，人民英雄纪念碑前广场上，围着有近两万人，举行民主讨论会，作为一个作家：真应该去听听看看，可是我年纪大了，挤不进去，也听不见。”“有人说，纪念堂东边，贴了一张大字报，有一万多字，我真想去看看，可我一见那么多人围在那里，又没勇气了。我不怕便衣，是怕那地方太陡太窄太高，万一被人挤滑下来，我这个有心脏病的人，不死也爬不起来了。”“我转了好大一会，只看到‘启蒙’二字，其他只看到人了。人有多种多样的人。对那张大字报的议论也就不同了，有的赞成，有的反对，从议论中也可以听出来，拥护这张大字报的人不少，反对的不多。”“实践是检验真理的唯一标准，对一个人的好坏，也应由历史去定。个人的历史，不是别人写的，是自己写的。有的人所作所为已成历史了，是无法抹掉的，就是我们这一代人不去写他，我们的下一代，我们的子孙也会将他的罪恶，写进史册的，因为历史是公正的。”①

30 日，《文汇报》发表宣圆（施宣圆）杂文《“番茄王”、番茄及其他》。

是日，张光年日记载：“下午一时半去虎坊桥《诗刊》编辑部参加天安门诗歌座谈会。到天安门诗歌作者二十余人。贺敬之、艾青、白桦、张天民、臧克家（早退）、冯牧、孔罗荪（迟到）也应邀参加。从下午二时开到七时半，气氛热烈。中间话题转到西单大字报及天安门群众连日晚间

① 陈登科：《陈登科文集》（第 8 卷），北京燕山出版社 2003 年版，第 357—358 页。

集会，又回到诗歌、文艺问题。我和贺敬之也发了言。会上见到天安门诗歌作者之一的部队青年诗人叶文福。他当场送我一本他的诗集《山恋》。晚上翻阅近日参考资料上有关西单大字报的国外反映。看了北京市委传达的《中央政治局常委指示精神记录要点》。后者在座谈会上引起一些青年人的议论；总的是表示拥护的。”①

本月

《文艺报》第5期开辟“坚持实践第一发扬艺术民主”专栏，发表茅盾《作家如何理解实践是检验真理的唯一标准》、巴金《要有个艺术民主的局面》、沙汀《创作也要受实践的检验》、苏叔阳《从社会实践中来，受社会实践检验》、李春光《谈社会主义文化民主问题》、费振刚《从讨论真理标准所想到的》、刘晓江《实践与文艺批评》等文章。巴金指出：“围绕着实践是检验真理的唯一标准的讨论，不是一般学术观点的讨论，这是思想战线上一场重要的斗争。”“这场斗争关系到整个国家的前途，关系到新的长征能否取得胜利，四个现代化是否能顺利完成，关系到揭批林彪、‘四人帮’的斗争是否能进行到底，关系到各条战线的工作和每个人的工作。”“我们文艺界当前的主要工作是发展和繁荣社会主义文艺。要实现这个目的，就得按照文艺发展的规律办事。作品来源于作者的生活实践和艺术实践。对作品最有发言权的人就是读者，就是广大人民群众。”发表袁良骏《鲁迅研究中值得注意的几个问题》、陈登科《忆念赵树理同志》、柯灵《怀傅雷》。

《上海文艺》第11期刊登本刊评论员文章《艺术与民主》。文章从“艺术要反映人民的呼声”、“艺术创作不能容忍‘样板’”、“文艺批评不能‘哪个大听哪个的’”、“在贯彻双百方针过程中实现党的领导”四个方面，论述了艺术与民主的问题。指出，艺术创作的繁荣，文苑百花的盛开，离不开适宜的民主气候。文学艺术就其本性来说，是最容不得专制独断的。任何形式的专制都会窒息艺术的生机，只有民主才能促进艺术的繁荣。

《北方文学》第12期发表衣殿臣杂文《话说“收发室”之类》、王雅军杂文《也说人材》、陈景春杂文《不准笑的“悲剧”与抽象的“水果”》。

《作品》11月号发表杨嘉杂文《黑手》。

《中国青年》第3期发表林春、李银河《要大大发扬民主和加强法制》。

① 张光年：《文学活动日记（一九七八年）》，《新文学史料》1998年第4期。

指出，法律不完备，法制不健全，没有可靠的机构和制度来保障社会主义民主，给了林彪、“四人帮”以可乘之机；在党和人民的民主手段受到严重的削弱和破坏的情况下，少数掌握了权力的野心家、阴谋家就能够为所欲为。这是历史留给我们的极其深刻的惨痛的教训。

《哲学研究》第 11 期发表胡平、王锐生《科学无禁区》。

《历史研究》第 11 期发表李侃《论中国近代历史上的封建顽固派》。指出：林彪、“四人帮”大搞封建专制主义，以最反动、最腐朽的思想观念来取代社会主义的新思想、新道德、新文化。

《诗刊》社和中央人民广播电台接连两天在首钢礼堂和工人体育馆联合举办《为真理而斗争》诗歌朗诵会。朗诵了《天安门诗抄》中的诗词和艾青的《在浪尖上》、白桦的《阳光，谁也不能垄断》、雷抒雁的《小草在歌唱》。

十二月

2 日，《人民日报》发表谭宗级《提倡互称同志的风气》。

是日，陈登科日记载：“他（张锲——引者）来电话是告诉我，陆定一在一号上午已回来了，住在国务院第二招待所。陆定一回来了，他是不是能接受教训，我还有点怀疑，两个批示的产生，不是他为向江青讨好的结果么？他为文艺界带来了这场灾难，难道他没有责任么？还有，五七年打了那么多人，谁对他提意见，谁就反党，谁就是右派，唉，他现在应该有所觉醒了吧！”“不过，他能回来，总是好事，向前看应欢迎。”①

3 日，《人民日报》发表虞挺英杂文《缠足和缠头》、李肇星杂文《笑不出声的笑剧》。虞文指出，林彪、“四人帮”大搞封建法西斯主义，禁锢、钳制思想，制造蒙昧，也是他们的拿手好戏。

同日，《光明日报》发表《谈社会主义民主问题》。

同日，《南方日报》发表吴恩培杂文《太阳的神话》。

5 日，《人民日报》发表评论员文章《根除弄虚作假的邪风》。

是日，张光年日记载：“上下午在新侨饭店小礼堂参加《文艺报》《文艺评论》联合举办的为一些作品平反的座谈会，与会者百余人。上午有李建彤、夏衍、赵寻等同志发言，着重揭批了康生、江青等人扼杀小说《刘志丹》、电影《革命家庭》、戏剧《海瑞罢官》《李慧娘》及陶铸同志的两

① 陈登科：《陈登科文集》（第 8 卷），北京燕山出版社 2003 年版，第 358 页。

本书的罪行。下午继续谈了一些有关问题，并有王子野、贺敬之、周巍峙和我讲了一些意见。今天的会开得很成功，对文艺界第三战役起了促进作用、大家兴致很高。”①

是日，陈登科日记载：“真是大快人心，小胡子（指康生——引者）脸上的画皮，终于给撕下了。这个家伙，为文艺界制造了一场史无前例的灾难。不，不仅仅是文艺界，是全党、全军、全国人民的一场灾难。”“真相大白了，‘利用小说反党是一大发明’，这句话，原是出自他手。他在北戴河，听了阎红彦向他汇报，说李建彤写了一本小说，是为高岗翻案，便在本子上写了这么一句话，给主席看，主席当众把这句话念了，便成了最高指示，其实主席根本没看过这部小说。”“康生是坏蛋，是政治骗子，是政治流氓……这些话，在同志发言中，全骂出来了。摆摆事实看，哪一件事不是他出尔反尔的。六一年紫光阁座谈会，记录稿还在。旧戏不就是他叫人家演的？他指名要赵燕侠演十八扯，花田错……等等。他到四川，别的戏不看，就要看十八扯。到了六四年，他翻脸不认账，把这些罪名全加到别人头上。李慧娘也是他支持的，有信为凭，他还请演员吃饭，可后来又是他说：‘鬼戏。’”“文化大革命中，他亲自点名诬陷的老干部，并加上莫须有的叛徒、特务、走资派罪名的就有三百多人。这个家伙，没干过好事，惟一的‘功劳’，就是整共产党员，四二年整风整了多少人，这算过吗？文化大革命他又整人。他是有党愤、民愤的人，要狠批，不批康生，在文艺界就不可能搞清大是大非，也不可能达到安定团结，文艺繁荣。”②

6日，《人民日报》发表李步云《坚持公民在法律上一律平等》③、乔木青《加强法制保障公民权利》。李文指出：“我们不仅要大力宣传公民在适用法律上一律平等的原则，而且要在实践上坚决贯彻执行。一个人不管职位多高，功劳多大，如果犯了罪，都要同普通老百姓一样地依法惩处，不能有任何特殊。”

同日，《黑龙江日报》发表陈铁健《科学必胜　神学必亡》。

---

① 张光年：《文学活动日记（一九七八年）》，《新文学史料》1998年第4期。

② 陈登科：《陈登科文集》（第8卷），北京燕山出版社2003年版，第359—360页。

③ 此文发表后不久，《北京周报》以五种外国文字向外界报道该文并由此引发法律面前人人平等的争论。作者也应《红旗》杂志之约，撰写《人民在自己的法律面前一律平等》一文，发表于该刊1979年第3期。

同日，《辽宁日报》发表毕成宽杂文《劝君莫再当“戏迷”》。

8 日，《解放日报》发表王绵园《破产之后的神学》。

同日，《光明日报》发表林克欢《艺术属于人民》。

9 日，《光明日报》发表《健全法制才能发扬民主》。

同日，《解放日报》发表林勃杂文《给“思想僵化症”开张药方》。

10 日，《文汇报》发表辛雨杂文《方孝孺的“迂”——明史杂谈》。

10—11 日，《人民日报》发表陶斯亮《一封终于发出的信——给我的爸爸陶铸》。

13 日，叶剑英在中央工作会议闭幕会上讲话。指出：“文化大革命给我们一条最重要的教训就是，这场运动的领导班子——中央文革，由一批叛徒、特务、阴谋家、野心家、反革命两面派、篡党夺权分子所把持。他们叫嚣‘踢开党委闹革命’，从中央政治局、省、地、县以至基层的绝大多数地方各级党委都被他们破坏了。部队的各级领导也发生很大混乱。他们利用篡夺来的权力，大搞法西斯专政，上整干部，下整群众，制造大量冤案、错案、假案，把许多老同志打倒，把大批干部和群众打成‘走资派’、‘反革命’，进行残酷迫害。包括受牵连的在内，受害的有上亿人，占全国人口的九分之一。”① “林彪、‘四人帮’混淆无产阶级民主同资产阶级民主的区别，制造一种错觉，似乎实行民主就等于复辟资本主义。他们在民主问题上所散布的这种奇谈怪论，搞乱了我们一些同志的思想，使我们一些同志一听到民主，就紧张得很，只怕是背离了无产阶级专政，而不知道无产阶级专政就是无产阶级民主，就是人类历史上最广泛最实在的民主，因为它只对反抗的剥削阶级实行专政，对其他所有的人都保障享有空前未有的民主权利。”② “林彪、‘四人帮’所以在民主问题上制造混乱，绝不是要反对什么资产阶级民主，而是要剥夺无产阶级和劳动人民的民主，践踏党的民主集中制，我们绝不要再上这些封建法西斯分子的当。”③ “中国经历了两千多年的封建社会，资本主义在我国没有得到过充分的发展，我们的社会主义是从半殖民地半封建的基础上开始建设的。”“林彪、‘四人帮’以封建主义冒充社会主义，说是用社会主义反对资本主义，实际是

① 《叶剑英选集》，人民出版社 1996 年版，第 405 页。

② 同上书，第 497—498 页。

③ 同上书，第 498 页。

用封建主义来反对社会主义。”“他们对任何与他们不同的意见都扣上‘资产阶级’、‘资本主义’的大帽子，使得我们的思想被搞乱了，分不清什么是封建主义、什么是资本主义，什么才是真正的社会主义。”① “我们解放思想的重要任务之一，就是要注意克服封建主义思想残余的影响。列宁说过：不仅要宣传科学社会主义思想，而且要宣传民主主义思想。我们要破除封建主义所造成的种种迷信，从禁锢中把我们的思想解放出来。”②

14 日，《人民日报》发表李洪林《我们党的历史仅仅是两条路线斗争的历史吗?》。

同日，《解放日报》发表荒芜杂文《应声虫——读书随笔》。

15 日，《人民日报》发表江华《严明法纪　纠正冤案错案》，以《一个剥削阶级家庭出身的青年的心声》为题，刊登福建建阳地区综合农场何本贤的来信。江华指出：“林彪、‘四人帮’一伙出于反革命目的，把党的领袖‘偶像化’，把领袖的思想当成宗教的‘教义’，只要谁损坏了一枚像章，谁弄坏了一张伟人像，谁说了一句牢骚不满的话，不问他的目的、动机如何，统统以‘恶毒攻击’的反革命罪判处。这些年来，判处的‘恶毒攻击’案件中，冤案、假案、错案最多。这里有深刻的教训。有些人反对林彪、‘四人帮’，但由于不了解情况，或因一时一事不满，或者是其他原因，说了或写了一些攻击性的话，他又不是推翻共产党，破坏社会主义革命和建设，你为什么要把他当成反革命处理?”“林彪、‘四人帮’曾经在党内党外造成一种很不正常的政治空气，就是不让人讲话，只许歌功颂德，不准批评指责，这严重地破坏了社会主义民主和社会主义法制。不许人家讲不满的话甚至反对的话，动不动就是反革命，那么宪法规定的言论自由、民主权利哪里去了？你说那是些坏话，难道讲坏话就要判刑？要求每个人的思想都是马列主义的，一开口都说符合马列主义、毛泽东思想的话，可能吗?”何本贤在信中说，“家庭出身给我带来了无限痛苦。去年九月，我愤然离开了我的家。政治上、精神上的苦痛和疾病的折磨，几乎逼我走到了人生的绝路。今天我含着泪水，怀着病人渴望求医的愿望，给你们写信。”

同日，《解放日报》发表年川文杂文《〈曙光〉的启明——谈反对本本

① 《叶剑英选集》，人民出版社 1996 年版，第 501 页。

② 同上书，第 501—502 页。

主义》。

17 日，《大公报·大公园》发表巴金《随想录·总序》及《随想录》首篇《谈〈望乡〉》。《总序》说："这些文字只是记录我随时随地的感想，既无系统，又不高明。但它们却不是四平八稳，无病呻吟，不痛不痒，人云亦云，说了等于不说的话，写了等于不写的文章。那么就让它们留下来，作为一声无力的叫喊，参加伟大的'百家争鸣'吧。"

同日，《人民日报》发表张雨生杂文《书记审戏质疑》。

是日，陈登科日记载："（朱丹）还告诉我，贺老二（贺敬之——引者）在文化部会议上，提出：一条黑线，两个批示，三个阎王殿，四条汉子，五次反复等问题。这几个问题，全是文艺界的大问题，条件还没有成熟。但是，这些问题，总有一天要澄清的，这些问题不澄清，文艺界好多问题无法谈。"[①]

18 日，《解放日报》发表景周杂文《为何"道同而功异"》。

19 日，《人民日报》发表张光年《驳"文艺黑线"论》[②]、罗荪《"双百"方针和艺术民主》。

21 日，《人民日报》发表特约评论员文章《人民万岁——论天安门广场革命群众运动》。

23 日，《人民日报》刊登报道《实事求是，有错必纠，繁荣社会主义文艺　给批错的作品和受迫害的作者平反〈文艺报〉和〈文学评论〉编辑部在京举行座谈会，一致要求研究解决如何保证给文艺工作者以法律保护，保证文艺界自由地进行民主的讨论》，并配发评论员文章《加快为受迫害的作家和作品平反的步伐》。

同日，《解放军报》发表李不闲杂文《普里希别叶夫中士的幽灵》。

是日，陈登科日记载："盼望已久的三中全会终于开了。""成立纪律检查委员会，这是我党的一大建设。解放思想，畅所欲言，充分恢复和发扬党内民主、党的实事求是，批评和自我批评的优良作风。唉，这十多年，我们党内民主，已被破坏干净了。""平反假案，纠正错案，昭雪冤案，中央早就提出了。为何下边贯彻不了，行动缓慢，我看问题还在组织部门，组织部门不彻底改革，一切都是空话。设立专案组审查干部的方

① 陈登科：《陈登科文集》（第 8 卷），北京燕山出版社 2003 年版，第 363 页。

② 这是第一篇公开批判"文艺黑线专政"论的文章。

式，弊病极大，必须永远废除，这太好了。不过，那么多专靠整人为业的，恐怕要失业了，他们失了业又该怎么办呢?”“有法可依，有法必依，执法必严，违法必究。一个国家没有法制，确实少有。依我看，还应加一条，陷害同罪。现实生活中，靠陷害别人，而升官的人太多。不把踩着别人肩膀爬上去的东西拉下来，也是不能平民愤的。”“要保证法律面前人人平等，真能做到这样，对作家来说可是一大福音，这样作品就有反批评的权利。”①

24日，《人民日报》发表特约评论员文章《伟大转变和重新学习》。指出，今天的中国，社会主义民主的潮流是不可阻挡的。不管是什么人，不管他地位多高，官有多大，如果高高在上，对群众的呼声充耳不闻，把自己的意志和权威看得高于一切，甚至称王称霸，骑在人民头上拉屎拉尿，那是不行的。人民不允许，党和国家不允许，社会主义制度不允许。

27日，《人民日报》发表碧空《新闻工作者的思想也要解放一点》。文章说，我们的报纸又是人民的喉舌，人民的讲坛。实现四个现代化，离开充分发扬社会主义民主，离开广大人民群众的积极性和创造性，是不可能的。报纸、电视和广播，不但要代表人民说话，讲出人民的心声，而且要成为人民群众直接发表意见的地方。

28日，《人民日报》发表余思《“恐右症”的来历——驳“‘左’比右好论”》、少民《驳“‘外行领导内行’是普遍规律”》。余思指出，事实已经证明，如果我们对“左”的为害丧失警惕，“左”和右一样，都有可能使我们亡党亡国。

29日，《人民日报》发表社论《解放思想　实事求是》，社论指出：思想僵化或半僵化“一是因为十多年来林彪、‘四人帮’大搞禁区、禁令，制造迷信，把人们的思想封闭在他们假马克思主义的禁锢圈内，不准越雷池一步。否则，就要追查，就要扣帽子、打棍子。在这种情况下，一些人就只好不去开动机器，不去想问题了。二是因为民主集中制受到破坏，党内确实存在权力过分集中的官僚主义。这种官僚主义常常以‘党的化身’出现，许多重大问题往往是一两个人说了算，别人只能奉命行事。这样，什么问题都用不着思考了。三是因为是非功过不清，赏罚不明，干和不干一个样。甚至干得好的反而受打击，什么事都不干，四平八稳，反而成了

① 陈登科：《陈登科文集》（第8卷），北京燕山出版社2003年版，第365页。

不倒翁。”

是日，陈登科日记载：“我们的报界，对那些挥霍浪费国家钱财的大人物，为什么不能提出批评呢？报界同志不知道这些吗？不，知道，他们知道的很多，只是不能说。”“可怜的报界呵，胆子放大些，为人民说说话吧！你们知道一个农民一年收入是多少吗？一个工人的住房面积是多少平方米吗？劝君不要光看城市的高楼大厦，还是到农村，到工厂去，看看我们的工人农民吧！”①

30 日，《文汇报》发表高治《震动全国的大冤案——姚文元〈评新编历史剧“海瑞罢官”〉黑文出笼前前后后》。

同日，《南方日报》发表关振东等《今日艺苑又春风——访周扬同志》。周扬说，所谓双百方针，就是两个“自由”，即各种不同艺术形式、风格的自由发展和不同学术观点、不同学派的自由讨论。当前妨碍艺术民主、妨碍贯彻双百方针的关键在于领导，不要设禁区，下禁令，打棍子，扣帽子，事事包办，样样审查。

31 日，邓小平在《解放思想，实事求是，团结一致向前看》的讲话中第一次明确提出：“为了保障人民民主，必须加强法制建设。必须使民主制度化、法律化，使这种制度和法律不因领导人的改变而改变，不因领导人的看法和注意力的改变而改变”。

同日，《解放日报》发表评论员文章《思想要跟上伟大转变》。

本月

《文艺报》和《文学评论》编辑部联合召开“文艺作品落实政策座谈会”。与会者指出，在批判了“文艺黑线专政”论之后，还须彻底否定“文艺黑线”论，容许“文艺黑线”论存在，势必仍然要把一大批作家看作“黑线人物”，把一大批作品看作“黑线文艺”。

《文艺报》第 6 期刊登特约评论员文章《“百花齐放、百家争鸣”方针与艺术民主》，发表白桦《“四五”精神万岁！——赞话剧〈于无声处〉》、王昌定《一千二百字短文的遭遇——从〈创作，需要才能〉谈起》、李稼蓬杂文《谈“样板”》、王乐天杂文《上“文艺法庭”去!》、周忠厚杂文《“深渊”和“污泥潭”》、苏中《漫谈文艺的真实性》、王西彦《生活真实和艺术生命》、冰心《追念振铎》。

① 陈登科:《陈登科文集》(第 8 卷)，北京燕山出版社 2003 年版，第 366 页。

《上海文艺》第12期发表夏征农《从实践是检验真理的唯一标准说起》（1979年第1期连载完）、陈恭敏《“伤痕文学”小议》、黄宗江《浮想录》。夏文说，要贯彻“双百”方针，必须做到如下两条：对领导来说，首先必须拆除“四人帮”设置的各种禁区，更不能设置新的禁区，让文艺工作者“八仙过海，各显神通”，在文艺界造成一种敢写敢演生动活泼的局面；其次就是，不是口头上而是实际上坚决实行“三不主义”，要允许人家犯错误，允许人家改正错误。

《作品》12月号发表特约评论员文章《从实践检验文艺》、评论员文章《继续肃清流毒》、祝红亭杂文《“放”——实践和民主》、宇文藜杂文《“心有余悸”另一类》、江励夫《先进人物也是平凡的》。

《文学评论》第6期发表朱寨《把“文艺黑线专政论”提到实践法庭上》、蔡仪《实践也是检验艺术美的唯一标准》、周柯《文艺批评与“双百”方针》。

《哲学研究》第12期发表编辑部文章《在理论工作中要发扬科学精神和民主作风》。

《历史研究》第12期发表评论员文章《提倡不同学派平等地讨论问题》。文章说，社会主义是以民主为前提的制度，没有最广泛的人民的民主，就没有社会主义。

《新闻战线》复刊，暂定为双月刊。复刊号发表评论员文章《新闻战线上的革命和反革命——批判林彪、“四人帮”篡夺舆论大权的黑纲领》。指出，报纸要接受群众监督，包括报社内外的广大群众。反革命最害怕的是千千万万的人民群众。要充分发扬社会主义民主，使人民有权管理上层建筑，实现广泛的群众监督。

《未定稿》试刊第1期发表黎澍《消灭封建残余影响是中国现代化的条件》。指出：“彻底完成五四运动时期开始的反封建思想革命，是实现现代化和社会主义制度在中国取得胜利的一个重要条件”。第4期发表黎澍《彻底平反吴晗同志的冤狱》。指出：“姚文元《评新编历史剧〈海瑞罢官〉》不仅造成了吴晗同志的千古奇冤，并在全国各地株连了难以数计的作家和演员，是‘四人帮’在‘文化大革命’中大举诬陷、陷害，制造冤狱的开始……人们老是感到心有余悸，思想从何解放？四个现代化的步子如何能够加快？消除余悸，当然要以建立社会主义民主制度为前提，而平反冤狱又是建立社会主义民主制度的一个不可缺少的步骤。吴晗同志的冤狱是一次大冤狱……吴晗同志的冤狱实际上已是一个不平自反的冤狱了。那么，为什么不可以胆子再大一点，把为广大群众所关心的这个长期悬而不决的冤狱彻底平反，解除这个精神负担，使人心胸为之一快呢?”

本年

中国文联各协会根据中共中央55号文件的精神，相继成立专案复查小组，对1957年、1958年间错划为右派分子的作家、艺术家、文艺编辑、翻译家及文艺组织工作者，进行了甄别，重新作出结论，予以改正。

第二章　拨乱反正：1979年中国杂文档案

1月7—11日，胡耀邦在各省、市、自治区党委宣传部长会议上宣布：中共中央决定为所谓“中宣部阎王殿”冤案彻底平反。

1月11日，中共中央作出《关于地主、富农分子摘帽问题和地、富子女成份问题的决定》。

1月18日至2月15日，中共中央宣传部和中国社会科学院在北京召开理论工作务虚会前一阶段的会议。会议对关于社会主义时期阶级斗争的一些提法、关于无产阶级专政下继续革命的口号等进行了深入讨论。

2月26日，文化部党组作出决定，为所谓为资产阶级服务的“旧文化部”、“帝王将相部”、“才子佳人部”、“外国死人部”的错案彻底平反。

3月19日，中共中央决定撤销1971年8月13日转发的《全国教育工作会议纪要》。指出，《纪要》提出的对教育战线十七年的“两个估计”（即“文化大革命前十七年教育战线是资产阶级专了无产阶级的政，是‘黑线专政’；知识分子的大多数世界观基本上是资产阶级的，是资产阶级知识分子”），是“四人帮”强加在广大教育工作者身上的精神枷锁，影响极坏。

3月30日，邓小平在理论工作务虚会上发表《坚持四项基本原则》的讲话。强调：我们必须一方面继续肃清“四人帮”散布的极左思潮（毫无疑问，也这种思潮是反对四项基本原则的，只是以“左”面来反对）；另一方面用巨大的努力同从右面来怀疑或反对四项基本原则的思潮作坚决的斗争。

5月3日，中共中央批转人民解放军总政治部《关于建议撤销一九六六年二月部队文艺工作座谈会纪要的请示》，并发出通知，决定撤销中央于 1966 年 4 月批发的这一纪要。总政治部在请示报告中指出，《纪要》的贯彻和推行带来了灾难性后果。中共中央在通知中指出，对受《纪要》影响被错误批判、处理的人员和文艺作品，应实事求是地予以平反。

6 月 29 日，中共中央同意中共北京市委《关于“三家村”冤案的平反决定》。决定还宣布，1966 年 4 月 16 日，《前线》《北京日报》的《关于“三家村”和〈燕山夜话〉的批判》一文的“编者按”和材料是不实事求是的，应予撤销。

7 月 13 日，中共中央发出《关于对被定为右倾机会主义分子的平反、改正问题的通知》。决定为在 1959 年以来的反右倾斗争中，因反映实际情况或在党内提不同意见而被定为右倾机会主义分子或右倾机会主义错误的人员，一律予以平反改正。

8 月 4 日，中共中央批准中央组织部《关于为小说〈刘志丹〉平反的报告》。《报告》指出：《刘志丹》不是反党小说，所谓利用写小说《刘志丹》进行反党活动一案，是康生制造的一大错案。

9 月 13 日，第五届全国人大常委会第十一次会议通过决议，将“文化大革命”中成立的革命委员会改为人民政府。

10 月 30 日—11 月 6 日，第四次文代会在北京召开。会上，中共中央重申了文艺为最广大的人民服务以及“双百”方针等一系列文艺政策，赞同“在艺术创作中提倡不同形式和风格的自由发展，在艺术理论上提倡不同观点和学派的自由讨论”。明确提出不再重提“文艺从属于政治”和“文艺为政治服务”的口号，而以“文艺为人民服务、为社会主义服务”的提法作为社会主义文艺工作的总口号。

一月

1 日，《人民日报》发表署名为“北京一读者”的《“心有余悸”的根源》。文章说，“心有余悸”的问题，报上说得很多，但还没有触及问题的根本。实际上，人们怕的是我们的制度不能保证不出林彪或“四人帮”一类坏人。应该保障人民批评领导人的权利。那种批评领导就是反党、就是反革命的逻辑是要不得的。

2 日，在中国文联举行的迎春茶话会上，胡耀邦发表讲话，提出要

“建立党与文艺界的新关系”。他说，林彪、“四人帮”把全国的文艺界办成一个“管教所”，我们要砸烂这个“管教所”，建立新的“服务站”。

是日，张光年日记载：“下午是文联主办的文艺界新年茶话会，……会前在休息室分别同胡耀邦同志、黄镇同志谈了四月间召开文代大会的设想。他们很赞成。茶话会上，黄、胡先后作了很好的讲话。参加者二三百人。”①

是日，陈登科日记载：“他（胡耀邦——引者）讲话中谈到党和文艺界的关系。他认为党的宣传部门，应该是文艺界同志们前进过程中的服务站。这个服务站如何服务的，在他看来大概要有这几个部门：一个是文艺‘问讯处’——指出文艺的方针、路线，给文艺创作以指南；一个是‘资料室’——为文艺创作提供过去和现在的资料；一个是‘休息室’——歌手们口渴了，有一口凉白开喝；第四还有个‘医疗室’——假使我们文艺发生了感冒，嗓子哑了，总要搞些清凉剂；第五，还要有个‘修理室’——歌手们的乐器坏了，总得需要修理修理。他特别强调，这医疗室和修理室，就是文艺评论和文艺批评。”②

3 日，胡乔木在中共中央宣传部会议上提出，“无产阶级专政下继续革命”的口号，社会主义时期阶级斗争的形式和作用，都需要进行认真的实事求是的科学探讨。

同日，《人民日报》发表社论《发扬民主和实现四化》。指出，四个现代化，必须伴随着政治上的民主化。

4 日，《人民日报》发表评论员文章《完整地准确地理解党的知识分子政策》。

5 日，《人民日报》发表张晋藩《诬告必须反坐》。

同日，《解放军报》发表刘新如杂文《从盖叫天的艺名想起的》。

是日，张光年日记载：“文井（严文井——引者）来谈。他听了传达华主席防右谈话后，问是不是要‘收’了。我劝他学三中全会公报。”③

6 日，《人民日报》发表新华社记者《一个惊心动魄的政治大阴谋——揭露姚文元〈评新编历史剧“海瑞罢官”〉黑文出笼经过》。报道说：这篇

---

① 张光年：《文坛回春纪事》（上册），深圳海天出版社 1998 年版，第 114 页。

② 陈登科：《陈登科文集》（第 8 卷），北京燕山出版社 2003 年版，第 366—367 页。

③ 张光年：《文坛回春纪事》（上册），深圳海天出版社 1998 年版，第 116 页。

黑文的抛出，使我国文化学术界遭到空前浩劫，成千上万名知识分子、干部和群众受到株连，冤狱遍布于国内各地。

7—11日，中共中央召开各省、市、自治区党委宣传部长会议，讨论全党工作重点转移后宣传工作的根本任务。

8日，新华社电：中国青年出版社出版天安门诗歌集《革命诗抄》。

是日，张光年日记载："上午文联筹备组全体会，……默涵传达了胡耀邦同志昨天在宣传部长会议上讲话要点；其中对华主席防右谈话引起的疑虑，有所说明。"①

10日，《人民日报》发表周先慎杂文《要让人还手——关于百家争鸣的一点感想》、萧殷杂文《领导思想要再解放一点》。

11日，《人民日报》发表特约评论员文章《党内一定要有健全的民主生活》。

同日，《人民日报》报道：《浙江日报》开展"铁饭碗"问题的讨论，在社会上引起很大反响。

同日，《解放军报》发表评论《一定要实行"言者无罪"》。

同日，《光明日报》发表赵勤轩杂文《可贵的科学态度——从恩格斯"请求鸭嘴兽原谅"谈起》。

12日，《文艺报》和《电影艺术》编辑部在北京联合召开座谈会，学习、讨论周恩来1961年6月19日《在文艺工作座谈会和故事片创作会议上的讲话》。与会者提出，艺术民主问题，首先是个政治民主问题。如果政治上的民主生活不健全，法制不健全，艺术民主是根本说不上的。今天我们发扬艺术民主，不能光是嘴上说说，必须在政治上、组织上、法律上加以保证，使作家真正享有创作自由和批评自由。文艺创作是一种精神生产。粗暴干涉的结果，只能使艺术不成其为艺术，根本丧失艺术作品应起的社会作用。

同日，《大公报·大公园》发表巴金杂文《再谈〈望乡〉》。

同日，《人民日报》发表晨平杂文《他们原是自己人——从一则真实的"笑话"谈对知识分子的信任和使用》。

13日，《人民日报》发表特约评论员文章《发扬批评与自我批评的好风气》。

---

① 张光年：《文坛回春纪事》（上册），深圳海天出版社1998年版，第116页。

同日，《光明日报》发表金汶《阶级斗争“任何时候”都是“纲”吗?》。

14日，《人民日报》发表宋振庭杂文《“头朝下”》。

同日，《光明日报》发表杂文《从“文字狱”说起》。

同日，《文汇报》今天发表丁允朋《为广告正名》、罗竹风杂文《从〈杂家〉说到〈辞海〉》。丁文指出：“社会主义的报刊，不应成为刊登工商广告的禁区。”①

14—21日，《诗刊》编辑部在北京召开全国诗歌创作座谈会，讨论时代与歌手、诗歌与民主、歌颂与暴露等问题。19日，胡耀邦在会上讲话，在谈到“我们党领导文学艺术的根本经验”时说，意识形态，思想理论，文学艺术，科学理论方面搞“百花齐放、百家争鸣”，现在回头来看一看，毛主席提的这个方针，我们有时执行得好，有时执行得不好；执行好的时候，成绩就大一些，执行不好的时候，我们就吃苦头，人民吃苦头。……我们也搞过瞎指挥。②

15日，是日，丁玲日记载：“江丰来。……他讲了一些他的学生的遭遇，没有讲他自己。又讲了去看过陆定一，因陆说过，一九五七年整江丰，他错了，他有责任。”③

16日，《人民日报》发表社论《伟大的转变和宣传工作的根本任务》。指出：“各级党委的宣传部，都要做‘百家争鸣、百花齐放’的‘双百’方针的促进部，真正实行三不主义，不抓辫子，不戴帽子，不打棍子；决不能成天拿着棍子把关、打人，不是把人家的稿子棱角磨光，只留下八股套话，就是判处‘无期徒刑’，甚至‘枪毙’。我们不能搞这一套。如果说宣传部是个‘婆婆’，我们也要当一个开明的婆婆，决不能当那种这也不准、那也不准、无数禁忌的‘恶婆婆。’”“我们党内曾有那么一些‘理论棍子’，动不动就打人，是恶棍。……我们要坚决反对这种恶棍作风，反对文化专制主义。”“实践是检验真理的唯一标准，一部作品是好是坏，要从它的实际效果去判断，而不能单凭一两个领导人说了算。过去，长官一句话，就决定人家的命运，不容分说，不容辩解，这是党内生活不正常的表现。”

---

① “文化大革命”开始以来，报纸上的商业广告完全绝迹。

② 刘锡诚：《在文坛边缘上——编辑手记》，河南大学出版社2004年版，第197—198页。

③ 张炯主编：《丁玲全集》（第11卷），河北人民出版社2001年版，第476页。

同日，《光明日报》发表李景端《“在真理面前人人平等”的提法符合马克思主义》。

同日，《大公报·大公园》发表巴金杂文《多印几本西方文学名著》。

17 日，《人民日报》发表马立诚杂文《读〈种树郭橐驼传〉有感》。

18 日，理论工作务虚会在北京召开，会议分为两个阶段：第一阶段从 1 月 18 日到 2 月 16 日，由中共中央宣传部、中国社会科学院联合召开。第二阶段从 3 月 28 日到 4 月 3 日，由中共中央主持召开，会议名称改为“全国理论工作务虚会”。会议内容涉及“文化大革命”的理论与实践、毛泽东和毛泽东思想的评价、个人迷信、民主与法制等问题。

同日，《人民日报》发表特约评论员文章《团结起来向前看》。指出，处理党内路线斗争中遗留的历史问题，一般不应着重于追究个人责任，这对团结起来向前看是完全必要的。

同日，《解放日报》发表蒋星煜《魏征精神何罪之有?》。“编者按语”指出：“《李世民与魏征》《南包公——海瑞》两篇历史小品，是本报根据毛泽东有关讲话精神，邀请蒋星煜撰写的。张春桥、姚文元完全了解有关情况。但‘文化大革命’一开始，这两篇文章就被他们说成是大毒草，连续批判数年之久，蒋星煜则因此受尽迫害与折磨。”

19 日，《文汇报》发表叶元章杂文《避讳种种》。

同日，《新疆日报》发表邵纯杂文《猫儿优劣论》。

20 日，《诗刊》社和中央人民广播电台联合举办“外国诗歌朗诵会”。

同日，《广州日报》发表岑桑杂文《太阳的故事》。

21 日，《人民日报》发表彭宁、何孔周《电影为什么上不去?——谈文艺民主与电影艺术》、马济良杂文《解放“瞎子”》。

同日，《文汇报》发表刘季星杂文《为鬼一辩》。

22 日，《人民日报》发表张显扬、王贵秀《无产阶级民主和无产阶级专政》、何渭杂文《从“遮道而呼”谈起》、陶伯华杂文《“尖”字二辨》。张显扬、王贵秀指出：如果我们的社会主义民主很健全，很完善，有一整套完备的制度能够确保人民群众享有充分的民主权利，那末，无产阶级专政也就会大大加强起来，像林彪、“四人帮”那样的坏家伙，决不可能横行十年之久，对我们国家造成那样灾难性的破坏。这个教训是非常深刻的。

同日，《大公报·大公园》发表巴金《“结婚”》。

25日,《解放日报》发表林草思《“四人帮”摧残文艺百花的一根棍子——评“难道是这样的吗?”》。

是日,张光年日记载:“这几天参加在友谊宾馆举行的理论务虚会小组会议,每天往返于西郊道上。因为晚上必须回家,批阅右派复查结论及外事文件,这些是不能耽搁的。在魏伯同志主持下,按照作协筹备组的要求,春节前解决大部分,是做到了,包括艾青、公木、俞林、戈扬、李又然、李清泉、钟惦棐等二十余人。理论务虚会小组会开得好,主要围绕真理标准问题,揭批‘凡是’派的观点。我们小组会上,熊复作了四小时的发言,较前略有进步,但回避要害问题,引起大家不满。”①

26日,《人民日报》发表王礼明文章《人治和法治》。文章说:“不要法治,而要人治,就只能把一切希望寄托在治理国家的一个人的身上。在封建社会里,皇帝大都是昏庸不堪的,当然治不好国家,只能盼望出个好皇帝。……搞人治而不搞法治,还有一个弊病,就是容易出现‘其人存,则其政举;其人亡,则其政息’的局面。”该文发表后,引发大讨论。12月2日,李步云等的文章《论依法治国》,以《要实现社会主义法治》为题在《光明日报》发表。

同日,《人民日报》发表于迟杂文《说“强项令”》、隋喜文杂文《“株连”小议》。转发《吉林日报》所发梁凤玉杂文《读〈曹刿论战〉的启示》。

是日,丁玲日记载:“电视中见到周(周扬——引者),依然仰头看天,不可一世,神气活现。谣传将出任部长。”②

30日,《成都日报》发表吴野杂文《漫话画圈儿》。

本月

《文艺报》第1期发表本刊评论员《解放思想,迅猛前进》、祁宣《加快落实政策的步伐,彻底解放文艺的生产力——本刊和〈文学评论〉召开文艺作品落实政策座谈会简记》、刘梦溪《题材问题与社会主义文艺的性质——重议“写十三年”问题》。

《北京文艺》第1期发表盛祖宏杂文《“长官意志”与文艺创作》、张全宇《从“双百”方针与资产阶级自由化谈起》。张文指出:“在人民群众还没有充分的社会主义民主和充分的言论、出版、结社的自由时,甚至几千

① 张光年:《文坛回春纪事》(上册),深圳海天出版社1998年版,第119页。

② 张炯主编:《丁玲全集》(第11卷),河北人民出版社2001年版,第481页。

年遗留下来的封建专制主义的思想牢笼还严重地禁锢着人民的头脑时，想要充分实现‘双百’方针是不可能的，担心出现资产阶级自由化更是多余的。……现在，打倒了‘四人帮’，人民群众得到了一些社会主义民主和自由，但还没有解渴，还需要为充分实现社会主义民主、自由而斗争。”

《上海文艺》更名为《上海文学》。第 1 期发表评论员文章《投入伟大的转变》、刘宾雁《文学要议政、议经、议文》、拾风杂文《“商榷”之风应复兴》、成谷杂文《育花有术》。评论员文章说：“当前特别要从创作上和理论上加以实践、探索的是如何准确地表现人民内部矛盾，如何批判人民内部存在着的封建主义、官僚主义、蒙昧主义、资本主义的思想毒素和因循守旧的习惯势力，这样的批判将有利于民主的发扬，将有利于党和人民的团结一致，将有利于四个现代化事业。同时，由于社会主义制度本身也是一分为二的，因此，社会主义文艺的批判任务，也包括批判社会主义制度某些具体环节上的缺陷，这样的批判将有利于变革一切不适应生产力发展的生产关系和上层建筑，将有利于社会主义制度的完善和无产阶级专政的巩固。为此，在文艺创作上必须反对粉饰生活的创作倾向。不能报喜不报忧。……文艺是人民争取民主的一种武器，作家不应该是在花粉里翻掘的小甲虫，而应该是能够撼动世代传统观念大山的勇士。这就是说，真正投身到当前伟大的革命转变中去，就必须要‘投枪’。”

《戏剧艺术》（上海）第 1 期发表陈恭敏《工具论还是反映论——关于文艺与政治的关系》，质疑“文艺是阶级斗争的工具”理论。

《芒种》第 1 期发表王若望《“毒草”辨》。

《哈尔滨文艺》第 1 期发表丹赤杂文《贵有胆识》。

《雨花》第 1 期发表顾尔镡《简论文艺工作重点的转移》、凌焕新《敢于提出人们关切的社会问题》、马莹伯《“中间人物”论辨析》。

《安徽文艺》第 1 期发表冯能保评论《踏碎专制　文艺要民主》。

《百花洲》第 1 期发表刘金《马上随笔·闻整修禹陵有感》。

《作品》第 1 期发表范怀烈杂文《“长官意志”一瞥》。

《广州文艺》第 1 期发表曾敏之杂文《“名药催花”的启示》。

《文学评论》第 1 期发表郝兵《“影射”问题小议》。

《历史研究》第 1 期发表黎澍《消灭封建残余影响是中国现代化的重要条件》。指出：“无情的事实告诉我们，不重视对有二千年历史的封建传统的批判，不坚决清除旧制度的残余，片面强调‘批判资产阶级’，特别是批判所谓‘党内资产阶级’，其结果必然是封建势力乘机在各方面以各种不同的形式死灰复燃，暗中取代社会主义，还要冒充是最革命的。”“这事实使我们清楚地醒悟到，在无产阶级专政下彻底地解放思想，完成五四运动时期开始的反封建的思想革命，是实现现代化和社会主义制度在中国取得胜利的一个重要条件。”

《百科知识》第1期发表张友鸾杂文《封建统治下的文字狱》。

《复旦学报》第1期发表李庆甲《“因人废言”要不得》、吴中杰《文艺批评也要鼓励争鸣》。

《学术月刊》复刊。发表夏征农《实现四个现代化与学术民主》、冯契《对迷信作一点分析》。夏文指出，要实现四个现代化，必须具备两件东西：民主与科学，缺一不可。在一定的意义上说，民主比科学更重要。

廖沫沙作诗《无题（“三家村”有感）》：“燕山偶语招奇祸，海瑞登台启杀机。有鬼为灾偏作梦，三家村里尽痴迷。”

四川人民出版社出版唐弢杂文集《春涛集》。收入作者1951—1958年间所作杂文61篇。作者在“题记”中说：“岁月蹉跎，老不长进，重读这些旧作，往往不免为自己叹息。我惭愧这些经过选取的杂文，虽然已让时间汰去了一些生活的渣滓，却还是没有历史所应具的鲜明的气息，特别是五七年以后执笔的几篇，处处流露着出题作文的痕迹。所幸从头到尾，循序读去，时代的眉目约略可见，区区一点向党之心，也依稀流转于字里行间，唯此差堪自慰。大概这也是选文中间曾经有过的些许的感受吧。”“鉴于这些杂文，全部写于上海，虽然所谈问题，不限一地，却还是立足于春申江畔。风雨潮汐，息息相关。对我个人来说，今日读之，仍然如闻春江涛声，奔腾澎湃，因名之曰《春涛集》云。”

《新华月报》在时任人民出版社副社长兼副总编辑范用主持下进行改版，分别出版文献版和文摘版。其中，《新华月报（文摘版）》在出版两年后改为《新华文摘》单独出版。

二月

1日，《人民日报》发表黎澍《一个围歼知识分子的大阴谋——评姚文元对〈海瑞罢官〉的批评》、邵景均《驳“言者有罪”论》。黎澍指出：“只有健全的民主集中制，使国家和党的领导机关处于全国人民和全体党员监督之下，才能有效防止和及时粉碎野心家们阴谋复辟的活动。这是我们从平反吴晗同志因创作《海瑞罢官》而造成的冤狱应当得到的结论。”邵文强调：“讲民主，最基本的一条是允许人们讲话，讲错了也不要紧，也就是要实行言者无罪。”

同日，《文汇报》发表唐振常《有鬼皆害辩》，为“鬼戏”辩诬。

2 日，《文汇报》发表评论员文章《政治与学术》、苏双碧《试论海瑞精神》、俞为民《重新评价〈海瑞罢官〉》。评论员文章指出：在文艺、学术问题讨论中，粗暴地做政治上的结论是最有害的。

2—5 日，《大公报·大公园》发表巴金《怀念萧珊》。

3 日，《人民日报》刊登报道《坚持实事求是有错必纠　上海市抓紧做好错划右派改正工作》。报道说：许多部门从审改工作复议情况中看到，当时所以有许多同志被错划为右派，是有许多历史教训可以吸取的。如：有的把对市委领导人和对本单位领导人提出的批评，说成是“反对市委领导”、“攻击党的领导”；有的把对执行政策中的问题的批评，说成是“否定党的政治运动”，“攻击党的方针政策”；有的把执行上级的指示，说成是“煽风点火”，“发动右派向党进攻”、“污蔑党的领导”；有的把正常的工作或工作过程中产生的一些问题，说成是反党反社会主义；有的把思想作风上的一般缺点错误，和在学习讨论中说的一些学习体会，上纲为“右派言行”；有的把对爱人被划为右派或反党分子不服，向组织提出申诉，说成是“丧失立场”，“包庇”、“支持”右派向党进攻。

同日，黎澍在理论务虚会上发言。指出：“我们党在夺取政权、土改、镇反、颁布婚姻法之后，就宣布彻底完成了民主革命，并开始向社会主义革命转变，无产阶级和资产阶级的矛盾成为国内主要矛盾，忽视对封建残余的改造，后来甚至把封建势力当作反对资本主义的革命力量、求助于法家的亡灵是其显著的表现之一。”①

4 日，《人民日报》发表王凤举杂文《荆人渡河的教训》。

同日，《天津日报》发表耕堂（孙犁）《左批评右创作论》。

5 日，中国文联筹备组召开省市区文联工作座谈会。强调必须肃清“文艺黑线专政”论的流毒，对作家、艺术家认真落实党的文艺政策。

① 吴江认为：“这是一个很有名的发言，（会议）《简报》发得广，这一发言引起了许多人的注意和共鸣……不久我们党正式向全党全国郑重提出了继续反对封建主义的任务。”吴江：《我们痛失了一位良师益友》，《新观察》1988 年第 12 期。

同日，《人民日报》发表评论员文章《要有“第一次吃螃蟹”的勇气》。

6日，《北京日报》报道：中共北京市委决定为《北京日报》《北京晚报》《前线》杂志彻底平反。

同日，《人民日报》报道：1月12日，《文艺报》编辑部和《电影艺术》编辑部联合邀请首都和在京的部分文艺工作者举行座谈会，学习和讨论周恩来《在文艺工作座谈会和故事片创作会议上的讲话》。与会者认为，艺术民主问题，首先是个政治民主问题。如果政治上的民主生活不健全，法制不健全，艺术民主是根本说不上的。像“四人帮”那样，一句话就可以把人打成反革命，使之含冤饮恨而去，作品的命运就可想而知了。有的同志说，不仅有“余悸”，而且有“预悸”——作品还未问世，就担心被判为毒草，作者被打成反革命。大家说，今天我们发扬艺术民主，不能光是嘴上说说，必须在政治上、组织上、法律上加以保证，使作家真正享有创作自由和批评自由。

同日，《人民日报》发表胡平《从小生产的传统束缚中解放出来》。文章说：实现四个现代化，不可避免地会碰到许多障碍。其中一个不小的障碍，是长期封建社会遗留下来的小生产的思想、传统习惯和作风，如愚昧迷信，闭关自守，固步自封，因循守旧，平均主义，不讲效率，以及官僚主义，衙门作风，等等。小生产思想似乎比资本主义思想好，小生产的名声也不像资本主义那样臭，所以长时期来并未引起人们的非议。在这种情况下，这些东西不仅长期停留在人们的思想中，而且还渗透到我们的某些规章制度和政策措施中。

7日，《文汇报》发表纪实《没有知识分子就没有现代化》。

8日，新华社报道：内蒙古司法部门解放思想，冲破禁区，大胆地平反了一批所谓现行反革命案件。报道说，在现已平反的冤错案件中，竟有这样的案例：一个年幼无知的少年儿童仅仅说了一句顽皮的错话，被判刑治罪，孩子小不能入狱，竟让孩子的祖母代替；准格尔旗窑沟公社贫农社员董得在，因对所谓“割私有制尾巴”不满，一九六九年春节在自己的羊圈旁贴了一副对联：“大羊小羊都赶光”、“留下羊圈空朗朗”，第二年队里退回他两只羊，他又写了一副对联：“今年还比去年强”、“羊圈又有两只羊”，就被说成对社会主义制度不满，判了十年徒刑；一个中学生被判十年徒刑，他的判决书上写着：“该犯与天安门广场反革命事件遥相呼应，书写散发反革命传单，恶毒攻击无产阶级司令部……”

9 日，《文汇报》发表韦超《“家长制”溯源》、王若望《感慨万端读〈讲话〉》。

10—22 日，中国社会科学院文学研究所在昆明召开全国文学学科规划会议，围绕文学研究如何适应四个现代化需要进行了讨论。

11 日，《人民日报》发表郑歌杂文《于无声处识英雄》。

同日，《解放日报》发表黄安国杂文《“好话”与“坏话”》。

同日，《甘肃日报》发表谢宠杂文《不是笑话的笑话》。

12 日，《人民日报》转载《云南日报》所发星云杂文《“颂穷”还是“送穷”?》。

同日，《大公报·大公园》发表巴金杂文《“毒草病”》。文章说：“这些年来我有不少朋友死于‘四人帮’的残酷迫害，也有一些人得了种种奇怪的恐怖病（各种不同的后遗病）。我担心自己会成为‘毒草病’的患者，这个病的病状是因为害怕写出毒草，拿起笔就全身发抖，写不成一个字。”

13 日，王若水在中共中央理论工作会议上作题为《“文化大革命”的重要教训是必须反对个人迷信》的发言。指出：“总起来说，‘文化大革命’中，林彪和‘四人帮’之所以有那样大的能量，能造成那样大的破坏，是因为他们借助于毛主席的威信，利用了毛主席这面旗帜。而他们之所以能利用毛主席这面旗帜，除了歪曲篡改的部分以外，还因为毛主席的思想中确有‘左’的东西可供他们利用。毛主席发动‘文化大革命’是为了反修防修，但毛主席错误地以是否全部同意他个人的观点，是否无条件地绝对忠于他个人为划分马列主义和修正主义的标准。”“‘文化大革命’之所以能发动起来，是靠毛主席的无上权威。在‘文化大革命’中，对毛主席的迷信又进一步发展到了登峰造极的地步。这种迷信得到了毛主席本人的鼓励，另外，发动‘文化大革命’还有理论上和思想上的准备，那就是所谓‘无产阶级专政下继续革命的理论’。在这个理论的指导下，搞阶级斗争扩大化，人为地制造阶级斗争，这样，人民内部的民主要求，党内正常的不同意见，都被当阶级斗争的表现而压下去了。只有在付出惨重的代价，吃尽了苦头之后，才有可能逐步破除这种迷信和错误的理论，回到毛主席 56 年和 57 年提出的思想，恢复马克思主义关于人民群众和领袖在历史中的作用的原理。直到今天，我们还要花很多气力来批判两个‘凡是’，说明继续破除这种迷信还是一个艰巨的任务。”“这里应该得出的教训之一，就是决不能搞个人迷信。不仅不能搞个人迷信，也不能搞对个人的不适当的颂扬。这次三中全会完全同意并高度评价华国锋同志关于少宣传个人的提议，我非常赞成。苏联有了一次教训，我们自己又有了一次教训，我们绝对不能重犯这个错误了！这个教训，我们也应该一代代传下去。”①

14日，叶剑英就法制建设问题专门向新华社记者发表谈话。他强调指出：“近30年来的实践证明，要使我们的国民经济高速度地稳定地向前发展，就要保持必要的社会政治安定。而为了持久地保持安定团结的政治局面，就要充分发扬党内民主和人民民主，并要健全社会主义法制。”“只有在充分发扬民主的基础上，才能确立健全的社会主义法制，也只有认真贯彻执行社会主义法制，才能切实保障人民的民主权利。”②

同日，《解放军报》发表何荣飞《领袖是一个集团》。

16日，《人民日报》发表吴江《关于林彪、“四人帮”路线的性质和特点问题》。指出：林彪、“四人帮”路线的特点不是右，而是极“左”，是“左”倾机会主义。

同日，《文汇报》发表王春瑜杂文《“株连九族”考》。

17日，中共中央、国务院发出《关于进一步加强全国安定团结的通知》。

同日，《大公报·大公园》发表巴金杂文《“遵命文学”》。

同日，《人民日报》发表高恒杂文《立法与立信》。

同日，《光明日报》发表高致贤杂文《这种领导方法应当抛弃》。③

是日，陈登科日记载：“那沙同志传达全国文联筹备会上几个同志的讲话，冯牧同志确实大胆，把文艺界想说的话全说了。好：一月风暴，两个批示，三个阎王殿（中宣部、文化部、北京市委），四条汉子，五一六指示，六条标准，文艺七条，文艺八条……耀邦同志讲了十大问题，真讲到人心里了，‘四人帮’给我们留下什么呢？是三座大山，问题成山，困难成山，麻烦成山。”“有人说：到会的全是忧国忧民的中华民族优秀儿女。这一点没错，他们身遭不白之冤二十多年，吃尽人间苦楚，可对党，对祖国，对人民，还是赤心一片，痴心一片。”④

---

① 王若水：《智慧的痛苦》，香港三联书店有限公司1989年版，第236—237、239页。

② http://dangshi.people.com.cn/GB/85038/8744935.html.

③ 后收入严秀等主编《中国新文艺大系（1976—1982）·杂文集》时改题为《农村致穷道路纪略》。

④ 陈登科：《陈登科文集》（第8卷），北京燕山出版社2003年版，第378页。

18日，《光明日报》发表史乘杂文《“文人相轻”和文人相重》。

19日，《人民日报》发表胡思升杂文《围绕血统论问题的一次谈话》。

20日，《人民日报》发表特约评论员文章《无产阶级文艺和社会主义民主》、江丰《文艺需要民主》。特约评论员文章强调，那种凭一篇“批判”文章，凭某个领导人的一句话就给作家治罪的做法，完全是不合法的。那种随便什么机关都可以给人立案、审案、定案、戴帽子的做法，应当永远废止。今后，如果发现有侵犯作家劳动权利和政治权利的违法行为，应当按照党纪国法，给予纪律处分，乃至法律制裁。

同日，《人民日报》报道：黑龙江省委坚持实事求是原则，决定为杂文《此风不可长》一文平反，对作者及受株连而被错划为右派的几十名同志，全部予以改正。报道说：《此风不可长》发表于1956年10月6日《人民日报》。它的主要内容是：揭露和批评当时黑龙江省商业厅的同志，从进货中留下一批进口手表，照顾机关领导；举办“商品展览”，让省、市厅局长以上的领导同志参观、选购。文章认为这种搞特殊化之风不能助长。发表以后，当时省委有的领导同志指责这篇文章有小资产阶级情绪，是“乘党之危”，挑起群众对党不满。后来，在反右派斗争中，被一些领导人认为“是一支意在挑起群众对党和政府不满、向党进攻的毒箭”，而被定为反党文章，作者和支持者中许多人被划为右派分子。

21日，《大公报·大公园》发表巴金杂文《“长官意志”》。文章说：“为什么在国民党反动统治时期，三十年代的上海，出现了文艺活跃的局面，鲁迅、郭沫若、茅盾同志的许多作品相继问世，而在‘四害’横行的时期，文艺园中却只有‘一花’独放、一片空白，绝大多数作家、艺术家或则搁笔改行，或则给摧残到死呢？这难道不值得我们深思吗？”

同日，《文汇报》发表许锦根杂文《提倡商榷之风》。

22日，《人民日报》发表任文屏《一桩触目惊心的文字狱——为〈三家村札记〉、〈燕山夜话〉恢复名誉》、赵云声杂文《扼杀创作的帮规种种》。

同日，《光明日报》发表欧远方《没有民主就没有实事求是》。

23—24日，《人民日报》发表周扬《关于社会主义新时期的文学艺术问题——一九七八年十二月在广东省文学创作座谈会上的讲话》。

24日，《人民日报》报道：北京出版社决定重版《海瑞罢官》《燕山夜话》《分阴集》。

25日，《人民日报》发表拾风杂文《读曹操遗诏有感》。

27 日，《人民日报》转载《新闻战线》第 1 期所发丁一岚《忆邓拓》①。

28 日，《人民日报》发表张显扬、王贵秀《论林彪、“四人帮”路线的

① 此文发表后，多名读者致信丁一岚，述说自己的感受：“在十三年前的秋天那些充满恐怖的日子里，在那个所谓批‘三家村’的风暴里，我也是一位曾被株连打成‘小邓拓’的不幸者。多少年来，‘邓拓’这个名字在我的生活里是一个不幸与灾难的象征，也是一个充满恐怖的名词。这个名词曾伴随我走过一段漫长而悲暗的生活历程。”（任查善）“十三年前，我还只是个十五岁的少年，初中二年级的学生。那时，说实话，一开始我对‘三家村’是痛恨的，因为报纸上说他们反党、反社会主义、反毛泽东思想。可是，在那充斥每天报纸的大块文章中，和不绝于耳的大批判声中，逐渐的，我产生了疑问：他们身为党的老干部，好端端的为什么要‘三反’？为什么看不见‘三家村’辩驳的文章？……”“时间久了，这些问题没有被解答，相反，我却从那做为‘三反’罪证的小段引文中发现了以前自己从书本上不曾看到过的东西，那些历史知识和有趣味的故事使我开阔了眼界，其中印象最深的是《伟大的空话》和《一个鸡蛋的家当》。如果说鲁迅的杂文是我在课文中开始接触的，那么，正是这似乎令人难以理解的特定环境，使我不仅认识了邓拓同志，而且也对他的妙趣横生、耐人寻味的杂文发生了兴趣。”（李新生）“在一九六六年批‘三家村’的那些腥风血雨中，全国有许多像我这样无辜的青年，因为喜欢求知而读《燕山夜话》，因为敬慕邓拓同志的文彩风流而说了几句‘碍时’的话，因为给报刊杂志写过文史小品，均被罗织罪状，情同‘三家村’，在劫难逃。”（范文涯）“当我读到‘文章常助百家鸣’时，不禁热泪滚滚，忍不住要向您谈起邓拓同志热情似火助争鸣的往事。那是一九五六年，他主编《人民日报》时，曾支持我爱人何志（当时他是中国人民大学的年青历史教员）和其他两位同志在学术上坚持马列主义观点，对他们因反对学阀、坚持不同的学术观点而受到的迫害、打击表示同情。告诉他们‘人民日报决定要过问’，要他们‘写一篇稿子，专讲学术研究中的民主作风问题，可以把你们所遭遇的事情和争论的要点，直截了当地提出’。从这封信可以看到邓拓同志忠于党的事业，使我们深深感到党的温暖。为此，何志一直保存着这封信。谁知在林彪、‘四人帮’的法西斯专政下，传来了邓拓同志被诬陷的消息，一九六七年何志也以‘叛、特’莫须有罪名被隔离，其中‘罪状’之一，就是逼他交代与邓拓的关系，以抄走的来往信件作‘罪证’。”（韩公陶）“在小学六年级的一次作文课上，老师给我们出了一个作文题目——《我爱读的书》。当时，班里百分之九十以上的同学写的是：《我爱读老三篇》。我觉得，作文也应该说心里话。便在下课时问老师能不能写我爱读其他的书呢？当老师得知我爱读的是《燕山夜话》时，在第二天的‘天天读’课上点名批了我，并警告我这样下去会‘反动’的，将来就要成为‘小反’，接着，‘小反’的称号传遍了全班、全校、全街道。我当时真像一棵幼树承受着暴风雨般的打击、咒骂。后来，就通知了我的家长，责令我立即把这本书烧掉。”（高桂生）“一九六六年，暴风雨来了，我从姚文元的黑文中悉知，我几年来所尊敬的导师马南邨同志原来是北京市委书记邓拓同志。然而，当我了解这个情况时，邓拓同志已身陷囹圄之中，全国各地已在对他‘共讨之’，我感到迷惑不解，这是为什么？为什么对这样满腹才学的领导同志残酷打击呢？”“然而，我这个‘崇拜邓书记的小弟子’，也逃脱不了厄运。由于我有时也学写一点随笔、诗文，居然也在报刊上得以发表，竟想不到也被这股‘横扫’的风暴刮掉。我被冠之以‘小黑帮’的称号，大字报向我吐着毒焰，‘左派’先生们来抄家，抄去了我珍爱的几册《燕山夜话》，将我揪斗，游街，戴高帽，挂黑牌。咳，当时我还是一个刚过二十岁的青年人呵！这是怎么一回事呀？真是一场恶梦！”（陈菲）“文化大革命开始那年，我才是个十一岁的四年级小学生。我曾和许多人一样，也站在会场上批判《夜话》，批判《札记》，而这些书我却从来也没有见到过。仅从这一点，您也可以看出我们这一代人受林彪、‘四人帮’的欺骗、愚弄、毒害是多么的严重！”（周进祥）以上均见《随笔》丛刊第 8 集《燕山磊落　夜话千秋——邓拓夫人丁一岚给读者的信和读者给她的八封信》，广东人民出版社 1980 年版，第 34—45 页。

性质》，温立平杂文《“滥竽”与“滥用”》。

本月

《诗刊》社召集的全国诗歌创作座谈会在北京举行。座谈会就政治民主和艺术民主进行了讨论。胡耀邦在会上讲了话。座谈会认为，艺术民主的前提是政治民主，在诗歌的思想内容上，要允许作者根据马克思主义的基本原则，发表自己政治的和思想的观点。

《文艺报》第2期和《电影艺术》第1期同时刊登周恩来1961年6月19日《在文艺工作座谈会和故事片创作会议上的讲话》。文艺界开始广泛探讨党如何实行对文艺事业的领导，以及艺术民主、艺术规律等问题。同期刊登特约评论员文章《文艺为实现四个现代化服务》，指出：“文艺工作为四个现代化服务，就是为工农兵服务，为社会主义服务。”发表姚雪垠《漫谈历史的经验》、韦君宜《由昆曲〈李慧娘〉冤案所见》。

《人民文学》第2期发表李建彤长篇小说《刘志丹》、丹晨《表现思想解放的时代》。

《上海文学》第2期“学习周总理《在文艺工作座谈会和故事片创作会议上的讲话》”专栏发表巴金《作家要有勇气，文艺要有法制》、吴强《关于“棍子”和“长官”之类》、柯灵《文艺需要民主》，发表唐振常杂文《解放思想一题》、冯英子杂文《爱情与政治》、王纪人《姚文元的“左”及其教训》。巴金指出：“我现在认为，一方面要提倡作家们拿出勇气，敢于文责自负；另一方面也要实行依法办事。不仅那些真正属于反党的人应该受到法律的惩处；而且，那些任意用‘反党’帽子来诬陷别人的人，同样应该受到法律的惩处。文责自负，依法办事，这样，文艺界的民主就可得到保障，艺术的繁荣发展就有了希望。”柯灵强调：“在文字狱的阴影下面，只会产生两种文艺：奴隶文艺和奴才文艺。前者是纡回曲折的战斗，后者就只剩了顶礼膜拜。而人民需要的，是健康壮实，生机蓬勃，多种多样，能够反映而又帮助他们战斗与休息、生活与愿望的精神食粮。”王纪人认为，建国几十年的历史中有两条重要的教训：一是“从中国社会的具体情况来看，在人们思想中流毒最深的，不是资本主义而是封建主义”，全国解放后，“在思想领域内，由于我们主要是批判资本主义，而没有大张旗鼓地批判过封建思想，所以人们放松了对封建思想毒害的警惕”，“林彪、‘四人帮’之所以能够上台，以及能够明目张胆地横行十年，不能说与这无关”。二是由于“解放以来注意了反右，防‘左’不够”，“有的本来是正确的东西，也作为右的倾向批判了”，“这样一来，‘左’的错误就抬了头”。强调：如果把左的东西当右来批，“会导致越批越‘左’的倾向”。

《雨花》第2期发表唐再兴《简论杂文思维方式的运用》、方柯杂文《从“残局”谈起》。

《安徽文艺》第2期发表江流《“在真理面前人人平等”随感》、柏木杂文《从“放”所想到的……》、周昭坎杂文《拆除无形的“神圣法庭”》、余百川杂文《“神权人授”及其他》。

《作品》第2期发表陈残云《批判“黑线”论，实现文艺民主》、若为杂文《〈随感〉的随感》。

《四川文学》第2期发表谭兴国《文艺与民主》、唐正序《实践检验与“双百”方针》。

吴晗新编历史剧《海瑞罢官》由北京京剧院重新上演。

老舍的话剧《茶馆》在北京公演。

云南人民出版社出版李孟北散文杂文集《滇云漫谭》。收入《牛》《熟能生“流”》《刘邦给项羽做的总结》《特殊的耳朵和鼻子》《晚学》《马》《称呼》《谈“小节”》《再谈“小节”》《从程咬金说起》《“立竿见影”》《日常真理》《登徒子何尝好色！》《劳动不负苦心人》《“制怒”！？》《象征》《从“洋芋”谈起》等杂文23篇。钟鸿在《前言》中说：“就是这样一组受到读者欢迎的短文，万万没有想到竟给作者以及一些有关无关的编辑、记者，甚至工人，带来了弥天大祸。反动文痞姚文元发表了《评“三家村”》黑文，制造了骇人听闻的冤狱，给邓拓同志的《燕山夜话》和邓拓、吴晗、廖沫沙三同志的《三家村札记》定下了可怕的罪名；姚文元在这篇黑文中刀锋一转，也指向了《滇云漫谭》。什么《滇云漫谭》是‘三家村’分店，什么李孟北是‘三家村’分店大老板，在云南全省范围内，声讨、批判所谓‘李孟北黑帮’竟有数月之久。从此，《滇云漫谭》被林彪、‘四人帮’判定为‘大毒草’，作者本人受到残酷迫害，十多年来在我省几乎成为谁也不敢谈论的‘禁区’了。”

三月

1日，《大公报·大公园》发表巴金杂文《文学的作用》。文章说：“我常常这样想：文学有宣传的作用，但宣传不能代替文学，文学有教育的作用，但教育不能代替文学。”

同日，秦似作杂文《谈一》[①]。文章说：奇怪得很，“一窝蜂”、“一律化”、“一刀切”的风气，却曾经盛行得很，而且可怕的是，至今不衰。

2 日，《工人日报》发表李洪林《领袖的威信是怎样建立的》。

3 日，《人民日报》发表林基洲《列宁反对突出个人的言行》。

4 日，《成都日报》发表章邦鼎杂文《可悲者则悲，可喜者则喜》。

6—7 日，《大公报·大公园》发表巴金杂文《把心交给读者》。[②] 文章说：“倘使真有所谓写作秘诀的话，那也只有这样的一句：把心交给读者。”

7 日，《文汇报》发表陈虞孙杂文《“还我头来!”》。

8 日，《甘肃日报》发表谢宠杂文《写戏与看戏》。

9 日，《人民日报》发表张德成《“抓革命，促生产”的提法不可再用》。

10 日，《光明日报》发表徐炳《“言者无罚”与“以言论罪”》、谈家桢杂文《科学要民主》。徐文引发争议。

11 日，《光明日报》发表特约评论员文章《坚持少宣传个人的方针》。

同日，《南方日报》发表艾青《诗人必须说真话》。

13 日，《人民日报》发表戴逸《闭关政策的历史教训》。

14 日，《人民日报》发表叶圣陶杂文《要做杂家》。

15 日，是日，巴金在致罗荪的信中说：“我看文艺界情况复杂，问题很多，阵线也不分明，在《文艺报》发表文章，不能像写《随想录》那样随说一通！大陆上的读者对‘随说’久已不习惯了。为《文艺报》写文章，总得慎重些，我试试看，若写不成了，就算了。《怀念萧珊》将在《作品》四月号重新发表。总算讲了一点我们那个时候的生活与思想感情。那些事怎么能轻易忘记!”[③]

16 日，中共中央发出《通知》。指出，最近有些公开发表的文章实际上宣传了毛主席长时期执行了一条错误路线，这种作法不慎重不妥当，不符合三中全会决定的方针，不利于全党全军和全国人民安定团结的大局。中央认为有必要提醒全党注意防止这种情况继续出现。[④]

16—23 日，《文艺报》编辑部召开文学理论批评工作座谈会。会议就

① 收入氏著《秦似杂文集》，生活·读书·新知三联书店 1981 年版。

② 在本年《湘江文艺》第 5 期发表时改题为《向读者讲的心里话》。

③ 巴金：《巴金全集》(第 24 卷)，人民文学出版社 1993 年版，第 123 页。

④ 《中华人民共和国日史》编委会：《中华人民共和国日史（1979 年)》，四川人民出版社 2003 年版，第 95—96 页。

“文艺是阶级斗争的工具”、“文艺为政治服务”、“政治标准第一、艺术标准第二”等问题进行了热烈讨论，提出质疑。不少发言指出：“文艺为政治服务”的提法是不科学的，文艺不是一种可以受政治任意摆布的简单的工具，也不应该把文艺仅仅当作阶级斗争的工具。①

17日，《中国青年报》发表汪子嵩《公仆和主人》。

18日，《文汇报》发表林平杂文《鹦鹉学舌与香菱学诗》。

21日，《文汇报》发表徐开垒杂文《〈红楼梦〉研究的题外话》。

22日，《大公报·大公园》发表巴金杂文《一颗核桃的喜剧》。文章说：“封建毒素并不是林彪和‘四人帮’带来的，也不曾让他们完全带走。我们绝不能带着封建流毒进入四个现代化的社会。”

同日，《解放日报》发表荣铨《从“任情喜怒”想到“艺术民主”》。

23日，黎澍在中国历史学规划会议上作题为《关于发展中国历史学的几点建议》的讲话。指出：“学术问题的自由讨论，是一切科学研究取得进展的前提。学术问题上绝对不允许搞‘集中制’。要永远废除由领导机关或权威人士以行政手段为学术论争作结论的错误做法。”②

24日，《中国青年报》发表李洪林《民主和秩序答客问》。

25日，《大众日报》发表戴永夏杂文《“过山虎”、屁颂及其他》。

是日，丁玲日记载：“黎雪来，说胡（胡耀邦——引者）说的：‘坚持要一九四〇年结论，至于其他（如对周等……）可以不管它。’还说‘我可以去看他’。我仍觉得可以等等。”③

26日，中共辽宁省委作出关于为张志新彻底平反昭雪、追认其为革命烈士的决定。6月5日，《光明日报》发表记者陈禹山的长篇通讯《一份血写的报告》，首次披露张志新案。

28日，《人民日报》发表裴伯年杂文《“导”与“湮”》、田里青杂文《“画中添驴”》。

同日，《解放日报》发表许锦根杂文《从列宁煮牛奶想到塑造领袖人物》。

29日，北京市革委会发布通告。指出：“凡是反对社会主义、反对无

① 李业：《总结经验，把文艺理论批评工作搞上去——记文艺理论批评座谈会》，《文艺报》1979年第4期。

② 徐宗勉、黄春生编：《黎澍集外集》，社会科学文献出版社2003年版，第316页。

③ 张炯主编：《丁玲全集》（第11卷），河北人民出版社2001年版，第493页。

产阶级专政、反对共产党的领导、反对马列主义、毛泽东思想，泄露机密，违反宪法和法律的标语、海报、大字报、小字报及书刊、画册、唱片、图片等，一律禁止。”①

29—30 日，《大公报·大公园》发表巴金《丽尼同志》。

30 日，《人民日报》发表张黎洲杂文《不能如此“集中”》。

本月

《宣传动态》第 3 期以《一些揭批文章中值得注意的问题》为题摘要转载殷子夫、肖光华对一些揭批文章的意见：“揭批要深入，必须把揭批同总结经验教训结合起来。‘四人帮’的问题，不能仅仅归结为几个人个人的品质。他们的出现，有其社会、历史根源。为什么这么四个微不足道的人物能如此快地爬上这么高的位置，而且对党起这么空前大的破坏作用？仅用四个人的品质、阴谋手段是不能说明的。为什么‘九大’党章上竟能写上林彪是接班人（即便他不是坏人，这种做法也不是马克思主义的，而是近乎封建主义）？为什么江青一句话就可以定人死罪？为什么像贺龙这样党和国家的高级领导人竟遭残酷迫害而不受制止？等等。这中间有许多重大教训，应当发动全党来总结。”“林彪、‘四人帮’是一种思潮的产物，他们又把这种思潮发展到登峰造极的地步。这种思潮把社会主义革命歪曲为人民内部、党内无休止地一次一次地开展‘政治运动’和‘路线’斗争，每次必定整一大批人，打击面越来越广，全党、全国各个方面的积极因素都被压下去了，极大地危害了我们的党和国家。对于这种极‘左’思潮，连同它带来的一套制度、口号、习惯、做法、传统等等，都应该彻底清算。只有这样，才能总结二十多年来的经验教训。”第 4 期刊登胡耀邦《当前宣传工作要注意的几个问题》。

《文艺报》第 3 期“学习周总理讲话　繁荣社会主义文艺”专栏发表艾青《要造成一种民主风气》、李陀《解除精神上的重负》、陈涌《一个学习笔记》、蒋孔阳《严格按照文艺规律办事》。发表丹晨《评大连会议和“中间人物”论》、伊新《文艺创作要有利于民主生活健全化》、何孔周《大胆“干预生活”》、刘梦溪《澄清“四人帮”在六条标准问题上制造的混乱》、李乔《怀巴人同志》。

---

① 《中华人民共和国日史》编委会：《中华人民共和国日史（1979 年）》，四川人民出版社 2003 年版，第 106 页。

《人民文学》第 3 期在《学习周总理关于文艺工作的讲话》总标题下，发表管桦《艺术民主和法制》、林林《从民主说到专家》等文章。

《上海文学》第 3 期发表刘宾雁《关于“写阴暗面”和“干预生活”》。文章说：“过去二十余年的一条规律是：社会主义最凶狠的敌人在我国一般以‘左’的革命面目出现，‘万岁不离口，棍棒不离手’，极力掩盖革命和建设中的严重问题，以达到其反革命目的。但我们不能排除在新的历史条件下敌人会以另一种面目出现，诋毁社会主义会成为他们的主要手法。当然，我们不应因此就捆住自己的手脚，放弃同我们生活中的消极因素作斗争。”

《雨花》第 3 期发表徐振辉杂文《“过正”与“反正”》、于是杂文《以假胜真与弄真成假》、邢念萱杂文《究竟谁的罪过?》、苏辉杂文《从局长改诗想到欧阳修改文》。

《安徽文艺》第 3 期刊登《彻底清算极“左”路线对文艺界的摧残迫害——安徽省文联召开的座谈会纪实》，报道说：“二十多年来，我们的国家吃亏就在一个‘左’字上，我省文艺界受害也在一个‘左’字上。从一定的意义上说，我省文艺界二十多年来的历史实际上就是一部受极‘左’路线摧残迫害的血泪史。大家指出，极‘左’路线，是封建法西斯专政的混合体，它祸国殃民害文艺，必须彻底批判，彻底肃清其流毒。极‘左’路线不批判，‘左’的流毒不肃清，就不会有真正的艺术民主，而没有艺术民主，繁荣社会主义文艺创作只能是一句空话。”发表梁长森《必须继续肃清“左”的流毒》、王冰杂文《漫话文字狱》、白榕杂文《“折扣”小议》。

《作品》第 3 期发表周扬 1978 年 12 月 9 日在广东省文学创作座谈会上的讲话《关于社会主义新时期的文学艺术问题》、胡希明《真“敢”了吗?》、艾明之《不仅仅是爱情》、肖玉《遵人民之命　说心里的话》、舒展杂文《分房子》、章明杂文《这伙人，真邪门》、学思杂文《放“野马”》、刘漳杂文《提起了“四人帮”……》。周扬在谈到如何实现新时期文学艺术的任务时，指出：“我们首先要清除基地，扫清道路，彻底肃清林彪、‘四人帮’的思想流毒和帮派残余，大力革除妨碍实现四个现代化的各种旧思想、旧作风，其中特别是群众深恶痛绝的顽固不化的官僚主义和极端腐朽的封建特权思想。我们要实事求是，解放思想，破除迷信，其中包括对任何个人的迷信。”在谈到文学艺术的“暴露”问题时，周扬强调：“我们今天所需要暴露的敌人，又是些什么人呢？过去的敌人是地主、国民党反动派、帝国主义者。现在出现了新的敌人，他们就是上面所说的形形色色的野心家、阴谋家，他们总是玩弄两面派的手法。这是我们社会主义国家的心腹大患。我们的社会主义文学，就要暴露这种最危险、最可憎的敌人。在人民内部，在革命队伍里，还有各色各样、大大小小的官僚主义者，他们利用职权，专横跋扈，瞒上欺下，蛮不讲理，他们也是我们社会主义国家的祸害。我们的社会主义文学，对这些祸害也要无情地加以暴露和抨击。”

《四川文学》第 3 期发表本刊评论员《加快落实政策　发扬艺术民主》、钟翔《政论杂文的一簇香花——重读张黎群同志的〈夜谈〉〈巴山漫话〉有感》、吴野《“双百”方针不可战胜——从李亚群同志的平反想到的》。

《云南群众文艺》第 3 期发表公刘《解放思想与繁荣创作——在戏剧座谈会上的发言》。

《文学评论》第 2 期发表杨德春《对〈文艺批评与双百方针〉一文的商榷》。对该刊 1978 年第 6 期所在周柯《文艺批评与双百方针》一文提出商榷。

《红旗》杂志发表第 3 期李步云《人民在自己的法律面前一律平等》、郭罗基《思想要解放　理论要彻底》。

《未定稿》发表陈春龙、刘海年《应该给文艺工作者以法律保护》，李凌、王小强《伟大的大会　光辉的文献——重读中共八大的主要文献》，戎笙《只有农民战争才是封建社会发展的真正动力吗?》。

《群众》[①] 第 3 期加编者按刊登欧阳健来信《十年日记，四载冤狱》。欧阳健因日记问题，“文革”中被打成现行反革命，拘禁四年，全家受到株连。编者按说：“本来，日记是一个人思想、行动的自我记录，是不应该涉及法律责任的。但是，文化大革命时期，在所谓‘横扫一切牛鬼蛇神’的黑风中，到处出现了挂牌、游斗以及不经法律手续任意抓人、抄家的现象，欧阳健的日记竟成了欧阳健的‘罪状’。在那种情况下，庄严的法律完全被粗暴地践踏了，而任意搜抄日记、抓人的违法行倒视作‘革命行动’。是非不是完全颠倒了吗？即使一个人的日记内容有严重的政治错误以至有反动思想，只要还未构成违法犯罪的行为，也不能作为定罪的依据。今后要杜绝这类冤假错案，必须从根本上切实保障人民的民主权利，健全社会主义法制。”发表陈汉楚《民主与专制》，建良、有清杂文《“叶

① 中共江苏省委主办的理论刊物，月刊。原名《工农兵评论》，本年 1 月改为现名。

公”新考》，郭守华杂文《“背后议论”的议论》。

廖沫沙作《〈三家村札记〉后记》。

四月

1 日，《人民日报》发表特约评论员文章《革命者要向前看》。

2 日，《人民日报》发表评论员文章《一切从国家和人民的根本利益出发》。指出：要向广大人民特别是青年讲清楚，我们过去对民主宣传得不够，实行得不够，制度上有许多不完善，因此要着重强调发扬民主。我们所需要的民主，只能是社会主义民主或人民民主，而不是资产阶级的个人主义的民主。

同日，《人民日报》发表黄伟宗《“写中间人物”是资产阶级的文学主张吗?》。指出，我们有一个沉痛的教训需要认真记取，那就是：不能忽视极“左”思潮对我国社会主义文艺事业的影响！

3 日，《文汇报》发表又如杂文《高尔基的“骂”和“打”》。

4 日，新华社报道：中组部、中宣部、文化部、全国文联最近在北京联合召开全国文艺界落实知识分子政策座谈会。会议要求，凡在林彪、“四人帮”推行极“左”路线时，因所谓“文艺黑线专政”、“三十年代文艺黑线”、“四条汉子”、《海瑞罢官》、“三家村”、“黑戏”、“黑会”、“黑画”、“黑线回潮”等等而受审查、点名批判、被错误处理或被株连的，一律平反昭雪，不留尾巴。在“文化大革命”前历次政治运动，包括一九六四年文艺整风中，受到批判、处理，被戴上“反党反社会主义”、“资产阶级右派”、“右倾机会主义”、“修正主义”，以及各种“集团”等的政治帽子，经过复查，确实搞错了的，也坚决予以平反改正。林彪、“四人帮”一伙在残酷迫害文艺工作者的同时，还把很大一批文艺作品和理论著作错误地打成“毒草”，打入冷宫，另外，“文化大革命”以前也批错了一些文艺作品，在给作家、艺术家和文艺工作者落实政策的时候，对于他们的作品被当作“毒草”批错了的，也都应该平反。

6 日，《人民日报》发表杜文远、陈云林杂文《学会“照镜子”》。

7 日，《大公报·大公园》发表巴金《三次画像》。文章说：今天鼓舞我奋勇前进的不仅是当前的大好形势，还有那至今仍在出血的我身上的内伤。老实说，我不笑的时候比笑的时候更多。

同日，《长江日报》发表陈泽群《“匕首”和“手术刀”——小议杂文》。

11 日，中组部正式批准《关于冯雪峰同志右派问题的改正决定》，为其恢复党籍、恢复名誉。

同日，《人民日报》发表黄裳杂文《“沉舟”与“病树”》。

15 日，《广州日报》发表黄安思（黄文俞）《向前看呵！文艺》，文章将近年来揭露林彪、“四人帮”的文艺作品分为三类：一类是描写大胆反抗“四人帮”的英雄人物的，如《于无声处》；一类是反映“四人帮”荼毒下产生的社会问题的，如《班主任》；一类是诉说“四人帮”肆虐下个人的悲惨遭遇的。作者认为这三类作品都是“向后看的文艺”，不利于鼓舞人民“团结一致向前看，团结一致搞四化”，因此应该“提出文艺向前看的口号，提倡向前看的文艺”。《广州日报》《南方日报》《作品》等就此文的观点进行了争论。6 月 23 日，《南方日报》又发表了黄安思的文章《我的意见》，对他以前的观点作了进一步阐述和补充，并对报刊上发表的不同意见进行反驳。讨论很快从广州文艺界引向全国。文艺界很多人不同意该文观点，但也有一种意见认为，该文基本上是正确的。

同日，《光明日报》发表盛祖宏杂文《要有人情味》。

同日，《辽宁日报》发表谢挺宇散文《一株美丽的奇花》，第一个披露了杀害张志新的要害情节——割气管。

16 日，《人民日报》发表之桦杂文《“柳妈”的话不能句句听》、朱国荣杂文《戈雅画手的启示》。

17 日，《人民日报》发表樊庆荣杂文《要允许讲错话》。

18 日，《大公报·大公园》发表巴金《“五四”运动六十周年》。文章说：“‘文化大革命’的十一年是一个非常的时期，斗争十分尖锐复杂，而且残酷，人人都给卷了进去，每个人都经受了考验，什么事都给推上了顶峰，让人看得一清二楚。人人都给逼上了这样一条路：不得不用自己的脑筋思考，不能靠贩卖别人下的‘结论’和从别处搬来的‘警句’过日子，今天我回头看十一年中间自己的所作所为和别人的所作所为，实在可笑，实在幼稚，实在愚蠢。”“说实话，我们这一代人并没有完成反封建的任务，也没有完成实现民主的任务。一直到今天，我和人们接触、谈话，也看不出多少科学的精神，人们习惯了讲大话、讲空话、讲废话，只要长官点头，一切都没有问题。”“今天还应当大反封建，今天还应当高举社会主义民主和科学的大旗前进。”

19 日，《解放日报》发表公今度杂文《“触景生情”之类》。

21 日，《体育报》发表米兰杂文《劝君莫学多九公》。

22 日，《解放日报》发表评论员文章《当前思想政治工作的迫切课题——再论坚持四个原则，促进重点转移》。指出：“宣传四个原则，决不能把四个原则当作四根棍子，一听到人家发一些怪议论，就一棍子打下去，这是什么问题也不能解决的，相反还可能造成某些不良后果。”5 月 6 日，《人民日报》以《坚持四个原则　继续解放思想　促进重点转移》为题，转载该文。

24 日，《人民日报》发表《“猫岛”冤案始末——王省身同志给北京动物研究所的信》和《猫岛》原文（原载《人民日报》1959 年 6 月 5 日第 8 版）。来信说：记得在文化大革命前，不知是《人民日报》还是《光明日报》的副刊上，发表过一篇关于“猫岛”的文章。文章大意是：航海家们在一个荒无人烟的小岛上发现了很多猫，据说有一万只左右。……这个岛便成了“猫岛”。我过去担任矿校的教导主任时，曾给学生们讲过这个故事。“四人帮”横行时，某些人为了把我们这些老教师赶出校门，竟以我讲这个故事为主要理由，把我打成现行反革命。

29 日，《云南日报》发表李孟凡杂文《“文无常法”》。

30 日，《人民日报》发表蓝翎杂文《了了录》。

本月

《宣传动态》第 7 期刊登《开展一个关于坚持四项基本原则的宣传教育活动》，指出，应该看到，开展坚持四项基本原则的宣传，克服错误思潮，既然是一场思想斗争，必然会引起各种议论。

“是不是又要反右派了?”“又要收了?”对于这些议论，要给以明确的回答。今天我们党正在用很大的气力，解决一九五七年反右派斗争中的大量遗留问题，现在怎么会又去搞什么反右派斗争呢？至于是“放”还是“收”的问题，在人民内部，我们党始终采取放的方针。放手让大家讲意见，使人们敢于讲话，敢于批评，敢于争论，永远不会收。但是，坚持放的方针，决不是给反革命分子以言论自由，这是两个不同范畴的问题。对于人民中的一些错误思想和思潮，进行思想教育，加以引导，是为了使人民群众在批评和自我批评中更好地前进，这也说不上是什么“收”。党的十一届三中全会公报指出：“全会要求全党同志和全国人民要继续打破林彪、‘四人帮’的精神枷锁，同时要坚决克服权力过于集中的官僚主义、赏罚不明现象和小生产习惯势力的影响，以利于人人解放思想，‘开动机器’。”开展坚持四项基本原则的宣传教育，克服错误思潮，正是为了排除“左”的和右的方面的干扰，使我们能够更好地贯彻执行三中全会的精神，继续解放思想，开动机器，实事求是，团结一致向前看，为把我们的祖国建设成为现代化的社会主义强国而奋斗。

《文艺报》第 4 期发表李业《总结经验，把文艺理论批评工作搞上去！——记文学理论批评工作座谈会》、公刘《诗与诚实》、程代熙《文艺必须真实地反映生活——读书札记》、艾芜《悼邵荃麟同志》。公刘认为：“从五十年代后期开始，我们的诗就与虚假发生了联系……不少诗作不说真话，或者说，不替老百姓说话。……为了恢复和发扬我们的现实主义传统，特别在目前这个战略大转变时期，更需要着重宣传现实主义，需要强调‘但歌民病痛，不识时忌讳’。”

《北京文艺》第 4 期发表饶旭杂文《避讳·文字狱及其他》。

《上海文学》第 4 期发表本刊评论员文章《为文艺正名——驳“文艺是阶级斗争的工具”说》、楼适夷《痛悼傅雷》、罗竹风杂文《再论“杂家”》、魏克明杂文《我们需要更多的“采编家”》、王琪森杂文《编辑与民主》、邓小秋杂文《“下去”岂止“下乡”?》、谢顺章杂文《正视现实的生活的现实》、周斌杂文《品茶与批评》。评论员文章指出：“如果仅仅把‘文艺是阶级斗争的工具’说，限制在指某一部分文艺作品（对象）所具有的某一种社会功能这个范围内，那么，它是合理的。如果把对象扩大，说全部文艺作品都是阶级斗争的工具，说文艺作品的全部功能就是阶级斗争的工具，那么，原来的合理就成了歪理。因为这种理论要求文艺创作首先从思想政治路线出发，势必导致‘主题先行’，结果就会离开文艺的特性，离开真善美的统一，把文艺变为单纯的政治传声筒。”该刊第 7—11 期上开辟“关于《为文艺正名》的讨论”专栏。各地报刊就此问题展开了讨论。

《上海戏剧》（双月刊）复刊，发表夏征农《〈海瑞上疏〉应重新上演》。

《黑龙江艺术》发表丹赤杂文《“一千字”与“二十年”》。

《雨花》第 4 期发表编辑部文章《“探求”无罪　有错必纠》、评论员文章《打开被堵塞的道路》、潘震宙《禁区、胆识与文艺生产力》、严迪昌杂文《“框子”有感》、徐振辉杂文《人为做作的“悲剧”》、朱安平杂文《尽在不言中》。

《安徽文艺》第 4 期发表韩照华《繁荣文艺必须批“左”》、沈敏特杂文

《新春杂识——关于“双百”的杂感数则》、冯可杂文《“爱情至上”及其他》、凌芝杂文《去伪饰　讲实话——读鲁迅〈立论〉篇有感》、光群杂文《“摘帽右派”之类》。沈文说:“思想解放和政治解放一样,不能靠少数人恩赐,要靠群众自己解放自己。如果以为几个诸葛充,加上几把剪刀,能使千万青年得免‘思想堕落’,能把中毒者从资产阶级思想的苦海中拯救出来,这种想头很缺乏历史唯物主义的味道。”

《花城》(季刊)创刊。1981年起改为双月刊。发表章明《霸道一例》、周倜杂文《漫话“洞察一切”》、黄永玉诗《曾经有过那种时候(外五首)》。

《作品》第4期发表林默涵《总结经验　奋勇前进》。文章说:“文艺创作上的所谓禁区,大概发生在这几个方面:一,是不是有某种题材是不准写的?二,是不是有某种人物是不准写的?譬如说‘中间人物’。三,是不是有某种艺术样式是不能用的?譬如说悲剧。我认为,所有这些方面,都不应该有任何禁区。”

《新文学史料》第2期转载赵浩生《周扬笑谈历史功过》。

《红旗》第4期发表王福如《四个现代化和社会主义民主》。指出,四个现代化需要民主。

《出版工作》第4期发表丁一岚《不单是为了纪念——写在〈燕山夜话〉再版的时候》。

《未定稿》发表陈春龙、刘海年《论反革命罪》,卢惠民《政治民主与新闻自由初探》。

《群众》第4期发表秦向阳《评“个人崇拜有理”论》。

《新闻战线》创刊。第1期发表王涵(邵传烈)杂文《古代空话》。

《读书》杂志创刊。其“编者的话”说:“我们这个月刊是以书为主题的思想评论刊物。它将为实现四个现代化、为提高全民族的科学文化水平而服务。我们这个月刊以马列主义、毛泽东思想为自己的指导思想,要坚决贯彻‘百花齐放、百家争鸣’的方针,要解放思想,敢于打破条条框框,敢于接触多数读者所感所思的问题。……我们主张改进文风,反对穿靴戴帽,反对空话套话,反对八股腔调,提倡实事求是,言之有物。”发表李洪林《读书无禁区》、雨辰《解放“内部书”》、署名“扬”的《加强文化民主》。李文指出:“我们并没有制定过限制人民读书自由的法律。相反,我们的宪法规定人民有言论出版自由,有从事文化活动的自由。读书总算是文化活动吧。”引发激烈争论。

马南邨（邓拓）的杂文集《燕山夜话》由北京出版社重印出版。

五月

1日，《人民日报》发表任继愈《为实现四化扫除障碍》。指出：不破除信仰主义和蒙昧主义，不清除人们头脑中的迷信思想，要提高整个民族的科学文化水平，实现四个现代化是不可能的。

2日，《人民日报》发表孙冀通杂文《立足草屋盖金屋》。

2—9日，中国社会科学院纪念五四运动60周年学术讨论会在北京召开。周扬在会上作了题为《三次伟大的思想解放运动》的讲话（黎澍、丁伟志、徐宗勉起草）。与会者指出，发扬民主是促进科学不断繁荣发展的前提条件。没有民主，就没有科学。在社会科学研究中，民主精神首先表现为以平等的态度进行自由讨论，不能少数服从多数，下级服从上级，只能一切服从真理。同时，民主精神也表现为科学研究的对象不应受到任何限制，“科学无禁区”。做不到这些，也就没有真正的科学研究。[①]

3日，《人民日报》发表陶伯华、夏明文《论民主的“多”与“少”》。

5日，《人民日报》发表社论《解放思想，走自己的道路——纪念五四运动六十周年》、祖甲杂文《从“以鼻嗅文”到“用耳认字”》。社论指出：“我们现在有条件向各国学习，我们必须有正确的学习态度，既不迷信自己，也不迷信外国。迷信自己和迷信外国，都是思想不解放的表现。夜郎自大和盲目崇洋，都是错误的。”

7日，《人民日报》发表周扬《三次伟大的思想解放运动》。指出：“目前我们正在进行的，是中国现代革命史上的第三次伟大的思想解放运动。这次思想解放运动的中心任务，就是要在马列主义、毛泽东思想指导下，彻底破除林彪、‘四人帮’制造的现代迷信，坚决摆脱他们的所谓‘句句是真理’这种宗教教义式的新蒙昧主义的束缚，把马列主义、毛泽东思想的普遍真理，同在中国实现社会主义现代化这个新的革命实践，紧密地结合起来。为了解放思想、开动机器、实事求是地研究新问题，就必须彻底改变那种把马列主义、毛泽东思想当作现成公式来胡乱套用的错误作法，必须彻底改变凡是本本载了的一律不准更动的错误思想。对于林彪、‘四人帮’制造的那种现代迷信，新蒙昧主义，极左思潮，危害之大，流毒之

① 《人民日报》1979年5月14日。

深，我们决不可以低估。”

8日，茅盾和周扬联合发起成立“鲁迅研究学会”。周扬在筹备会上发表题为《学习鲁迅，沿着鲁迅的战斗方向继续前进》的讲话。

同日，《人民日报》发表评论员文章《发扬“五四”文学运动的战斗传统》、舒展杂文《教子篇——读〈敬告父母们不要贻误子女前途〉有感》。舒文发表后，引起热烈反响，报社陆续收到很多读者来信来稿。读者普遍认为，这几篇文章“是多年来少见的好文章，只有在粉碎‘四人帮’并肃清其流毒的情况下，才会看到。”有的读者说，读着这些文章，“看看《人民日报》四个大字，觉得‘人民’二字很亲切”，“它说出了人们多年想说而不敢说的话，反映了群众的呼声”。读者认为，文章提出了一个群众十分关心的严重社会问题，即干部子女的教育问题。①

同日，《中国青年报》发表华君武杂文《谈漫画》。

9日，《人民日报》发表李洪林《我们坚持什么样的社会主义？》，6月22日，发表《我们坚持什么样的无产阶级专政？》；10月5日，发表《我们坚持什么样的党的领导？》，引起广泛关注。

同日，《大公报·大公园》发表巴金杂文《小人·大人·长官》。文章说：“把自己的命运交给别人，甚至交给某一个两个人，自己一点也不动脑筋，只是相信别人，那太危险了。碰巧这一两个人是林彪、江青之类，那就更糟了。”

10日，《工人日报》发表张安生杂文《奥勃洛摩夫的影子》。

11日，《光明日报》发表特约评论员文章《分清两条思想路线　坚持四项基本原则》。指出：“我们如果不联系今天的现实情况，只是一般地讲老道理，说空话、陈话、套话，从概念到概念，就不能说服人，不能达到真正坚持四项原则的目的。”

12日，胡耀邦召集文艺界人士座谈，指出，30年来文艺创作上正面的、最根本的经验，还是毛主席提出的八个字：“百花齐放，百家争鸣”。反面的教训是：控制太死，调子太高，棍子太多。②

同日，《人民日报》发表评论员文章《坚持“言者无罪，闻者足戒”的原则》、何培刚杂文《“也是一家之言嘛！”》。

---

① 《人民日报》1979年5月30日。

② 刘锡诚：《在文坛边缘上——编辑手记》，河南大学出版社2004年版，第282页。

同日，《中国青年报》发表林玉中杂文《有感于"一窝蜂"》。

13 日，《解放日报》刊登记者《一篇作文引起的一场讨论》。报道由一篇题为《乞丐》的作文引发，讨论如何正确引导青年提高认识、分清主流和支流、正确对待社会上的阴暗面。

14 日，《人民日报》发表评论员文章《把理论研究的空气进一步活跃起来》、川岛《要民主与科学就要敢于革命》、拾风杂文《"小姑"小议》、王定国杂文《"知错能改即圣贤"——重看越剧〈胭脂〉有感》。

15 日，《人民日报》发表评论员文章《坚决反对搞特权》、梁长峨杂文《说"靠"》。

同日，《广州日报》发表黄培亮《也谈文艺向前看及其他——兼与黄安思同志商榷》。

16 日，《人民日报》发表李俊民杂文《〈成相〉新辞》。

是日，陈登科日记载："有些人，把目前存在的一些困难和问题，给夸大，有埋怨情绪。不是他们看不清主流，也非看不到本质，而是不愿去看，因他们很怕别人提到这一切都是极'左'路线造成的。目前，有几种人，是很难办的。一是一贯正确的人，不承认有过左；二是既得利益者，也不承认有过左；三是被赶下台又上台的当权者，也怕人提到左，因为他们执行过左，他们亲口讲过：左比右好，左是方法问题，右是立场问题……如今天他们一承认有过左，不就是把他们过去给否定了吗？"①

17 日，《人民日报》发表评论员文章《一个有关党风的重要问题》，刊登读者鹿成增来信《"热烈欢迎"之风应当改变》。

同日，《文汇报》发表蒋凡杂文《杂话古今说争鸣》、曲六艺杂文《为神鬼划成分质疑及其他》。

18 日，《人民日报》发表叶圣陶《关于耳朵听字的新闻报道》。

21 日，《人民日报》发表评论员文章《批透极左路线　贯彻"双百"方针》。5 月 28 日发表评论员文章《"放"和"争"——再谈批透极左路线，贯彻"双百"方针》。6 月 11 日发表评论员文章《放开手脚　大胆去写——三谈批透极左路线，贯彻"双百"方针》。7 月 2 日发表评论员文章《敢于突破　勇于创新——四谈批透极"左"路线，贯彻"双百"方针》，7 月 16 日发表评论员文章《让文艺工作者如坐春风——五谈批透极左路线，

① 陈登科：《陈登科文集》（第 8 卷），北京燕山出版社 2003 年版，第 395 页。

贯彻“双百”方针》。

22日，新华社报道：加强思想政治工作，坚持四项基本原则，把全党的思想进一步统一到党的十一届三中全会精神上来，这是最近召开的中共四川省委第三届第二次全体委员会议主要议题之一。会议强调，以极“左”面貌出现的怀疑和反对三中全会的这种思潮，很容易迷惑人。他们是要把“四个坚持”拉回到林彪、“四人帮”所歪曲篡改的谬论和道路上去。

同日，《人民日报》发表吴家麟《关于社会主义民主的几个问题》、李志远杂文《何时听到称“同志”的声音?》。

23日，《人民日报》发表萧乾杂文《往事三瞥》。

25日，《人民日报》刊登通讯《要为真理而斗争》，报道张志新事迹。

同日，《南方日报》发表黄树森《文艺“向前看”杂识——兼与黄安思同志商榷》。

26日，新华社报道：任仲夷同志在辽宁省委常委会议上指出，要坚定不移地贯彻三中全会精神，继续解放思想发扬民主。许多同志思想僵化、半僵化的问题并未完全解决。不要把“开头”当“过头”，不能把支流当主流，不要一个时期刮一股风。

同日，《人民日报》发表虞挺英杂文《把眼框子放大些》。

27日，《解放日报》发表魏金枝杂文《自豪》。

同日，《重庆日报》发表曹廷华杂文《关于“杂感”的杂感》。

28—29日，《法学研究》编辑部召开法学座谈会。与会者认为，我们解放思想，是要从林彪、“四人帮”的思想禁锢中解放出来，认识领袖是人，不是神，准确地、完整地掌握马列主义、毛泽东思想的科学体系，掌握科学社会主义理论。①

29日，《光明日报》发表顾骧《读一封信想到的……》。

30日，《天津日报》发表方玄杂文《不要用极左的眼光看问题》。

本月

《宣传动态》第13期刊发《“恐右症”的提法不够严密》。指出：“提出反对‘恐右症’，用意是要帮助一些同志解除余悸，起来同林彪、‘四人帮’的极‘左’路线作斗争，改变那种认为‘左’比右好，宁‘左’毋右

① 《人民日报》1979年6月15日。

的精神状态，敢于贯彻执行党的正确路线。但是它也可能造成一种误解，似乎右并没有什么不好。背离马克思主义路线的倾向，无论是‘左’还是右，都对革命事业有害，都应该反对。我们的干部经常警惕自己不要犯‘左’的或右的错误，是无可厚非的。至于有少数同志在执行中央的正确路线时犹豫不决，生怕将来又被批判为右了，这是由于林彪、‘四人帮’的思想流毒没有肃清，路线是非不明。重要的是引导他们提高觉悟，识别什么是正确路线，什么是错误路线，而不宜只是批评他们不该‘恐右’。”第 15 期刊发《改造社会风气是全党的任务》，指出：“社会风气不是孤立的问题，而是社会政治、经济、文化状况的综合反映。目前社会上的歪风邪气是林彪、‘四人帮’连续十年对我国政治、经济、文化大破坏造成的恶果。在这十年浩劫中，他们颠倒敌我，混淆是非，把我们的党搞乱了，国家搞乱了，各种群众组织搞乱了，所有社会法纪、道德规范、行为准则全都搞乱了。真正的革命战士和善良的人们横遭摧残迫害，反革命势力以革命的名义干尽坏事，旧社会的渣滓乘机泛起，青少年一代受到严重的腐蚀毒害。同时，整个国民经济濒临全面崩溃，在几千年优秀文化遗产基础上发展起来的社会主义新文化被全盘否定而几乎毁灭，人民的物质生活和精神生活陷于普遍匮乏和贫困。几百万、上千万的青年难以升学和就业，苦闷彷徨，对前途缺乏信心。这种大破坏是如此严重，尽管两年多来我们已经把祖国从危亡的边缘抢救过来，但还只能说是‘乾坤始转’，还需要我们用相当长的时间和十分艰巨的努力来进行各方面的调整和整顿。只有这样，整个社会风气才能从根本上改造过来。”第 16 期刊发《王确对待所谓人权问题》《马恩列斯论“人权”》。

《文艺报》第 5 期发表评论员文章《坚持文艺的社会主义方向，为完成新时期的伟大任务而奋斗》、吴泰昌《忆“五四”，访叶老》。

《十月》第 2 期发表李凌杂文《喜好、齐放争鸣与领导》。

《新港》第 5 期发表盛祖宏杂文《漫谈文责自负》。

《上海文学》第 5 期发表吴士余杂文《学经》、晓江（江曾培）杂文《编辑的锣鼓》、周泉生杂文《不平则鸣》。

《鸭绿江》第 5 期发表张书绅报告文学《正气歌》，写张志新事迹。

《钟山》第 3 期发表刘金杂文《文字狱古今谈》。

《雨花》第 5 期发表巴金《一点不成熟的意见》、顾尔镡《解放思想，突破禁区，为“四化”服务》、方之《几点“四平八稳的意见”》、叶至诚《“探求者”的话》、丁柏铨《“人性论乎”？棍子乎？》、徐勇杂文《滥竽充数今古谈》。巴金指出：“文学著作并不等于宣传品。文学著作也并不是像‘四人帮’炮制的那种朝生暮死的东西。”顾文认为：“所谓禁区有三种：一种是‘四人帮’造成的禁区，一种是还在‘四人帮’之前就已经形成了的禁区，一种是，现在还有人用‘本本上说过的’、‘文件里讲过的’、‘十七年是一条红线’等这样一些论点，在我们面前又造了一些新的禁区。冲破禁区，就要冲破这三种禁区。”叶文强调：“建成社会主义，走向共产主义的具体道路仍旧需要探索，‘左’的教条主义确实僵化了人们的思想和生活，必须大声疾呼要从中解放出来，以造成生动活泼的政治局面；官僚主义和官僚主义者仍旧是社会主义祖国走向四个现代化的最大障碍，必须唤起全党全民来加以扫除。”

《安徽文艺》第5期发表智杰《“长官意志”与“文艺批评”》、潘孝琪《斥“样板戏”》、荒芜杂文《人·神·鬼·英雄·狗熊》、李鹏飞杂文《鞭挞黑暗有理有功》。李文认为：“比如我们在前面议论的社会主义文艺要不要以及如何暴露阴暗面的问题，就面临着一个‘宣之使言’启蒙任务。由于林彪、‘四人帮’等人长期打棍子；由于党在文艺‘放’‘收’政策上反复太多，从某种意义上已失信于民；由于长期以来从上到下养成了只报喜，不报忧，爱听恭维话，不爱听批评话的劣习，社会主义文艺要不要暴露阴暗面至今仍是文艺工作者不敢逾越的禁区。”

《作品》第5期发表秋耘杂文《“文艺法庭”刍议》。

《四川文学》第5期发表任白戈《发扬“五四”运动的革命精神》、范国华《“五子登科”与艺术民主》。

《新疆文学》第5期发表舒英、张成觉杂文《从“事事关心”说到文艺作品》。

《水仙花》发表冯英子杂文《磨光和冲淡》。文章说：“杂文与时弊俱灭”，我想，这句话从别一个角度看也真有点科学的预见，因为现存的“时弊”，正在使锋利的匕首变成割不成肉的钝刀子。你看到过用肉身塑成的佛像么？虽然法相庄严，但精神却早已泯灭了。

《文艺研究》创刊。发表蓝翎杂文《了了录》。文章说，我们所要的百花齐放，也应当是各按各的特点放，各依各的时令放，各在各的特殊环境里放。若违背了这个规律，武则天也好，西太后也好，江青也好，其他什么人也好，都会进入《镜花缘》里照镜子。

《读书》第 2 期发表汪士汉杂文《科学与民主并重》，范玉民（曾彦修）杂文《图书馆必须四门大开》（回应李洪林《读书无禁区》一文），子愚杂文《理论不能以“长官意志”为准》，王云缦、梁晓声杂文《花草辩——从手抄本〈第二次握手〉联想到的》，湛之杂文《谈批评与知音》，郭晨杂文《攻书如捡粪》。

《中国史研究》（季刊）创刊。创刊号发表评论员《批判封建主义，为实现四个现代化而奋斗不懈》。文章列举了封建主义的种种表现。

《近代史研究》创刊。创刊号发表黎澍《关于五四运动的几个问题》。指出：“必须采取恰当而有效的方式，彻底清除一切封建思想残余及其影响，把 60 年前就已开始的反封建思想革命进行到底。这样，我们的社会主义事业才能迅速地向前发展，这种发展才能得到巩固而不至于停顿和倒退。”

《群众》第 5 期刊登吴敬琏《宣传科学社会主义，批判假社会主义》，发表荣国英杂文《现代化与西方化》。

《新闻战线》第 5 期发表袁鹰、姜德明《〈长短录〉的始末与功“罪”》。

上海文艺出版社编辑、出版《重放的鲜花》，收入《在桥梁工地上》《本报内部消息》《组织部新来的青年人》《改选》等 20 篇“反右”运动中被打成“毒草”、遭到禁锢的作品。

六月

1 日，《人民日报》发表臧乐源杂文《要听逆耳之言》。

2 日，《人民日报》发表方顺景杂文《教子须及早》。

同日，《解放日报》发表孙锁顺、范培松《文艺、政治、生活》。

4 日，《人民日报》发表特约评论员文章《创作天地广阔　志士大可作为》、林默涵《〈三家村札记〉序》。特约评论员文章指出：“对于在现实中还存在着的妨碍四化建设的消极现象，比如官僚主义、思想懒惰、无所作为、生活特殊化、无政府主义、闹派性等等，以及‘四人帮’留下的种种余毒，文学艺术也不应该放过它们，应该加以揭露和批判，发挥文艺的战斗作用。总之，社会主义时代的生活是丰富多彩的，文艺家运用他们的生花妙笔，既可以写出雄壮的诗篇，也可以写出感人的悲剧，还可以写出辛辣的讽刺作品。”林文说：“从围剿《海瑞罢官》和‘三家村’开始，黑暗就笼罩了整个文坛，林彪、‘四人帮’制造的文字狱遍于国中，正直的作家和进步的作品几乎无一幸免地被打进了他们张设的网罗。”

5 日，新华社报道：岳飞墓、岳庙正在修复中。“四人帮”横行时，岳飞和他的儿子岳云的坟墓被平毁。岳飞手书和历代文人题咏的一百八十多块碑刻，有的被破坏，有的作了房屋的基石。跪在英雄墓前、千古受人唾骂的秦桧、王氏、万俟卨、张俊的四个铁像，也被搬走，不知去向。

同日，《人民日报》发表牛洪《野蛮与文明》、吴克《关于“兴无灭资”提法的商榷》。吴文说：“无论从实际情况来说，或者从人类文化思想的发展来说，我们都不能笼统地提出‘消灭资产阶级思想’的任务。”

7 日，中共上海市委宣传部召开报告大会，公开为《新民晚报》平反，为一大批被打成毒草的作品，被诬陷的作家艺术家平反、昭雪，恢复名誉。宣布平反的作品主要有：巴金的全部作品，丰子恺的《阿咪》、魏金枝的《中国古代寓言选译》、瞿白音的《创新独白》、王西彦的《湖上吟》、师陀的《西门豹》、罗竹风的《杂家》、王若望的《一口大锅的故事》等。

8 日，《人民日报》发表特约评论员文章《改造社会风气是全党的任务》。

同日，《光明日报》刊登本报特约评论员文章《解放思想，繁荣创作》。

同日，《文汇报》发表吴泰昌《评所谓“大写十三年”》。

同日，《甘肃日报》发表吴月杂文《放脚、剪辫子与解放思想》。

9 日，《人民日报》发表张显扬、王贵秀《无产阶级民主和资产阶级民主》、沈潭杂文《打虎和英雄》。

同日，《解放日报》刊登报道《〈为文艺正名〉引起热烈争鸣》。

是日，陈登科日记载：“下午三点开小组会，讨论报告。在我们生活中，一切都有公式，所谓讨论，就是表态，拥护、唱几句赞歌。每个人都要表态，三十几个人一个小组，一天十个人，还得表三天呢，讨论个啥？”“我是第三个发言，不想唱老调，就着文艺部分谈上俩问题。”“一、建国以来，文艺界和其他战线一样，不断地受到来自右的方面和主要来自极‘左’方面的干扰，明确表明，我不同意某些人的说法，什么文艺界特殊论，文艺界是受右的影响大等等。二、是伤痕文学问题，所谓伤痕文学，是某些文艺理论家赏赐的名字。有人说它比反革命传单还要坏，我不同意，对四人帮的所作所为，难道在文学上不应反映么？”①

10日，《解放日报》发表本报评论员文章《继续解放思想，繁荣文艺事业》。指出：“余悸”应该消除，“预悸”也不必要。特别是，现在文艺战线上，固然有来自右的方面的怀疑和否定四项基本原则的错误思潮的影响和表现，但更要警惕的是极“左”路线的流毒还没有肃清。

11日，《人民日报》发表广生、世宗杂文《背心的“红”与“黑”》，刊登《以党和人民的利益为第一生命——张志新同志在狱中的一次答辩（摘录）》。

12日，《黑龙江日报》发表评论员文章《在三中全会方针指导下进行四项基本原则教育》。

13日，《人民日报》发表邢贲思《真理面前不应当人人平等吗？》，陈友琴杂文《从牡丹和荔枝说起》。

同日，《文汇报》发表陈虞孙杂文《打个比喻》、卓禾杂文《“博望侯”小议》。

14日，《人民日报》发表肖成栋、林荣顺杂文《“看脸色”小议》。

15日，新华社报道：万里在安徽省凤阳县农村调查时，肯定了当地实行的“大包干”生产责任制。勉励有关人员：只要能增产，什么也不要怕，争取在最短时间内，把凤阳讨饭花鼓扔掉，扔得远远的，扔到太平洋里去。无论怎么说，讨饭不是社会主义的优越性。

同日，《重庆日报》发表谭理《解放思想过头了吗？》。17日，发表李柏《落实政策过右了吗？》。

19日，《光明日报》发表徐炳《论“人权”与“公民权”》，肯定人权的进步意义。

同日，《北京日报》发表元石《特权思想是腐朽的剥削阶级思想》。

同日，《解放日报》发表遨达杂文《“吕先生”和两点论》。

20日，《人民日报》发表卢之超《冷静下来的思索》。文章说：“人们怎么能想到，在建立了无产阶级专政的社会主义国家里，国民党那一

① 陈登科：《陈登科文集》（第8卷），北京燕山出版社2003年版，第401—402页。

套封建法西斯的东西，又被用到共产党员张志新同志身上?!这除了说明林彪、‘四人帮’这些人确实是一伙法西斯分子以外，还暴露出我们的民主、法制是多么不健全，封建主义影响在我国的政治生活中又是多么严重地存在。试想，如果我们党的生活和社会主义法制很健全，党内外民主观念、法制观念很强，而且经过多年实行，形成习惯，那么，林彪、‘四人帮’能够那样容易地用‘反革命’的恶名去虐待、折磨和杀害张志新同志吗?他们能够通过人民法院和共产党党委之手，去制造那么多的冤假错案吗?”

22日，《西安晚报》发表于虑杂文《“倒退牛”》。

23日，《人民日报》发表刘用亚杂文《想起了大禹》。

同日，《中国青年报》全文发表张志新在狱中的“认罪书”——《这就是一个共产党员的宣言!》。此前，《光明日报》于本月12日发表了该文的摘录。

同日，《辽宁日报》发表于铁杂文《火和剑——献给思想解放的先驱者张志新》。

24日，《光明日报》发表郭罗基《谁之罪?》。指出：“张志新是无罪的人。扼杀人民民主和党内民主，制定非法的法律，对张志新进行镇压的人，才是不可饶恕的历史罪人。非法地剥夺人民的言论自由，对张志新实行‘以言治罪’把她置于死地的人，也是不可饶恕的历史罪人。惨无人道地虐杀张志新的人才是不可饶恕的历史罪人。”

25日，《人民日报》发表王春元《从〈李慧娘〉的重演谈到鬼魂戏》。

26日，《大公报·大公园》发表巴金《在尼斯》。

29日，《工人日报》发表任仲夷《吸取历史教训，健全社会主义法制——谈产生张志新同志被害这种冤案的原因和有关问题》。

本月

中央政治局起草的国务院向五届人大二次会议提交的工作报告指出，我国封建主义的历史很长，经济文化比较落后，加上我们过去对民主的宣传和实行不够，制度也不完善，在这种情况下，专制主义、官僚主义、特权思想、家长作风以及无政府主义很容易滋长。[①]

① 吴建国等：《当代中国意识形态风云录》，警官教育出版社1993年版，第504—505页。

《宣传动态》第 19 期刊发《不要滥用“长官意志”这个概念》。提出:“现在有些同志，误认为长官意志就等于是主观主义，等于是违反客观规律，瞎指挥。有些闹无政府主义的人，把‘长官意志’当作一顶帽子，反对正确的领导。有些作领导工作的同志怕被批评为‘搞长官意志’，也不敢大胆领导了；甚至宁愿作所谓‘没有意志的长官’，遇着矛盾绕开走，办事能推则推，能拖则拖，怕负责任，怕担担子。可见‘反对长官意志’之类的口号，已经引起思想上的混乱，并给实际工作带来损失。因此，今后在宣传中，要注意正面进行辩证唯物主义的思想路线的教育，引导大家努力按客观规律办事，大兴调查研究之风，走群众路线，坚持集体领导，而不要一般地去指责‘长官意志’。领导工作中有主观主义，就批评主观主义；有‘一言堂’，就批评‘一言堂’；有瞎指挥，就批评瞎指挥。尤其是在向工农群众进行口头宣传时，更不宜简单地提出反对长官意志这类含义不清的口号。”第 21 期刊发《加强文艺评论，繁荣文艺创作》。提出:“文艺评论要研究创作方面的经验教训，三十年来，十几年来，都有哪些经验教训。正面的最根本的经验，是毛泽东同志提出的，放手地搞百花齐放，百家争鸣。这是文艺评论要具体贯彻的根本方针。反面的教训也不少，主要是在过去文艺创作的指导上常常限制太死、调子太高、棍子太多，不利于贯彻党的双百方针。当然，我们的文艺创作是有标准的。标准还是两条：一条政治标准，不要反党反社会主义的毒草；一条艺术标准，不是用标语、口号式的东西，而是以尽可能完美的艺术形式教育人、鼓舞人。作品要站在人民大众的立场上，把思想性和艺术性结合起来，用较好的艺术形式来表现较好的思想内容。总之，要使人民既受到一定的教育，又得到艺术的享受。除此之外，就不要规定太多了。林彪、‘四人帮’合伙炮制的《纪要》，批什么‘黑八论’，这也不准，那也犯禁，是一个重要的反面教材。它使文艺创作在思想上陷入了僵化和虚假的绝境，在艺术上日趋贫乏、单调和模式化，把社会主义的文学艺术引进了一条死胡同。今天我们的评论要坚决打碎这种精神枷锁，把社会主义的文艺创作放到广阔的天地去。”

《文艺报》第 6 期发表评论员文章《广开文路　大有作为》、曹禺《思想要解放　创作得繁荣》、赵丹《题材禁区要打破》、钱谷融《文艺创作的生命与动力》。

《战地》增刊第 2 期发表秦似杂文《同志相称今昔谈》、顾家熙杂文《想起了“大请客”》、张如宗杂文《30＝45》、黄少逸杂文《刘项相较》、李百臻杂文《“闲魂”不散》、李固阳杂文《“左”与“右”》、汪抗杂文《莫作笑话看》、范来苏杂文《唐太宗的一条批示》。

《当代》（季刊）创刊。人民文学出版社编辑出版，设有“杂文小品”等栏目。1981 年改为双月刊。发表郭因杂文《艺廊思絮》、陈允豪杂文《从陈老总一段话引起的联想》、陈子伶杂文《阿 Q 与现实主义》。郭文“前记”说：“这些文字写于六十年代初，七五、七六年时做了些修改，之所以发表这些文字，其理由之一是‘可以使人们知道，在“四人帮”横行时，有人曾想过什么，写过什么。可以借此说明不得人心的势力毕竟是难于扼杀一切，特别是难于扼杀人们的思想的。’”

《河北文艺》第 6 期发表李剑《“歌德”与“缺德”》、淀清《歌颂与暴露》。李文把写“伤痕”、揭露社会主义时期生活中阴暗面的作品斥为“缺德”，主张社会主义文学只能“歌德”，否则就是“怀着阶级的偏见对社会主义制度恶毒攻击”。此文发表后引起普遍争论。

《运河》6 月号发表蓝翎杂文《论吹牛》。

《鸭绿江》第 6 期发表巴金杂文《谈谈〈望乡〉》。

《上海文学》第 6 期发表王若望杂文《为“传统剧”辩》、肖盼杂文《“评论”与“争论”》、许杰杂文《文艺批评首先应该是文艺》、盛巽昌《从〈二十年目睹之怪现状〉谈起》、世远杂文《当心“断种”》。

《雨花》第 6 期发表东方既白（陶白）杂文《切磋录二则》。

《安徽文艺》第 6 期发表张家治杂文《“防民之口，甚于防川”》。

《随笔》创刊。初为丛刊，由广东人民出版社印行了 12 集后，改为花城出版社主办。前 12 集为大 32 开，第 13—19 集为 16 开，第 20 集起恢复大 32 开本。1983 年第 1 期改为双月刊定期出版。创刊号《繁荣笔记文学——〈随笔〉首集开篇》中说：“《随笔》专收用文学语言写的笔记、札记、随笔之类，上下三千年，纵横八万里，古今中外，五花八门，力求能给读者带来一些健康的知识，有益的启发，欣然的鼓舞。”“我国当前，简言之，一个是正确处理人民内部矛盾的总题目，一个是实现四个现代化的总任务，可直接间接为文的天地，堪称广阔之极。”“实践是检验真理的唯一标准这一讨论，还要普及深入，而于此就更是大可为文的了。”创刊号发表方行杂文《桥脚碎语》[①]、吴有恒杂文《榕荫杂记》[②]。

《作品》第 6 期刊登《当前文艺创作和理论批评中的一些问题——作协广东分会评论工作委员会会议讨论纪实》，发表秦牧《散文创作谈》、李亦明杂文《清官戏与民主》、晴燕杂文《旧戏新看》。《纪实》指出："我们的文艺不是掩盖和粉饰生活矛盾，不是在生活的岸边观望兴叹，也不是在生活的远处眺望俯瞰，而是站在党和人民的立场上，正视生活中丑的事物，深刻地、大胆地予以揭露，从而使人们认识它，憎恶它，消灭它，推动历史的前进"。

《读书》第 3 期发表韦庆远杂文《重读〈清代文字狱档〉》、杨牧之杂文《"襄王枕上原无梦"》。

《群众》第 6 期发表田林高杂文《从"恐人不谏"到"不好直言"》。

《中国青年》第 6 期发表郭罗基杂文《谈怀疑》、郭思文杂文《谈引导——从青年人的发式和裤脚谈起》。

《新文学论丛》创刊。第 1 辑发表何西来、田中木《谈艺术的民主和专制》、王春元《艺术民主和创作自由》。

《社会科学》（月刊）在上海创刊。创刊号发表朱庆祚《要摆正领袖和人民的关系》、周镜秋《实事求是　执法如山——看〈十五贯〉有感》、费万龙《留得好书在人间——重谈〈燕山夜话〉》。

七月

3 日，《解放日报》发表亦木杂文《读〈海瑞巧办胡公子〉有感》。

同日，《成都晚报》发表吴野杂文《谈度量》。

4 日，《人民日报》发表杨传春《"俟实"必须先"养根"》。

同日，《工人日报》发表张必众《为什么说阶级斗争不是当前的主要矛盾?》。

7 日，《苏州报》发表艾勤杂文《砸开镣铐以后》。

---

① 文前称："我家住在珠江河南海珠桥脚，有时候站出骑楼临风把望，看着那桥上桥下熙来攘往的行人过客，常会零星涌起一些一闪而过的遐思断想，偶记之，以作《桥脚碎语》。"

② 关于吴有恒的《榕荫杂记》，《随笔》编者指："这一笔记文学的篇幅，本来数倍于所载，可惜在'文化大革命'中为罪恶万端的无辜抄家抄散失了！"其中除《秦良玉和穆桂英》《陈白沙作反了》《叱石岩太子岩》《南武帝和南汉皇帝》《学究作诗》《对〈梁天来〉的异议》6 篇外，其余诸篇均发表于 1962 年 11 月 26 日至 1963 年 4 月 17 日《羊城晚报》"榕荫杂记"专栏。

8 日，《光明日报》发表雷抒雁《小草在歌唱——悼张志新烈士》。

9 日，《文汇报》发表吴大英、刘瀚《阶级斗争和革命法制》。

10 日，《光明日报》发表陈登科《对当前文艺工作的一点看法》。提出：一、文艺界必须坚决反“左”；二、“伤痕文学”具有积极的价值意义；三、必须贯彻“双百”方针。

11 日，《人民日报》发表虞挺英杂文《“断”祸》。

同日，《光明日报》发表特约评论员文章《加强文艺评论，繁荣文艺创作》。

12 日，《成都晚报》发表卢杨村杂文《名家以多为贵》。

13 日，新华社报道：中国社会科学院一年多来严格按政策清理冤、错、假案和历史遗留问题，为俞平伯、钱钟书、吕叔湘、邵荃麟、何其芳、陈梦家、徐懋庸、孙冶方、侯外庐、罗尔纲、顾准、黎澍等 800 多名科研人员和党政干部恢复名誉。

14 日，《人民日报》发表朔望《只因——关于一个女共产党员的断想》、朱建《为了真理》，纪念张志新。

同日，《大公报·大公园》发表巴金《重来马赛》。文章说：不搞人的思想现代化只搞物质现代化，行不行？得不到回答，我感到苦恼。

同日，《中国青年报》发表舒展杂文《兴趣、爱好与精神生活》。

15 日，人民大会堂向公众开放。

同日，《解放日报》发表虞丹杂文《缚舌、断舌和断喉》、左泥《重放的鲜花》。

同日，《浙江日报》发表魏桥（魏云生）杂文《“张小泉”、“蒋雪舫”的启示》。

16 日，《人民日报》发表阎纲《“现在还是放得不够”》。认为：“采取‘放’的方针，我们的文艺创作取得了巨大的成就，尽管每前进一步都要经历一场斗争。今后，要发展文艺，仍然需要采取‘放’的方针，要接受历史教训，决不能半途而废。”

是日，陈登科日记载：“允豪（陈允豪——引者）送书来，并约我为《读书》写篇短文。我答允了，写一篇‘文僚’。在我们国家里，当官的有官僚，而做文艺工作的也有文僚，他们不看书，不看戏，只听汇报，便可决定一部作品的命运。有趣的是一个文艺批评家，批判人家的作品，有人指责他批的不对，他委屈地说：我没看过这作品，我是完全根据底下报上来的材料说的。”“你看，这就是我们的文僚。”[①]

17 日，《北京日报》发表林丕《略论“社会公仆”》。提出应该有防止特权的立法。

19 日，《解放日报》发表评论员文章《正确认识我国阶级状况的根本变化》。

同日，《大公报·大公园》发表巴金《里昂》。

20 日，《人民日报》发表沈钦礼杂文《放则兴　收则衰》。指出：“放的方针，就是让人讲话的方针，就是发扬民主的方针，而收的方针，就是不许人讲话的方针，就是压制民主的方针。”

同日，《光明日报》发表王若望《春天里的一股冷风——评〈“歌德”与“缺德”〉》。文章说：“我们曾批判过十多年前张春桥之流喊出的一个口号，叫做‘大写十三年’。谁要不‘遵’他们的‘命’，就叫做‘不务正业’。我们批判它是束缚作者手足的极左思潮。如今《“歌德”与“缺德”》一文中规定只能写两个内容：为工农兵树碑立传和写四化英雄，这比之那个‘大写十三年’的口号还要‘左’，能写的期限还要短，能写的题材还要狭小。”“在标榜拥护‘四项基本原则’的大旗下，贩卖极左思潮，反对‘双百’方针，这是我们决不能容忍的。”

同日，《工人日报》发表何荣飞《为什么说剥削阶级已经消灭?》。

同日，《南方日报》发表社论《认真补好真理标准讨论这一课》。

21 日，《人民日报》发表胡椒杂文《包公不持一砚》。

同日，《解放军报》发表路知音杂文《眼光种种》。

22 日，《解放日报》报道：必须坚持实践是检验真理的唯一标准，上海作家座谈《“歌德”与“缺德”》。

同日，《光明日报》发表李准《读张志新事迹有感》。文章说：“她在履行共产党员的神圣职责，却受到了‘党的“审判”’；她讲的全是人民的心里话，却被投入了‘人民的牢房’；她以全副身心捍卫无产阶级的利益，却被‘无产阶级专政’的子弹射穿了头颅！美和丑，善和恶，真理和谬误，野蛮和文明，伟大和渺小，光荣和耻辱，完全被颠倒了。这血写的事

① 陈登科：《陈登科文集》(第 8 卷)，北京燕山出版社 2003 年版，第 410 页。

实，令人无法相信，又使人不能怀疑。”

24日，《人民日报》发表崔敏《怎样理解“在法律面前人人平等”?》。

是日，陈登科日记载：“耀邦同志在中宣部召集一些文艺界的头头们开会。据讲林默涵昨天在会上发了言。他把文艺界当前对文艺工作的一些看法，说成了是人与人的矛盾。这是完全不负责任的。他这样只能把文艺界搅混。”“他还坚持，当前文艺界是右，而不是左。如按他的这一观点搞下去，文艺界又不知有多少人要被关进监狱。不过，大家都有一致的看法：谁要再像过去那样来整文艺界，他必将被历史所抛弃。”①

25日，新华社报道：实践宣布了公允的裁判，二十多年的是非终于澄清，党组织为马寅初彻底平反恢复名誉。

同日，《解放军报》发表耶明《派性溯源》。

25—26日，《大公报·大公园》发表巴金《沙多—吉里》。

26日，《解放日报》发表鲁兵杂文《教教孩子》。

28日，是日，陈登科日记载：“孔周（何孔周——引者）来了，谈起《河北文艺》六月号上那篇《“歌德”与“缺德”》的文章。”“正巧，我的抽屉里放了一首田间的诗，现抄录如下：《写在金水桥旁》：万里神州雷动，痛击翻案妖风，鲲鹏展翅九重，蓬雀惢缩哀鸣。一出‘纳吉’丑剧，妄图演出成功。庄严天安门前，岂容魔怪横行？无产阶级专政，东风横扫残云。两个决议公布，红日喷薄东升。金水流花翻滚，胜利不忘斗争。翘首瞻望北斗，高山继续攀登。”“田间本是我的老师，可他这首诗是歌德还是缺德呢？我不知他今天读了《天安门诗抄》时，是否觉得脸红。”“人家都说他是风派诗人，如今他主编的《河北文艺》，发了这样的文章，是不是要把大家都引上风派之路?”“不过，我肯定，他们这次一定会看错风向了。”②

29日，《天津日报》报道：是广开文路，还是画地为牢——市文联与本报编辑部邀请部分作家举行座谈会，严正评论《“歌德”与“缺德”》。

同日，《光明日报》发表林文山（牧惠）《双百方针与坚持四项原则》。

30日，《北京日报》发表宋振庭杂文《直道与枉道》。

31日，《人民日报》发表周岳文艺短评《阻挡不住的脚步》，同时转

① 陈登科：《陈登科文集》（第8卷），北京燕山出版社2003年版，第412页。

② 同上书，第413—414页。

载李剑《“歌德”与“缺德”》、王若望《春天里的一阵冷风——评“歌德”与“缺德”》、崔承运《要鼓励作者大胆创作——驳〈“歌德”与“缺德”〉》。

本月

《文艺报》第 7 期发表陈毅《在全国话剧、歌剧、儿童剧创作座谈会上的讲话》（第 8 期续完）、刘征《讽刺是非谈——话说内部讽刺诗》、胡余《让“百家争鸣”的方针在文艺界开花结果——记几个文艺问题的讨论》。

《人民文学》第 7 期发表陈新小品文《局长的“耐心开导”》、杜渺小品文《挂在大门口的“意见箱”》、冯瑞小品文《“重点供应，送货上门”》、龙国炳小品文《投宿记》。

《十月》第 4 期发表刘宾雁《文学、生活和政治》。

《战地增刊》发表陶白《怀邓拓同志》。

《北京文艺》第 7 期发表蓝翎杂文《了了录——话说文艺刊物和编辑》。

《布谷鸟》第 7 期发表胡克《列宁和斯大林是怎样对待讽刺作品的》。

《新苑》文艺丛刊第 3 期发表宋振庭《致友人　谈文艺》。

《上海文学》第 7 期发表杨曾宪杂文《孔乙己与文艺批评》、群民杂文《民主空气与作家勇气》。

《收获》第 4 期发表黄裳《过去的足迹——纪念吴晗》。

《钟山》第 3 期发表刘金杂文《文字狱古今谈》。

《雨花》第 7 期发表高晓声杂文《善跳者可以休矣》（批评《“歌德”与“缺德”》一文）、东方既白杂文《柳暗花明又一村》。东方既白指出：“心有余悸的社会，何时出现，至今我还不清楚。我们还是处于忧患频陈的时代，我们只是一个为实现心无余悸的社会的催生婆。”

《安徽文艺》更名为《安徽文学》，发表眉间尺（公刘）《论题目的学问——〈“歌德”与“缺德”〉一文欣赏》、沈敏特杂文《春末闲笔——关于“双百”的杂感又二则》。

《安徽戏剧》第 4 期发表评论员文章《不许收——对“歌德派”的初步回答》。

《长江文艺》第 7 期发表衡果杂文《从“歌德派”想到的》。

《花城》第 2 期发表苏晨杂文《有边的遐想》、司马玉常杂文《无伴奏叫喊和藤与瓜》。

《随笔》丛刊第 2 集出版。《〈随笔〉的天地——〈随笔〉二集开篇》说:“在实现四个现代化的新长征中，我国家底薄，人口多，经济生活上存在不少困难，社会风气中也还有不少给‘四人帮’污染了的一套。有鉴于此,《随笔》很想为读者丰富精神生活，高尚理想情操，提供一点参考。”“这里想提请作者们考虑，下列问题是否大都可以写成及人、及事、及情的笔记文学作品，如:真理，谬误，科学，理论，认识，实践，观察，试验，调查，研究，综合，分析，判断，推理，抽绎，逻辑，辩证，检验，假说，预见……等等。”发表廖晓勉杂文《A＝W＋X＋Y＋Z》、金钦俊杂文《“不求甚解”及其他》、展代杂文《注里文字》、霍然杂文《说蚊》、赵仲邑杂文《蜗庐漫笔》(19 则)、蒋星煜杂文《文史小语》(15 则)。

《作品》第 7 期发表司马玉常(邝雪林)杂文《“炒拆”发微》、章明杂文《一脉相承》。

《湘江文艺》第 7 期发表谢望新等《什么是今天作家的责任》、陈炳杂文《斗牛尾巴的启示》。文章说，如果我真有什么创作秘诀的话，“也只有这样一句:把心交给读者”。

《读书》第 4 期发表李洪林《共产党员应该讲修养》、乔淑《解放思想走向胜利》。

《中国青年》第 7 期发表闻起(陶白)杂文《上梁与下梁》。

《青年一代》第 4 期发表王若望杂文《要不要良心》。

《群众》第 7 期发表闻起杂文《也算是“古为今用”》(《读书札记二则》之一)。

《哲学研究》第 7 期发表严家其《“民主”概念的历史考察》。

《历史研究》第 7 期发表评论员文章《只有忠实于事实　才能忠实于真理》。

《中国史研究》第 2 期发表林铁钧《“五四”新文化运动与反封建思想》、王曾瑜的《中国封建文化专制主义批判》。

廖沫沙作《我又学到一点辩证法——〈长短录〉出版感言》《悼念邓拓、吴晗同志》。《悼念邓拓、吴晗同志》写道:“岂有文章倾社稷，从来佞幸覆乾坤。巫咸遍地逢冤狱，上帝遥天不忍闻。海瑞丢官成惨剧，燕山吐凤化悲音。毛锥三管遭横祸，我欲招魂何处寻。”

《清明》创刊。安徽省文联主办，陈登科主编。初为季刊，1984 年改为双月刊。

《大学生》创刊。复旦大学学生会主办。第 1 期发表李光程《坚持无产阶级专政的核心就是坚持社会主义的民主原则》、张志孚《解放思想与坚持原则》、晓月《爱情属于无产阶级》、孙乃修《文艺真实新探》，“群言堂”专栏发表方斜（许锦根）杂文《百花齐放的关键是“花”吗？》、李漪杂文《〈中国〉的批判与“批判”的中国》、黄炜杂文《略谈“民意”的测验》。

吉林人民出版社出版宋振庭杂文集《星公杂文集》。收入杂文 60 余篇，大多作于五十年代后期和六十年代初期，其中，作于“文革”后的主要有《为啥落实政策慢腾腾？》《马尾巴、蜘蛛、眼泪及其他》《从列宁的故事想起的一道试题》《“头朝下”》《彻底扫除“四人帮”的“新闻学”垃圾》《写文章、讲话都得交心》《大家都来管教败家子》《做官还是做事？》《要运转机器不要拆零件用》《不能要专搞瞎指挥的人当家》等。杨公骥在“序”中说：“在无产阶级文化大革命之初，作者便被‘四人帮’打为‘反党反社会主义反毛泽东思想的黑帮分子’而被批、被斗、被迫害。其主要‘罪证’便是作者的这些杂文。”“作者之所以被加上这样弥天大的‘罪名’，乃是被‘四人帮’使用封建的‘正名’法给‘正’出来的。‘正者，定也’。孔夫子说过：‘必也正名乎！名不正，则言不顺；言不顺，则事不成’。如果把这句教义‘活学活用’地用之于整人和害人，那就是‘必’须给被害者‘定’（正）出个罪‘名’。罪‘名’被‘定’出之后，那就怎么‘言’就怎么‘顺’口，怎么批斗怎么‘顺’心，‘言’得‘顺’口，批得顺心，则打棍子、戴帽子、罢官、关入牛棚之‘事’便‘成’矣！这不奥妙，本是旧社会刀笔讼师的看家本领。”“作者被‘正’出的‘罪名’有二。一是作者所用的‘四十多个笔名’中有一个是‘海公’。于是，三段论法曰：海公就是海瑞，《海瑞罢官》是‘反革命’的；作者自称‘海公’；所以作者就是‘反革命分子’。二是作者在文中曾谦虚地说‘杂家不比专家，杂家话多而深者少。我是属于杂家之类，只能说些“万金油”似的意见’。显然，‘杂家’乃是作者的谦辞，又是三段论法曰：‘“三家村”黑帮集团’写过《欢迎‘杂家’》，作者自称是‘属于杂家之类’，所以作家就是‘黑帮分子’。就是这样，作者因‘海’‘杂’两个字便被罗织入什么‘海瑞罢官’、‘三家村’、‘庐山会议’等大案之中，赢来‘反党、反社会主义、反毛泽东思想’、‘反革命修正主义’、‘黑帮大将’、‘“三家村”长春分店黑掌柜’等十几顶大黑帽子。”“封建遗留下来的断章取义、穿凿附会、托梁换柱、深文周纳等传统手法，甚至拆字术、猜谜法等技巧，都被施用来制造作者罪证。当摘引到作者的文章时，段落则删掉前提，句子则改换主语，明话则看作黑话，正言则当作反语，将作者的文章来了个‘解散重编’，从而作者文章中的每一个句子和每一个字都变成不定形的、没有固定涵义的、可以由人随心解释任意猜测的词句。”“在20世纪60年代，在我们社会主义国家里，‘四人帮’竟敢把这样可笑的‘罪证’，揭之通衢，公诸报端，而且竟还有一些青年同志上当受欺，这却是可悲的、可痛的。”

广东人民出版社编辑、出版《坚持四项基本原则》，收入《人民日报》《光明日报》《红旗》杂志三月以来所发《实现四个现代化必须坚持四项原则》(《红旗》杂志评论员)、《分清两条思想路线 坚持四项基本原则》(《光明日报》特约评论员)、《三次伟大的思想运动》(周扬)、《排除干扰 乘胜前进》(冯文彬)、《我们坚持什么样的社会主义?》《我们坚持什么样的无产阶级专政》(李洪林)、《党的领导是实现四化的根本保证》(《人民日报》社论)、《搞好党风是党领导人民实现四化的根本条件》(《人民日报》特约评论员)、《思想要解放 理论要彻底》(郭罗基)等文章。

八月

2日，公今度作杂文《堙与导》[①]。

是日，陈登科日记载：“听说《人民日报》把《河北文艺》上那篇《“歌德”与“缺德”》妙文转载，还有一篇评论，我很想看看。……看来，这是对凡是派迎头击了一棒，大快人心。但我想过些日子，这些凡是派还会掀起波浪的，因为我们这代人，注定要生活在命运的风浪之中。”[②]

3日，《文汇报》发表冯岗《“歌德派”手里的“魔杖”》。

---

① 收人氏著《魂兮归来——公今度杂文选》，福建人民出版社1983年版。

② 陈登科:《陈登科文集》(第8卷)，北京燕山出版社2003年版，第415页。

4 日，《人民日报》发表乐秀良杂文《日记何罪！》。[①]

同日，《光明日报》发表徐炳《提倡学术上的自由讨论，艺术上的自由发展》。

同日，《北京日报》发表孙瑞鸢、李燕奇《社会主义国家不能搞“思想犯”》、吴光杂文《谈避讳》。前文指出：“搞不搞‘思想犯’，应当是社会主义制度同一切剥削制度相区别的一个重要标志。”

5 日，《大公报·大公园》发表巴金《中国人》。

9 日，《河北日报》发表傅瑞耕《歌德与毁瓜》。

同日，《成都晚报》发表卢杨村杂文《读〈董宣传〉有感》。

10 日，中国当代文学学术讨论会在长春举行。会议就现实主义的发展问题，1949 年以来社会主义文学的成就和不足、斗争与发展、经验与教训进行讨论。

同日，《人民日报》发表叶林生、王致中《“国情论”小考》，艾征《要有足够的理论勇气》。

同日，《光明日报》发表郑汶《进一步肃清〈纪要〉的极左流毒》。

同日，《解放军报》发表政治学院政治工作教研室《禁止无原则的歌功颂德》。

---

① “‘一石激起千层浪’是人们常用的形容语，形象而有点艺术夸张：一块即使上千吨的石，哪能激起千层波浪呢？但是，一篇《日记何罪！》确确实实激起不止千层的浪花。文章发表后没有几天，就收到读者来信的反应，有的热烈赞同作者的观点，更多的是倾诉个人过去某次运动中由于日记遭到批评、斥责以至错误处理的种种遭遇。我们读到这些来信，心情实在不能平静，本是安分守己、善良正直的公民，勤恳工作、奉公守法的基层干部，仅仅为一篇日记、几句言词就遭罪多年，锒铛入狱，妻离子散，甚至最后含冤而死。这样的信，尤其令人同情以至义愤填膺。有关《日记何罪！》的来信，有时一星期就能有十多封，有具体单位和地址的，我们都转到有关部门，请他们认真处理，其余都转给作者。三个月后，乐秀良同志又写了一篇《再谈日记何罪》，发表在 1979 年 11 月 21 日《人民日报》副刊上。”“据作者说，这两篇‘日记何罪’发表以后，他前后收到六百多封读者来信，他在中央党校学习期间和回到南京以后，每天都要用相当一部分时间回复和处理那些四面八方的来信，其中申诉冤案，要求平反的信，都需要转给有关部门。他个人无法处理，只好委托外地来党校学习的同班同学或者请江苏省委统战部、宣传部转给当地相关部门，请他们帮助解决，却并不都那么顺利。他感慨地说：平反冤案也要走后门、找关系，可见经过长时期缺乏民主法制的不正常的政治生活，要恢复被践踏的公民权利是何等艰难！”“一篇杂文，引起如此广泛而热烈的影响，成为那一时期许多媒体、许多正直人士议论的议题之一，《新观察》1983 年第 12 期和 16 期连续发表《一石激起千层浪——杂文〈日记何罪！〉引起的反响》和《续闻》（并由上海《报刊文摘》转载），在我个人多年副刊工作的经历中还不曾遇到过，几乎是绝无仅有。”袁鹰：《风云侧记——我在人民日报副刊的岁月》，中国档案出版社 2006 年版，第 229—231 页。

同日,《文汇报》发表胡福明《政治思想不能作为划分阶级的依据》。

11 日,巴金作《随想录》第一集《后记》。文章说:“过去我吃够了‘人云亦云’的苦头,这要怪我自己不肯多动脑筋思考。虽然收在这里的只是些‘随想’,它们却都是自己‘想过’之后写出来的,我愿意为它们负责。”

同日,《大公报·大公园》发表巴金《人民友谊的事业》。

同日,田仲济作杂文《从“伤痕文学”谈起》。[①]

12 日,《解放日报》一版刊出一条社会新闻:一辆 26 路无轨电车驶至淮海中路宛平路口时,发生了翻车事故,近 60 名乘客中有 26 名受伤。打破了该报已有十多年特别是第一版不登社会新闻的常规,在社会上产生了强烈的反响。

14 日,王若水在华东师范大学演讲时说:“我不太同意说四项坚持是思想解放的前提。四项基本原则不是先验的东西,不是从娘肚子里出来就有了。都有个认识过程,从不认识到认识,从不承认到承认,从不理解到理解,让人去探索,允许人去讨论,甚至也允许人去怀疑。有人主张,在两个‘凡是’的条件下,进行思想解放,那样,张三有个前提条件,李四有个前提条件,条件就多了,哪个前提条件正确呢?还得考查一番。要坚持四项原则,还得让人家提问题,讨论问题。两个‘凡是’的观点是错误的,是不允许人家提问题。你说,四项原则是正确的,总要讲出个道道来,要坚持四项原则,就要让人首先解放思想。没有思想解放,就不能坚持四项基本原则。”“坚持马列主义、毛泽东思想和解放思想的关系,是否可以划个框框,要在马列主义、毛泽东思想原则下,在这个前提条件下,才能解放呢?我说恰恰相反,只有思想解放,才能坚持马列主义毛泽东思想。”[②]

15 日,《文汇报》发表罗竹风杂文《一面镜子——从马寅初老人想到》。

16 日,《解放日报》发表许寅杂文《拍马术的奇效》。

同日,《南方日报》发表梁信《辩护与谩骂——驳〈“歌德”与“缺德”〉》。

16—17 日,《大公报·大公园》发表巴金《中岛健藏先生》。

17 日,《文艺报》和《文学评论》编辑部联合召开座谈会,提出文艺

① 收入氏著《田仲济杂文集》(第二卷),山东文艺出版社 2007 年版。

② 华原:《痛史明鉴——资产阶级自由化的泛滥及其教训》,北京出版社 1991 年版,第 5—6 页。

界要结合真理标准问题的讨论，进一步从思想上、理论上批判《部队文艺工作座谈会纪要》。

同日，《文汇报》发表本报评论员文章《端正思想路线，坚持“双百”方针》。

18日，新华社报道：文化部党组最近发出通知，为“二流堂”问题平反，对受到“二流堂”问题牵连的同志予以彻底平反、恢复名誉。

同日，《人民日报》发表胡椒杂文《“言者无罪”还算不算数》。

19日，《济南日报》发表孙德和杂文《“临渴掘”智愚辨》。

21日，《解放日报》发表冯英子杂文《漫谈直笔》。

同日，《光明日报》发表洁泯《关于“向前看文艺”》。

23日，是日，张光年日记载：“从白羽处借阅一份荒煤在会演办公室讲文艺界‘严重分歧’的记录，看了十分惊愕，整天感到忧愤，跟阿蕙说，很想提早回京，发挥一分作用。”①

24日，《大公报·大公园》发表巴金杂文《要不要制订“文艺法”》。文章说：有人大言不惭地说“现代的中国人并无失学、失业之忧，也无无衣无食之虑，日不怕盗贼执仗行凶，夜不怕黑布蒙面的大汉轻轻叩门”，这种白日做梦信口开河的做法是不会变出“当今世界上如此美好的社会主义”来的。……那些给蛇咬过、见了绳子也害怕的人最好不要再搞文艺创作，你们希望有一个“文艺法”来保护自己。有人就是不满意宪法给你们的这种权利，你们怎么办？道理非常简单：要维护自己的合法权利，也必须经过斗争。

25日，《人民日报》发表拾风杂文《韩琪可取》。

28日，《大公报·大公园》发表巴金杂文《绝不会忘记》。文章说：“四人帮”垮台才只三年，就有人不高兴别人控诉他们的罪恶和毒害。这不是健忘又是什么！我们背后一大片垃圾还在散发恶臭、染污空气，就毫不在乎地丢开它、一味叫嚷“向前看”！好些人满身伤口，难道不让他们敷药裹伤？

同日，《成都晚报》发表卢杨村杂文《要提倡讲道理》。

29日，《广州日报》发表岑桑《旧安乐椅里的“道德”——读〈“歌

---

① 张光年：《文坛回春纪事》（上册），深圳海天出版社1998年版，第135页。

德”与“缺德”〉有感》。

30日，是日，陈登科日记载：“《河北文艺》发表的那篇《“歌德”与“缺德”》一文，在文艺界引起的风波刚平，《大众电影》又发表了《你们在干什么》发问之痛彻，好像文艺界又犯下了什么十恶不赦的大罪。他们的提问，如同当年江青说的一样：什么你们吃着农民种的粮，穿着工人织的布，我们的战士保卫着你们的安全，难道是他们需要你们这样？你们准备把我国的青少年引向何方？你们还有点中国人的良心吗？”“《大众电影》究竟犯了什么弥天大罪呢，原来是他们在一期封底上用了一张《水晶鞋与玫瑰花》的剧照，内容是王子拥抱少女接吻的镜头。真是可笑至极，在四人帮时代，他们公开到全国各省市去选妃子，挑面首，怎么没人跳出来大声疾呼：这是腐朽的封建王朝制。现在，对一张接吻的剧照，竟激起如此的义愤，真是让人感到此道学家的用心。”“好吧，就等着九亿中国人来审判吧，在正义的法庭上，是允许人说话的。”①

31日，《北京日报》发表张晋藩《家长式的领导作风是封建余毒》。

是日，陈登科日记载：“《文艺报》来了一份催稿通知，要求我写一篇建国以来，自己在创作方面的经验和体会。体会，我可就太多了，概括起来，可用两句话来回答。建国三十年，在国家来说，是光荣伟大的三十年。对我个人来说，这三十年却是艰难曲折的三十年。要总结起来，真叫人有点心酸。”②

本月

《文艺报》第8期“人民代表的热望　文艺工作者的心声”专栏发表丁玲《百家争鸣及其他》、夏衍《文艺上也要搞点法律》、陈登科《文艺创作必须继续解放思想》等文章。发表戚方《文艺界要不要补标准讨论这一课》、于晴《如此“歌德”》、刘梦溪《关于“双百”方针和六条标准问题——兼答两种不同意见》。戚文认为，文艺界的思想解放引起了“思想混乱”、走上了“否定毛主席文艺路线”的道路，搞得不好，“会走上五七年反右派前夕的那种状况”。

《人民文学》第8期发表黄文锡杂文《血的漫笔》、秋耘杂文《强者啊，

① 陈登科：《陈登科文集》（第8卷），北京燕山出版社2003年版，第419—420页。

② 同上书，第420页。

你的名字叫张志新》、刘征杂文《“上纲法”》[①]、林克欢杂文《公仆还是老爷》、秦牧杂文《在秃鹫笼旁》。黄文说：“看来是堂堂正正的‘革命’告示，堂堂正正的‘无产阶级专政’的刑车。大会。宣判。口号。然后，是射向‘反革命’胸膛的子弹……这里没有什么‘暗杀’或‘暗害’，一切都在‘名正言顺’地公然进行着——然而，善良的人们哪里知道背后包藏着最卑劣的阴谋呢？林彪、‘四人帮’利用共产党的崇高威信，打着无产阶级专政的招牌，不仅制造了一连串的错案、假案、冤案，还要‘善男信女’去相信，去拥护。他们妄图把历史推回半个世纪，使‘国民性’返归麻木状态（不过是一种染成‘红’色的麻木！）——这种强加于‘小民’的奇耻大辱，还不令人毛骨悚然吗？烈士的血，还不足以使那种安于僵化的人惊醒过来吗？”“有些‘好心’人，似乎念念不忘‘阶级’之‘功利’。为了‘功利’，为了害怕子弹射在高呼‘共产党万岁’的共产党人身上的讽刺剧而带来‘不利’的‘影响’，便似乎采取非法手段也‘没关系’——但你所顾全的不正是封建法西斯集团的‘功利’吗？你所损害的不正是无产阶级专政的形象吗？——‘革命’而到此‘激进’的地步，我只能疑心他来路不正！”“死者长已矣！我们成了苟活者了，烈士生前，我们不能救援于万一，烈士死后，我们也只能悲歌，悼念，写诗，发感想，这愧感怕将是永难平息的了！在极度的悲忿中昂头前望，我们所能说的也许只是这句话吧：以革命的名义想想过去；忘记，就意味着背叛！”

《诗刊》第8期发表叶文福《将军，不能这样做》，引发广泛争议。

《上海文学》第8期发表黄裳杂文《夜郎怀古》、叶久杂文《“遵命文学”议》、狄遐水杂文《减去负数得到正数》。

《河北文艺》第8期发表苏连硕《尊重“一家之言”》。

《雨花》第8期发表肖滂《“缺德”与“歌德”》。

《安徽文学》第8期发表冯雪峰寓言《锦鸡和麻雀》、陈子伶《极左的招魂幡——评〈“歌德”与“缺德”〉》、郭因杂文《卡纽特和武则天》、段儒东杂文《人工气管在中国》。段文说：“杀死张志新，惊醒千万人。烈士胸前迸溅的血花，使人们再一次看清了超封建主义超法西斯主义的

① 后改题为《“帮”式上纲法》，收入氏著《当代杂文选粹·刘征之卷》，湖南文艺出版社1986年版。

残忍，也更进一步懂得政治民主、言论自由如同空气阳光，乃国家和人民生命所系，不可或缺。”

《作品》第8期发表顾骧《对〈向前看啊！文艺〉的意见》、顾工《我被禁锢得太久太久》、谢望新杂文《竞赛与“为主”》、张长杂文《蜜蜂和邮箱》、赵焕明杂文《民主、自由及其他》、叶延滨杂文《冰的赞歌》。

《读书》第5期发表叶圣陶杂文《祭文·悼词》、苏晨杂文《话说想当然》、顾家熙《忆吴晗》、荒芜诗《有赠》、丁聪漫画《余悸病患者的噩梦》①。

《红旗》第8期发表宋振庭杂文《百废待举的辩证法》。

《未定稿》发表王春瑜杂文《“万岁”考》②。

《群众》第8期刊登吴尚忠《实现政治民主化，好!》，发表孟济元杂文《莫当“混客”》。

《民主与法制》（月刊）在上海创刊。这是“文革”后中国第一个面向公众的政法类杂志。自创刊起，发表了大量杂文作品。发表夏征农《民主、法制与四项基本原则》、秦牧杂文《漫话法律尊严》、虞丹杂文《驳“割一刀有什么了不起”》。

《社会科学》第2期发表陈给《略论思想僵化》、刘景清《百花齐放与思想解放》。

章明作杂文《关于“歌德”及其他——读〈“歌德”与“缺德”〉一文

---

① 罗扬为此画配诗一首：“帽子，棒子，鞭子/写不完的检讨、检讨/还有那脚镣手铐/以及苦难的监牢/——这是‘四人帮’的一整套/这些东西已经过去了。/已经过去了？/正是啊，余悸犹在/失魂落魄，难以忘掉/欲写又止，如何是好!”

② 作者1982年8月29日为本文写的“附识”说：“本文初稿草成于1979年5月24日—8月10日，在中国社会科学院写作组主办的内部刊物（即《未定稿》——引者）第34期上发表。接着，我将此文作了删改，在9月15日出版的《历史研究》第9期公开发表；待看了该期杂志后，才知道拙稿的最后一段，被编者删去了。当然，编者有编者的考虑，这是无可厚非的；我自己现在仍兼编刊物，是深知编辑甘苦的。学术界的一些朋友们，读了《历史研究》后，都认为拙作比在内刊发表的原稿差，文字又变成干巴巴的了。而我自己，对最后一段的砍去，则感到惶然：‘万岁’是个很复杂的历史现象，这一段引了《陔余丛考》中的‘万岁’条，正是要表明这一点。后来果然有读者依据这条材料，来跟我商榷。最近，我将拙作的初稿翻出来，又认真读了一遍。考虑本文问世后，曾为国内、海外的数家报刊转载，影响较大。因此，此文在编入本书（《牛屋杂文》——引者）时，我决定按原稿发表，只在个别地方作了修改。也许本文作为当时史学风云的一页来看，这样处理更好一些。”王春瑜：《“土地庙”随笔》，光明日报出版社1988年版，第31页。

后的断想》①。

九月

1 日，《人民日报》发表李恒敬杂文《厨子训猫》。

2 日，《人民日报》发表陈泊微《西人一语激东瀛》。

同日，《解放日报》发表冯英子杂文《从林道静的“戆”想起》。

同日，《新华日报》发表岳真（王天群）杂文《“聋症”浅析》。

同日，陶雄作杂文《清官与法制》②。

4 日，是日，陈登科日记载：“一个青年来看我，谈起文化大革命成果，她说得挺有意思，也使人深思。一月风暴，是封建与法西斯联合夺权；二月逆流，是为着迫害老帅们的借口；三家村，是诬陷；四条汉子，是冤狱；五·一六通知，是林彪与江青共同策划的阴谋；六·一，北大聂元梓等人‘第一张马列主义大字报’，应是反革命的大字报；七·二七，工宣队占领上层建筑，实践证明，是消灭文化；八·五，大字报‘炮打司令部’，刘少奇是司令部的总司令，现彭、罗、陆、杨一个个全平反了，恐怕这个司令头上的那三顶帽子，迟早也是要取掉的。九大，接班人林彪，事实证明，九大混进了一大批野心家，阴谋家。十大，接班人王洪文，这是一个大政治流氓，所以，物以类聚，而聚成四人帮。”③

4—5 日，《大公报·大公园》发表巴金《纪念雪峰》。

5 日，邓拓追悼会在北京举行。邓拓于 1966 年 5 月 18 日自杀身亡，时年 54 岁。

同日，黄裳作杂文《论焦大》④。

6 日，《文汇报》发表周介人《不要笼统提“文艺是政治的反映”》。

---

① 后刊于《花城》第 3 期。收入氏著《剑花小集》（湖南人民出版社 1982 年版）时，作者加了“附记”：“本文写成后不到两年，那位自诩‘歌德’，把别人痛骂为‘缺德’、‘闻腥动物’和‘虫蛆’的作者，忽然来了一个一百八十度的大转变，连续发表了许多篇完全符合他所谓‘缺德’标准的短篇小说；这些作品，理所当然地引起了广大读者的义愤和批评。”“此事极其鲜明而生动地告诉我们：某些打着极左旗号的人，是可以在一夜之间又以‘自由化’的面目出现的，但看早晚时价不同，各样货色齐备。当然任何作家都不保证自己的作品不出一点失误，但不可少的是对党、对人民的责任感，不可有的是看风色、说假话、搞投机的市侩作风。”

② 收入氏著《黄花集》，花城出版社 1993 年版。

③ 陈登科：《陈登科文集》（第 8 卷），北京燕山出版社 2003 年版，第 421—422 页。

④ 原载香港《大公报》，收入氏著《当代杂文选粹·黄裳之卷》，湖南文艺出版社 1988 年版。

是日，张光年日记载：“前天《解放军报》从《诗刊》转载了叶文福的诗《将军，你不能这样做》。车上四位旅伴看了，都认为好；在军队干部中可能引起震动。晚饭后赵寻来，一同作家庭式的漫谈。赵寻大体介绍了中宣部座谈会上林默涵等同志的表现，他对林（林默涵——引者）深表不满，劝我不要管，劝说也无济于事，不如早日住医院。下午周扬同志也来电话，劝我早日返院治疗。他说四次文代大会报告稿已脱手，回头让我看看。”①

11日，《光明日报》编辑部邀请学术理论界部分人士座谈。15日，发表题为《充分发扬民主　保证学术自由》的座谈纪要。黎澍提出，没有政治民主，就没有百家争鸣。“最近一两年，文学方面刚刚创作出几篇反映现实生活的作品，而且主要还是揭露林彪、‘四人帮’给人民造成灾难的作品，马上就有人大叫什么要‘歌德’，不要‘缺德’。可见，要做到‘百花齐放，百家争鸣’谈何容易，一定会遇到种种阻力。”“多年来的实践证明，在我国，专制主义的势力不仅非常顽固，而且相当强大；不但醉心专制者有人在，而且甘心充当专制打手的也大有人在。这样的人，那能容得双百方针，他们就是双百方针的顽固反对者，只要他们大权在握，科学领域和艺术领域的双百方针一概要被扼杀。我们的报刊一定要注意这种动向，对那些胆敢任意剥夺宪法规定的自由权利的人，坚决给以回击，决不能纵容姑息。”

同日，《大公报·大公园》发表巴金《靳以逝世二十周年》。

同日，黄裳作杂文《月下老人的诗签》②。

13日，《文汇报》发表王涵《权力并不等同于真理》。

14日，吴晗追悼会在北京举行。吴晗于1969年10月11日自杀身亡，时年60岁。其妻袁震于1969年3月18日被迫害致死；养女吴小彦于1976年9月23日在狱中自杀身亡。

同日，《文汇报》发表干城杂文《从领袖视察过的转炉能否改造谈起》。

15日，《工人日报》发表本报评论员文章《艺术民主是繁荣创作的必要条件》。

17日，《人民日报》发表葛琼《打破条条框框　放开手脚创作》。

---

① 张光年：《文坛回春纪事》（上册），深圳海天出版社1998年版，第136页。

② 收入氏著《惊弦集》，湖南人民出版社1986年版。

19日,《人民日报》发表李廓杂文《针对你一下有何不可?》。

同日,《光明日报》发表陶德麟《百家争鸣与“两家”争鸣》、杨汉池《歌颂必须由真实批准》。

同日,《解放军报》发表李峰杂文《“言”的份量》。

20日,《大公报·大公园》发表巴金杂文《“豪言壮语”》。

同日,《工人日报》发表邢贲思《强调实践是检验真理的唯一标准是“砍旗”吗?》。

同日,《重庆日报》发表盛维杂文《门外谈“门”》。

同日,《西安晚报》发表姚虹杂文《〈罗织经〉补遗》。

同日,《青海日报》发表解永光杂文《“公论在野人”》。

21日,《解放军报》发表李虹杂文《人口、人手及其他》。

22日,《人民日报》发表田夫杂文《权与“圈”》。

是日,贾植芳日记载:“下午编审评巴金文章目录,1958年所谓‘拔白旗,插红旗’运动中兴起了批巴运动,大小人物从教义出发,无视生活本身,对巴君进行声讨,文章之无聊和空洞,使人哭笑不得。正是在这种极左的渊源流长的棍棒下,中国文艺事业走向失败和凋零,这种历史的教训值得深思!今天看来,这是一种有计划的阴谋,目的是扑灭科学和文化,建立新的封建王朝,用尽一切努力使人民甘于做奴隶,实际上是继承和发扬了袁(世凯)、蒋(介石)未竟之业。从这里我才又深入一步地理解到为什么人们现在要研究中国历史,因为这许多年来,人们带着历史已经过去的乐观自信情绪从事新的生活事业,但却连续地遭到不断的、规模越来越大的袭击。正是在这种痛苦的实际中,才慢慢地醒悟过来:我们坐的这辆车子在疯狂地往回开了,人们如果再不去认识,去思考,去斗争,那么这辆车子,就将开进原始森林里去了,而这一切是在堂皇耀眼的招牌下公开进行的……”①

25日,《人民日报》发表孙子健《谈“影射”及“赶时髦”——评〈这样的“时髦”赶不得〉》。

同日,《常州日报》发表唐益安杂文《从鸭嘴兽下蛋说起》。

26日,《吉林日报》发表纪康《也来唱一番老调——读〈星公杂文集〉

---

① 贾植芳:《解冻时节》,长江文艺出版社2000年版,第144—145页。

杂记》。

29日，叶剑英在庆祝中华人民共和国建国三十周年大会上讲话，指出，林彪、"四人帮"的横行，从反面给了全党和全国人民极其深刻的教训。即："第一，社会主义取代资本主义，就是要解放生产力，不断提高劳动生产率，满足人民物质和文化生活的需要。第二，对社会主义制度确立以后的国内阶级状况和阶级斗争形势，必须作出合乎客观实际的科学分析，采取正确的方针和方法。第三，必须正确理解群众、阶级、政党和领袖之间的相互关系，这在社会主义社会中尤其重要。第四，必须进一步健全党的纪律和社会主义法制，切实保障全体党员和全体公民的民主权利，使党内民主和社会主义制度化、法律化。"①

是日，陈登科日记载："九月初，中宣部把河北管文艺的副部长齐斌，和文联主席田间等十三人召到北京，开了三天的会，专门讨论《"歌德"与"缺德"》的问题。耀邦和廖（廖井丹——引者）二同志主持会议，并发表了重要讲话。荒煤，李季，冯牧等人都作了尖锐的发言。林默涵在发言中，还作了自我批评，不知他自我批评了哪些。""耀邦同志肯定了王若望文章是正确的，不足之处是循循善诱不够。指出李剑的文章，和《讲话》，党的文艺方针，以及三中全会，唱了不同的调子，指出李剑的文章不是偶然的。河北省委对思想路线问题抓得不紧，对批极'左'抓得不紧，对落实政策抓得不紧……""看来这场'倒春寒'已宣告结束了。另外又传北京中直选举出席文代会代表，也颇有戏剧性，黄镇和刘复之参加美术界选举，黄得一票，刘是零票。相反，艾青在文学界选举，几乎得了全票，冯牧居第二。如此鲜明的对比，不由不使人深思。"②

30日，是日，贾植芳日记载："礼拜六下午，去礼堂参加国庆庆祝会，某副书记讲话，概述复旦被人民接管以来36年的道路，讲法与去年有异。去年还在那里夸耀说文革前十七年，取得了伟大胜利，经过历次政治运动揪出了一小撮反革命，胡风分子，右派分子；今年却没提出这些事物（胜利），说52年思想改造粗糙伤人，57年扩大化，59年反右倾打击了不同意见的人，等等，说了许多知识分子的好话。"③

① http：//news. xinhuanet. com/ziliao/2005—02/05/content _ 2549765. htm.

② 陈登科：《陈登科文集》（第8卷），北京燕山出版社2003年版，第423—424页。

③ 贾植芳：《解冻时节》，长江文艺出版社2000年版，第146页。

本月

《文艺报》第 9 期发表罗荪《贯彻双百方针　必须批判〈纪要〉》、萧殷《他们用的是什么武器?》、吴泰昌《把文艺刊物办到人民心里去——记部分省市文艺期刊负责人座谈会》、丁诺《继续肃清〈纪要〉流毒　发展文艺界大好形势——〈文艺报〉〈文学评论〉联合召开文艺座谈会》、秦牧《三十年的笔迹和足印》、张锲杂文《“上”与“下”小议》、杨田村杂文《并非只有“雷峰塔不能倒掉”》、王乐天杂文《带刺的香花——为报纸刊用内部讽刺画进一言》。

《人民文学》第 9 期发表刘宾雁报告文学《人妖之间》、白桦杂文《“向前看”的故事》。

《十月》文艺丛刊第 3 期发表作家白桦电影剧本《苦恋》，引起全国争论。

《当代》第 2 期发表郭因杂文《艺廊思絮》(续)。

《大众电影》第 9 期发表张维安杂文《首先要思想现代化》。

《新港》第 9 期发表黄秋耘杂文《借古讽今辨》。提出:“既然司马光编纂《资治通鉴》还可以‘借古讽今’，他不但并没有因此获罪，反而受到宋神宗大加赏识，御赐书名为《资治通鉴》。那么，我们今天写历史，写历史题材的文艺作品，又为什么不可以‘借古讽今’呢?只要讽得恰当，有借鉴，有教育意义，‘前事不忘，后事之师也’，不是也挺好么?总之，写历史小说、历史剧、历史故事，甚至写历史书，既然要古为今用，就总免不了有点‘借古讽今’的意思。不过，这个‘讽’，倒不一定专门去‘讽’某一个人，有时是‘讽’某一类型的人，有时是‘讽’那么一种作风、那么一种行径、那么一种品质、那么一种思想。”

《上海文学》第 9 期发表公刘悼念张志新的诗《刑场》、章世鸿《作家要敢于接触社会问题》、彭韵倩等《反对官僚主义是社会主义文学的重要使命》、李汝伦《文学批评二题》(《从文学批评想起那些作品》《从抡大棒想起了古典文学批判传统》)。

《雨花》第 9 期发表高晓声《善跳者亦可以休矣》，批评李剑《“歌德”与“缺德”》。

《安徽文学》第 9 期发表于晴《“长官意志”解》。

《安徽戏剧》第 5 期发表白榕《放下你的鞭子》、龚维毅《让事实来说话》，批评李剑《“歌德”与“缺德”》。

《百花洲》（季刊）创刊号发表刘金杂文《马上随笔》。

《作品》第 9 期刊登本刊记者《排除极左思潮干扰，乘胜前进——作协广东分会部分会员座谈会纪实》，发表黄树森《对实践的恐惧和反扑——评“歌德派”及其他》、任川《春天里的又一股冷风》。

《湘江文艺》第 9 期发表洛思杂文《从“文人多大话”说起》、左瑾杂文《毁瓜与砍花》、刘平章杂文《“缺德”与“积德”》、谭冬梅《为〈“歌德”……〉的作者“歌德”》。后三文批驳李剑《“歌德”与“缺德”》一文。

《四川文学》第 9 期发表岳安（谭兴国）《香花毒草辨》、杨瑞文杂文《蝉·藤·北风与红梅》、严肃杂文《“正名”与“争鸣”》、吴野杂文《不穿衣服的“本质”》、李士文杂文《略论“骂杀”和“捧杀”》。岳文发表后引发争议，该刊第 11 期发表竹亦青《香花毒草再辨析》、王世德《为什么大批香花打成毒草?》，第 12 期发表畅游《也谈香花毒草和六条标准》，与之商榷。

《陕西戏剧》第 5 期发表黄文锡杂文《“长官意志”补笔》。文章说：“前些日子，报刊上批评了‘长官意志’，很有必要。它确实妨碍了文艺创作、尤其是戏剧创作的繁荣。所谓‘尤其’者，乃因有的‘长官’，对于审查文字稿（例如看一部长篇小说）是老大不耐烦的，而看一场戏则费时不多，况复兼有‘消遣’作用，又何乐不看呢？不意看则‘戒尺’敲焉，‘意志’加焉，这也指责，那也挑剔，遂令戏剧之花枯萎了事。”

《水仙花》发表冯英子杂文《正身一法》。

《文学评论》第 5 期发表董健《试论一九五六年至一九五七年我国文艺运动中的几个问题》。

《红旗》杂志第 9 期发表评论员（郭罗基）文章《认真补好真理标准讨论这一课》、王若望《谈文艺的“无为而治”》、罗竹风杂文《批评与棍子》、唐振常杂文《看电影与听报告》。王若望提出：“从文艺的兴衰来说，只要在上者‘无为而治’，那么每个文艺工作者就能放手干出一番成绩来。这就是大有作为和无为而治的辩证法。”①

---

① 据称，此文发表前的一个月，王若望在上海文化宫和《上海文学》编辑部联合举办的短篇小说创作学习班上作总结报告时说：“五七年后，是宫廷文学，是无生命力的。我最近写了篇文章，是谈无为论的，对文艺要无为而治，意思是说不要管，领导睡觉好，不管了就会繁荣。文艺，中外、古今都有繁荣时期。……三十年代就是兴旺时期，它不是政府指手画脚搞出来的。三十年代到处有刊物，就出了许多作家。”亦木、万水：《评〈文艺的“无为而治”〉》，《解放日报》1981 年 10 月 22 日。

《读书》第 6 期发表张守白《读书不能“无禁区”》、吴越《禁锢不好，完全分开也行不通》，呼应李洪林《读书无禁区》。同时发表汉楚杂文《“文明棍子”论》、于迟杂文《兼听与纳谏》、郭因杂文《劫余书屋散简》（《不怕神威与内心自由》《敌人的优点与战友的缺点》《“不见佳”和“细看亦不佳”》《防老于未衰》《怕不怕听真话的不同结果》《假辫子还是不做为好！》《以小人之心度君子之腹》《合易于背纤》《李实与瓦砾》《旗号与事实》《大事和小事》）。郭文“弁言”说：“躬逢‘四害’，书亦遭灾。劫后检存，所余无几。夜深偷读，颇有遐思。结绳以记，藏之野墓。‘四害’既除，乃稍加整理，名之曰《劫余书屋散简》。今公之于世，一以示不忘十年长夜，一以庆旭日又复东升。”

《群众》第 9 期刊登高烈《社会主义与封建特权》。

《民主与法制》9 月号发表盛祖宏《人权与法制》、罗竹风杂文《明君·清官·侠客·神仙》、王若望杂文《“五不怕”小议》、黄裳杂文《老调子尚未唱完》。

《财贸战线》第 9 期发表宋振庭杂文《真的、假的和可怕的勤务员——谈主人和仆人问题邮简之一》。

北京出版社编辑出版的政治理论刊物《新时期》创刊。自创刊至 1981 年底为双月刊，1981 年改为月刊。1982 年停刊。设有“问题讨论”、“民主与法制”、“思想杂谈”、“千家村札记”等栏目。创刊号发表李洪林《主人能批评仆人吗？》，邢贲思《就真理标准的讨论答某同志》，张晋藩、曾宪义《该不该以思想定罪？》，张德成《别让官僚主义把我们毁掉》，邓加荣杂文《“合法”的特权与非法的特权》、贝加杂文《莫当今日之“祝员外”》、卢国英杂文《水清无鱼——纯和杂的辩证法》以及严家其哲学社会科学幻想小说《民主问题考察记》。

上海人民出版社编辑出版的《书林》杂志创刊，设有“读史札记”等栏目。

陕西人民出版社编辑出版的《人文杂志》复刊。《复刊词》说：“我们坚决反对唯心主义和形而上学的思想倾向，坚决反对说空话、说大话、说假话、说废话的不正之风。”发表林牧《试谈我国现阶段的阶级状况和主要矛盾》、赵益（吴钢）杂文《哀莫大于僵化》。

上海人民出版社出版夏征农《没有民主就没有社会主义》。收入《没有民主就没有社会主义——学习毛主席〈在扩大的中央工作会议上的讲话〉的体会》《民主与社会主义——答电视台记者问》《从实践是检验真理的唯一标准说起》《实现四个现代化与学术民主》《历史性的革命转变——学习党的十一届三中全会公报体会》《严格遵守党的民主集中制》6篇文章。

人民文学出版社出版吴南星《三家村札记》。除吴南星作品外，书中还收有林默涵所作《序》、廖沫沙所作《哭邓拓吴晗同志》《后记》以及任文屏《一桩触目惊心的文字狱——为〈三家村札记〉〈燕山夜话〉恢复名誉》。

章明作杂文《有礼、失礼与多礼》《“亲自……”》[①]。

袁鹰作杂文《针对一下有何不可》[②]，呼应胡椒杂文《“言者无罪”还算不算数》。

十月

1日，是日，陈登科日记载：“看一封群众来信，现摘录几段。”“……作为一个生活在基层社会的公民，作为默默无闻中遭受着现实环境所给予的不能避让的命运的折磨之众的一员，焦急，忍耐，挣扎，沉默，冷漠，心中有许多话想说。然而，一个无名无权的公民，该向谁说，向谁去喊，谁又能听见这微弱的呐喊？谁又能去为这时弊折磨下的呼喊，呻吟或不怕死的怒骂动半点心？那些制造和统治环境的；握大权，拿大钱，吃的肥头大耳，大腹便便的；打着大红伞，靠着共产党，存心要坐吃山空的；为自己忙着捞一把的当官的；他们从心眼里就不赞成搞四个现代化，更不愿让人民有半点权力、半点自由。”“人人都富裕了，自己岂不就没有特权了，怎么能再高人一头。让人民思想解放了，有了文化知识，自己岂不是没法继续愚弄他们吗？让人民有了选择职业和环境的自由，自己岂不是成了光杆司令，不合理的制度被改革了，自己岂不是当不成有权有势的寄生虫了。”“令人痛心和失望的是一些当权者，不知民间真情、民心，不知道官僚主义误国害民。”“把组织路线解决了，才能保证政治路线，思想路线顺利贯彻施行。”[③]

2日，是日，贾植芳日记载：“昨天下午，我和徐君值班，他说，看到

① 收入氏著《当代杂文选粹·章明之卷》，湖南文艺出版社1986年版。

② 收入氏著《留春集》，花城出版社1982年版。

③ 陈登科：《陈登科文集》（第8卷），北京燕山出版社2003年版，第424—425页。

四次文代会征求意见稿，内云解放后由批《武训传》到‘反胡风’斗争，在当时还是必要的，不过，‘有些扩大化’，这就是说‘以言定罪’，不准说话，还是正确的措施呢。孔子曰：‘始吾于人也，听其言而信其行；今吾于人也，听其言而察其行’。这位先生在奴隶社会末期和封建社会初期说的话，好像还是新鲜的，虽然这中间隔了两千多年。”①

4日，《文汇报》发表黄秋耘《杂文应当复活》。文章指出：“既然讽刺‘永远需要’，那么，杂文可以复活，也应当复活！杂文可以用来揭露和抨击敌人的罪恶，同时也可以用来批评和讽刺人民内部的错误和缺点以及一些不利于人民的歪风邪气。只要作者本着对党、对人民、对国家负责的精神，不违反必须坚持的四项基本原则，就让他们放手去写吧！至于种种强加于作者身上的条条框框，例如什么样的题材可以写，什么样的题材不能写，什么样的表现手法可以运用，什么样的表现手法不能运用等等，通通都没有理由存在，应予取消。顺便说一句，这一条原则应当同样适用于相声和漫画。”

同日，《山西日报》发表任铎夫杂文《从“伯虑愁眠”想到的》。

是日，贾植芳日记载：“昨晚去天蟾舞台看《海瑞上疏》，从戏剧所创造的时代气氛来看，与其说是明代嘉庆的现实，不如说是60年代初期的现实，编演者周信芳被凌辱而死，非属事出无因也。”②

5日，《光明日报》发表司徒伟智杂文《注意人还是注意事?》。

同日，《长春日报》发表隗芾杂文《请“自动对号入座”》。

5—18日，中国社会科学院、教育部、北京市委联合举办建国三十周年学术讨论会，讨论会文学组于5—14日举行了八次小组讨论会，就文艺与政治的关系等问题进行了探讨。

9日，是日，贾植芳日记载：“前天听王戎说，外面说，上海的关于骗子的戏（戏名大约是《假如我是真的》），这个编剧是‘四人帮’的打砸抢分子，别有用心，对现实从‘左’的方面反对云云，当时信以为真。今天听一个福建来的女同志（据说还是个地下党）说这种办法还是老一套，实际上是只准歌德，谁要在作品中面对真实替老百姓说些话，就容易被戴上各种政治帽子，这个习惯不改，一切无从说起。”“晚和搬来的一对云南来

① 贾植芳：《解冻时节》，长江文艺出版社2000年版，第146页。

② 同上书，第147页。

的夫妇闲话，据说，云大的校长、作家李广田在文化大革命中被迫害不已，最后投水而死，死时穿上西装，打好领带，……”①

10 日，《人民日报》发表评论员文章《要勇于跨出体制改革的第一步》、楼适夷《我怀孟超》、曾慧民杂文《“割发”岂能“代首”》。

同日，《光明日报》发表星公（宋振庭）《文艺与政治管见》。文章说，应该明确的是：第一，这种关系有直接、间接之别，有为目前、为长远之别，有此一角度、彼一角度之别，不能只用一个框子要求；第二，也应该允许有和政治联系不大的无害的文艺存在；第三，允许文艺家有充分的创作自由，如题材、体裁的选择，风格、流派的多样等等。因为没有社会的民主便没有社会主义，没有文艺的民主便会扼杀一切文艺。

是日，贾植芳日记载：“我国建国三十多年，文艺界政治运动频繁，苦难重重，那些被称为‘旗手’、‘老作家’的人物，却只会落井下石，甚至推波助澜，从中谋利，情况一变却又诿过于人，一推了事，又把自己洗个干净。9 月份《人民文学》上有茅公（茅盾——引者）一文《沉痛悼念邵荃麟同志》，文内说，他在第二次文代会作的报告，是经过邵的修改的，说邵对他帮助很大。举例说，反胡风斗争，他写的那篇文章，原来不是现在的样子，也是在邵的帮助下，得到提高的。换句话说，他说的话是邵的意思，不是他自己的思想，名为‘沉痛’悼念死者，实际上是把文责推到死人头上。此公在《新文学史料》一期内，把他和鲁迅不睦是由于他在鲁面前说胡风有政治问题，惹起鲁的反感（是雪峰文章提供的事实），说成是他听自陈望道和郑振铎，他们则得之他们的‘南京朋友’，推到死人头上，开脱自己，真是一大发明。和高（尔基）氏相比，真有天壤之别矣（就品格说）。”②

11 日，《大公报·大公园》发表巴金《小骗子》。文章说，如果有病不治，有疮不上药，连开后门、仗权势等等也给装扮得如何“美好”，拿“家丑不可外扬”这句封建古话当作处世格言，不让人揭自己的疮疤，这样下去，不但是给社会主义抹黑，而且是在挖社会主义的墙脚。

13 日，《长江日报》发表和穆熙杂文《从“包青天”谈起》。

16 日，是日，贾植芳日记载：“今天听说，关于骗子题材的话剧（指《假如我是真的》——引者），被禁演了，说是毁谤干部云云。由此可见，艺

① 贾植芳：《解冻时节》，长江文艺出版社 2000 年版，第 149 页。

② 同上书，第 150 页。

术民主的前提是政治民主，离开政治民主谈艺术民主，只能是有害的空话，近于自欺欺人。”①

17 日，是日，陈登科日记载：“上午十点，冯牧来车接我，同去机场，看了袁运生的壁画。这是带有一点印象派味道的壁画。据说有人看了，对画人体大有意见，希望画家为那些人体穿上一条裤衩，结果被拒绝了。我认为拒绝的好，我们有些人，是看了裤衩就能想到裤衩里面，在这些人眼里，你就是穿上裤衩，他也能定一个黄色罪名。”②

19 日，《光明日报》发表石竹《有界限　无禁区——谈谈继续解放思想的问题》。

20 日，《人民日报》发表曾白融杂文《在法律面前人人平等》。

同日，《重庆日报》发表范国华杂文《“自满”与“不满”》。

21 日，《光明日报》发表卢苇《摒弃极左的“阶级观点”》。

同日，《文汇报》发表夏禹龙等《不应把知识分子当作工人阶级的异己力量》。

22 日，《山西日报》发表任继愈《封建主义是实现四个现代化的大敌》。

同日，《重庆日报》发表卜柏杂文《坐矮板凳与国家的安宁》。

23 日，《成都晚报》发表卢杨村杂文《八股焚书论》。

24 日，《光明日报》发表陶德麟《不能用专政的办法解决精神世界的问题》。

同日，《大公报》发表冯英子杂文《闲话禅让》。

25 日，《解放日报》发表冯英子杂文《为廉颇喝彩》。

28 日，是日，贾植芳日记载：“路遇外文系黄君，是在五・七干校的同窗，当时以‘大力士’驰名，也是 57 年的受陷害者，他关心地问起我的情况，说了一句很有意思的话：‘历史的误会，误会的历史’，这也是他自身命运的写照，因为他吃了 20 年右派的苦头，现在才得到改正，所谓改正，只能当‘误会’理解，它是一种近乎命运的东西。在封建专制主义统治下，命运观念在现实生活中还是现实的东西。专制主义和科学民主水火不相容，因此它又是产生迷信和宿命思想的温床。”③

① 贾植芳：《解冻时节》，长江文艺出版社 2000 年版，第 156 页。

② 陈登科：《陈登科文集》（第 8 卷），北京燕山出版社 2003 年版，第 430 页。

③ 贾植芳：《解冻时节》，长江文艺出版社 2000 年版，第 162 页。

30日—11月16日，中国文学艺术工作者第四次代表大会在北京举行。邓小平在大会祝词中强调说："党对文艺工作的领导，不是发号施令，不是要求文学艺术上属于临时的、具体的、直接的政治任务，而是根据文学艺术的特征和发展规律，帮助文艺工作者获得条件来不断繁荣文学艺术事业，提高文学艺术水平，创作出无愧于我国伟大人民、伟大时代的优秀文学艺术作品和表演艺术。""衙门作风必须抛弃。在文艺创作、文艺批评领域的行政命令必须废止。""文艺这种复杂的精神劳动，非常需要文艺家发挥个人的创造精神。写什么和怎样写，只能由文艺家在艺术实践中去探索和逐步求得解决。在这方面，不要横加干涉。"周扬在大会上作了《继往开来，繁荣社会主义新时期的文艺》的报告。提出，要正确处理好三个关系：文艺和政治的关系；文艺创作和人民生活的关系；文艺上继承传统和革新的关系，即推陈出新、古为今用、洋为中用的问题。这些关系处理得正确与否，直接关系到社会主义文艺成败兴衰。夏衍致闭幕词，强调："过去我们往往把'百家争鸣'实际只归结为无产阶级和资产阶级两家的争鸣。但三十年来的实践证明，这两家之外的封建主义这一家，却一直在顽固地妨碍着我国社会的前进。因此，为实现四个现代化扫清道路，我认为，反对一切形式的封建主义，如家长制、特殊化、一言堂、裙带风、官僚主义等等，同反对资产阶级个人主义、无政府主义和形形式式的派性一样，都应该归入我们文艺创作的重要任务之列。"

30日，是日，陈登科日记载："昨天，大会召开全体党员会议，耀邦在会上讲了话，他谈到全国文联党组提出的五条要求，希望文代会党员注意。一、充分发扬民主，解放思想，畅所欲言。二、维护和加强团结，顾大局，识大非，同心同德，同舟共济，把会开好。三、集中精力，讨论有关当前文艺工作方针、任务的重大问题，对文艺历史上的旧账和对当前某些具体文艺作品有争论的问题，不在大会纠缠，以免分散注意力，大会也不准备对这类问题做出结论。四、对地方党政和部队有意见，可写出材料交大会领导小组，向有关方面和中央转达。不在大会上讨论。五、尚未平反的冤假错案，不在大会上提出申诉。可向中央纪律检查委员会，中央宣传部、组织部提出，如果需要，交大会领导小组转达。""我们召开了代表团全体会议，讨论耀邦同志的讲话。大家一议论，对五条要求的意见就多了。如对十七年存不存在左倾路线干扰，这些要不要谈，要谈，必然要联系到一些具体问题，这是不是算旧账？今年三四月份，在文艺界又刮起一股冷风，要不要谈，要谈就要联系到一些人和作品，又怎么办？不谈作品，不谈过去，也不谈人，如何好总结经验。还有歌颂与暴露的问题。对近三年文学评价的问题等等。大家一致认为，第一条是符合同志们的愿望的，其他四条，有积极的一面，也有与第一条是相互矛盾的地方。”[①]

31日，《人民日报》发表王贵秀、张显扬《当前阶级斗争的对象是什么》。

本月

《文艺报》第10期发表茅盾《温故以知新》，郑伯农《现实主义——曲折的道路》，方之、叶至诚《也算经验》，黄裳《江湖——读〈闯江湖〉》，管桦《扯碎魔鬼网罗》，梁信《文学创作规律小释》，杜白《关于“面折廷争”——兼及文艺工作者的历史知识》。

《诗刊》第10期发表陈永科讽刺诗《怕见“毒草”恨春到》：“怕跌跤子不敢跑，怕长稗草不种稻。怕被蛇咬绕道走，怕见‘毒草’恨春到。”

《新港》第10—12期连载毛星《文艺和政治》，从六个方面详细探讨了文艺与政治的关系，强调：文艺和政治既有密切联系，又有重大区别；经由形象表达政治内容的作品情况多种多样，有的作品没有政治内容；作品的政治作用不止取决于作品本身的思想政治内容；文艺为政治服务，道路宽广；社会主义时代不能缺少暴露、讽刺和批评；文艺问题、学术问题应与政治问题区分开来。

《上海文学》第10期发表罗竹风《文艺必须正名》、成谷杂文《时髦·古董及其他（外一篇）》（另一篇为《“原则”是怎么变成“棍子”的》）、方克强杂文《斥“养活说”》。

《雨花》第10期发表陈辽《不能把文艺批评搞成批判运动》。

《安徽文学》第10期发表沈敏特杂文《“不满”小议》。

《清明》第2期发表李陀杂文《要多疑多问》、王蒙杂文《论“眼不见为净”》、白桦杂文《从唐·吉诃德斗风车谈起》、何孔周杂文《臀部上的“纹章”》、朱壁杂文《安徒生要我们想想》、陈喜儒杂文《说泪》、陈允豪杂文《好了伤疤莫忘痛》。

---

① 陈登科：《陈登科文集》（第8卷），北京燕山出版社2003年版，第431—432页。

《作品》第 10 期发表王愚《艺术民主及其他》、黄树森等《总结经验　批判极左　繁荣创作——对当前文艺问题的一些看法》、范怀烈《能说“忘记了工农兵”吗？——文艺书简》、冯日乾《从僵死的批评框子里解脱出来》。

《随笔》丛刊第 3 集由广东人民出版社出版。发表苏晨杂文《聪明琐言》、廖晓勉杂文《天才的生长》、曾敏之杂文《望云楼随笔》。

《读书》第 7 期发表燕祥（邵燕祥）杂文《有感》[①]、严秀杂文《论“歌德派”》[②]、白树文杂文《真理不是权力的奴仆》、徐铸成杂文《面首考》、子起《读书应当无禁区》、黄仑《不要比棍子，要辩论》。邵文说：在我们这个文明古国，有一条几千年一以贯之的原则，叫作“为长者讳，为尊者讳，为贤者讳”。讳者，隐瞒也。张志新被割断气管，是我们这个文明古国里一项带现代化色彩的凌迟手术。我不知道有人对此提过异议没有，而到要公布这一点的时候，阻力却来了。凌迟和屠杀共产党人的罪行，为什么不能揭露呢？这究竟是为哪一家讳莫如深呢？

《未定稿》发表王春瑜杂文《略论“八旗子弟”》。文章说：“坚持封建特权，必然衰亡”，“金丝笼中的金丝鸟——一定养不好”。

《民主与法制》10 月号发表冯英子杂文《孔狗江马论》、林放杂文《“思想犯”·文字狱·“瓜蔓抄”》。

《戏剧艺术论丛》创刊，由人民文学出版社编辑、出版，设有“杂谈”专栏。第一辑发表侯宝林杂文《“和尚”与“官僚”》、曾白融杂文《杂文四篇》（《摩登反革命》《猫忌》《八娼九儒》《悲戚戚有因，笑盈盈有理》）。

《社会科学》第 4 期发表武彪《“法律面前人人平等”口号的由来》、浦增元《略谈特权问题》。

上海古籍出版社出版王元化《文心雕龙创作论》。《后记》说：“目前正在方兴未艾的思想解放运动是具有怎样巨大的力量，它给我的最大鼓舞，就是那标志着理性再觉醒的实事求是的科学精神已经发出了新的呼声。”

柯灵作杂文《秋瑾烈士百年祭》[③]。

---

① 这是邵燕祥“文革”后发表的第一篇杂文作品。

② 后收入严秀等主编《中国新文艺大系（1976—1982）·杂文集》（中国文联出版公司 1987 年版）时由作者做了一些文字修改。

③ 收入氏著《柯灵杂文集》，生活·读书·新知三联书店 1984 年版。

《芒种》（月刊）复刊。复刊号发表韩瀚诗歌《为了明天，我们必须呐喊》、王若望杂文《“毒草”辨》、陈允豪杂文《“皇恩浩荡”及其他》。陈文指出：“我们要实现社会主义现代化，就必须清除封建迷信的遗毒，使人民摆脱封建迷信的桎梏，解放思想，心情舒畅。”

内蒙古人民出版社再版李欣杂文集《老生常谈》。全书共收杂文76篇，于1964年初版印行。后被打成所谓《燕山夜话》式的“毒草”而遭到“批判”。此次再版，作者把后来又陆续写的19篇杂文，列为续编。陆定一特为本书再版写了序言。陆定一在《再版序》中指出李欣杂文的三个不足之处：一、对于“三面红旗”哪是对的，哪是错的，没有分析；对于“大跃进之后出现的某些困难”，也没有加以分析。二、相信所谓“阶级斗争，一抓就灵”。三、更重要的，认为“判断的标准就是无产阶级的阶级观点和阶级分析，就是无产阶级的世界观、方法论，就是马克思主义——毛泽东思想。”这是不对的。因为判断的唯一标准只能是实践，而这里所说的“观点”、“分析”、“世界观”、“方法论”、“马克思主义——毛泽东思想”都是观念的东西。把观念的东西当作判断的标准，在哲学上就是唯心论而不是唯物论了。

贪污犯王守信被判死刑。

十一月

1日，是日，陈登科日记载：“代表团全体会议，讨论邓小平同志讲话。邓小平同志的讲话，大家是满意的一致拥护。”“十七年，文艺界确有许多问题要议一议。少其（赖少其——引者）同志就提出胡风问题。一提胡风，很自然就联系到《武训传》《红楼梦》研究等问题。”“在会上谈的最多的是五七年、五九年的问题。五五年把丁玲打成反党集团，五七年又把她打成右派，现在平反了，那过去是错了还是对了？尤其冯雪峰同志，一个多好的人，也被划为右派，不能不使人感到寒心。”“文化大革命就更不用说了，多少好同志，多少有才华的作家、艺术家竟含冤而去，再也不能参加我们的大会了……”①

3日，《人民日报》发表陈冠柏、周荣兴杂文《进步与退步》。

① 陈登科：《陈登科文集》（第8卷），北京燕山出版社2003年版，第432页。

4 日，林放发表杂文《诤友》[①]。

5 日，《福建日报》发表郭阳杂文《“老师说的……”》。

9 日，《北京科技报》发表智欣杂文《从鲁迅的一段话想起的》。

10 日，《人民日报》发表老残杂文《划圈圈》。

是日，陈登科日记载：“今天继续大会发言，……丁玲的发言虽没稿子，可她讲的全是心里话，也是大家所熟悉的事情。想起五五年，我们这些文研所的学生，虽没划到她那个反党集团去，多少都沾上了一点边，整了一个多月，五七年她被划为右派，我们又被弄到北京，逼着和她划清界限。整了几十天。因我是主持，故来的早一些。”“刘真讲话很幽默，她谈到河北农村里，小女孩跳橡皮筋时唱的儿歌：‘刘子厚，厚子刘，每月扣我二两油。’还谈到农村一个老奶奶，看了《十五贯》后，逢人便讲：况钟真是一个好共产党员。”“下边递来好几张条子，说他们是特来听萧军发言的，时间长些，吃饭晚些，都没关系。可见得，他是有很好的群众基础的，萧军虽已七十二了，可身体看起来，比我这六十多的还棒。唉，把人家苦苦整个几十年，这怎么能得人心。”“散会虽晚一点，可没一个人早退，这也很难得。”[②]

11 日，巴金在中国作家协会第三次会员代表大会上致闭幕词。指出：“只要能贯彻‘百花齐放’的方针，只要没有人对作品横加干涉，对作家乱打棍子，那么像现在这样发展下去，三五年内就会出现社会主义文学大繁荣的局面。关于这一点，我非常乐观……”巴金强调：“今天我们有一部分全国人民拥护的《宪法》，这是根本大法。《宪法》上规定‘公民有进行科学研究、文学艺术创作和其他文化活动的自由。’这不是空话。现在又颁布了一部刑法，明年 1 月 1 日起生效。这次文代会上邓小平同志在《祝辞》中说：‘写什么和怎么写，只能由文艺家在艺术实践中去探索和逐步求得解决。在这方面不要横加干涉。’根据这些，只要作品没有触犯刑法某章某条，按照党纪国法，作家的写作权利任何人都不能任意剥夺。我们大家都要守法，不侵犯别人的权利，但也有保护自己权利的权利。”“我快要走到生命的尽头，写作的时间极其有限了。但是我心灵中仍然燃烧着希望之火，对我们社会主义祖国和我们无比善良的

① 收入氏著《未晚谈》，上海人民出版社 1986 年版。

② 陈登科：《陈登科文集》（第 8 卷），北京燕山出版社 2003 年版，第 433 页。

人民，我仍然怀着十分强烈的爱，我永不放下我的笔，我要同大家一起，尽自己的职责，永远前进。作为作家，就应当对人民、对历史负责。我现在更明白：一个正直的有良心的作家，绝不是一个鼠目寸光、胆小怕事的人。”

同日，《安徽日报》发表章新建《神权、禁区及其他——关于文艺问题的断想》。

12日，是日，陈登科日记载：“大会选举全国作协理事。在选举前，周扬同志发了言，他谈到五五年丁玲与陈企霞反党集团问题，也检讨了五七年错划冯雪峰、丁玲、艾青为右派一事，当场向他们表示道歉，同时，对秦兆阳，王蒙也作了道歉，他的态度是诚恳的。我们那些担任文艺领导工作的同志，都应向周扬同志学习，错了就应检讨，向被搞错的同志当面道歉，不仅不会降低他们威望，反而使人感到他们形象更高大。”“刘白羽在周扬讲完后，也检讨了几句，看来他的检讨不是出自内心的，像是被逼的，所以让人感到有点假。”“作协选举结果出来了，可只公布名单、不公布得票多少，我给冯牧打电话，对他们这种作法表示异议。他说，这里面绝没有作弊，只是有些人得票太少，公布出来，不利于团结。”“上海的陈沂落选了，这与王若望的发言是很有关系的。田间在预选中就除去了名字，解放军有十个候选人，只当选了五个。不知他们是如何看待这场选举。”①

13日，《人民日报》发表白桦《没有突破就没有文学》。

14日，《人民日报》发表郭罗基《政治问题是可以讨论的》。提出，要“实行真正的言论自由”，“法律惩罚的对象是行为，不是思想”，“言论是属于思想范畴的，如果对它治罪，就是惩罚思想犯”。

15日，《光明日报》发表莫华杂文《谈“过失”——从一个词汇联想到其他》。

18日，《安徽日报》发表胡永年《“运动文学”可以休矣》。

是日，贾植芳日记载：“读了这些天报刊上一些重要文章，如白桦、柯岩、王若望诸文，以及《人民日报》文，用辩论形式写的谈政治问题与学术问题的文章。文章说，这些年，喊叫‘学术问题’与‘政治问题’分

---

① 陈登科：《陈登科文集》（第8卷），北京燕山出版社2003年版，第434页。

开，宣布为‘学术问题’的允许讨论，宣布为‘政治问题’的就不得讨论了，事实上，‘学术问题’往往都升级为‘政治问题’，一被当做‘政治问题’就万炮齐轰，无说话余地。因此，必须使‘政治问题’也允许讨论，才真正算是社会主义民主；又说，这些年反复说要允许人家说话，换句话说，也可以不允许人说话，这还是专制，是封建的东西；在我们社会主义社会人民是主人，干部（包括领导）是人民公仆，哪有仆人下令准主人有说话的权利呢，这连资产阶级也不如。‘不能以言治罪’，凡没有反革命行为的就不能当反革命论处，这样才能真正做到分清学术问题和政治问题的界限，使学术事业昌盛繁荣……云云。”①

19日，《北京日报》发表廖沫沙杂文《重看〈海瑞罢官〉的杂感》。

是日，陈登科日记载：“全国文联工作会议，周扬同志主持，他首先发表意见：要解放思想，但不能无政府主义。官僚主义，特殊化要反，但在文艺战线上怎么反，这还是问题。各协会困难很多，但工作还要抓，班子要小不要大。”“巴金讲：现在形势一片大好，就是不要再刮冷风、再有霜冻。让大家放一放，繁荣社会主义文艺，大家都有责任。”“冰心还是呼吁：多为孩子写点东西。”“大家提出‘四人帮’时代，所谓文艺界，是搞什么呢？是：搞权术不搞艺术；搞派性不搞党性；搞鬼事不搞人事；搞捣蛋不搞导弹；爱奴才不爱人才。”“现在又出现另一种现象，总结为四句话：做事不做第一桩，讲话不开第一腔，领导表态我表态，领导解放我解放。如大家都抱有这样的态度，实现四个现代化，恐怕只是一句空话了。”②

20日，《解放日报》发表菡子《忆赵树理》。

21日，《人民日报》发表乐秀良杂文《再谈日记何罪》。

24日，《人民日报》发表李庚辰杂文《有感于卡玛罢宴》。

25日，海洋石油勘探局“渤海二号”钻井船在渤海翻船造成重大事故，死亡职工72人，直接经济损失3735万元。

同日，《陕西日报》发表司马仰迁（毛锜）杂文《从刘晔的发狂想到的》。

① 贾植芳：《解冻时节》，长江文艺出版社2000年版，第167—168页。

② 陈登科：《陈登科文集》（第8卷），北京燕山出版社2003年版，第435页。

26 日，《人民日报》发表刘宾雁《倾听人民的声音》。文章说：禁止文学干预生活，剥夺作家真实地反映现实生活中的矛盾的权利，不许作家作人民的代言人，不仅是损害了文学，也损害了人民，损害了党。这段文学史实际上已经结束，新的篇章已经开始。我们希望不要有人拉着文学后退。

27 日，《人民日报》发表黎青《事实是根据，法律是准绳》。

28 日，《人民日报》发表童大林等《关于知识分子问题的笔记》。

同日，《甘肃日报》发表沈孝达杂文《从“谄”术说开去》。

29 日，《安徽日报》发表何荣飞《摆正领袖和政党、阶级、群众之间的关系》。

30 日，中共中央组织部发出《关于处理文化大革命运动中干部审查材料问题的通知》。指出：在“文化大革命”中，林彪、“四人帮”制造了大批冤假错案，全国立案审查的干部达 200 万人左右。这部分审查干部的材料大都无限上纲、诬蔑不实。

本月

《文艺报》第 11—12 期合刊发表刘宾雁《时代的召唤》，王蒙《我们的责任》，韶华、思基《文学创作中的艺术和政治》。①

《人民文学》第 11 期发表茅盾《解放思想，发扬文艺民主》。

《战地增刊》第 6 期发表蓝翎杂文《漫话古今考场案》。

《雨花》第 11 期发表公刘杂文《刑场归来》。指出：“极左路线是可憎的，而在极左路线下久而久之训练出来的愚昧、盲从和麻木，恐怕也是可怕的吧。应当更好地运用文艺手段，尽可能迅速和尽可能彻底地清除这种愚昧、盲从和麻木。然后，我们才能指望最后从林彪、‘四人帮’为代表的极‘左’路线桎梏下解放出来，为真正实现社会主义民主和四个现代化而奋斗。这，也许是作为革命文艺战士的我们，对于张志新烈士的最好的纪念。”

《安徽文学》第 11 期以《继续批判极左思潮，彻底肃清“纪要”流毒》

① “第四次文代会后，文艺界的思想认识并没有能够统一起来，有些问题上的分歧，甚至愈演愈烈。……在文艺界领导层中的意见不一致，最令周扬头痛不已，如刘白羽对陈荒煤在《文艺报》发表悼念赵丹的文章就有意见，而且不是一般性的意见；林默涵对报刊上大量发表伤痕文学持批评态度，魏巍当面向周扬提意见，说现在的刊物只发表一种倾向的作品；有人认为《文艺报》搞同仁杂志，不发表不同意见的文章，对右的倾向不进行有力的批评，甚至有人说《文艺报》是右派掌权，等等。”刘锡诚：《文坛旧事》，武汉出版社 2005 版，第 25 页。

为题，发表一组杂文、评论，主要有：斤薪《为“创作自由”正名》、梁长森《正确对待“讲话”》、周祥鸿《“染缸”内外》、张民权《杂谈“作家要下去”》、辛有光《再谈为文艺队伍“脱帽”》、舒芜杂文《说“闻腥”》（批评李剑《“歌德”与“缺德”》）、丹禾杂文《小议“排座次”》。斤薪指出：“‘创作自由’无罪，‘创作自由’是作家艺术家应有的权力。我们要大声呼吁：取消长官意志，实行艺术民主，为‘创作自由’摘帽，为‘创作自由’正名！”

《安徽戏剧》第6期发表风安、永厚杂文《三姑娘和“谄也”——也谈悲剧的传统》，陈恭敏《一要放手、二要放心——关于文艺的领导》。

《作品》第11期发表易淮《打掉〈纪要〉的幽灵——斥“根本任务”论和反“写真实”论》、李冬青（牧惠）杂文《居其位而知其任》、舒展杂文《“说真话有罪”辨》、陈也欢杂文《关于“不准”和“禁止”》、金钦俊杂文《说“软藤缠死硬树”》、朱海生杂文《也谈“当务之急”》。舒文为4月15日《辽宁日报》所发谢挺宇散文《一株美丽的奇花》辩护。

《花城》第3期发表柳无忌杂文《伤痕与悲剧》、楼肇明杂文《盖棺犹难论定》。

《红旗》第11期发表周扬《也谈谈党和文艺的关系》、王蒙《领导文艺工作要树立生产观点》、张春汉《克服思想障碍，深入开展真理标准讨论》、李言石《权力与真理》。

《文学评论》第6期发表本刊评论员文章《发展马克思主义的文艺理论和文艺批评》、刘宾雁《人是目的，人是中心——对在作协代表大会上发言的补充》、秦似《随感三题——第四次全国文代会书面发言》（《痛而未定之思》《关于创新》《“英雄”及其他》）。

《读书》第8期发表子愚杂文《权力与腐蚀》、陈史杂文《悸从何来》（回应第5期丁聪漫画《余悸病患者的噩梦》、第6期汉楚杂文《“文明棍子”论》）、王云缦杂文《真理·民主·人性——读〈权力与真理〉断想》、李国权杂文《从〈讳辨〉说起》、陈有和《欢迎重印吴晗的书》。

《新时期》第2期发表高放《无产阶级领袖是人民的儿子》、汪子嵩《穷必革命富必修吗?》、郭罗基《公仆，要与主人同甘共苦!》、高洪《与民作主和人民作主》、邹士方《“挥泪”也要执法》、王闻杂文《“老等”不如“捞一点”》、王书昆杂文《“倒过来”与“恐富病”》、闻起杂文《族诛及其他》以及严家其哲学社会科学幻想小说《民主问题考察记（二）》。

《民主与法制》11月号发表徐铸成《读史随笔》（《求贤纳谏》《李固后人》）、唐振常杂文《还书记》。

《中国青年》第11期发表刘宾雁《文学要听命于人民——兼祝第四次文代会的召开》。

江汉石油报社编印林帆杂文、杂谈集《夜读与笔耕》。王中所作“序”说：“因为杂文是一种谈笑风生、锋芒毕露的说理文字，总有人会感到触神经的，非得一棍子打死而后快。所以现在提到杂文，有人还觉得它是苦命的，好似女人被说成祸水一样！其实女人何辜；鱼也有刺，总不见得吃鱼梗了咽喉便忿忿然要彻底消灭鱼类吧！（鲨鱼刺还是上菜哩）我倒以为，杂文是一种宜于说理，容易使人受到启发的文体，收在这个集子里的随笔短论，就是用写杂文的笔法来谈自己的心得体会，读起来有点可以咀嚼的味道。尽管那是专谈学习修养、读书写作之类的问题，但经作者在旁征博引，议论风生，因而有物有序，发人深思。这类文章，叫作什么名称倒是次要的，叫小品、杂文、随笔，皆无不可，总之是艺术性的短论。没有艺术性，就很难叫做‘杂文’，而应该称之为‘短论’。当然‘短论’也并不坏，其所以有所不同，主要在于艺术加评论，在于给人以广博的知识，读来津津有味。比如做菜，虾子豆腐，蟹粉豆腐，辣味豆腐，就比清水煮豆腐好吃；虾子、蟹粉或者辣子，虽只是起调味作用的作料，不见得特别珍贵，但有其异味是不在话下的。”“有种无花的蔷薇，花刺并茂的也是一种蔷薇。有时我异想天开，能否像人工培植一种无籽西瓜那样，也培植出一种有花而无刺的蔷薇，既可供观赏又可随意攀折？我想，大概总有可能的。但是，现在帽子棍子横飞的日子过去了，似无此必要，蔷薇有刺到底是香花，对人有益处，那有刺无刺也无妨！正像没有必要劳驾鱼类学专家去研究培养一种无骨无刺的鱼一样，就让有刺的蔷薇在百花园里盛开吧。我也是偏爱杂文的人，因此我喜欢蔷薇，即使它有点刺！”

章明作杂文《论“赔本赚吆喝”》《“翘尾巴”小议》[①]。

十二月

2日，《解放日报》发表冰心杂文《我的热切的希望》。

① 收入氏著《剑花小集》，湖南人民出版社1982年版。

同日,《云南日报》发表念明杂文《天涯何处无“脊梁”》。

同日,于浩成作杂文《“卡玛罢宴”与“朱老无车”》[①]。

3日,《新华日报》发表曾向东杂文《谈政治与修锅炉》。

4日,《解放日报》发表群明《“用文艺去服务”——略谈文艺与政治的关系》。

6日,黄裳作《关于〈随想录〉的随想》[②]。文章说,《随想录》是一本“真实的书”、“悲壮的书”,“我这样说,因为我的确感觉到这些文章中的每一句话都是通过作者自己的心写下来的,都经过自己良心的检查。‘良心’,按照一位著名诗人的意见,‘就是人民的利益和愿望’。我同意这个说法。”“作者写的其实也不过是一些‘身边琐事’,不过由于作者生活的时代是不平凡的时代,因此‘身边琐事’也就往往有了更深广的内涵。作者在许多地方都说过,因为他可以利用的时间不多了,因此就不能随意浪费,要抓紧时间讲自己所要讲的真话。而讲真话,不论在什么时候,都是不容易的。需要勇气,有时还需要非凡的勇气。这就是为什么会使我感到这是一本悲壮的书的原因。”

11日,《大公报·大公园》发表巴金《悼方之同志》。

12日,《人民日报》发表乐秀良杂文《通信自由》。

15日,《文汇报》发表宋振庭杂文《变两代人之间的隔膜为友爱》。

17日,《人民日报》发表艾芜《繁荣文艺必须肃清封建流毒》。

24日,《人民日报》发表评论《文艺要为实现四化做出贡献》。

25—26日,《大公报·大公园》发表巴金《怀念老舍同志》。文章说:“我想起了一九六六年七月十日在人民大会堂同老舍见面的情景,……那天我到达人民大会堂(不是四川厅就是湖南厅),老舍已经坐在那里同当时的北京市副市长王昆仑在谈话。看见老舍我感到意外,我到京出席亚非作家紧急会议一个多月,没有听见人提到老舍的名字,我猜想他可能出了什么事,很替他担心,现在坐在他的身旁,听他说:‘请告诉朋友们,我没有问题……’我真是万分高兴。”“老舍同志是中国知识分子最好的典型,没有能挽救他,我的确感到惭愧,也替我们那一代人感到惭愧。但我们是不是从这位伟大作家的惨死中找到什么教训呢?他的骨灰虽然不

① 收入氏著《新绿书屋笔谈》,人民日报出版社1984年版。

② 收入氏著《榆下说书》,生活·读书·新知三联书店1982年版。

知道给抛撒到了什么地方，可是他的著作流传全世界，通过他的口叫出来的中国知识分子的心声请大家侧耳倾听吧：'我爱咱们的国呀，可是谁爱我呢？'"请多一点关心他们吧，请多一点爱他们吧。不要挨到太迟了的时候。"

28 日，《宁夏日报》发表秦牛杂文《从三国用人说开去》。[①]

30 日，《解放日报》发表冯英子杂文《真》。

31 日，中共中央批转最高人民法院党组《关于善始善终地完成复查纠正冤假错案工作几个问题的请示报告》。《报告》中说，1967 年至 1976 年的 10 年中，全国各级人民法院共判处反革命案件 287000 余件。截至 7 月底，已复查 241000 余件，约占总数的 83%。从中纠正了冤、假、错案 131300 余件，约占已复查的 54%。

本月

《红旗》第 12 期发表秦兆阳《现实主义——艰苦的道路》、李准《百家争鸣也是政治方针》。

《人民文学》第 12 期发表张啸虎杂文《说"讳疾"》、叶式生杂文《"名牌"和"刃口"》、宋志坚杂文《马屁、奴才及其他》。

《当代》第 3 期发表蓝翎《了了录·有感于杂文的兴废》、廖沫沙《"歌德"与"缺德"的功过》。蓝翎指出："杂文的兴起，标志着民主生活的正常化，'双百'方针执行的顺利，人们的心情舒畅，政治形势一派大好。反之，杂文的废除，正反映了民主生活遭到了破坏，'双百'方针受到了阻碍，人们心情不舒畅，不敢说真话，这或多或少地反映了政治形势或政治气氛不怎么正常。我们要求有杂文，首先要求的是出现大好的政治形势，这是杂文得以兴旺繁荣的土壤、空气和阳光。而杂文的废除，遭灾的却不止是杂文本身，更重要的是面临着国家的安危，民族的存亡，革命的成败。革命的文艺要为革命事业服务，因而革命事业就要保护革命文艺及其作者的生存和发展。压制以至废除的办法是坏办法，它一时可以使人沉默，但从不能将杂文根除。一旦杂文再兴，这废除的本身则成了丰富的杂文题材，随手拈来，反戈一击，在反击中又前进了。""实现祖国四个现代化，进行新的长征，是全国人民的愿望，是不可阻挡的历史潮流。但是想阻挡历史前进的东西毕竟是存在的，杂文要正视它，瞄准它，作历史潮流

① 收入严秀等主编《中国新文艺大系（1976—1982）·杂文集》时改题为《用人要用其长》。

的马前卒。”“杂文废除不得，我们永远需要杂文！正如永远需要其他讽刺艺术一样。”

《上海文学》第12期“文代会归来”专栏发表柯灵《散会后的沉思》、陈登科《对文艺工作的几点意见》、刘心武《向母亲说说心里话》、夏阳《“坚持”与“解放”》。陈文是作者在第四次文代会上的发言，主要涉及三个方面的意见：一，关于“双百”方针的问题。二，关于出版法。三，关于民主与法制的问题。发言提出：“在‘四人帮’垮台后的思想解放运动中，强调实践是检验真理的唯一标准，我们是否也应该用二十几年来的实践来检验一下凌驾于‘双百’方针之上的六条标准呢？这些标准，如果不予澄清和得到完整的全面的正确的解释，‘双百’方针还是一句空话。”“必须把‘双百’方针，作为文艺宪法固定下来。六二年，搞了个文艺八条，现在，更有必要搞几条，这几条应该比文艺八条更思想解放一点，更明确一点。我看，尤其应该明确：只要是有公民权的都有权发表作品，除了编辑以外，不需要别的审查，这种审查本身就是非法的。”“我们这么大一个国家，总该有几条法律保护作家、艺术家在艺术上的创作自由和人身不受侵犯的权利。”“是思想问题就是思想问题，是政治问题就是政治问题，合理的百家争鸣应该大力提倡，随便诬陷哪一部作品哪一个作家，应该受到法律的指控。否则，文人除了纸上谈兵之外，没有任何作为，谈了几年，还是一句空话，有权有势的一句话就足以致作家以死地，致作品以死地。过去的历史悲剧再也不能重复了。”

《芒种》第12期发表毕成宽杂文《话说“说话”》。

《安徽文学》第12期发表郭因《赞美你，呐喊文艺！》、江流《漫话解放思想》。

《作品》第12期发表江南月（关振东）杂文《闲话不倒翁》、老烈杂文《芒芙篇》。

《随笔》丛刊第4集由广东人民出版社出版。发表苏晨杂文《晚来的花圈》[①]（《两首砚铭》《无题》《嘱子嘱孙》）、种炎杂文《血和泪的教训》

① 文前说：“我本来已经为《随笔》四集写好一篇《有边的遐想》，后来给另一个刊物拿去先用了，怕是等《随笔》四集印出来，学习党的好女儿张志新烈士的活动，还不知道已经开到了哪一站！可是《随笔》四集的责任编辑却认为，不管开到哪一站，《随笔》也还是应该登一登关于张志新烈士的文章，哪怕因为出版周期长，印出来也可能有些晚点儿。于是我就又写了这一篇《晚来的画圈》。”

(《开头和结尾》《上头和下头》《知错和改错》)、多想杂文《小议用人》(《一个奇怪又不奇怪的现象》《两位科学家的榜样》《让“任人唯贤”放出光彩》)、杨鸿德杂文《谨防受骗——自然科学史学习札记》、黄药眠《杂感集》。

《湘江文艺》第12期发表向麓杂文《立仗马》、杉沐杂文《“杞人忧天”新释》。

《四川文学》第12期发表巴金“随想录”三十一《“豪言壮语”》、子叶《文艺为什么服务问题刍议》、杨桦杂文《“立言”和“立心”》、竹亦青杂文《为有胆识不随风》、松鹰杂文《为无名小卒呐喊》。

《读书》第9期发表姚雪垠《关于繁荣文学创作的若干意见》,张显扬、王贵秀《言论自由》,于浩成《“言者无罪?”》,马仲扬《现代迷信和封建迷信》。

《民主与法制》12月号发表于浩成《肃清极左流毒和封建残余》、马加鞭《论大字报》、冯英子杂文《执法与护法》、公今度杂文《也想起了〈曹刿论战〉》[①]。

《群众》第12期发表孙越杂文《“政治空谈症”处方》。

《红旗》第12期发表秦兆阳《现实主义——艰苦的道路》。

陶雄作杂文《戒不求甚解》[②]。

香港三联书店出版巴金《随想录·第一集·一九七九年》。

本年

张友鸾(署名宛平人)在香港《文汇报》开设“燕山新话”专栏。作者说:“不瞒读者说:这里的专栏名叫‘燕山新话’,报道一些‘四人帮’被打倒后文化方面新气象,尽管内容有所不同,栏目实是承袭《燕山夜话》而来。作为一个知识分子,对于敬慕的人,聊表怀想,这也算是方式之一吧!”“一九六一年,他(邓拓——引者)在《北京晚报》上用‘马南邨’笔名发表《燕山夜话》,是群众的喜爱读物。一共写了一百五十来篇。由北京出版社出版单行本,先后印成五集。‘四人帮’把它打成‘大毒

① 收入氏著《魂兮归来》时改题为《〈曹刿论战〉的根本在人心》,福建人民出版社1983年版。

② 收入氏著《黄花集》,花城出版社1983年版。

草’，当作禁书。一九六六年，要进行‘批判’，找不到书了，就重印一个合集。原来要在书面上写明‘供批判用’，因为当时市委还是原班人马，不能同意，于是糊里糊涂印成‘白皮书’。最特别的，只有‘定价’，却没有版权页。故意倒填出版时间，印作‘一九六三年’。作伪者心劳日拙，就是这么可笑可怜可恨！合集如今又出版了，名为‘重版’，实际是‘三版’了。”[①] 年内主要发表《曹雪芹佚诗疑案》《昆剧蔡文姬在京演出》《聂绀弩诗赠周婆》《马凯餐厅的文酒之会》《吴祖光钦服曹禺》《北京城〈龙凤呈祥〉》《猫头鹰黄永玉》《看他斗酒译千行　夫妇〈红楼梦〉里香》《娇娜、青凤现原形》《邓拓吴晗廖沫沙　三家村里种香瓜》《鉴真大师莲台设法源寺》《历史匆匆几十年　台上〈茶馆〉台下客》《胡子的灾难历程》等篇。

① 张友鸾:《邓拓吴晗廖沫沙　三家村里种香瓜》。

第三章　安定团结：1980年中国杂文档案

1月16日，邓小平在中共中央召集的干部会议上作《目前的形势和任务》的讲话，指出实现四个现代化要有一个安定团结的政治局面。

1月23日至2月13日，中国戏剧家协会、中国作家协会、中国电影家协会在北京召开剧本创作座谈会，中共中央宣传部部长胡耀邦到会作长篇讲话。提出，衡量一部作品的社会效果，最重要的是看是否有利于现代化建设，是否有利于安定团结，是否有利于提高人民和青年的社会主义觉悟。

3月15日，中共中央公布《关于党内政治生活的若干准则》。规定："对领导人的宣传要实事求是，禁止无原则的歌功颂德。不许用剥削阶级的阿谀之词称颂无产阶级的领导人，不许歪曲历史和捏造事实来宣扬领导人的功绩"。

6月11日，中共中央批转《中央统战部关于爱国人士中的右派复查问题的请示报告》。《报告》说，1957年反右斗争的主要教训在于把大量的人民内部矛盾当作了敌我矛盾，以致造成扩大化的错误。

6月19日，中共中央发出通知，宣布对在"文化大革命"中在中央、地方以及军队报刊上被错误点名批判的同志，一律予以平反，强加给他们的诬蔑不实之词，统统予以推倒。

7月30日，中共中央发出《关于坚持"少宣传个人"的几个问题的指示》。

8月18日，邓小平在中共中央政治局扩大会议上作《党和国家领导制度的改革》的讲话。

8月21日、23日，邓小平两次会见意大利记者奥琳埃娜·法拉奇。在谈到如何避免类似"文化大革命"那样的错误时，邓小平说：这要从制度方面解决问题。我们过去的一些制度，实际上受了封建主义的影响，包括个人迷信、家长制或家长作风，甚至包括干部职务终身制。我们现在正在研究避免重复这种现象，准备从改革制度着手。要认真建立社会主义的民主制度和社会主义法制。只有这样，才能解决问题。

9月19日，中共中央批转中央宣传部《关于三中全会以来的宣传工作向中央的汇报提纲》，并发出通知指出，极“左”路线的流毒和影响绝不可低估，封建主义和资产阶级的思想影响仍广泛存在，整个思想战线仍面临着繁重而紧迫的任务。

9月29日，中共中央批转公安部、最高人民检察院、最高人民法院党组《关于“胡风反革命集团”案件的复查报告》，并发出通知指出：“胡风反革命集团”一案，是在当时的历史条件下，混淆了两类不同性质的矛盾，将有错误言论、宗派活动的一些同志定为反革命分子、反革命集团的一件错案。中央决定，予以平反。凡定为胡风反革命分子的，一律改正，恢复名誉。凡因“胡风问题”受到株连的，要彻底纠正。同年11月3日，北京市高级人民法院改正了1965年对胡风的判决，宣告胡风无罪。1985年公安部对胡风政治历史中遗留的几个问题进行复查，予以平反撤销，经中央书记处同意，向有关部门发出了为其进一步平反的通报。1988年6月18日，中共中央办公厅发出《关于为胡风同志进一步平反的补充通知》。在1980年对胡风集团作政治上的平反的基础上，经过调查研究，又做了新的澄清和说明，取消了对胡风的文艺思想和宗派活动等问题的严厉指责。至此，所谓“胡风反革命集团”案得到彻底平反。

10月20日，中共中央书记处会议决定，在今后二三十年内，一律不挂现任中央领导人的像，以利于肃清个人迷信。

11月23日，中共中央转发中共山西省委《关于农业学大寨运动中经验教训的检查报告》。指出，历史已经证明，把先进典型的经验模式化、绝对化、永恒化的做法，是错误的，有害的。

12月16—25日，中共中央召开工作会议，确定在经济上实行进一步调整，政治上实行进一步安定的方针。邓小平强调：坚持四项基本原则的核心是坚持党的领导，要坚持党的领导必须改善党的领导、改进党的作风，执政党的党风问题是有关党的生死存亡的问题。陈云指出：建国以来经济建设方面的主要错误是“左”的错误。

一月

1日，邓小平在全国政协举行的新年茶话会上指出：搞社会主义现代化建设，必须要有安定团结的政治局面；而要做到安定团结，就必须保证党的领导。党的领导，是四项基本原则中带根本性的一条。①

同日，《人民日报》发表若水《谈“纲”》、董枫（吴有恒）《恭喜发财》。董枫认为：“现在到了彻底纠正偏见，肃清轻财流毒的时候了，因此要喊一声：‘恭喜发财！发社会主义之财！’”②

同日，解放日报社创办的《报刊文摘》出版，这是“文革”后全国最早出现的文摘性报刊。

2日，《人民日报》在第1版开辟“今日谈”栏目，专发小言论。

同日，《人民日报》发表侯宝林等《发扬相声的现实主义传统》。

3日，周扬在上海市理论界、文艺界茶话会上讲话，谈精神生产的目的，贯彻执行“双百方针”等问题。指出：精神生产的目的，是要影响人的精神面貌，培养人们高尚的道德品质和高度的文化修养，形成一代人，甚至几代人的精神面貌；艺术民主和学术民主要以政治民主为基础，但又不同于政治民主，在艺术和学术问题上，更需要个人独创性，不能简单地搞少数服从多数，应该保证艺术问题和学术问题的自由平等的讨论，鼓励各种学派、流派，支持各种学派、流派，允许反批评、犯错误、改正错误，不能搞一言堂、打棍子。③

同日，《人民日报》发表樊庆荣《思想统一和议论风生》。

同日，叶圣陶在《文汇报》开设杂文、随笔专栏“晴窗随笔”，发表《〈晴窗随笔〉小引》、“晴窗随笔”之一《德智体三育》。

---

① http：//www.people.com.cn/BIG5/shizheng/252/5580/5581/20010612/487172.html.

② “1980年元旦，《羊城晚报》总编辑吴有恒发表文章，重提‘恭喜发财’这一古老但于国人却时兴的命题。这个词，似乎刺激了某些人的神经。1980年8月3日，《羊城晚报》发表一篇署名‘舜之’的评论《且慢恭喜》。文章提出，‘（恭喜发财）不仅不利于调动群众的社会主义积极性，更有损于社会主义企业的声誉。’”“为了给‘恭喜发财’正名，也是向当时人们固守的极‘左’风气挑战，我（黄树森——引者）提笔写了一篇《且慢“且慢‘恭喜’”》，12月26日发表在《南方日报》上。这篇论战文章我写得理直气壮，因为在此之前，我们在深圳已经亲身实践了发财带来的欣喜。”熊君慧：《办边防证到深圳看香港电视》，http：//jb.sznews.com/html/2010—08/21/content _ 1201646.html。

③ 《周扬同志在本市理论界、文艺界茶话会上讲话指出，社会主义文化主要任务是培养新人》，1980年1月5日《解放日报》。

4日，《人民日报》发表于浩成杂文《论宣传的限度》。

同日，《文汇报》发表宋振庭杂文《唯以平等待人方可谈友爱——再谈“变两代人之间的隔膜为友爱”》。

5日，《北京日报》发表本报评论员文章《反对极端个人主义》。

同日，《新华日报》发表孟瞻杂文《科学研究要尊重“敌对”意见》。

是日，陈登科日记载：“晚上给冯牧挂了个电话，谈谈文艺界的动向，他说了三点，一有的人，把文艺的作用，估计太高，把社会上一切不安定现象全归咎于文艺。二我们一切应从全局出发，国家这么困难，对切中时弊的话少讲，影射的文章不写。三要埋头苦干，真正写出几部作品。他还要我劝公刘，也要这样做。”①

6日，《人民日报》发表杨柳榭杂文《从“未庄”走出来》。

7日，新华社报道，中国作家协会最近举行主席团会议，强调1980年全年要以繁荣文学创作、活跃理论批评为中心，扎扎实实地开展工作。

同日，《人民日报》发表杨柳榭杂文《漫谈“语录”》。

8日，《新华日报》发表姚北桦杂文《试笔三愿》。文章说：一愿自己不说假话，二愿人人不说假话，三愿允许大家都说真话。

同日，《光明日报》发表任仲夷《要真正把广大知识分子当做工人阶级的一部分》。

9日，《文汇报》发表刘宾雁《人民是文艺工作者的母亲》。

10日，《解放日报》发表司徒伟智杂文《到耻为止》。

同日，《文汇报》发表宋振庭杂文《应该给道德、伦理、修养等问题也落实政策——三谈“变两代人之间的隔膜为友爱”》。

同日，《陕西日报》发表商子雍杂文《百家争鸣贵在一“争”》。

11日，《人民日报》发表魏克明杂文《不以人废言》。

12日，《大公报·大公园》发表巴金《小狗包弟》。

12日，是日，贾植芳日记载：“听说昨日五角场出现了一幅大标语，什么‘坚决拥护八届十二中全会的决议’等等，反映了政治斗争的复杂，‘四人帮’的余党，像一切反动派一样，是不甘心失败的，他们连做梦也想在革命的招牌下，继续进行野蛮黑暗的封建统治，奴役人民，把中国拉

① 陈登科：《陈登科文集》（第8卷），北京燕山出版社2003年版，第442页。

回到原始森林里去，他们忘了，袁世凯是怎么失败的。”[①]

13 日，《文汇报》发表郭罗基《评所谓“信念危机”》、冯岗杂文《繁荣富强与艰苦奋斗》。

同日，秦似在《广西日报》开设“雕虫小品”杂文专栏，发表杂文《从“猴年”谈起》。16 日，邓小平在题为《目前的形势和任务》的讲话中指出：“文艺界刚开了文代会，我们讲，对写什么，怎么写，不要横加干涉，这就加重了文艺工作者的责任和对自己工作的要求。我们坚持‘双百’方针和‘三不主义’，不继续提文艺从属于政治这样的口号，因为这个口号容易成为对文艺横加干涉的理论根据，长期的实践证明它对文艺的发展利少害多。但是，这当然不是说文艺可以脱离政治。文艺是不可能脱离政治的。任何进步的、革命的文艺工作者都不能不考虑作品的社会影响，不能不考虑人民的利益、国家的利益、党的利益。培养社会主义新人就是政治。”[②] 还说：“我们希望报刊上对安定团结的必要性进行更多的思想理论上的解释，这就是说，要大力宣传社会主义的优越性，宣传马克思列宁主义、毛泽东思想的正确性，宣传党的领导、党和人民群众团结一致的威力，宣传社会主义中国的巨大成就和无限前途，宣传为社会主义中国的前途而奋斗是当代青年的最崇高的使命和荣誉。总之，要使我们党的报刊成为全国安定团结的思想上的中心。”[③]

同日，《人民日报》发表秋耘杂文《读〈伤仲永〉有感》、王朝闻杂文《不到顶点》。

同日，《文汇报》发表叶圣陶“晴窗随笔”之二《学生守则》。

17 日，《人民日报》发表王熙政杂文《为“白猫黑猫”恢复名誉》。

同日，《光明日报》发表岳云龙杂文《“过犹不及”及其他》。

同日，《文汇报》发表公今度杂文《赞“出”》。

是日，陈登科日记载：“这两天，朋友们的往来，非常频繁，可谈话的内容非常简单，见面第一句话，便是：‘喂，北京有人来信没有?’”“因为这两天，关于邓小平对文艺工作的讲话，传说很多，版本也很多，我听到的就不少于四种版本，但是，我一种也不信。”“说邓小平讲：我们现在出的刊物

---

① 贾植芳：《解冻时节》，长江文艺出版社 2000 年版，第 183 页。

② 邓小平：《邓小平文选》（第二卷），人民出版社 1994 年版，第 255—256 页。

③ 同上书，第 255 页。

很多，印的也很漂亮，就是不为我们说话……”“还有说，邓小平讲：文艺为政治服务，文艺从属于政治的口号是错误的……这话我也不相信。”①

18日，是日，贾植芳日记载：“看昨天的《人民日报》，有在‘国外报刊上’的标题下的一篇‘杂文’，题曰《恐惧的漩涡》，说的是巴西的城市里约热内卢城内因抢劫偷盗成风，人人自危，作者说，犯罪的原因是社会性的，犯罪分子的形成是因为那里的环境，‘除了灵魂被摧残之外，年青人一无所得’，是一篇好杂文，借外说内，使人沉思。”②

20日，《新华日报》发表谢小帆杂文《“羡鱼”之后》。

同日，《湖南日报》发表栗杭杂文《给侯人一个小小的警戒》。

同日，《宁夏日报》发表杨培明杂文《“套中人”今昔》。

是日，陈登科日记载：“叶楠五点半就来了，说他收到北京一封信，小平同志的报告，在北京已经传达了，他在谈到文艺与政治的关系时，确实这样讲的：文艺从属于政治这口号，我们不提了。但是，文艺是离不开政治的……这话当然没错，不仅我们的文艺离不开政治，哪个朝代，哪个国家的文艺也离不开政治。”③

21日，新华社发表特约评论员文章《坚持社会主义民主的正确方向》。

同日，《人民日报》发表家为杂文《拍板》。

22日，《人民日报》发表俞颂雁《安定团结与社会主义法制》、董宝瑞杂文《西红柿是怎样跑到餐桌上来的？》。

23日—2月13日，中国戏剧家协会、中国作家协会、中国电影家协会在北京召开剧本创作座谈会。胡耀邦到会作长篇讲话。他对当前文艺创作中出现的某些思想倾向，如怎样看待党、社会、军队，怎样看待毛泽东和毛泽东思想以及怎样看待社会中的阴暗面等问题进行了论述。④

---

① 陈登科：《陈登科文集》（第8卷），北京燕山出版社2003年版，第444—445页。

② 贾植芳：《解冻时节》，长江文艺出版社2000年版，第185页。

③ 陈登科：《陈登科文集》（第8卷），北京燕山出版社2003年版，第445页。

④ “会议结束后，我们《文艺报》被指定发表由指定的人员撰写的《剧本创作座谈会情况简述》（第2期）。用这个文件的语言来表述，这次会议的起因和主旨是：‘这次剧本创作座谈会是在党中央的亲切关怀下，在中央宣传部直接领导下召开的，是第四次文代会以后的一次重要的会议。会上结合当前几个有争议的剧本，就近年来戏剧与电影剧本创作中的一些新情况和新问题，以及与当前创作有关的几个理论问题，交换意见，开展自由讨论，肯定成绩，总结经验，以便继续解放思想，进一步文艺繁荣创作，使文学艺术工作在四化建设中更好地发挥作用。’会议主办单位名义上是作协、剧协、影协三个群众性文艺团体，实际上则是由中央宣传部直接组织和主持的。不仅由当时任党中央秘书长、中央宣传部部长的胡耀邦作主题报告，而且全部会务与文件（转下页）

同日，《人民日报》发表刘梦溪《文学的命运和作家的责任》。

同日，《文汇报》发表叶圣陶“晴窗随笔”之二《〈守则〉第三条》。

24 日，《人民日报》发表王若望杂文《接班人何处来?》、巴波杂文《想起五十年代几件小事》。

同日，《大公报》发表黄裳《谈巴金〈随想录〉的随想》。

同日，《文汇报》发表叶圣陶“晴窗随笔”之三《〈守则〉第三条》。

26 日，《人民日报》发表亦木杂文《照哈哈镜有感》。文章发表后，引发有关“镜子”问题的讨论。

30 日，公刘作杂文《也说“镜子”》[①]。指出：“我们的文学创作——当前中国革命的镜子就其主流而言，正是充满了‘最清醒的现实主义’！而不是自然主义！更无论那种以‘歪曲形象’为目的的‘哈哈镜’了！‘如果’有人制造‘如果……是哈哈镜’的舆论，去‘责怪镜子与镜子的制造者’，怕也未必是公正的吧。”《上海文学》第 3 期发表冯英子《调门小论》、倪诚侃《别一种战法》，第 5 期发表章仲锷《镜子的争议》、黄安国《文学这面镜子……》，第 7 期发表唐代凌《镜子与“艺术的真实”》、亦木《战法别一种》，第 12 期发表程代熙《镜子·艺术真实·独创性》，参与争论。

27 日，《经济生活报》发表魏桥杂文《“一叫开”、“叫不开”与“不叫开”》。

同日，《广西日报》发表秦似杂文《谈命名》。

28 日，新华社发表评论员文章《坚持社会主义民主的正确方向》。

同日，《人民日报》发表卢之超《安定团结与社会主义民主》、焦勇夫杂文《睁眼、闭眼及其他》。

29 日，《光明日报》发表评论员文章《安定团结与“双百”方针》、徐炳《知识分子的历史作用越来越重要》。评论员文章提出：安定团结是实现“双百”的必要条件，“双百”方针必须在安定团结的政治局面中才能得到顺利贯彻。

（接上页）起草工作，都是由中宣部副部长贺敬之主持操办的。”“从《简述》的字里行间里，可以看出会议主持者的一片苦心，既要向那些责难者和攻讦者做出妥协和交代，又要对青年作者们做出批评和引导，既要指出他们的偏激，但也不想挫伤他们揭示新的社会矛盾、表现新的社会生活的积极性。”“但这次座谈会的后果却事与愿违，这是那些好心的主持者们所万万没有想到的。”刘锡诚：《在文坛边缘上——编辑手记》，河南大学出版社 2004 年版，第 383—384 页。

① 收入氏著《诗与诚实》，花城出版社 1983 年版。

同日，《人民日报》发表任谦《吴晗的杂文》。

同日，《工人日报》发表杨春贵《“三不主义”不是“三无主义”》。

30 日，《解放军报》发表评论员文章《安定团结是大局》。

同日，《文汇报》发表叶圣陶“晴窗随笔”之四《讲和教》。

31 日，《人民日报》发表拾风杂文《小论成语》。

同日，《光明日报》发表胡义成《试论人性》。

本月

《文艺报》第 1 期发表李准、梁信、白桦、叶楠、张天民的《“文艺的社会功能”五人谈》，讨论文艺与政治的关系、作家的社会责任感等问题。发表唐挚《更好地表现新时期的社会矛盾》。开设“杂感”专栏，发表叶至诚杂文《方之的死》、闻山杂文《请柳宗元来讲一讲》、王春元杂文《装饰》。

《当代》第 1 期发表廖沫沙《“余烬”诗选》。其中，《悼吴晗同志》（作于一九七三年）有云：“‘罢官’容易折腰难，忆昔‘投枪’梦一般。‘灯下集’中勤考据，‘三家村’里错帮闲。低头四改‘元璋传’，举眼千回未过关。夫妇双双飞去也，只留鸿爪在人间！”诗后“按”说“有引号处都是吴晗同志的著作；听说《朱元璋传》是他在一九六四年《海瑞罢官》被批判时作第四次修改的。修改本曾呈送毛泽东同志审阅，受到称许，但终未能免祸。”《嘲吴晗并自嘲》（作于一九六七年夏）写道：“书生自喜投文网，高士于今爱‘折腰’。扭臂栽头喷气舞，满场争看斗风骚。”诗后“按”说：“1967 年，我和吴晗同志在一次被揪往某矿区批斗时，两人在斗争大会前被囚于一室内，曾以陶渊明不为五斗米折腰的故事，互相取乐；事后于回程的火车上，我在默想中作成此诗。”（《偶感》）[①] 写道：“‘岂有文章惊海内’？漫劳倾国动干戈。‘三家竖子’成何物？高唱南无阿弥陀！”诗后“按”说：“此诗的第一句‘岂有文章惊海内’，是从杜甫诗《有客》中抄来。所谓‘三家竖子’，不只是指‘三家村’，而是泛指一些作家，他们不过是几个可怜的小人物而已，即使写出的真是‘毒草’，也未必便能招致亡国灭种之灾。”

《诗刊》第 1 期发表公刘《诗与政治及其他——答诗刊社问》。文章说：“完全摆脱政治的纯诗是没有的，一部诗史证实着这一点。……诗只能是民主与科学的战士，只能是为实现共产主义理想而斗争的战士，而不能叫诗去做这一个或那一个政治家的奴婢，不能叫诗围着某一个政治家团团打

① 作于 1978 年冬。

转、翩翩起舞……”

《剧本》第 1 期发表吴祖光《革命的作家和战士——夏衍同志》。

《战地》第 1 期发表秦牧杂文《姓氏的历史烙印》、黎先耀杂文《聪明误》、毛锜杂文《托尔斯泰的出走》、冯英子杂文《从拒收鱼做起》、蓝翎杂文《从天花绝迹谈起》。蓝文说：“同情人的疾苦并从而奋斗救治之，是英雄；拿人的疾苦当笑谈，是昏虫；美化人的疾苦以邀宠，是骗子。对待社会生活亦如是，谁走后条路，他的历史地位与袁柳庄同。”

《散文》第 1 期发表黄秋耘杂文《大题小做》。

《上海文学》第 1 期发表刘官民杂文《镜子·文学·胭脂》、沙叶新杂文《讽刺的命运》、曹廷华杂文《典型与百分比》、吕剑杂文《从病梅到盆景——读诗随想》。沙文指出，讽刺文艺在社会主义的百花园中之所以如此难以生长，是因为我们的文艺创作严重地受到了极“左”思潮的干扰，文艺部门的某些领导同志总是狭隘地以为文艺的任务只能“正面宣传”、“热情歌颂”；他们只准文艺歌功颂德，不许文艺针砭时弊，更不习惯文艺以讽刺为武器来揭露现实生活中落后与腐朽的现象，否则便被视为“诬蔑党的领导”、“丑化党的干部”、“否定大好形势”、“攻击社会主义制度”，这样一来，哪里还会有什么讽刺文艺呢？此外，还有一个重要原因，便是在我国的政治生活中缺乏民主空气。民主空气稀薄，讽刺之花必然凋零。讽刺的命运如此多灾多难，实在令人哀叹。由是使我想到如若求得讽刺文艺的顺利发展，除了需要活跃政治和艺术的民主空气、继续肃清极“左”路线的流毒之外，还需加上一条，即讽刺的命运需由人民来掌握。邓小平同志在文代会的祝辞中说：“作品的思想成就和艺术成就，应当由人民来评定。”讽刺作品尤其应当这样。果能如此，社会主义讽刺文艺的命运也许就不会像旧时代那样命多蹇剥，任人宰割了。

《文汇增刊》（月刊）创刊，由《文汇报》社主办。至年底共出版 7 期。1981 年 1 月更名为《文汇月刊》。设有“杂文”、“自由谈”、“仙人掌”、“文艺对话录”等栏目。1990 年 7 月停刊。创刊号发表巴金《“我爱咱们的祖国啊，可是谁爱我呢？”——怀念老舍同志》、唐弢《追怀雪峰》、王蒙《文学与安定团结》、邵燕祥《相思二题》、白桦《一个必须回答的问题》、刘宾雁《爱是不可缺少的》。“杂文”专栏发表陈虞孙《杂文四解》、冯英子《摇头婆婆和孤臣孽子》，“随笔”专栏发表吴祖光《三十年抒怀》、徐铸成《小楼随笔》、徐淦杂文《周瑜的儿子》。白桦指出：

“文艺必须为政治服务吗？多年来，谁问过这个问题呢？在我国文艺理论研究和创作实践中的答案从来对它都是肯定的，甚至是超肯定的！不是吗？文艺不仅必须为政治服务，还要为每一个时期的政策（这里把政治变成政策）服务；到了‘四人帮’横行时期，成为必须为掌握有权力的人的阴谋（这里把政治变成了某些人的阴谋）服务，最后文艺堕落到必须为不论进步或反动的政治服务！作家紧跟政治无论多么有才干也跟不上，政治路线一股劲向左，作家只好闭着眼睛向左，结果‘挨不完的批判，受不完的罪，写不完的检讨，流不完的泪。’文化大革命一开始，除了少数一两位作家和诗人能‘跟得上’之外，谁也跟不上，一股脑儿被横扫进‘牛棚’里。”

《上海戏剧》第 1 期发表叶工杂文《列车上的一席谈》。

《芒种》第 1 期发表杜书瀛杂文《“莫谈艺术”小议》。

《雨花》第 1 期“文代会归来”专栏发表赵瑞蕻《中国文学艺术的凤凰涅槃》、陆文夫杂文《奇特的问候》、王若望杂文《不要横加干涉》。

《西湖》第 1 期发表丘峰杂文《手枪、棍棒及其他》。

《安徽文学》第 1 期“议政·议经·议文”专栏发表星随杂文《从李万铭到李小璋》、吕剑杂文《“悼”议》、黎佳杂文《尊重“分忧”者》。

《奔流》第 1 期发表苏金伞《文艺和政治》、孙荪《文艺家的眼睛》、引车卖（栾星）杂文《听诗解》[①]、康群杂文《封建考》。

《长江文艺》第 1 期发表熊召政《请举起森林一般的手，制止！——致老苏区人民》。

《芳草》第 1 期发表吴奚如《鲁迅先生和党的关系》、西来（何西来）杂文《说鉴》。

---

① 此文作于 1957 年 5 月 20 日，作者在写于 1979 年 12 月 1 日的“作者附记”说：“这是我一九五七年五月所写的一篇漫画式的杂文。还未来得及发表，‘扩大化’的反右派斗争一开始了。腹诽有罪，遭到了严峻的批判。今日，阳光冲散浓云，我的结论得到改正，它也随之解放。重读之后，我愿将它连同这一附记，一并投寄编辑部。”“这决非旧事重提。为了前进，不愉快的往事，还是淡忘了好。但这是就个人来说的。作为集体，正如鲁迅先生所说，我们不能成为一个‘健忘的民族’。为了前进，多么需要总结三十年来正反两个方面的经验教训。”“我的这篇杂文，是针对先行于‘四人帮’的文学批评及社会批判上的‘左’倾幼稚病和咬文嚼字的教条主义而发的。历史不会巧合，它们与‘四人帮’，却有异曲同工之妙。我对这些光怪陆离的现象，困惑不解，无以名之，姑谓之‘新索隐派’。直至揭露了‘四人帮’，我才得到了正确的答案。时至今日，‘新索隐派’以及‘四人帮’的幽灵是否全消，愿提供爱思考的读者共同思考。”

《作品》第 1 期发表金钦俊杂文《“佛”与“殿”》、李亦鸣杂文《从况钟的笔到武大爷的砖头》。

《随笔》丛刊第 5 集发表黄药眠《杂感集》、种炎杂文《漫谈讲真话》（《中国的脊梁》《在潮流面前》《在逆境中》《你敢得罪顶头上司么？》《关键何在？》）、章明杂文《从“不要发明自行车”谈起》、任力杂文《愚蠢常自外行来》、谢逸杂文《园边杂笔》（《欲加之罪》《古代的酷刑》《齿眉之类》《谀墓》）、迟轲杂文《天才与珍珠》、陶雄杂文《“黄地霸”的启示（外一篇）》（《剧场沧桑》）。

《文艺研究》第 1 期发表敏泽《文艺要为政治服务》、王若望《文艺与政治不是从属关系》、万里云《艺术不只是政治的反映》。

《文学评论》第 1 期开设“文艺和政治关系问题的讨论”专栏，发表罗荪《文艺·生活·政治》、梅林《文艺和政治是上层建筑范畴内的问题》。同期还发表夏衍《一些早该忘却而未能忘却的事》。

《电影艺术》第 1 期发表苏叔阳杂文《“横加干涉”和“不干涉主义”》。

《新华月报》（文摘版）第 1 期转载 1979 年 12 月 1 日香港《新晚报》所发樊之治杂文《衙内又来了！——论高干子弟横行不法问题》。

《读书》第 1 期发表王若水《真理标准与理论研究》[①]、王蒙杂文《论“费厄泼赖”应该实行》、辛雨杂文《宋濂的遭遇——明史杂谈之一》、李少军杂文《冯道的做官之道》、邬华翔《荒谬的逻辑　文霸的作风——略评严秀同志的〈论“歌德派”〉》。邬文前的“编者按”说：“本文作者自荐，要对严秀的文章‘开个头炮’，我们尊重作者意见，予以刊载。看来对‘歌德’问题的讨论，很有好处。只是希望多说理，不要打棍子。”邬文说：“对于李剑同志《‘歌德’与‘缺德’》一文的讨论，已持续了好几个月了，近已渐渐静寂下来。本来，这种学术问题，通过论战双方的热烈争鸣，畅所欲言，以理服人，完全可以辨明是非曲直。但是，令人遗憾的是，在这场论战中（姑且算论战吧），学术上的民主空气似乎淡薄了一点，听见的只是批评者一家的声音，看不到一篇反批评的文章。更有甚者，棍棒交加，帽子满天，这种帮派味极浓的文风，在某些同志的身上表现得极为充分。第七期严秀同志的文章《论“歌德派”》，是这种恶

① 《新华文摘》1980 年第 3 期转载此文时说：“这是 1979 年 8 月作者在上海一次座谈会上的讲话的一部分，……本刊转载时，作者作了若干补充。”

劣文风的代表作。”

《书林》第1期发表冯英子杂文《重读〈说岳全传〉》。

《百科知识》第1期发表邢贲思《怎样识别人道主义》，认为马克思主义和人道主义是两种根本不同的思想体系。

《八小时以外》（月刊）创刊。发表宋振庭杂文《从〈离骚〉想到儿不嫌母丑狗不嫌家贫》、王春瑜杂文《八旗子弟的兴衰》。

《新时期》第1期发表王礼明《法大，还是党委大?》、王春瑜杂文《语录考》、唐宝林杂文《从一首民歌改人名说起》、年一杂文《“批判从严”小议》、沈宝祥杂文《走出“桃花源”》。

《民主与法制》第1期“权大还是法大?（看《权与法》笔谈）”专栏发表林希翎《神圣的法律一定战胜邪恶的强权》、王涵杂文《切莫以身试法》、李炳侯杂文《刑要“上大夫”》、王若望杂文《戏言不可以为“法”》。

《群众》第1期发表东方既白杂文《读书与立言》、孙乃源杂文《〈甲申三百年祭〉借镜》。

《新闻战线》第1期发表林放杂文《保护作者》。文章说：“资产阶级报纸中稍为严肃一些的，也有一条不成文的‘职业道德’，就是绝不出卖本报的作者和投稿者。”

《中国妇女》第1期发表郑华玉杂文《国太、诰命夫人及其他》。

《人文》第1期发表赵益杂文《哀莫大于僵化》。文章说，秦汉以来的中国历史，近百年的革命史，特别是近三十年我们的革命史，都从正面或反面证明了从实际出发还是从本本出发，它会得出什么样的不同结果。或在照抄中灭亡，或者让照抄灭亡!

《兰州学刊》（内部试刊）第1期发表贾廷芳杂文《避讳、文字狱、株连九族》。

《复旦学报》第1期发表黄万盛、尹继佐《试论革命人道主义在马克思主义的地位》。这是“新时期”最早肯定马克思主义和人道主义之间的联系的文章。

《学术研究》第1期发表张其光杂文《“以文会友”颂》、王刀杂文《是是非非》、钟夏杂文《界限的界限》。

《散文》（月刊）创刊，由百花文艺出版社主办。创刊号发表王昌定杂文《从长城说到秦始皇》、秋耘杂文《大题小做（三则）》、蒋星煜杂文《文史新语（三则）》、秦牧杂文《花蜜和蜂刺》。

廖沫沙作《凌云健笔意纵横——〈夏衍杂文随笔集〉序》。

陶雄作杂文《新式暴发户》[①]。

二月

1 日，《人民日报》发表评论员文章《做四化的坚定促进派》、李庚辰杂文《略谈奇才与庸才》。

2 日，《人民日报》发表余时（姜德明）杂文《令人神往的“戏德”》。

3 日，《解放日报》发表储大泓杂文《摇头婆婆和点头先生》。

6 日，《人民日报》发表评论员文章《文艺是引导人民前进的“灯火”》、路闻杂文《“造反派脾气”非改不可》。评论员文章要求作家牢记自己的社会责任，为塑造社会主义新人、为提高人民群众特别是青年的社会主义觉悟而奋斗不息。

是日，陈登科日记载：“吴强来看我，谈到他在下边，遇到一个地委书记，看了《李慧娘》，下命令道：‘这叫什么戏，乱七八糟的，赶快停掉。’于是，这个戏在那地区便停演了。看来，横加干涉的情况，下边仍很严重。”[②]

7 日，《人民日报》发表李百臻杂文《“胶牙饧”和“灶君”》。

8 日，《人民日报》报道：胡乔木在北京新闻学会成立大会上说，报刊要为巩固安定团结做贡献。

同日，《人民日报》发表袁行霈杂文《游琉璃厂街有感》、毛西旁杂文《“科盲”质疑》。

同日，《解放军报》发表征平《民主与权威》。

同日，《北京日报》发表起祥杂文《有了军令状以后》。

同日，《羊城晚报》发表陈秋舫杂文《赞“死而不已”的精神》。

同日，陶雄作杂文《百思莫解》[③]。

9 日，《人民日报》发表黄裳杂文《话说乌进孝》。

同日，《天津日报》发表金弋兵杂文《在反对“横加干涉”的同时——文艺的春天寄语（一）》。

---

① 收入氏著《南北云水集》，江苏人民出版社 1983 年版。

② 陈登科：《陈登科文集》（第 8 卷），北京燕山出版社 2003 年版，第 451 页。

③ 收入氏著《黄花集》，花城出版社 1983 年版。

10日，胡耀邦在全国剧本创作座谈会上讲话，提出，衡量一部作品的社会效果，最重要的是看是否有利于现代化建设，是否有利于安定团结，是否有利于提高人民和青年的社会主义觉悟。要求文艺工作要坚定不移地贯彻百花齐放、百家争鸣的方针，发扬艺术民主，坚持“三不主义”（即不抓辫子、不打棍子、不戴帽子——引者）。周扬在会上发表《解放思想，真实地表现我们的时代》的讲话，指出剧本《假如我是真的》中反特权、反官僚主义是对的，但由此而同情骗子，同情犯罪，那就不妥当了。并不是什么题材都值得写的，作家要考虑发表出来是否于人民有利或有害。

同日，《羊城晚报》发表何芷杂文《“阿堵物”之为用》。

同日，《长江日报》发表张聿温杂文《救救社会风气》。

同日，《广西日报》发表秦似杂文《灾梨害枣之类》。

是日，陈登科日记载：“接叶子从北京的来信，问我感觉到从北京吹来的一股冷风没有？说北京某些文艺界的大人物突变的脸色和一些陡然强硬的言辞。以及随风而动的各类人的变化，使她忧愤之心难以平息，才向我写了这封信。”“她指的文艺界的大人物，我可以想象得出来。这种人，在五十年代就是气象专家，也是一根降龙木。六十年代挨整，这只不过是一场误会，他也根本不会接受什么教训的。前二年，也谈了一些慷慨激昂的话，谈什么思想解放，对青年人表示支持，这只不过是为着把青年人当做一块垫脚石，当他一爬上去，就会将垫脚石踏到一边，变了脸色，改了腔调，这算得了啥呢？”“不过，我还是为这些变脸的大人物感到难过，你们这么变来变去，将来拿什么样的脸去见人呢？”①

11日，《人民日报》发表杨群杂文《盛世危言》、田里青杂文《“抢救”小议》。

同日，《文汇报》发表肖煌杂文《“造反有理”析》、马加鞭杂文《论大字报》。

12日，《人民日报》发表臧克家杂文《说与作——记闻一多先生言行片段》、许锦根杂文《“种种原因”》。

同日，《中国青年报》发表徐君华《评“大民主”》。

13日，《文汇报》发表叶圣陶“晴窗随笔”之五《考试》。

14日，《人民日报》发表魏桥杂文《“叫”与“开”》。

---

① 陈登科：《陈登科文集》（第8卷），北京燕山出版社2003年版，第452—453页。

15日，《北京晚报》《羊城晚报》复刊。自即日起，复刊后的《北京晚报》开设“百家言”杂文专栏。[①]“文革”期间，《羊城晚报》被诬陷为“造谣放毒的旧报纸”，1966年12月13日停刊。自即日起，吴有恒在该报开设杂文专栏“榕荫续记”，发表杂文《从春联见经济学》。

同日，《北京晚报》复刊。

同日，《人民日报》转载《陕西日报》特约评论员文章《共产党人必须诚实》，发表王朝闻杂文《“谁说我是外行”》。

17日，是日，贾植芳日记载：“夜，读了《当代》的一些作品，我们的文艺，经过三十年的禁锢后渐次恢复了它的青春，它真正地从奴婢的地位开始解放出来，记录了时代的风霜和历史的面目，尽它的神圣职责——推动历史前进。这说明了我们的国家和民族是伟大的，优秀的；任何伟大的流氓，也不能左右它，而是在它的面前，显出了自己的真正丑恶面目，滚进历史垃圾箱去。”[②]

18日，《羊城晚报》发表牧惠杂文《华表的沧桑》。

19日，《北京晚报》发表曾白融杂文《漫谈夜话》。

同日，《羊城晚报》发表秦似杂文《从马尔萨斯的人口论说到中国人的生育观》、柯原诗作《档案与诗》。

20日，《人民日报》发表周先慎杂文《黄筌改画及其他》。

同日，《文汇报》发表叶圣陶“晴窗随笔”之六《再谈考试》。

21日，《人民日报》发表评论员文章《发展安定团结的政治局面》。

同日，《北京晚报》发表曾白融杂文《三家村》。

---

① “1980年，《北京晚报》复刊之际，作为该报顾问的我，曾同意再开辟一个类似《燕山夜话》的杂文专栏，不过它将不是有一个人或少数几个人来写，而是由大家一起动手，因而题名为《百家言》，用以表明贯彻百家争鸣、百花齐放的双百方针。这是地地道道的群众论坛，从内容到形式都是多种多样的，一句话：作到了‘杂’。从文、史、哲、经，直到天文地理、山川人物，可以说包罗万象。自然它们也从不同侧面接触到我国社会生活的实际，这才是名副其实的杂文。论作者，听说也来自四面八方，真是七嘴八舌，议论风生。”（廖沫沙：《〈北京晚报〉编辑部编：〈百家言〉序》，陕西人民出版社1984年版）“在这个专栏里，我们不搞一言堂，允许发表不同意见。鉴于十年内乱造成的我国政治生活不正常的情况，我们坚持不打棍子、不戴帽子、不点名搞什么批判。……在讨论中，既允许批评，也允许反批评。……《百家言》专栏的短文，不同于一般的思想漫谈，它要求具有一定的学术性、知识性、趣味性。古今中外，从社会科学到自然科学，均有所涉及。而在给人以知识的同时，又不同程度地接触到了现实生活。”《北京晚报》编辑部编：《百家言·后记》。

② 贾植芳：《解冻时节》，长江文艺出版社2000年版，第194页。

同日，《陕西日报》发表冯日乾杂文《由“慕名”谈到“畏名”、“讳名”》。

22 日，《人民日报》发表任牧辛杂文《“疑似之迹，不可不察”》。

24 日，《文汇报》发表评论员文章《文艺创作要考虑社会效果》。

25 日，《人民日报》发表评论员文章《党领导文艺的良好方法》，提出在坚持四项基本原则的前提下发扬艺术民主。发表东方既白杂文《老调子还没有唱完》。

26 日，国务院作出《关于劳动教养问题的决定》。

同日，《人民日报》发表隋启仁杂文《天若有情天亦“恼”》，回应 12 日所发许锦根杂文《“种种原因”》。

同日，《文汇报》发表特约记者姚芳藻《解放思想，实事求是——周扬同志答记者问》。谈如何贯彻“双百”方针、怎样正确描写社会主义内部矛盾、社会主义现实主义与旧批判现实主义的区别、作家的职责等问题。发表刘金杂文《且说“百家争鸣”》。

同日，《羊城晚报》发表吴有恒杂文《拿破仑搞经济》。

27 日，《人民日报》发表周扬《学习鲁迅　沿着鲁迅的战斗方向继续前进》。

28 日，《北京晚报》发表廖沫沙杂文《辞旧偶感之二——谈放与收》。文中引自作《偶感》诗一首：“前篇才放后篇收，毒草香花一并休；若道文章皆祸水，兴亡何必动吴钩？”

同日，《羊城晚报》发表牧惠杂文《元宵节的来历》。

29 日，新华社播发了中国共产党第十一届中央委员会第五次全体会议公报。全会决定建议全国人民代表大会修改宪法第四十五条，取消公民“有运用大鸣、大放、大辩论、大字报的权利”的规定。

同日，《羊城晚报》发表吴有恒杂文《秦始皇败在不爱惜民力》。

是日，陈登科日记载：“肖马和韩瀚来信，说上海文艺界又处于低潮，大家都缺乏信心，当然，有些老左派是蠢蠢欲动，这也必然，夏公（夏衍——引者）托人转告白桦，不要以为不搞运动了，尽管耀邦同志赌咒发誓，看来还是有人要靠运动吃饭的。”“冯牧已从广州到上海，对当前文艺界这股寒流，亦无可奈何，忧心忡忡。韩瀚信中所云，北京一些人士对《清明》第二期发表的中篇小说《调动》，颇有议论，荒煤明确表示否定意见。《文艺报》还准备发批评文章。春节期间，几个诗人聚在一起，谈到当前文艺界的情况，叶文福大哭一场。”[①]

29 日—3 月 1 日，《大公报·大公园》发表巴金《探索》。

本月

《宣传动态》第 9 期刊登《认真学习和宣传邓小平同志的报告》，强调：小平同志的报告（邓小平 1 月 16 日在中央召集的干部会议上所作《目前的形势和任务》报告——引者），对文艺界也打了招呼。讲到我们坚持双百方针和三不主义。不继续宣传文艺从属于政治这样的口号，但是，文艺又是不可能脱离政治的。这是两个不同的概念。文艺与政治的关系，文艺界要讨论清楚。不要只是抽象争论，要从理论与实践的结合上予以透彻的说明。对目前文艺思想和文艺创作上一些值得注意的不良倾向，我们不打棍子，但要经常提醒，敲敲警钟。要坚决实行三不主义，但是不能没有要求，没有引导，没有批评，搞“三无世界”。文艺战线比别的宣传战线更敏感，在前进中如果不注意发扬成绩，克服缺点，有可能遭到挫折。要防止这一点。

《文艺报》第 2 期发表吴泰昌《大兴争鸣之风》，“杂感”专栏发表东方既白杂文《漫谈一首旧体诗》、丹晨杂文《烤鸭与创新》，发表王若望《释“遵命文学”》。王文质疑：“社会主义社会并不是那么完美，还保留着许多封建的、资本主义的残余，为什么到了社会主义社会，‘为民请命’就变得如此丑恶不堪了？难道在人民疾苦和冤屈面前，闭上眼睛，专去歌功颂德，昧着良心说假话，倒成了党性纯而又纯的标志了？”

《海河潮》第 2 期发表王昌定杂文《脑袋瓜应该是自己的》。

《北方文学》第 2 期发表曾白融杂文《切莫猖狂爱咏诗》。

《上海文学》第 2 期发表易原符杂文《“带头羊”与“替罪羊”》、畅广元杂文《生活·政策·文学》、陆钊珑杂文《文章公式纵横谈》、陈深杂文《改名换姓和艺术民主》、金梅杂文《文学上的雅量》、周晓杂文《“草菅书命”及其他》。

《文汇增刊》2 月号发表荒芜《谈自己的打油诗》、秦似杂文《从马尔萨斯的人口论说到中国人的生育观》、陈企霞杂文《布鲁诺的灵魂（外一章）》、林放杂文《论犹大》、王正耀杂文《“凡是嘴上有胡须都叫爷爷……”》、肖离杂文《从天坛的斋戒铜人谈起》。

---

① 陈登科：《陈登科文集》（第 8 卷），北京燕山出版社 2003 年版，第 458 页。

《芒种》第 2 期开设“芒刺篇”专栏，“不仅为新长征唱赞歌，也要为四化扫清前进路上的障碍”。（第 7 期《编后记》）发表丁洪杂文《从现代迷信的束缚中解放出来》。

《北方文学》第 2 期发表秋耘杂文《怪话不怪》、张一杂文《〈屁颂〉发微》、黄文锡杂文《“风文”的“文风”》。

《雨花》第 2 期发表陈忱杂文《由反面人物的出身、成分所想起的》、王若望杂文《一句台词的剖析》、陈艰杂文《论“把不准”之类》。

《安徽文学》第 2 期“议政·议经·议文”专栏发表韩瀚杂文《黄叶邨杂记》、吕剑杂文《主乎？友乎？奴乎？》、丛亚平杂文《过去、现在及将来》。

《随笔》丛刊第 6 集发表黄药眠杂文《杂感集》、章明杂文《谈古论今》（《漫谈“金口玉牙”》《忧国忧民“罪”》《关于朱温的一件小事》）、施蛰存杂文《乙夜偶谈》（《形象思维》《宗教艺术》《旧书店》《古代旅行》）、黄文锡杂文《“帮典”备忘录》[①]、李春晓《再谈“华人与狗”》。

《延河》自第 2 期起开设“关于现实主义问题的讨论”专栏，至第 5 期结束。

《春泥月刊》第 2 期发表惜醇（林锡醇）杂文《人性与兽性》。

《八小时以外》第 2 期发表牧惠杂文《同普通老百姓那样》。

《读书》第 2 期发表黄裳杂文《谈禁书》、辛雨杂文《廷杖·廉耻·气节——明史杂谈之二》、马国亮杂文《且说笑话》。

《书林》第 2 期发表王春瑜杂文《焚书考》、江曾培杂文《论读书要带脑袋》。

《红旗》第 3 期发表评论员文章《谈谈文艺界的思想解放问题》。指出：“我们要从根本上改善党对文艺工作的领导，废止一切横加干涉的行政方法和行政手段，在党的领导人员和文艺工作者之间建立其真正同志式、朋友式的平等相处、共同工作的关系。”第 4 期开设“文艺思想争鸣”专栏，

---

① 文前“小引”称：“这是几年前的事了：‘四人帮’某党羽在覆灭前，曾将破纸头一卷抛进历史垃圾堆，经笔者拾获，检视之，封皮标有‘帮典’二字，大约是词典一类的工具书，内训诂析义，通篇奇文，卷首云：‘本典不仅供作内参，并拟传之后世，以其不朽之精义不致湮没。后来知音者，凡遇疑难，当可随时参照，定当振聋发聩，聆吾辈响当当左派之警句，使之言有出典，行有准绳也！’”“几年来，玉宇虽渐清澈，而‘左’的余风未净。遂想到重温‘帮典’，录出以供备忘。惟难以悉录，只得挂一漏万，按其拼音部首顺序，摘出若干有关‘艺文’一类词目，公诸同好，以见一斑耳。”

就“写真实”问题展开讨论。

《百科知识》第2期发表蓝翎杂文《谈历史上的冤案》。

《民主与法制》第2期发表易水寒杂文《闲话“官方”》、张志哲杂文《“徙木赏金”与取信于民》。

《群众》第2期发表刘德华杂文《“自己”还是“异己”》、长弓杂文《一墙之隔》。

《新疆青年》第2期发表威柯杂文《从阿Q“恋爱的悲剧”谈起》。

《世界历史》第2期发表叶书宗《关于国际共运史上反对个人迷信的问题》。

《共产党员》（辽宁）第2期发表张志新写于“文革”期间的《刘少奇是我们党杰出的领袖之一》。

《时代的报告》（季刊）创刊。黄钢、安岗等主编，以发表报告文学为主。创刊号发表评论员文章《“在社会的档案里”向我们提出了什么问题?》、何其芳遗作《毛泽东之歌》。

人民日报出版社出版杂文集《长短录》。收入文益谦（廖沫沙）、陈波（孟超）、黄似（夏衍）、万一羽（唐弢）、章白（吴晗）、张毕来杂文37篇。书前收有廖沫沙《我又学到一点辩证法——〈长短录〉出版感言》、唐弢《实事求是——我们的为人的道德》，书后收有袁鹰、姜德明《〈长短录〉的始末与功“罪”》。袁鹰等指出：“副刊是报纸不可缺少的组成部分，杂文专栏又是副刊常见的一种形式，这是‘五四’以后我们报纸工作的一个优良传统。正是由于林彪、江青一伙发动对《燕山夜话》《三家村札记》和《长短录》等的诬蔑和陷害，很长一段时间很多作者不敢再写专栏文章，不敢再写杂文，数人合作的形式更是不敢问津，惟恐被别人说成什么小集团。你说是‘心有余悸’也罢，是‘心有余毒’也罢，只有批透极左路线，肃清其流毒，坚决贯彻‘双百’方针，坚决执行‘三不主义’，杂文才有可能繁荣旺盛。而这种风格相近或风格各异而又愿意合作撰写专栏的方式，也正是我们革命报刊的好传统。我们不仅不应该废除这种形式，而且希望今后的副刊上还有机会出现这种形式的专栏。”

三月

2日，《广西日报》发表秦似杂文《读书难（上）》。

3日，《人民日报》发表社论《坚持党的领导 改善党的领导》，转载

《经济管理》编辑部文章《尊重科学　发扬民主》。

同日，《羊城晚报》发表吴有恒杂文《人生最怕是盲婚》。

4日，《人民日报》发表司徒伟智杂文《服老和不服老》。

同日，《羊城晚报》发表舒展杂文《酒颂》。

5日，《大公报·大公园》发表巴金《再谈探索》。文章说："前些时候有人不满意《伤痕》一类的小说，称之为'伤痕文学'，说是这类揭自己疮疤的作品让人看见我们自己的缺点，损害了国家的名誉。我说未治好的伤痕比所谓伤痕文学更厉害，更可怕。我们必须面对现实，不能讳疾忌医。"

同日，《羊城晚报》发表吴有恒杂文《从"最怕是盲婚"再谈家长制》。

7日，《天津日报》发表金弋兵杂文《乘春风和衷共济——文艺的春天寄语（二）》。

9日，《广西日报》发表秦似杂文《读书难（下）》。

10日，《羊城晚报》发表穆夫杂文《道途偶拾》。文章说："在仇视文化方面，'四人帮'不但洋为中用，效法了希特勒的法西斯，而且古为今用，效法了封建主。所以叫做封建法西斯，是一个蹩脚的拼盘。

11日，《人民日报》发表黄裳杂文《观众学——识小录》。

12日，《人民日报》发表评论员文章《创造最适宜于文艺蓬勃发展的气氛》。指出：我们要坚决反对那种吹毛求疵、罗织入罪、无限上纲、剥夺民主权利、置人于死地的所谓"批评"。

同日，《文汇报》发表叶圣陶"晴窗随笔"之七《响应号召之外》。

同日，《长春日报》发表刘忠信杂文《戴维的"最大发现"》。

12—13日，《大公报·大公园》发表巴金《探索之三》。

13日，《人民日报》发表庞朴《文化遗产评价标准小议》，指出：在文化问题上，我们有过惨痛的教训。恩格斯有言："没有哪一次巨大的历史灾难不是以历史的进步为补偿的。"我们既已经历了灾难，我们必将得到补偿。

14日，《人民日报》发表浩成（于浩成）杂文《关于"下不为例"》。

15日，《羊城晚报》发表廖冰兄杂文《从"误会"谈起——复黄苗子》、穆夫杂文《漫话"内部读物"》。

16日，《羊城晚报》发表蓝翎杂文《读余遐思（一）》（《迎新忆旧》《"兴利除弊"犯讳》《贪污的妙解》《令人莫测的作官术》）。

17日，《人民日报》发表奚巍鸣杂文《要不得的"关系学"》。

同日，《解放军报》发表东方婵《大字报的兴亡》。

18日，《大公报·大公园》发表巴金《探索之四》。文章说："我没有理由盲目反对任何长官的意志，可是我无法按照别人的意志写作，哪怕是长官的意志。"

是日，贾植芳日记载："上午，文振庭自武汉来，……说田一文去年曾访问过胡，说胡（胡风——引者）谈到两件事很激动：一是'四人帮'死党判他无期，带链铐住在黑牢里；一是谈到路翎发狂事，'不禁老泪纵横。'田写了一篇访问记，现在还放在抽屉里。"①

19日，邓小平看过根据中央决定成立的《关于建国以来党的若干历史问题的决议》起草小组提交的提纲后，对决议稿的起草问题提出了三条指导思想：第一，确立毛泽东同志的历史地位，坚持和发展毛泽东思想。这是最核心的一条。第二，对建国30年来历史上的大事，哪些是正确的，哪些是错误的，要进行实事求是的分析，包括一些负责同志的功过是非，要做公正的评价。第三，通过这个决议对过去的事情做个基本的总结。这个总结宜粗不宜细。总结过去是为了引导大家团结一致向前看。②

同日，《文汇报》发表叶圣陶"晴窗随笔"之八《学习五中全会公报(谈其中的一项)》。

是日，贾植芳日记载："地平线上并不是平静的，封建惰性，农民的小私有者的动物个人主义——这就是中国的严重负担，国家在革命后陷入混乱的泥坑，根源在此。封建潜势力——50年代有人这么说过，概括过，过了近30年，证明这个概括是科学的。否则，为什么会有'文化大革命'的空前悲剧呢!"③

21日，《人民日报》发表吴大英、刘瀚《正确认识人治与法治的问题》。指出："将个人（或少数人）置于法律之上的治国方法，就是我们所反对的人治。"发表胡鉴《"抹黑"论质疑》，指出："几十年的实践也充分证明，人们之所以要给共产党或某些党员提几条意见，绝大多数也正是有感于这一政党的伟大，因而不希望它和它的成员染上灰尘。哪有什么'抹

---

① 贾植芳:《解冻时节》，长江文艺出版社2000年版，第203页。

② http://www.zgdsw.org.cn/GB/218994/219016/220642/14737904.html.

③ 贾植芳:《解冻时节》，长江文艺出版社2000年版，第204页。

黑’的意思呢?”

同日,《南方日报》发表易准《百花齐放与共同目标》。

22日,《人民日报》发表钟惦棐杂文《曹操杀牛》。

23日,胡耀邦在一份材料上批示:“现在报刊上空谈太多,希望《人民日报》《工人日报》《中国青年报》特别注意多登具体的报道。凡是空论空谈,不管是思想的,政治的,学术的,文艺的,都要下决心拿刀子砍掉。”[①]

24日,《南方日报》发表谢望新等《何以反面教训甚多?》、杨群《“三不”与“三无”》。

25日,《人民日报》发表曾白融杂文《莫当“三旨相公”》。

同日,《解放日报》发表赵丹《铁笔钢锋铜豌豆——记田汉先生二三事》。

26日,《羊城晚报》发表吴有恒杂文《言情文艺之史的倒退》。

同日,《文汇报》发表叶圣陶“晴窗随笔”之九《读〈关于党内政治生活的若干准则〉》。

28日,纪念“左联”成立五十周年大会在北京召开。

本月

《宣传动态》第12期加编者按刊登《胡乔木同志的一封信》。“编者按”说:“这是胡乔木同志写给新华社穆青、李普同志的一封信,提出新闻要客观地叙述事实,不要写成骂人的大字报。这个意见很重要。写其他文章,无论是对内对外,包括论战、批判的东西,同样都不要大字报化,而是应该摆事实,讲道理,以理服人。”胡乔木的信中说:“建议新华社在国际新闻稿中取消‘跳出来’、‘抛出一个……’等字样。这些字样在新闻中毫无价值,只是贬低了新华社新闻的价值。新闻总是要客观地叙述事实,而不能成为‘文化大革命’时期骂人的大字报。类似的字眼还有‘疯狂’,近虽已少用,仍未绝迹。关于这个词似乎格林已批评得很中肯了。”

《文艺报》第3期在“如何繁荣杂文创作”专栏发表廖沫沙(《要搞百家争鸣,不要搞一家独鸣》)、王子野(《要惜墨如金,多写短文章》)、陶白(《创造一种新的杂文的文风》)、曾彦修(《略谈杂文的功过》)、胡思升

① 方汉奇主编:《中国新闻事业编年史》(下),福建人民出版社2000年版,第1973页。

（《多来点"温良恭俭让"》）、姜德明（《希望杂文创作出现新的生气》）、叶至善（《读后要让人去想》）、冯亦代（《杂文如何更好地触及人民内部矛盾?》）、王春元（《要有一颗诚恳的心》）等人在该刊召开的杂文创作座谈会上的发言。曾彦修和冯亦代总结了几十年来杂文发展的历史经验，认为"杂文不是反党工具，是推动革命前进的工具"，因此希望在拨乱反正中能"给杂文恢复名誉"，让人觉得"杂文在今后可以写，应当写"。王春元呼吁，充分发挥杂文"干预生活"的积极作用，必须给杂文以"适当的社会土壤和政治的雨露"。陶白指出，杂文的功能"主要是揭露问题，匡正时弊，鼓舞斗志的。要是粉饰太平、歌功颂德，就失去了杂文的意义"。王子野认为，杂文的优点"就是言之有物，不讲空话"。他们主张肃清"混淆黑白，颠倒是非；攻其一点，不及其余；断章取义，任意歪曲；无限上纲，乱扣帽子"的帮八股的流毒，发展、创造和形成一种"讲真话"的新的杂文文风。

《战地》第 2 期发表廖沫沙《我又学到一点辩证法——〈长短录〉出版感言》、林明扬杂文《汉阴老农的"后遗症"》。

《上海文学》第 3 期发表冯英子杂文《调门小论》、吴奔星《"干预生活"一议》、倪诚侃杂文《别一种战法》、王元化《人性札记》、黄秋耘《致秦牧》。吴文指出："作家干预生活的最本质的意义，是密切注视现实，关心生活。只要歌颂不流于欺瞒，暴露不落于攻击，就应该充分肯定它们都是干预生活的现实主义的作品。"黄秋耘在信中对秦牧《十年》一文（1979 年 2 月 19 日《羊城晚报》）中所说"这里我并不想多谈这些悲惨的往事（指发生在'文革'中的悲惨往事——引者）。这些事我们讲得喉咙也发痛了，听得起耳茧了，看得眼睛也冒火了"提出异议，提出"十年浩劫"还是要写："正如叶剑英同志所指出的，文化大革命十年期间，我国各族人民遭受了一场骇人听闻的浩劫。这十年的历史，是用上百万人的鲜血和上千万人的眼泪写成的，我们有什么理由反对或者非难文艺作品写出这十年间的悲惨往事呢?""今天，能够以艺术形式真实地再现出文化大革命期间的特征和本质的文艺作品是否嫌太多了呢？不见得。在三年抗美援朝战争中，我们产生了反映这一斗争的十多部长篇小说、电影、戏剧，数以千计的短篇小说、散文和诗歌，文化大革命经历了不是三年而是十年，为它付出沉重的代价又千百倍于抗美援朝，那么，反映'十年浩劫'的文艺作品为什么不能更多一些、更深刻一些呢？我们号召作家要写自己最热悉的、感受最真切的题材，对于我们大多数人来说（包括作者和读者），最熟悉的、感受最深切的，难道不正是‘十年浩劫’和它所造成的后遗症吗?”“写悲惨的往事，当然不是要使读者感伤沮丧，失去信心，而是要激发人们的义愤，引起人们的同仇敌忾，仇恨林彪和‘四人帮’，群策群力，彻底肃清他们的余毒。假如写悲惨的往事的文艺作品能够达到这一目的，那怕再多一些，我们听了耳朵也不会起茧的，我们讲了喉咙也不会发痛的；至于眼睛冒火，这样的火，倒不妨更加炽烈一些，而且保持得更长久一些为好。”

《文汇增刊》3 月号发表聂绀弩《七十年前的开笔》、林默涵《有感》、冯牧《呼唤人材》、王蒙《谈“收”》。

《新剧作》第 3 期发表沙叶新的话剧《陈毅市长》。

《芒种》第 3 期发表劳荣杂文《死神和法神》、文沙杂文《胆识小议》。

《雨花》第 3 期发表文丁杂文《从噪音的独特效果谈起》、黄毓璜杂文《“反言”的效果》、惠军杂文《胆识偶感》。

《青春》第 3 期发表阿拭杂文《文化的“倒流”》。

《东海》第 3 期发表欣荣杂文《“放”和“防”——关于艺术民主的一段对话》。

《安徽文学》第 3 期“议政·议经·议文”专栏发表黄自强杂文《夜闻鸡鸣偶感》、秋耘杂文《“中层板结”小议》、邹正贤杂文《为“富”字洗尘》，发表洁泯《关于文艺为政治服务》，王明居《政治并不等于艺术》，陈登科、肖马《早春通信》。

《奔流》第 3 期发表周健平杂文《谈“自动对号入座”》。

《黄石文艺》第 2 期发表陈泽群杂文《这株蔷薇未着花——杂感而已》。

《四川文学》第 3 期发表巴金“随想录”三十五《从镜子想起的》（原题为《大镜子》）、张黎群杂文《“忍辱”目的，在于负重》、甘犁杂文《罗汉及其衣钵》。巴金表示：“是作家就应该用作品同读者见面，离开这个世界之前，我总得留下一点东西。”

《读书》第 3 期发表舒諲杂文《千秋一帝传今古》、韦庆远杂文《“万寿无疆”考》、肖琰杂文《从蝌蚪尾巴想开去》。舒文说：封建帝制是一“帝”。殖民地思想是帝国主义的产物，也是一“帝”。此帝与彼帝，一脉相传，其残余流毒至今。

《书林》第 2 期发表王春瑜杂文《烧书考》、周楞伽杂文《臭老九与九儒十丐》。

《新时期》第 2 期发表曾白融杂文《刑讯逼供也要治罪》、袁心一杂文《来个群起罢宴》、马国征杂文《反掉“巡抚出朝”的派头》、年一杂文《“矫枉”不必“过正”》、何卓杂文《“模棱术”可以休矣》、文竹杂文《莫用“违心之言”作筑风港》。

《群众》第 3 期发表秦志法杂文《苍蝇、鸡蛋及其他》、龚群杂文《从〈分果果〉到“分票歌”》、王学知杂文《鲍叔牙知人荐管仲》、阎武杂文《“以身作则”随想》。

《民主与法制》第 3 期发表徐铸成、周咏杂文《“四大皆空”》（两则）、杨小佛杂文《伽利略冤案的平反昭雪》。

《新疆青年》第 3 期发表毛荣富杂文《劝君莫学秦舞阳》。

《文学评论》第 2 期“文艺和政治关系问题的讨论”专栏，发表刘纲纪《关于文艺与政治的关系》、王得后《略论文学与政治》。

《文艺研究》第 2 期发表陈白尘《“讳疾忌医”与讲究“疗效”》。文章说：一个作家在人民利益面前，不能闭上眼睛，对社会病弊不能“讳疾忌医”。而他又应该讲究“疗效”，有时还不得不“投鼠忌器”。这是我们社会主义国家的作家们的职责。

《学术研究》第 2 期发表老烈杂文《左右为难》、舜之杂文《夜读一得》、杨越杂文《文艺干预生活，理论呢……》、朱斯冈杂文《担心与放心》。

四月

2 日，《文汇报》发表评论员文章《正确理解文艺“干预生活”》。

5 日，《人民日报》发表王澈（王若水）杂文《历史是人民写的》、朱天杂文《不宜再“折腾”》。王文说：纪念“五年前的今天，张志新烈士为真理献出了生命。四年前的今天，天安门的革命群众为真理流了血。”

同日，《广西日报》发表秦似杂文《马谡和本本主义》。

6 日，《广西日报》发表秦似杂文《二怕》。

8 日，《人民日报》发表翟永杂文《每种思想都有阶级烙印吗？》。

同日，《解放日报》发表谢云杂文《天不可欺》。

同日，《文汇报》发表方志杂文《关于“专”的对话》。

9 日，《文汇报》发表叶圣陶“晴窗随笔”之十《听了一个好倡议》。

同日，《羊城晚报》发表冯英子杂文《从〈长城谣〉想起》。

11 日，巴金在日本京都“文化讲演会”上发表题为《我和文学》的演讲。演讲说：“我这样想：要是我不把这十年（指‘文革’十年——引者注）的苦难生活作一个总结，从彻底解剖自己开始，弄清楚当时发生的事情，那么有一天说不定情况一变，我又会中了催眠术无缘无故地变成另外一个人，这太可怕了！这是一笔心灵上的欠债，我必须早日还清。它像一根皮鞭在抽打我的心，仿佛我又遇到五十年前的事情。‘写吧，写吧。’好像有一个声音经常在我耳边叫。”

同日，《北京晚报》发表曾白融杂文《话说王昭君》。

同日，《解放日报》发表林放《多谈些社会问题，宣传好社会主义》。指出，就我们宣传马列主义、宣传社会主义的要求来说，空空洞洞地光谈主义，不研究问题也是个大缺点。

12 日，《人民日报》发表王永福杂文《从韩丁拒改原著谈起》。

同日，《北京晚报》发表唐弢杂文《座右二铭》。

13 日，《文汇报》发表本报评论员《坚持“双百”方针和开展文艺批评》。

同日，《羊城晚报》发表老烈杂文《小花还活着吗?》。

14 日，《人民日报》发表罗竹风杂文《“猫捉鼠”小议》。

15 日，《广州日报》发表牧惠杂文《“夜郎”考》。

同日，《文汇报》发表叶圣陶“晴窗随笔”之十一《“非重点”》。

16 日，《羊城晚报》发表穆夫杂文《让贤不是撂担子》。

17 日，周扬在湖南省“社联”年会上发表讲话，着重阐明贯彻“双百”方针同政治的关系问题。

18 日，《人民日报》发表特约评论员文章《对待知识分子的马克思主义方针》。

19 日，《北京晚报》发表曾白融杂文《谈名》。

20 日，国家出版局、中宣部发布《出版社工作暂行条例》。规定：对书稿的政治内容和学术（艺术）质量作出基本评价，决定是否采用，一般应实行三级审稿制度，即编辑（或助理编辑）初审、编辑室主任和总编辑复审和终审。

同日，《解放日报》发表谢云杂文《“过”则必“失”》。

21 日，《人民日报》发表黄裳杂文《书的命运——识小录》。

22 日，《人民日报》发表鲍彤杂文《论淘汰在新长征中势在必行》、方遒杂文《笑的难易及其他》。鲍文说：非现代化的东西如果不努力向现代化的方向进行改造，其后果将不免被淘汰。反过来说，如果能够自觉地朝着现代化的方向改造再改造，前途将不可限量。

23日，《解放日报》发表亦木《抽象肯定与具体否定——评王若望同志关于党领导文艺的一些言论》。

24日，《人民日报》发表张聿温杂文《还要提倡一下做“平原君”》、徐逊杂文《“青天”小议》。

同日，《湖北日报》发表陆先荣杂文《填好这一栏》。

是日，陈登科日记载：“到李纳家，她向我谈了一条新闻，北京新创办了一个刊物，叫《时代的报告》，刊物宗旨是：歌颂人民歌颂党，歌颂社会主义的优越性和无产阶级专政的正义性。可刚一出版，就被中央禁止发行。既然全是歌颂，为何要停止发行呢？恐怕是他们吹的太厉害，吹炸了吧。我很想弄一本释读释读。”“去看刘宾雁，他在《人民日报》工作，一定有办法搞一本《时代的报告》，可他却向我讲了一个笑话：他去人大做报告，说人大是出人才的地方，一个张志新，一个林希翎。可却被人告到了中央。”①

25日，《羊城晚报》发表牧惠杂文《“考语”的考语》。

26日，《人民日报》发表白桦杂文《春天来了!》。

26日—5月10日，全国文学期刊编辑工作会议在北京举行。会议着重就文学期刊的职责和如何提高刊物质量问题进行了比较深入的讨论。会议指出，文学期刊作为思想阵地，就要满腔热忱地宣传马列主义、毛泽东思想，宣传科学社会主义，要旗帜鲜明地反对极“左”路线的流毒，反对资产阶级思想、小资产阶级思想、封建思想，反对官僚主义、特权思想等等。

27日，《陕西日报》发表雷富民杂文《谄之咎（外一章）》（《阿必奸》）。

28日，《人民日报》发表张雨生杂文《车夫可敬》。

同日，《羊城晚报》发表穆夫杂文《漫谈绿化》。

30日，《人民日报》发表评论员文章《创作更多反映时代精神的文艺作品》。

本月

《文艺报》第4期刊登《剧本创作座谈会情况简述》，“杂感”专栏发表

---

① 陈登科：《陈登科文集》（第8卷），北京燕山出版社2003年版，第464页。

既白（陶白）杂文《由昏沉到清醒》、敏岐杂文《从拨火棍想起的》、黎焰杂文《不平家的声音》。

《上海文学》第 4 期发表罗竹风《文艺三论》、刘金《有感于火光和灯光》、王纪人《注意效果　实事求是》、晓江《“干预生活”的冷热谈》。

《文汇增刊》第 4 期发表朱寨《谈“放”》、秦兆阳《我们是真正的歌德派——在全国文学期刊编辑会议上的讲话》、陈白尘杂文《谈悼词及其他》。

《鸭绿江》发表黎丁杂文《无题二则》。

《芒种》第 4 期发表上官缨杂文《“糟糠之妻”新考》、乃举杂文《司马相如的本事》、文畅杂文《从〈海瑞巧办胡公子〉说起》。

《雨花》第 4 期发表阎纲杂文《焚书杂谈》①。

《安徽文学》第 4 期“议政·议经·议文”专栏发表郭因杂文《曹操是老实人（外二题）》，发表刘光耀《重新认识文艺与政治的关系——驳“文艺为政治服务”论》、林涵表《争鸣·怎鸣·恐鸣·杀鸣》、王以铸《“眼高手低”及其他》。

《作品》第 4 期发表冯牧《关于当前文艺创作和文艺思想的片断意见（在一次座谈会上的发言摘要）》、柳嘉杂文《浩劫与繁荣》。

《随笔》丛刊第 7 集开设“玫瑰园”专栏，发表舒展杂文《论爹娘拜物教》、钟子硕杂文《螃蟹的勇士及有尾巴的猴子》、廖晓勉杂文《习以为常种种》、司马玉常杂文《匪笔探奇》、袁效贤杂文《采访札记》、刘元福杂文《读史偶思》（《两种苦乐观》《李世民用魏征》《众人和贤人》）。发表黄安思《“文革”杂忆》、曾敏之杂文《望海楼随笔》（《“文士之笔端”议》《“辩士”道穷》）。

《四川文学》第 4 期发表吴野杂文《文艺春天与“闹”》、李士文杂文《议论纷纭中的预感》、甘学良杂文《“三不”之外》。

《读书》第 4 期发表东方既白杂文《画〇》、连科杂文《“空谈”》、夏衍《〈夏衍杂文随笔集〉后记》、邵燕祥《〈献给历史的情歌〉后记》。邵文说：“在文艺领域中害怕讽刺作品，这正是在政治生活中害怕批评、害怕民主的必然反映。”

《群众》第 4 期发表徐丰华杂文《“委曲求全”是奴隶主义吗?》、顾用

① 作于 1978 年秋。

信杂文《要敢于被人民说服》、邵枫杂文《领导就要引导》、裴义红杂文《庞统理事有感》。

《民主与法制》第 4 期发表秉灵杂文《柳公绰·“三绝碑”·法治》、黄立文杂文《非戏言也不可以为“法”》。

《新闻战线》第 4 期发表胡乔木《我们社会主义的优越性》。

《戏剧艺术论丛》第 2 辑发表曾白融《杂文两篇》（《娱乐》《爱情》），会林、绍武《夏衍年表》。

《社会科学》第 2 期发表邹鹏雏《“万岁”的口号不符科学逻辑》。

《瞭望》杂志在北京创刊。

五月

1 日，《大公报·大公园》发表巴金《友谊》。

同日，《羊城晚报》发表穆夫杂文《要后来居上》。

是日，诗人、散文家张长在致邵燕祥的信中说：“胡乔木的讲话搞得此间舆论哗然。本来文代会后，文艺界的一些问题似乎逐渐澄清了，中间有些反复，但前些时发的十一号文件仍然是坚决地肯定了四次文代会，这多少给人以鼓舞。突然，胡乔木的讲话来了，什么‘双百方针不是唯一的方针’啊，什么‘中宣部文人雅士太多，需要法官，需要警察’啊……乔木同志讲出这种话确实使人感到惊讶和茫然。很多同志都在问，毛主席他老人家制定的‘双百’方针不是经常强调是‘唯一正确’的么（实践证明也确实是唯一正确的），现在又说‘不是唯一的’，那末另外的‘方针’是什么呢，怎么从来没听说过？在这一点上，我本人也糊涂了。记得耀邦同志在几个剧本的讨论会上讲过，他的讲话可以管两三年，可才几个月，另一篇调子完全不同的讲话又出来了，你说，叫下面听谁的呢？我想，人们的信任和信心大约就是因为这种‘朝令夕改’、‘夕令朝改’而逐渐丧失的。写到这里，我想起王蒙在《说客盈门》里最后的一句话：‘不来真格的，会亡国……’确是痛心疾首之言！而爱国的知识分子的‘悠悠寸草心’又常常被视为祸水。今天的悲剧就在这儿！”①

4 日，是日，陈登科日记载：“夏衍来做报告，这个老头子是一个有骨气的老头子，他句句话说到大家的心里。”“他提出编辑要有勇气，敢于坚

① 邵燕祥编：《旧信重温》，武汉出版社 1999 年版，第 288—289 页。

持真理，既不怕上压，也不怕下挤。他还批评理论工作者，《乔厂长上任》和《人妖之间》，这些作品，都受到广大读者的欢迎，为什么不能写几篇评论文章。”①

5日，邓小平在会见几内亚总统杜尔时说，根据我们自己的经验，讲社会主义，首先就要使生产力发展，这是主要的。只有这样，才能表明社会主义的优越性。社会主义经济政策对不对，归根到底要看生产力是否发展，人民收入是否增加。这是压倒一切的标准。空讲社会主义不行，人民不相信。

同日，《光明日报》召开首都理论界座谈会，纪念《实践是检验真理的唯一标准》发表两周年。11—12日，连续发表多数与会者发言摘要，主要有：孙长江《认真调查研究　解决实际问题》、郭罗基《对“长官意志”的褒贬也涉及两条思想路线》、阮铭《要解决矛盾　就要多谈问题》、曾彦修《政治、经济、思想领域都不能再“折腾”了》、张显扬《要敢于从实际出发》、李洪林《坚定不移地贯彻三中全会方针》、何匡《也要重视肃清封建主义思想影响》、冯兰瑞《“长官意志”是违背客观规律的》。

6日，《人民日报》发表刘忠信杂文《从奴隶到宰相》。

是日，贾植芳日记载：“晚，工厂小张来，……他谈及外面流传的刘少奇的受迫害及死亡惨状，其情其境，令人酸鼻，真有人间何世之感。而这些野兽式的暴行，竟出自那些打着‘人民’、‘革命’之类的人的手，如果谁把这些细节写成一部小说，真可教育子孙万代，知道在我们祖国的现代史上，竟然在冠冕堂皇旗帜下，出现了这群大大小小的披着人皮的兽类，把我们的国家和民族拖到中世纪的黑暗时代。不敢正视这个血淋淋的现实，甚至不准正视，那是可悲的，其结果，只能是这种流毒继续为害国家和人民，那后果，才是不堪设想的，近来对文学作品的干涉又闻风而动了，历史的发展看来还是曲线的……”②

7日，《光明日报》发表谢冕《在新的崛起面前》，引发争议。

同日，《文汇报》发表叶圣陶“晴窗随笔”之十二《尊师爱生是大家的事》。

11日，《光明日报》发表孙长江《认真调查研究、解决实际问题》、郭

① 陈登科：《陈登科文集》（第8卷），北京燕山出版社2003年版，第465页。

② 贾植芳：《解冻时节》，长江文艺出版社2000年版，第208页。

罗基《对“长官意志”的褒贬也涉及两条思想路线》。

14 日，《羊城晚报》发表章明杂文《吃运动饭》，文章说：“新中国建立以来，随着社会主义改造的完成，‘吃白相饭’这一行就逐渐地式微了，消失了。然而不知从何时开始（也许将来的历史学家可以考证出来的），另一种特殊的职业又勃然兴起，而且越来越发达兴旺，这种职业就是‘吃运动饭’——这里所说的‘运动’，自然不是体育运动的运动，而是那些接二连三、层出不穷、翻云覆雨、有害无益的政治运动。”6 月 14 日，《羊城晚报》发表署名“广言”《评“吃运动饭”——和章明同志商榷》，“编者按”说：“章文在论述上有片面性，发表后效果不好，编者是有责任的。我们当认真吸取教训，进一步改进工作。至于这个问题本身，就不准备公开讨论下去了。”广言认为：“首先，章文全盘否定了我们党领导的历次政治运动。作者明确地从‘新中国建立以来’讲起，说‘解放后“吃白相饭”这一行就逐渐地式微了，消失了’，‘另一种特殊的职业又勃然兴起，而且越来越发达兴旺，这种职业就是“吃运动饭”’，作者认为，政治运动‘接二连三、层出不穷、翻云覆雨、有害无益’，到了文化大革命期间，（‘吃运动饭’）这门行业才达到了它的‘黄金时代’（这里表示他也包括了文革以前的历次政治运动）。我们感到，章明同志这样评价‘新中国成立以来’的历次政治运动，很不妥当。建国初期，我们党领导的土地改革、三反五反、镇压反革命，是非常及时的、基本正确的。不能说解放以来搞过的运动都是‘有害无益’的。章明同志把新中国建立以来的政治运动一概说成是‘翻云覆雨、有害无益’，这不但不符合历史事实，也不利于维护党的历史形象。”6 月出版的《宣传动态》第 26 期刊登《对〈吃运动饭〉一文的批评》，文章说：最近，广州市一些干部联名写信，对《羊城晚报》五月十四日登载的《吃运动饭》一文提出尖锐的批评。来信指出，《吃运动饭》一文基本立场和观点都有错误。首先，它全盘否定了党领导的历次政治运动。土地改革、三反五反、镇压反革命，不搞这些运动，很难想象刚建立的人民政权能巩固到今天。后来的反右派，虽有错误，但属必要。全盘否定过去的一切政治运动，违反了历史事实。来信进一步指出，如何看待成千上万的参加政治运动的骨干，是一个涉及面很大，必须审慎对待的问题。这些人绝大多数是积极为党工作的共产党员和向党靠拢的非党积极分子，平时也是工作骨干，其中还包括不少的老模范。即使是在“文化大革命”中搞过运动的人，也要注意区别，大多数还是好人。运动本身有错误，责任不能归在他们身上。《羊城晚报》的文章把历次政治运动中的骨干丑化得连“吃白相饭的”还不如，这是很不公道，很伤人心的。特别是作者费尽笔墨，描绘“吃运动饭的”如何“整人”，如何使别人“下沉”，自己“上浮”，这就挑动了另一部分人的感情，很不利于维护安定团结的政治局面。文章强调：《吃运动饭》一文确有这封来信所指出的问题，立论、情绪和效果都是不好的。我们的报刊编辑部一方面要放得开，敢写敢说，又要认真负责，不放过错误的、有害的思想言论。要切实负起自己的职守，把好党交给我们的宣传阵地。已经发生了疏忽和错误，就要采取措施予以补救和纠正。

15日，《文汇报》发表叶圣陶“晴窗随笔”之十三《体育·品德·美》。

16日，中共中央和国务院批准《关于广东、福建两省会议纪要》。决定在广东省的深圳市、珠海市、汕头市和福建省的厦门市，各划出一定范围的区域试办经济特区。

同日，《羊城晚报》发表黄兆存等《发展社会主义文艺必由之路——萧殷谈“双百”方针》。

18日，《解放日报》发表楚云飞杂文《“树犹如此”新解》。

23日，《人民日报》发表李洪林《人民要公仆，不要长官》。

同日，《羊城晚报》发表穆夫杂文《令人向往的学术气氛》。

27日，《新华日报》发表施恩亚杂文《“滥竽充数”新解》。

31日，《解放军报》发表冯英子杂文《论“不能靠着老子吃饭”》。

本月

下旬，在中共四川省委的支持下，中共广汉县委在向阳公社进行人民公社体制改革试点，撤销向阳人民公社，恢复建立向阳乡党委、向阳乡人民政府。

《中国青年》发表署名“潘晓”的读者来信《人生的路呵，怎么越走越窄》。随后引发了全国范围一场关于人生观的大讨论。该刊共编发了关于这场讨论的一百多位读者的多篇稿件，编辑部共收到来信来稿六万多封。讨论期间，《中国青年》的发行量由325万急剧上涨到398万。

《文艺报》第5期发表顾骧《要正确地理解和执行“放”的方针》、艾克恩《要有批评与反批评的空气》。

《战地》第3期发表陈友琴杂文《“胸有成竹”和“胸有苍生”》、苑兴华杂文《镜子杂谈》。

《散文》第 5 期发表鲍昌杂文《人与神》。

《上海文学》第 5 期发表顾骧《文艺的路子要越走越宽》、章仲锷杂文《镜子的争议》、黄安国杂文《文学这面镜子》。

《雨花》第 5 期发表陈允豪杂文《“安全系数”》、张友济杂文《病榻随感》。

《安徽文学》第 5 期发表沈敏特《解放思想·真实性·社会效果》、朱子昂《政治，应该是科学的》。

《奔流》第 5 期发表引车卖杂文《边笑边按录》、刘思谦杂文《相煎何太急》、舒芜《问天楼杂诗》。

《作品》第 5 期发表牧惠杂文《“唯上”杂谈》、黄秋耘杂文《关于〈警告〉的问答》。

《广西文艺》第 5 期发表秦似杂文《吃饭小议》。

《四川文学》第 5 期发表张黎群杂文《论爱才如命》。

《电影艺术》编辑部召开人性和人情问题座谈会。

《读书》第 5 期发表谷林杂文《发式漫谈》、黄裳杂文《再谈禁书》、连科杂文《空谈》。

《书林》第 3 期发表金性尧杂文《告密老手汤裱褙》、倪墨炎《徐懋庸和他的〈打杂集〉》。

《新时期》第 3 期发表陈宝树、田青云《能不能以言定罪？》、林丕《人民需要一个“廉价政府”》、严家其《论废止“终身制”》、韦澍《为什么不敢讲真话？》、马国征杂文《施藩台、某总编及其他》、邓加荣杂文《“吾日三省吾身”辨》、闻起杂文《柳玭的戒子书》。

《群众》第 5 期发表刘全军杂文《迷信与信仰》、卢义明杂文《谈“扑”》。

《民主与法制》第 5 期发表吉无忌杂文《社会主义·民主·责任感》、秦正明杂文《“白票子”与“花票子”》、白慧杂文《冲破封建思想的牢笼》。

《学术研究》第 3 期发表张其光杂文《学道与学骂》、严承章杂文《“因人废言”与“因人立言”》、张磊杂文《不拘一“器”》。

北京出版社出版邓拓《燕山夜话》，收录《燕山夜话》1—5 集全部作品，书前收有丁一岚《不单是为了纪念——写在〈燕山夜话〉再版的时候》。

六月

1 日，阎纲作《杂文今昔》[①]。文章说："人们都知道，利用小说进行'反党活动'是一大发明。究其实际，进行'反党活动'的发明权在杂文。早在延安时期，就有人'以革命者的姿态'写'反革命的文章'。'文章'者，杂文也，说起文艺祸水、文章'乱政'来，杂文是老资格了。""鲁迅的杂文处于旧时代，围而剿之，理所当然，不必说了。在新时代，尽管作者的目的在于'补天'，不在'拆台'，杂文也多切合时弊，至少功大于过，这样的东西，竟被目为'反党'、'乱政'而重交华盖运，那就非常之不公道了。""粉碎'四人帮'后，杂文才壮着胆子抬起头，但还不够理直气壮。要是说文苑有'歌德''缺德'之分的话，那么，杂文作者很容易被归入'缺德'一派。""杂文原本不仅报喜，而且报忧；不仅劝善，而且规过；不仅针对敌人，而且批评自己。它不能掩盖被揭露的东西，而要揭露被掩盖的东西。难怪问题这么复杂。""当然，杂文不是黄钟大吕，只是一根小小的刺，刺敌之咽喉，刺己之穴道。只要刺准了穴位，经过神经传导，或痛或麻，病就会减轻，说到底也算一种慈善事业。不要怕痛怕麻，讳疾忌医，讨厌一根银针。""我觉得，杂文应与政治民主共荣，与批评自我批评并存。体正不怕影子斜，励精图治就应亲近'犯颜直谏'的魏征，而疏远以随喜奉迎为能事的宇文士及，杂文理应受到重视。杂文的发展，还会出现曲折，但是，杂文的前途无量，这是笃定的，因为多难的杂文，现正生活在'四化'与'二百'的摇篮里。"

同日，《羊城晚报》发表穆夫杂文《想起万物之灵的特性》。

2 日，《人民日报》发表沈钦礼杂文《谈民主的"时机"》。指出："如果一定要讲'时机'的话，在缺乏民主传统的中国，特别是在粉碎林彪、'四人帮'的封建法西斯统治后的今天，正是迫切需要宣传民主、实行民主的'时机'。"

同日，《广西日报》发表秦似杂文《我们现在是怎样教育儿童的》。文章说：中国是长期受着封建思想和宗法观念统治的社会，民主思想很缺乏。"四人帮"横行时代，流行一句话，叫做"你算老几?"这原是先在大人中传开的，但小孩却学了去了。多年来成了小孩中间的一句口头禅。这

① 收入氏著《文坛徜徉录》（下册），人民文学出版社 1984 年版。

句话所代表的，我看就是封建思想：比大嘛。在这种影响之下，当然就要比坐小汽车，比房子宽窄，比级别高低。“你算老几？”其实，一个人只要诚诚恳恳去工作，去为人民服务，就算老十，老千、老万也没什么关系。中国有九亿人口，大家都要争老几，怎么得了？但“四人帮”在这方面的流毒，我看并没有肃清。

3日，《人民日报》发表李洪林《坚定不移地贯彻三中全会的方针》。反驳“思想解放过了头，引起思想混乱”的说法。

4日，《解放日报》发表黄丽镛、钱洪杂文《从尧舜“禅让”说到“终身制”》。

同日，《南方日报》发表易准《关于敏感与波动的思考》。

同日，陈白尘作《献给人民的笑——〈何迟相声集〉序》。

8日，是日，贾植芳日记载：“在去南京前一日（5月28日）公安局和科技出版社来人为任敏平了反，给了一张纸头，那上面写着：她在1956年被定为所谓‘胡风反革命集团’的‘影响分子’，这个决定对我们还是一个‘秘密’，直到24年以后才知道，中外古今未见政治手段有如斯卑鄙下流者——秘密定罪，秘密执行，而对当事人隐而不宣。”“南京回来后，从炳中兄处才知道上海的‘胡分子’有36人之数，已一律平反，除我之外。公安局来人云，我得由法院出面。”“上午李平来访，……他说他们安徽新出的这个《艺坛》已在创刊号上用了两篇为胡公（胡风——引者）的文艺思想辩诬的文章，因得中宣部来示，说是胡的问题已在全面复查，在中央做出决定前，地方不宜发表文章，因此这期创刊号把文章抽下来了。”①

9日，是日，贾植芳日记载：“读《编译参考》上美国人写中国游记文。昨天在这个刊物上读到苏联人写的斯大林个人迷信时期对苏联文学影响一文，文中所述事例，与我国现实有惊人的类似之处，或者正确地说来，是俄国这一‘传统’的恶性发展，总之，是一种封建性的文化专制主义传统和政策，好像历史又回到中世纪了。”②

11日，是日，贾植芳日记载：“下午刘北天来，他也在55年时因我关系被捕审查，现在也作为‘教育释放’被改正，而当时放他出来时却什么也没给他说。25年后，他才知道是‘教育释放’，要不是打倒这‘四人

① 贾植芳：《解冻时节》，长江文艺出版社2000年版，第210—211页。

② 同上书，第212页。

帮’，他永远不会知道自己曾经被判定‘教育释放’。这实在是一种鬼蜮伎俩，偷偷摸摸，鬼鬼祟祟、这个政治作风实在是千古奇闻。”①

12日，《人民日报》发表立公杂文《听相声〈假·大·空〉有感》。

13日，《文汇报》发表王春瑜杂文《吹牛考》。

13—14日，《大公报·大公园》发表巴金《访问广岛》。文章说：“我又立下了一个心愿：给自己的十年苦难做一个总结。……为了使十年的大悲剧不会再发生，也需要全国人民坚决的努力，让我们也燃起我们的灯，要子孙后代永记住这个惨痛的教训。”

15日，《解放日报》发表冯英子杂文《我们，你们，咱们!》。

同日，《文汇报》发表成谷杂文《城门失火，莫殃池鱼》。

17日，《人民日报》发表宋志坚杂文《走出“未庄”之后》，回应1月6日该报所发杨柳榭杂文《从“未庄”走出来》。

是日，贾植芳日记载：“读《第十个弹孔》，是歌德之作也。在作者看来，‘文化大革命’是个‘横祸’，无缘无故，之前的十七年，尽善尽美。这显然是作者还不敢正视现实，因此这样的作品，还是苍白乏味的，它忘了文艺的职责，并没从总结历史中得到教益，还是‘四人帮’那套‘理论’在作怪，而这套所谓‘理论’，是和文艺的现实主义要求背道而驰的，因此也就扼杀了文艺，用谎言冒充真理。”②

19日，《人民日报》发表浩成杂文《关于“以耳代目”》。

同日，《中国青年报》发表聂华苓《“国”格与“人”格——答青年朋友们》。

同日，《解放军报》发表金汶杂文《谈谈“独立思考”》。

同日，《北京晚报》发表郭维城杂文《水至清则无鱼吗?》。

同日，《世界经济导报》创刊。由上海社科院和中国世界经济学会主办。钦本立任总编辑。

22日，是日，贾植芳日记载：“今天礼拜。下午如约去社科院参加30年代留日同学左翼文化活动座谈会，……杜宣讲话中说起多次运动，许多同志都吃苦，贾植芳同志就弄了25年，等于四分之一个世纪；他自己在‘文化大革命’中也关了监牢，孩子们也关了进去。他说中国知识分子伟

① 贾植芳：《解冻时节》，长江文艺出版社2000年版，第213页。

② 同上书，第216页。

大，日本一个诗人听了他的遭遇后作了一句俳句，大意说：瀑布冲下来，但水面仍然很平静，这就是中国知识分子精神境界的写照。”①

23 日，周扬在中央教科所座谈会讲《进一步解放思想，搞好教育科学研究》，在谈到毛泽东和毛泽东思想问题时说“把毛主席神化，这是直接违背毛泽东思想的。毛泽东同志的思想也有个发展过程。……研究毛泽东思想，也需要用历史唯物主义、辩证唯物主义的观点和方法，否则就是从根本上违背了毛泽东思想。”②

24 日，《工人日报》发表牛耕《封建主义思想应该批判》。

24—25 日，《大公报·大公园》发表巴金《灌输和宣传（探索之五）》。

25 日，《北京晚报》发表曾白融杂文《目不识丁解》。

27 日，《羊城晚报》发表穆夫杂文《伊甸园的故事》。

28 日，《北京晚报》发表王梓坤杂文《大题何妨小做》。

29 日，《陕西日报》发表毛锜杂文《“追”“顾”与人才》。

同日，《新疆日报》发表王群杂文《杂文栏里说杂文》。

本月

《宣传动态》第 25 期刊登《周扬同志在全国文学期刊编辑工作会议上的讲话》，周扬指出，报刊是我们党的思想阵地。在这个阵地上，我们要宣传马克思主义，宣传科学社会主义的理论和实践。我们要批判林彪、“四人帮”的思想流毒，反对极“左”路线的残余影响，反对各种资产阶级、小资产阶级、封建主义的思想，还要反对官僚主义、特殊化的思想和作风。这就是我们思想战线上所要进攻的对象。周扬认为，我们不提文艺从属于政治，并不等于说文艺和政治无关，它们之间的关系是密切而不可分的。你要离也离不开的。我们需要根据长期以来正反两方面的经验，更正确地处理文艺和政治两者之间的关系，使政治有利于开阔文艺工作者的思想政治眼界，保证他们创作的广大自由，而不是限制和束缚这种自由，更不是对这种自由妄加干涉。文艺不脱离当前政治形势，文学期刊更是如此。周扬强调，对于文艺作品，一般不要用“左”或右这类术语。“左”和右都是对领导思想倾向讲的，这是政治的概念，对作品的批评一般不要用这类概念，而应采取思想评论、艺术评论的方式，允许充分的自由讨

① 贾植芳：《解冻时节》，长江文艺出版社 2000 年版，第 217—218 页。

② 《教育研究》1980 年第 4 期。

论，可以批评，也可以反批评。从领导思想的角度来说，对文艺工作，我们既要反对粗暴干涉，也要反对放任自流。粗暴干涉和自由放任是相反相成的。因为横加干涉行不通，就自由放任，自由放任出了问题就更厉害地横加干涉，打棍子。这样搞，我们文学艺术怎么能健康地发展呢？总之，我们要加强党的领导，就要改进党的领导，遇事多同群众和专家商量，不要一意孤行。对思想问题、艺术问题，我们只能采取平等的、同志的商量的态度；凡涉及重大政治性、政策性的问题，党和政府那就必须干预，不能听之任之。

《文艺报》第6期发表顾骧《坚持和改善党对文艺的领导》、郑汶《不能左右摇摆》，“杂感”专栏发表顾尔镡杂文《从〈西游记〉所想到的》、叶至诚杂文《打和跑》。郑文强调：“必须指出，‘双百’方针是载入宪法的。任何一个中国公民，只有遵守宪法的义务，没有违反宪法的权利。任何一个部门，都无权‘收’，无权肆意打击作家作品，因为这是违反党纪国法的。对于简单粗暴的错误倾向，还要继续加以抵制和纠正。”

《人民文学》第6期发表刘征杂文《〇〇〇〇〇……》。

《河北文艺》第6期发表本刊编辑部《关于落实作品政策的公告》，宣布给丰慧《讽刺的善意与恶意》、刘真《英雄的乐章》、汉水《勇往直前》、巴人《论人情》《遵命集》《文学论稿》等作品平反。

《鸭绿江》第6期发表鲍昌杂文《有感于曹丕学驴叫》。

《北方文学》第6期发表舒展杂文《戒烟的喜剧》。

《芒种》第6期发表金恩辉杂文《从清末一起大诈骗案想到的》。

《上海文学》第6期发表陆钊珑杂文《录以备忘》、王琪森杂文《领导干部与文艺作品》、黄世瑜《政治家与文学家》。

《文汇增刊》6月号发表刘宾雁《事业呼唤着人——川行随想》、秦牧杂文《在虚假的事象面前》、王若望杂文《闲话“面子”》、黄裳杂文《关于包公》、张鹄杂文《为唐伯虎一辩》、发表恽逸群杂文《略谈“个人崇拜”》①、黄秋耘《“十年生死两茫茫”——追念陈翔鹤同志》、曾卓《战士·诗人·哲人——读罗莎·卢森堡的〈狱中书简〉》、徐铸成《可贵的“琢磨精神”——看胡芝风的〈李慧娘〉》。

《雨花》第6期发表顾尔镡《坚信党的领导，帮助党改善对文艺工作的

---

① 此文为作者遗作，作于1973年8月3日，原题为《平凡的道理——略谈“个人崇拜”》。

领导，以及对棍子的忠告》。

《西湖》第6期发表孔方杂文《要“放”还要“争”》。

《安徽文学》第6期“议政·议经·议文”专栏发表王若望杂文《彻底与透底》、龙国炳杂文《谈“拔尖”》、崔永生杂文《针砭与讽刺》、吴宗铭杂文《烂橘子的联想》，发表张民权《艺术首先必须是艺术》、谢昭新《浅谈文艺为政治服务》、胡永年《文艺批评也要注意社会效果》。

《奔流》第6期发表引车卖杂文《但愿平等辩理而已》。

《随笔》丛刊第8集发表林林杂文《流星（24则）》、穆扬杂文《从门隙看银幕和舞台及其他》（《关于剧中人称“官衔”》《从“脸谱”化到“残疾人谱”化》《怀念“天桥的把式”》《关于“洋”和“古”又多起来》）、郭庆山杂文《长城、宫殿及其他》、杨亚基杂文《从安泰俄斯的悲剧说起》，发表《燕山磊落　夜话千秋——邓拓夫人丁一岚给读者的信和八封给她的信》。

《芳草》第6期发表唐明杂文《说惯性》。

《四川文学》第6期发表张黎群杂文《要精心治理好“内伤”》。

《延河》第6期发表王愚《现实主义的厄运及其教训》。

《读书》第6期发表蓝翎杂文《读余遐思（二）》、辛雨杂文《从〈游龙戏凤〉谈起——明史杂谈之三》、郭因杂文《劫余书屋散简（续）》、于浩成杂文《书籍是一种特殊商品》。蓝翎指出：“不彻底铲除封建的文化专制主义，知识分子就会重过‘臭老九’的日子，所以知识分子坚决拥护解放思想，发扬民主，健全社会主义法制，也是有历史的缘故的。”“有些人直到现在还在感情上同知识分子隔着一层，总隐隐约约觉得他们是‘不可接触的贱民’。应该彻底肃清这种流毒了，为了更好地团结起来向前看。”

《群众》第6期发表翟博胜杂文《良心、慎独和其他》、潘文俊杂文《不理睬之“理”》、闻晓杂文《如此“群言堂”》、张凤翔杂文《正确对待“背后言”》。

《民主与法制》第6期发表周修睦《无政府主义和封建专制主义的姻缘》、楚云飞《谈民主风度》、柳漫子杂文《从“曾参杀人”谈起》、余心言（徐惟诚）杂文《白居易判词三则》、拾风杂文《李元纮的一句壮语》、冯英子杂文《投包公一票》、柳漫子杂文《从“曾参杀人”谈起》。

《艺丛》创刊于武汉。长江文艺出版社主办。初为不定期刊，1981年改为双月刊。刊登小说、散文、诗歌、杂文、随笔、寓言等。1983年11月第6期终刊，共出版23期。叶圣陶在《祝〈艺丛〉创刊——代发刊词》中说：“‘百花齐放’是繁荣文艺的方针，这没有错，是不是每一种文艺刊物都要‘百花齐放’呢？我看可以考虑。……要做到‘百花齐放’，就得要求每种‘花’都有自己的特色：碧桃就是碧桃，海棠就是海棠，芍药就是芍药，牡丹就是牡丹。文艺刊物估计有一百来种了。如果每一种有自己的特色，不就是‘百花齐放’了么？……如果各种文艺刊物都包罗万象，又不分轻重主次，结果就这一种仿佛是那一种，那一种又仿佛是第三种，叫读者只能在刊名上看出区别。还怎么谈得上‘百花齐放’呢？”创刊号发表蓝翎杂文《从神案前站起来》。蓝文说：造神，敬神，都是少数人愚弄多数人的把戏。

七月

1日，是日，贾植芳日记载：“这两天，接到……炳中寄来些绿原、牛汉来信。……牛汉信较长，但很有内容，抄录一些如下：‘前两天去看嗣兴（路翎——引者），他仍是那么枯竭凄凉。我送去一本《在铁链中》，他看《后记》，仅仅一页多点，居然看了半个多钟头。他说‘都忘记了’。他淡漠地毫无表情地一个字一个字地看着，仿佛路翎是另一个自己。这是最为悲哀的。他的生命已经烧成灰烬，我几次想从厚厚的冷冷的灰烬中找一星星火种，没有找到，真已烧成了灰，只有一些微温而已。不必夸大，不仅是绝望，这是最可悲的悲剧。……绿原的身心也不好，外表衰退还是次要的。他这些年常常突然休克，浑身苍白，流冷汗，说是脑贫血。在干校发过几回，这几年仍没有痊愈。我自己，记忆严重退化，我的头颅于1946年被捕时受过伤，颅内有淤血，三十多年来经常发梦呓，现在是常处于昏昏然之中。我只能用半个活的生命工作，但我要用这点生命，也还想再挣扎着写点诗，现在写诗，真的是用血，（准确点说，是用淤于心灵里的血块）写诗了；……现在我是使出全生命来烧旺生命的大火，先烧融自己心内的血块，烧融自己已有点岩石化的生命……”①

2日，是日，贾植芳日记载：“下午去看许杰，……他说舒芜近在师大讲学时对他说，说在京看到张公（胡风——引者），说张公精神分裂，开头还

① 贾植芳：《解冻时节》，长江文艺出版社2000年版，第221—222页。

能认识人，说了两句话，就精神变态，大叫‘你们要抓我了’云云。”[①]

4 日，《人民日报》发表特约评论员文章《正确认识个人在历史上的作用》，讨论神化个人的深刻教训。

5 日，黎澍在中宣部会议发言，在谈及“现实生活中的封建残余问题”时指出，“文化革命”复辟封建，“四人帮”批孔宣传封建。许多旧形式乘机复活：早请示、晚汇报、饭前读语录、忠字舞、喊“万寿无疆”等等。解放以来，一直认为反封建革命已经彻底胜利，忽视反封建宣传。五四以来没有进行过系统批判；解放后封建色彩表现得特别明显，60 年代批资产阶级，封建思想乘机抬头，到“文化革命”中则登峰造极。封建残余的大量存在，由此产生严格的等级制。有所谓“名单学”，表面上是排座次，实质上是生活资料的分配，也就是特权的分配，包括住房、汽车、开会坐什么地方、发戏票、请帖、购买、出国等等。为了保住分配中的地位，就产生保守思想，不赞成进步了。由此产生家长制，一言堂说了算，独断专行，反对民主，任意加以限制，泛指民主为资产阶级的，由此产生大大小小的帝王思想。由此产生个人迷信、人身依附、人身侮辱、株连、刑讯逼供。据说还有所谓“外调”——一种特殊形式的诽谤。由此产生避讳，称官职而不名，某书记，某部长，直到某科长。农村中的宗法制度、种姓关系、买卖婚姻、买卖人口、宗教迷信，有的地方出现白莲教。在谈到“反封建宣传问题”时指出，一般说来，我们在宣传工作中对资产阶级警惕性比较高，对封建的东西警惕性较低，或者缺乏警惕性。正面宣传比较生硬，如过去的“社会主义就是好”，现在的“从我做起”，缺乏含蓄的艺术。1. 要批判，从理论上批判。使人们了解封建主义同现代化不相容，同社会主义不相容，不要以为有一点没关系，关系很大。还要批判古典文学作品中的封建糟粕：《水浒》《三国》《西游》《红楼》以及旧诗词中的消极思想。旧戏如《秦香莲》《李慧娘》《哪吒闹海》《失空斩》。如何对待这些传统节目，是一个很大的问题。2. 要建立民主制度，建立起来要坚决遵守。3. 要提倡民主作风，平等待人。4. 重视改善人民生活。5. 要有限制封建主义的立法：尊重人身自由，禁止买卖人口，禁止买卖婚姻，禁止虐待任何人，即使是罪犯。[②]

① 贾植芳：《解冻时节》，长江文艺出版社 2000 年版，第 222 页。

② 徐宗勉、黄春生编：《黎澍集外集》，社会科学文献出版社 2003 年版，第 122—124 页。

是日，贾植芳日记载：“据说在四次文代会上，上海的吴强发言为他在55年充当警察角色捉耿庸、王元化表示歉意时，巴金当即叫道：‘还有我哩！’巴说：‘你当时逼我写反胡风文章！’志于此，以为写《新儒林外史》者准备素材。”[①]

9日，《人民日报》发表本报评论员文章《总结历史经验　坚持“双百”方针》。

10日，《文汇报》发表沙叶新、伍贻业《驱走封建主义的幽灵》、江曾培杂文《“时乎？命乎？”析》。

11日，《北京日报》发表吴昊杂文《范仲淹与段文昌》。

12日，《羊城晚报》发表程万里杂文《眼镜·裤子·脸谱学》。

13日，《解放日报》发表林放杂文《读〈说假话者戒〉》。

同日，《文汇报》发表舒展杂文《鲁迅与孝道》。

15日，《人民日报》发表谢柯杂文《消灭天花的启示》。

同日，《北京日报》发表苏双碧《逆风恶浪中的雄鹰——遇罗克》。

同日，《北京晚报》发表邵燕祥杂文《也是“可怕的现象”》。文章说：“众所周知，文明古国多刀笔，一个输入的或生造的或固有的艺术方面的名词，吞吐之间，就会变成压杀人的政治帽子的。呜呼！”

16日，新华社报道：在1957年反右斗争中被错划为右派分子的著名“六教授”曾昭抡、费孝通、黄药眠、陶大镛、钱伟长和吴景超，已全部得到改正。

17日，《人民日报》发表马筋杂文《“资本主义复辟”这个提法值得研究》。

18日，文化部发出通知，为“二流堂”问题平反，对受到“二流堂”问题牵连的人，予以彻底平反，恢复名誉。

同日，《人民日报》发表郭圭宗杂文《从“校人烹鱼”到“颜回煮食”》。

19日，《羊城晚报》发表岑桑杂文《关于官的话》。

20日，《大公报·大公园》发表巴金《发烧》。

同日，《新疆日报》发表张茂忠杂文《把绳子留下来》。

21日，《人民日报》发表蓝翎杂文《“看不懂”的推想》。

22日，《人民日报》《工人日报》等多家媒体对渤海二号钻井船翻沉重

---

① 贾植芳：《解冻时节》，长江文艺出版社2000年版，第223页。

大事故进行报道。

同日，《解放日报》发表林放杂文《假话是怎样流行无阻的?》。

23 日，《大公报·大公园》发表巴金《“思想复杂”》。文章说：“一切都会变，一切都在变。我也在变。我的思想由复杂变简单，又由简单变复杂，以后还要变下去，但有一点是可以肯定的，我绝不会再低头弯腰‘自报罪行’了。”

同日，《广西日报》发表秦似杂文《为杂文说几句话》。文章说：中国从先秦以来的文章，倘若要给它们一个最合适又最概括的名称的话，就只好叫作“杂文”。当然，像司马迁那样的历史学家，他的《史记》是历史著作；但中国又有句古话，叫做“文史不分家”，在文章家中，确乎都得读史，而治史的人，又往往是出色的文章家。如果杂文算不得文学，那么从柳宗元、韩愈、唐宋八大家他们数上去，中国的文学便是一个零。

25 日，《人民日报》发表王晨等《划破夜幕的陨星——记思想解放的先驱遇罗克》。

26 日，《人民日报》发表社论《文艺为人民服务、为社会主义服务》、晓红杂文《题词、演讲之类》。

同日，《羊城晚报》发表穆夫杂文《一块黑板报》。

29 日，《光明日报》发表郭砢杂文《评“交学费”》。

30 日，《文汇报》（香港）发表于逢《吴有恒，从司令员到作家》。

31 日，《人民日报》发表大泓（储大泓）杂文《魂兮归来》。

本月

《文艺报》第 7 期发表短论《不应有一丝一毫的动摇——谈谈“双百”方针和党的领导》，发表周扬《站好岗哨　当好园丁——一九八〇年五月五日在全国文学期刊编辑工作会议上的讲话》、何孔周《不要横加干涉》、韦君宜《谈谈“社会效果”》，“随笔”专栏发表李基凯杂文《“改头换面的禁锢”》。

《战地》第 4 期发表郭学棣杂文《条子、公章及其他》、梁秉堃杂文《“坟山造上升官楼”》、郁进杂文《天足的启示》。郁文指出：“封建主义的因袭重担太沉了。双足的解放，尚且需要许多志士仁人长期坚决的奋斗。那末，头脑的解放，思想的解放，更需要忠诚、勇敢和毅力，期待着持久的坚韧的无畏的努力。”

《上海文学》第 7 期发表顾骧《“双百”方针杂议》、陆寿钧杂文《“茶馆文学”的联想》。

《芒种》第7期发表单复《关于“放”和“收”》、张抗抗《找到“我”》、沙木杂文《俏皮膏药》。

《雨花》第7期发表巴金杂文《探索——随想录三十七至四十》、文丁杂文《苦闷引出的文字》、倪崇艳杂文《“效果”偶识》。

《安徽文学》第7期“议政·议经·议文”专栏发表张春宁杂文《“学而优则仕”新义》、邵江天杂文《向日葵小议》、邵燕祥杂文《爱人民》。

《花城》第6期发表巴金《文学生活五十年——一九八〇年四月四日在日本东京朝日讲堂讲演会上的讲话》、王西彦《炼狱中的圣火——记巴金在“牛棚”和农村“劳动营”》、黄裳《思索——记巴金》、高行健《关于巴金的传奇》、宋振庭《随感录——诗话杂抄三则》。

《作品》第7期发表张木桂《“干预文艺”浅析》。

《广州文艺》第7期发表韦明铧杂文《说“鸡肋”》。

《随笔》丛刊第9集“玫瑰园”专栏发表廖晓勉杂文《应当怎么办?》（《噩梦后的问号》《眼睛瞪得再大也只能看》《把命运抓在自己的手上》《请从自己开始》），杨越杂文《我又想起了彭湃烈士》，王起杂文《旧诗新话（二则）》（《饭熟书还熟》《门前流水尚能西》），荒芜杂文《读点本国史》，陈乃学《高考拾零》（《“猪肉羹”与“酵母片”》《“高空作业”危险!》《“抄出来”的启示》《“捉题”小议》），张绰、关振东杂文《听说重修海公墓……》，俞克斌杂文《“锲而不舍”小议》，甄华杂文《试谈极左种种》，黄文锡杂文《“帮典”备忘录（续篇）》，“读书与思考”专栏发表金钦俊杂文《史缝杂想录》（《魏征还须唐太宗》《岳飞无辜，里克有罪》《汉景帝与“清君侧”》《赵匡胤的“卧榻”及其他》），汪汝洋杂文《违反常识不等于荒唐（外三篇）》（《书的威力有多大?》《关于文化素养的一段对话》《别具一格的序言和补白》）。

《四川文学》第7期发表张黎群杂文《“越查越红”和一红到底》。

《读书》第7期发表辛雨杂文《刘伯温的悲剧——明史杂谈之四》。

《书林》第4期发表奚兆永杂文《不因人举言，不因人废言——学习经典作家写书评的札记》、段国超杂文《日记小史》、庄葳杂文《几副讽刺对联》。

《新时期》第4期发表王若水《马克思主义和思想解放》、宋振庭杂文《思想解放问题札记》、苏双碧《逆风恶浪中的雄鹰——遇罗克》、侯庆祥杂文《“温、良、恭、俭、让”小议》、孔凤杂文《呷醋　喝酸酒　赐鸩》、遇罗克《日记摘抄》。王文指出：“我们现在说的思想解放，是从什么底下解放出来？首先是从林彪、‘四人帮’多年来宣扬的现代迷信和极左思潮下解放，进而要从一切迷信、教条、八股、禁区、过时的框框、陈腐的偏见和狭隘的经验下解放，从一切唯心论和形而上学下解放。——所有这些，都是精神的枷锁，都是妨碍我们认识真理的，因而都必须冲破。”

《群众》第 7 期发表高晓声《解放思想和文学创作》、秦向阳《历史经验与个人责任》、黎民杂文《理论的威信还在于言行一致》、李伟杂文《“顶着不办”者戒》、余耀中杂文《资格不等于合格》。

《文学评论》第 4 期发表李准《有关文艺和政治关系问题的资料》。

《红旗》第 14 期发表特约评论员文章《坚定正确地贯彻执行“百花齐放、百家争鸣”的方针》，论述了“双百”方针是一个长期性、基本性的方针，正确地对待竞赛和斗争，加强和改善党的领导等问题。

《新观察》复刊，设有“杂文·随笔·漫画”栏目。复刊号发表宋振庭杂文《要观察，更要思考》、廖沫沙杂文《回到马克思主义》、王若水杂文《“法权”和特权》、侯宝林《相声源流漫谈》。王文指出：单提批“资”是不够的，还要批“封”，单提批剥削阶级思想也是不够的，还要加上小生产思想。不管资产阶级思想也好，封建思想也好，小生产思想也好，只要是妨碍我们的社会主义现代化的，都在破除之列。

《民主与法制》第 7 期发表于浩成《人治与法治问题的讨论有什么现实意义？》、王涵《扫除封建意识》、周咏杂文《鼻子和历史》以及读者来信《再也不能“刑不上大夫”了！》《党纪岂能代替国法？》。

《社会科学》（上海）第 4 期刊登《恽逸群遗作选》（《略谈“个人崇拜”》《致友人》）。“编者按”说：“恽逸群同志一九六五年后在苏北阜宁中学图书馆，艰苦度日，尽管被剥夺了一切政治权利，仍默默写下针砭时弊、见解精辟、言人之不敢言的文章，思考怎样避免‘左’倾路线和林彪、江青、康生一伙祸害的重演，充分表现了老党员、老革命、老学者的可贵品质。”

《学术研究》第 4 期发表牧惠杂文《可贵的情操》、老烈杂文《乱弹》、官大梁杂文《“大老”补说》。

《齐鲁学刊》第 4 期发表张经济《希望给武训平反》。

《艺谭》（季刊）在合肥创刊。安徽省文学艺术研究所主办，以发表文艺理论文章为主。

福建人民出版社出版廖沫沙等著《忆邓拓》。廖沫沙在“代序”中说：“所谓‘三家村’的冤狱和邓拓、吴晗同志的牺牲，不过是一场历史大悲剧的序幕而已！值得我们感情激动的，并不是这场悲剧的序幕，而是我国一切抱有宏图大志的历史科学家踊跃前驱，去寻找和发现我们这个九亿人口的大国为什么产生这场历史大悲剧的真正原因。”

安徽人民出版社出版张煦侯《秋怀室杂文》。张涤华所作《序》说：“这个集子是张煦侯先生的杂文选集，里边收录了四十七篇文章，其中的绝大多数曾在《合肥晚报》上登载过，也有少数的几篇，分别刊于《安徽日报》等报刊。一九六二年五月，张先生应晚报特约，在该报副刊上开辟《肥边谈屑》专栏，到这年十月底止，先后撰写了三十九篇，受到广大读者的欢迎。这次重加编选，删去了四篇，增补了十二篇。由于内容已经有了变动，因而书名也改为《秋怀室杂文》。”“即使是像他这样忠心耿耿的学者，万恶的林彪、‘四人帮’也不肯放过他。魔爪伸来，多方迫害，给他加上一些莫须有的罪名，甚至连《肥边谈屑》也被说成‘安徽的《燕山夜话》’，用割裂词句、影射比附等恶劣手法，大肆污蔑。他因此而遭到多次批斗，以致终于冤死。”

八月

2日，《山西日报》发表任铎夫杂文《1+1=?》。

3日，《文汇报》发表舒展杂文《贾宝玉不识戥子》。

4日，香港《文汇报》发表冯英子杂文《天下事和家事》。

是日，贾植芳日记载：“现在的文学作品，人们称之为‘伤痕文学’、‘暴露文学’，这太肤浅了，虽然命名者是充满了恶意和愤怒的。我们可以想象：当这些权势者为这些作品戴帽子时那副怒容可掬的神态（拍着桌子、口抹飞溅）和隐藏在这个帽子后的潜台词——那些用政治标签形式出现的污言浊语。其实这种新出现的文学，可称之为‘爆炸文学’或‘地震文学’：它是长期遭受压制的思想感情的爆炸，是文学形式出现的地震。它代表人民的愤懑和力量，爆掉浊物，使它飞扬在空中，在阳光中显出它们的原形，使大地得到净化，同时也就净化了人们的精神，因此，从政治上说，它是营养剂。”[1]

① 贾植芳：《解冻时节》，长江文艺出版社2000年版，第233—234页。

5 日，《人民日报》发表焦勇夫杂文《话说“引咎辞职”》。

同日，《解放日报》发表冯英子杂文《自“慎独”始》。

7 日，《北京晚报》发表邵燕祥杂文《切不可巴望“好皇帝”》。文章说：“我们不是要在‘好皇帝’和‘坏皇帝’之间作选择，我们是要在真正的社会主义和封建主义之间，在民主与专制、人治与法治之间作选择。”

9 日，《羊城晚报》发表邵燕祥杂文《说自杀》。

10 日，《文汇报》发表陈虞孙杂文《“马列主义老太太”》。

同日，阎纲作杂文《文艺批评的公式》[①]。

11 日，《人民日报》发表谢逸杂文《下蛋、唱鸡及其他》。

12 日，《文汇报》发表魏克明《家长制遗毒不容忽视》。

同日，《北京晚报》发表曾白融杂文《一团和气》。

同日，《羊城晚报》发表穆夫杂文《识才和爱才》。

13 日，《人民日报》发表晓江杂文《作品鉴赏的“正”“反”观》。

同日，《光明日报》发表孟伟哉《关于“灵魂的工程师”和“生活的教科书”的理解》。

同日，《羊城晚报》发表王若望杂文《“大批判”文粹三则》(《摇摆舞之始祖》《批判苏三》《如此“无政府主义”》)。

14 日，《解放日报》发表水牧（孙月沐）杂文《时间啊，你在那里?》。

15 日，《人民日报》发表汝信《人道主义就是修正主义吗? ——对人道主义的再认识》。文章指出：“马克思主义从诞生的第一天起，就把人的解放，当作自己的最高目标。”

同日，《重庆日报》发表范国华杂文《“捉鬼”与“放鬼”》。

16 日，《重庆日报》发表刘德鑫杂文《关于画圈圈》。

同日，香港《文汇报》发表冯英子杂文《法家和阴谋家》。

17 日，《羊城晚报》发表牧惠杂文《说“讳”》。

18 日，邓小平在题为《党和国家领导制度的改革》的讲话中，分析了党和国家领导制度、干部制度方面存在的弊端，即官僚主义、权力过分集中、家长制、干部领导职务终身制和形形色色的特权现象。他认为这些弊病多少带有某些封建主义色彩，因此必须重新提出在思想政治路线肃清封建主义残余影响的任务。肃清封建主义残余影响，重点是切实改革和完善

① 收入氏著《一分为三》，中共中央党校出版社 1997 年版。

党和国家的各项制度。如果不坚决改革现行制度中的弊端，过去出现的一些严重问题今后就有可能重新出现。只有对这些弊端进行有计划、有步骤而又坚决彻底的改革，人民才会信任我们的领导、才会信任党和社会主义，我们的事业才有无限的希望。①

同日，《羊城晚报》发表穆夫杂文《茅屋里装电梯》。

19 日，《天津日报》发表马子《认真分析林彪、“四人帮”产生的社会原因》。

同日，《解放日报》发表林放杂文《受贿者如何?》。

同日，《福建日报》发表戈明杂文《谈封建的荣华富贵——从〈苏秦〉〈甘国宝〉说起》。

是日，陈登科日记载：“从最近的局势来看，变革是没有多大希望，而且随时随地都隐藏着一触即发的危机。中国的封建意识已渗透到每一个中国人的细胞中，甚至包括我们自己。在某一方面是反封建的，可另一方面又潜藏着封建的东西，我们的作品，如果要在历史上占有一席之地，就一定要不被封建意识所束缚，真正表达出人民的心声。”②

22 日，《人民日报》发表路知音杂文《吹牛岂能一概无罪》。

23 日，《北京晚报》发表廖沫沙杂文《议论皇帝好》。文章说：“从名称来说，我们早在 69 年前就取消了这个玩意儿了（指皇帝——引者注），可是这名称所概括的内容，所代表的事物，却至今没有绝迹，音容宛在：‘家长制’、‘等级制’、‘一言堂’、‘封建特权’、‘独断专行’、‘官僚主义’等等，我们不是每日每时都看得见、摸得着，而且实有其事也实有其人吗？那当然大有可议之处，大可以议一议，论一论。”

同日，《光明日报》发表陆先荣杂文《也评“交学费”》。

是日，陈登科日记载：“柏龙驹送来一份《香港镜报》，一位记者把中国文坛划分为二大派，一分‘放’派，又是‘双百’派，或思想解放派；另一派叫‘收’派，即‘卫道’派，或自命一贯正确派。在文章中，把我们安徽文艺界划为‘放’派，并说在‘放’派中，是最坚决的。我则是首当其冲。”③

---

① http://www.qstheory.cn/zl/llzz/dxpwjd2j/200906/t20090630_4642.htm.

② 陈登科：《陈登科文集》（第 8 卷），北京燕山出版社 2003 年版，第 481 页。

③ 同上书，第 482 页。

24 日，《羊城晚报》发表穆夫杂文《做人的道德》。

26 日，《人民日报》发表许寅杂文《必须废除“以言定罪”》。

同日，《光明日报》发表王若望杂文《析“一不怕苦，二不怕死”》。

27 日，《人民日报》发表李准《对“本质真实”的一点理解》、丹晨《“写本质”与“写光明”不能划等号》、王蒙《是一个扯不清的问题吗?》。

同日，《黑龙江日报》发表陈赤杂文《“迎刃而解”小议》。

29 日，《人民日报》发表黄裳杂文《油焖笋》。

30 日，《人民日报》发表令德（孔令德）杂文《切莫埋没人才！——从寻找一位儿童文学获奖者谈起》。

本月

讽刺画得到复兴，截至本月，除了报纸刊物经常发表外，北京和部分省市共出版了 9 种定期或不定期的讽刺画小报。

《宣传动态》第 33 期刊登《关于电影〈武训传〉问题》，文章说：“一九五一年曾对电影《武训传》进行过公开批判，当时《人民日报》发表了社论《应当重视电影〈武训传〉的讨论》（《毛泽东选集》第五卷收有这篇社论的节录）。最近有的同志提出要重新评价这部影片。说《武训传》的主流基本上是好的，对它的批判是错误的。我们认为《武训传》这部影片总的倾向是不好的，当时公开批判，对于教育劳动人民认识自己的解放道路是有好处的。但是这次批判有过火的地方，涉及的人较多，今后应作为教训吸取。现在如果重新评价这部影片，再来翻腾，是不妥当的。”第 36 期刊登《注意一个重要提法的变动》，文章说：《中共中央关于坚持“少宣传个人”的几个问题的指示》，在公开发布消息时（见八月十二日各报），一个提法有变动。指示原文说：一些不适当的纪念方法，“不利于在党内外进行马克思主义教育和扫除封建主义遗毒”。公开发表时，中央改为：“不利于在党内外进行马克思主义教育，肃清封建主义的和资产阶级的思想影响”。在指示原文谈到报纸上要少宣传领导人个人的没有重要意义的活动和讲话之后，中央增加了以下的一段话：“同时，在宣传先进个人或先进集体时，也要掌握适当分寸，不要过于集中和绝对化，防止产生副作用。”

《文艺报》第 8 期“杂感”专栏发表钟惦棐《论如何实际对待现实主义的偏颇和不足》，陈白尘《献给人民的笑——〈何迟相声集〉序》，秦吉了（邵燕祥）杂文《有甚于画眉者》，陈允豪、陈子伶杂文《“近殿欺佛”与人材学》。陈白尘认为："我们——相声、讽刺喜剧和漫画这三家真是同呼吸共命运的，一兴俱兴，一废俱废。说一句大话：我们三家的盛衰，可也标志着国家、社会的盛衰哩！比如说，一个国家里漫画特别发达，相声和讽刺喜剧也很兴旺，就说明这个国家很有生气，很民主，也很自信，她不怕讽刺。反之，连我们三家都不存在了，并不能证明她的健康强壮，而且是很有点问题了。国民党反动统治的最后三年里就是这样，'四人帮'当权的那一阵里也是这样。"发表杜高、陈刚《我们需要怎样的文艺批评？——读〈时代的报告〉评论员文章有感》。

《诗刊》第8期开辟专栏讨论"朦胧诗"问题，发表章明《令人气闷的"朦胧"》等文章。

《上海文学》第8期发表肖云儒《文艺创作反映当代生活中的封建主义潜流问题》、雷达《深度与容量》。

《文汇增刊》8月号发表丁玲《谈谈文艺创作》、池田大作《永远留在记忆里的人——会见中国文艺界领导人周扬先生》、黄秋耘《为〈约翰·克利斯朵夫〉说几句公道话》、包立民杂文《闲话唐玄宗——读史随感》、陈允豪《怀念肖也牧》。

《雨花》第8期发表包忠文《所谓"政治学"的评论标准》、徐采石杂文《于"笑"中所见》。

《安徽文学》第8期发表黎辉《似曾相识"棍"重来——评〈时代的报告〉创刊号评论员文章》，"议政·议经·议文"专栏发表陈子伶杂文《为"为民请命"请命》、梁音杂文《尺限》、向理杂文《关于批评的一段闲话》。

《随笔》丛刊第10集"玫瑰园"专栏发表秦牧杂文《给一个喜欢骑马的女孩》、天纵杂文《"恭喜发财"析（外一篇）》（《察类》）、亿浬杂文《超常少年与缺陷者的鲜花》、邵而为（蓝翎）杂文《瞧瞧"走着瞧"》、韦明铧杂文《"姓名学"摭谈》、向灿辉杂文《蜡烛篇》（《"盖棺论定"小议》《蜡烛的启示》），"诗文漫步"专栏发表任重远杂文《说笑话与作诗文（外四则）》（《并辔论诗与被系一夕》《诗人之词，安可如此论？》《真理·面子·无赖》《唐诗为什么繁荣？》），"齐放与争鸣"专栏发表云天《百思莫解》、朱大渭杂文《中国古代机器人小议》，"史缝杂想"专栏发表李汝伦杂文《武则天的改癖》。

《读书》第8期发表孙越生杂文《从曹植七步诗想起的》。

《新观察》第 3 期发表刘宾雁杂文《人的价值的依据》。第 4 期发表王若望杂文《不以言废人，不以人废言》。

《群众》第 8 期发表施晓林杂文《“治病救人”还是“养痈遗患”》、邓成利杂文《从“史鱼直谏灵公”说起》。

《民主与法制》第 8 期发表白慧《试论封建思想的表现形态》、王若望杂文《“穿小鞋”研究》、何满子杂文《“道德法庭”申议》。

《新闻战线》第 8 期发表王若水《谈谈异化问题》。

《社会科学》第 4 期发表吴文瀚《论人治与法治》、张循《值得“深省”的文学评论——读〈时代的报告〉评论员文章有感》、恽逸群《致友人三则》《略谈“个人崇拜”》。

《中国法制报》经过试刊后正式创办。该报于 1988 年更名为《法制日报》。

北京三联书店出版夏衍《夏衍杂文随笔集》。廖沫沙在其题为《凌云健笔意纵横》的序中提出：“古人有言：‘六经皆史’。……我看了从二十年代前后兴起的杂文随笔这类文字——从鲁迅直到夏衍同志的杂文，我忽然发生了一个奇想：‘六经皆史’的‘六经’，现在应该改为‘七经’，即‘杂文经’或‘杂文随笔经’，这一‘经’也应当包括在‘史’的范畴内。因为这类文字也正是在思想上反映了历史面貌的一个方面，是真真实实的历史资料，写文学史的固然不能缺少这方面的史料，写文化史或思想史以至写历代通史的，也同样不可以缺少这方面的史料。”“当然，杂文随笔这类文章，既是时代思潮的反映，就自然少不了有一个过去、现在和未来的历史发展过程。‘我们是马克思主义的历史主义者’，‘我们应当尊重历史的辩证法’（毛泽东同志语）。我们既不应当站在过去来否定现在和未来，只颂古而非今，也不应当只站在现在来否定过去的一切，抹煞或者切断历史发展进程的延续性。这样做，就是否定历史辩证法的客观规律。”

四川人民出版社出版《夏衍近作》，收有《杂谈思想解放》《文艺上也要搞点法律》等文章 26 篇。《文艺上也要搞点法律》提出：“现在又有了打棍子的人了，有人动不动就说这个作品那个作品是反对‘四个坚持’的。文艺界要讲民主，即使讲错了，作品中真有点问题，对绝大多数人来说也还是人民内部的事，采取争鸣与批评的方式解决。而不要动辄打棍子。这个问题如解决不好，大家就不能不有余悸，担心害怕，文艺也就不可能真正繁荣起来。”“目前文艺上存在的许多问题，很需要制定一些法律来保证。有了法律还必须做到‘言必行，行必果’，真正做到在法律面前人人平等，否则，一切都是空的。”《解放思想　勤学苦练》认为：“科学与民主是不可分的，没有对事物的科学认识，没有尊重客观规律的科学态度，没有科学来大大发展生产力，就难以做到真正的民主。不民主往往是与无知联系在一起的。不民主的原因之一，是缺乏知识。为什么有的人会专制武断呢？有时候就因为他知识甚少，却又以为唯我独对。中国一定要发扬社会主义民主，通过科学发展，使人的思想科学化。我们遵循马列主义，因为它是科学。文艺作品一定要强调和反映社会主义民主，抨击封建迷信。”

九月

1—2日，《大公报·大公园》发表巴金《世界语》。

4日，《人民日报》以《小学教师应得到全社会尊重》为题，刊登叶圣陶等八位教育界全国人大代表的来信。

同日，《文汇报》发表楚云飞杂文《小事小议》。

5日，《天津日报》发表平凡杂文《为“算账派”翻案》。

8日，《人民日报》发表刘孟洪《该不该“恭喜发财”?》。肯定该报1月1日所发董枫杂文《恭喜发财》，批评8月3日《羊城晚报》所发舜之评论《且慢恭喜》。

9日，《桂林日报》恢复姜一（秦似）杂文专栏《短笛》。发表杂文《小序曲》《梦与现实》。

同日，《本溪日报》发表李景树杂文《人至察则无徒》。

10日，第五届全国人民代表大会第三次会议根据中国共产党第十一届五中全会的建议，将《中华人民共和国宪法》（1978年宪法）第45条“公民有言论、通信、出版、集会、结社、游行、示威、罢工的自由，有运用大鸣、大放、大辩论、大字报的权利”，改为“公民有言论、通信、出版、集会、结社、游行、示威、罢工的自由。”

11日，《北京晚报》发表吴昭杂文《也应该让赵构跪下来》。

15日，《北京晚报》发表曾白融杂文《骨董》。

16日，《人民日报》报道：全国政协委员吴江、周扬、徐四民、林一心谈反对官僚主义的问题。吴江说，封建遗毒是当前官僚主义和其他许多不良倾向的思想根源之一，当然要反对。但反对封建遗毒的口号现在首先要为反对官僚主义服务。改革党和国家制度的主要口号，应该是反对官僚主义。周扬说，当前反对官僚主义是个十分尖锐的问题。有些人对这个问题不感兴趣，不赞成反对官僚主义，好像反对官僚主义就是反对他们。我们一些党和国家的工作人员手里有权，地位很高，在我国生产力水平低下、文化落后、充分的民主监督没有建立的情况下，很容易由社会公仆变为社会的“主人”。要研究如何防止他们由社会公仆变成社会“主人”，必须从理论上和实践上进行全面而又深入的研究。实践证明，从小资产阶级的思想观念和立场出发，反对官僚主义，不仅不能解决问题，而且是有害的。徐四民说，华国锋同志讲反对官僚主义时只讲它是一种历史悠久、陈旧的社会现象，没有指出这是封建主义的残余。一言堂、家长制都是封建主义的东西。我国没有法治，只有人治或叫官治，都是封建主义的表现。领袖的讲话如同圣旨，金科玉律，下面不能提意见。为了搞好国家，在反对官僚主义的同时，必须也反对封建主义。

同日，《人民日报》发表陈江《取消“四大”和发扬民主》。

17日，《人民日报》发表北京市两位文艺干部傅佑、马秀清的题为《改善党对文艺的领导　把文艺事业搞活》的来信。提出：文艺界的现状有很多方面还是死得很。放任自流、不执行党的方针政策的情况是存在的；不按文艺规律办事、搞一言堂、瞎指挥、领导者同文艺工作者关系不正常的情况更为普遍。领导人权力过于集中、限制过死的问题相当突出。近一个时期以来，横加干涉的现象有所抬头。对某些领导自认为有问题的作品，哪怕影片已拍摄完成，也不准上映；刊物印刷好了，也强令销毁或停止发行；对某些虽有缺点和不足，但为广大群众所喜爱的好作品，有的领导人还是坚持要把它打成“毒草”，对作者进行人身攻击甚至政治诬陷；某些领导部门的不适当干涉，已经不仅干涉到作家写什么和怎么写，甚至连作品的细节、作者的署名、刊物的命名都要过问。指出：我们的文艺领导体制，已到了不改革就不能前进的地步。

同日，《桂林日报》发表秦似杂文《桂林秋》《大处着眼》。

18—19日，《人民日报》发表李洪林《领袖和人民》、隋喜文杂文《披逆鳞》。李文说：“反对个人迷信，坚持马克思主义关于个人在历史上作用的观点，这不是‘矛头指向领袖’，不是‘贬低领袖’，而是驱散个人迷信的烟雾，恢复无产阶级领袖的本来面目。人民对本来面目的领袖是尊敬和热爱的。这是把领袖作为自己的同志来热爱，作为自己所信任的领导来尊敬。领袖对人民所作的贡献，已经成为历史事实，是客观存在，人民群众决不会忘记，也是任何人都抹杀不了的。”“如果说，反对个人迷信有个‘矛头’的话，那么，这个矛头是指向利用个人迷信去达到某种目的的人，是指向这种反马克思主义的观点，指向这种愚弄群众的社会现象。要实现四化，必须加强党的领导。但是，加强党的领导和搞个人迷信是水火不相容的两回事。有人惯于把个人和党混同起来，以为加强党的领导就是要突出个人，因此一听说少宣传个人或是反对个人迷信，就大惊失色，以为谁在反对党的领导了。对这种现象，我们要多做工作，说明反对个人迷信，少宣传个人，乃是加强党的领导的必要条件。十年动乱记忆犹新，那时不正是把个人突出到极点而破坏了党的领导吗？”

19 日，中共中央转发中宣部《关于三中全会以来的宣传工作向中央的汇报提纲》。指出：极“左”路线的流毒和影响绝不可低估，封建主义和资产阶级的思想影响仍广泛存在，整个思想战线仍面临着繁重而紧迫的任务。

同日，《人民日报》发表米博华杂文《向“刀斧手”进一言》。

同日，《羊城晚报》发表舒展杂文《从官商到皇商》。

21 日，《文汇报》发表芮晶杂文《“为民请命”新解》。

同日，《桂林日报》发表秦似杂文《文岂可轻》《笑话的启示》。

22 日，《人民日报》发表解思杂文《不要只长一只耳朵》。

23 日，《人民日报》召开艺术界人士座谈会，讨论“改善党对文艺的领导，把文艺事业搞活”问题。发表舒展杂文《自我批评的障碍》。

24 日，《文汇报》开展关于重视人才问题的讨论。至翌年 3 月结束。

25 日，中共中央发出《关于控制我国人口增长问题致全体共产党员、共青团员的公开信》，号召一对夫妇只生育一个孩子。

同日，《北京晚报》发表曾白融杂文《世界观究竟算几家?》。文章说：“我认为：就世界观来说，你不是无产阶级一家，就是资产阶级一家，不是资产阶级一家，就是封建阶级一家，不是封建阶级一家，就是奴隶主阶级一家。”

同日，《文汇报》发表王若水《文艺与人的异化问题》。

同日，《羊城晚报》发表穆夫杂文《谁来做主》。文章说：“时至今天，我们还要来争论民主到底是手段还是目的这样的问题，好像颇为奇怪。其实，管你民主是手段也好，目的也好，人民所要的是人民自己作主，亦即人民民主，不要的是封建主义的东西，当然，也不要资本主义那些腐朽的东西。”

同日，《桂林日报》发表秦似杂文《优越性》《知识无国界》。

26日，《解放日报》发表冰临杂文《不能让她闹出甜头来》。

同日，《文汇报》发表叶元章杂文《好笋，应当长在哪里?》。

同日，《羊城晚报》发表黄秋耘《文艺立法刻不容缓》。

27日，周扬在中央党校作题为《思想解放和社会主义现代化建设》的报告。在谈到如何认识毛泽东所犯错误原因时说：“不少同志提的比较多的是中国社会长期存在的封建专制主义的影响，认为毛主席就是有封建帝王思想。我也承认他有封建专制主义思想影响。但我不大赞成作这种历史类比，人家说他主要看线装书，这是真的，他看线装书、看历史书。1962年我到东北，东北的同志告诉我，毛主席说秦始皇算什么？他只坑了四百六十个儒，我们坑了四万六千个儒。我们镇反，不是杀掉了一些反革命知识分子吗？我们超过秦始皇好多倍。他受封建专制主义思想的影响是有的。还有国际共产主义运动，从早期共产国际一直到后来国际共产主义运动发生分裂，不能说对毛主席没有影响。那些影响比封建主义更大一些，至少不会更小。”[1] 在谈到胡风问题时说：“胡风问题是建国以后第一个大案子，影响很大，这是毛主席亲自领导的，按语写得那么尖锐，向我们提出来一个问题，有暗藏的敌人。但是搞错了，哪有那么多暗藏的敌人？胡风问题大家都关心，现在这个人已经出来了，到了北京。78岁。1955年到现在，20多年了，文艺界有些人对他很同情。现在这个问题中央来抓了，因为这个案子一直是中央、毛主席直接抓的，公安部处理的。公安部写了一个报告给中央。现在中央给他做了结论，说搞错了，他们文艺思想有错误，但不是反革命集团。中央在结论里说，这一错案责任在中央。我们开始把他当作文艺思想问题来批判，后来毛主席批评了我们，说我们书生气十足。那个时候拿我来说，确实感到自己思想水平低，没有看出问题。现在看来是搞错了，这件事我们也有一定的责任。胡风现在有点神经官能症，因为搞了他20多年，又坐牢。在‘文化大革命’中又重新把他关起来，神经受了刺激。我是几天前把中央的批语送给他看，问他有什么意见可以提出来，我们可以向中央转达，现在安排他为文化部文学艺术研究

① 周扬：《周扬集》，中国社会科学出版社2000年版，第314页。

院的顾问，将来如何安排再考虑。”[①] 在谈到30年“左”的错误时说：“说‘左’的错误是从1957年开始的还是更早，是否在三大改造运动的时候已经有了？这个问题可以研究，还有不同看法。但是对‘文化大革命’，据我所知道的，比较多数人同意这个意见：‘文化大革命’是‘左’的路线。从反胡风到反右，后来那些小的不算了，总而言之主要是‘左’，混淆两类矛盾，同时还混淆文艺问题，学术问题同政治问题的界限。混淆两类矛盾常常从这个地方开始，先把文艺问题、学术问题同政治问题混淆了。”[②] 在谈到文艺与政治的关系时说：“文艺服从政治这个口号，我认为……现在不提为好，也不要去批评它，可以总结这方面的经验。因为这个问题是个带关键性的问题。文艺同政治的关系处理得好不好，确实是关系到我们这个文艺事业发展的前途。”[③]

28日，《大公报·大公园》发表巴金《说真话》。

同日，《桂林日报》发表秦似杂文《扔》《口号和事实》，呼应2日《人民日报》所刊叶圣陶等人《小学教师应得到全社会尊重》来信观点。

29日，《人民日报》发表穆福田《“万岁”的称谓和威仪》。

30日，《大公报·大公园》发表巴金《〈人到中年〉》。文章说：一部作品的最好的裁判员是大多数的读者，而不是一两位长官。作者在作品里究竟是说真话还是贩卖谎言，读者们最清楚。

本月

《宣传动态》第39期刊登《在思想政治方面肃清封建残余的影响》。指出：官僚主义、权力过分集中、家长制、干部领导职务终身制、形形色色的特权种种弊端，多少都带有封建主义色彩。封建主义的残余影响还表现在：社会关系中残存的宗法观念、等级观念；上下级关系和干群关系存在身份上的不平等现象；公民权利义务观念薄弱；经济领域中的某些“官工”、“官商”、“官农”式的体制和作风；片面强调经济工作中的地区、部门的行政划分和管辖，以致画地为牢，以邻为壑，有时两个社会主义企业，社会主义地区办起交涉来会发生完全不应有的困难；文化领域中的专制主义作风；不承认科学和教育对于社会主义的极大重要性，不承认没有

① 周扬：《周扬集》，中国社会科学出版社2000年版，第319—320页。

② 同上书，第320页。

③ 同上书，第337页。

科学和教育就不可能建设社会主义；对外关系中的闭关锁国、夜郎自大，等等。要通过宣传教育和改革制度逐步克服和消除这一切现象。强调，在学习和宣传中，自始至终要领会和掌握：肃清封建主义残余影响，重点是切实改革和完善党和国家的制度，从制度上保证党和国家政治生活的民主化，促进现代化建设事业的顺利发展。不要对什么人搞过去那种政治批判，更不能把斗争矛头对着干部和群众。至于一些农村地区流行的买卖婚姻、封建迷信活动，要靠日常的思想教育解决，靠发展生产和提高科学文化水平解决。要用实事求是的科学态度进行分析，划清社会主义同封建主义的界限，划清文化遗产中民主性精华同封建性糟粕的界限，划清封建主义遗毒同我们工作中由于缺乏经验而产生的某些不科学的方法、不健全的制度的界限。同时必须注意，宣传肃清封建主义残余影响，决不能丝毫放松和忽视批判资产阶级思想和小资产阶级思想，批判极端个人主义和无政府主义。要把肃清封建主义残余影响的工作，同对于资产阶级损人利己、唯利是图思想和其他腐化思想的批判结合起来。要警惕某些别有用心的人和有极“左”思潮的人，接过肃清封建主义思想影响的口号，乘机捣乱，破坏安定团结。

《文艺报》第 9 期发表何庄《这种习惯不能改一改吗?》、漠雁《迟发的稿件》以及《关于〈在社会的档案里〉等作品的争鸣（来稿综述）》。何文对河北省有关领导部门突然决定停发载有短篇小说《省委第一书》的《河北文学》第 8 期的做法，提出批评意见。

《战地》第 5 期发表北邙（蓝翎）杂文《小轿车与轿子》、耕荒杂文《听审有感》、白云奇杂文《从安禄山作诗谈起》、谢逸杂文《排位之类》、思效杂文《需要“水疗法”》、宋志坚杂文《设身处地》、张雨生杂文《力戒空谈》、王嵛威杂文《看人不看马的教训》。

《鸭绿江》第 9 期发表黎丁杂文《随感录》。

《上海文学》第 9 期发表王若水《文艺与人的异化问题》、章仲锷杂文《“上纲”与“何不食肉糜”》、陆钊珑杂文《不准提心吊胆》、夏衍《也谈“深入生活”》。王文指出：文艺应该对现实生活中的异化（如官僚主义、个人迷信，等等）进行揭露和批评，而不应该肯定和赞美异化。过去我们的文艺中，特别是歌曲，出现了不少神化领袖的东西，出现了“造神文艺”，这也应该算是异化的文艺吧。至于“阴谋文艺”就更不用说了。文艺本来是属于人民的，为人民服务的，现在异化了，变成轻视人民甚至敌视人民的了。资产阶级把文艺当商品，文艺是为了金钱，所谓“拜金艺术”。艺术家没有真正的自由，而是受金钱支配。这是异化的文艺，不自由的文艺。我们的文艺是为人民的，但错误的路线、错误的领导方法、错误的创作思想、错误地处理文艺和政治的关系，也会使文艺脱离人民，成为异化的文艺。作家根据上面的“风”来创作，根据“左”的公式来创作，而不去努力在作品中真实地反映人民的生活、人民的斗争、人民的呼声、人民的痛苦和欢乐，那就成了歪曲生活或者粉饰太平的东西了。另外一方面，满足人民的精神需要，不意味着迎合读者和观众的低级趣味，博取廉价的效果。这不是真正为人民，而是为票房价值，为赚钱，这也是脱离大多数人民，是另一种异化。教育人民，提高人民的精神境界，这也是人民的需要。三年多来，无论是在批评、揭露生活中的阴暗面，对异化表示抗议方面，还是在教育和培养新人方面，都出现一批好作品，这是极可喜的现象。我们应该继续朝这个方向努力。

《雨花》第9期发表陈允豪、陈子伶杂文《文坛三闹》、林治泉杂文《发乎情与止乎礼义》、唐再兴杂文《“垃圾堆”与“毛毛虫”孰美？——对于引用鲁迅言论的一点感想》、吴汝煜杂文《苏东坡与“落英”》、潘志豪杂文《评论家也必须讲究社会效果》、袁济喜杂文《“哎”调略考》。

《安徽文学》第9期“议政·议经·议文”专栏发表吕剑杂文《论古人未必迷信和今人未必不迷信》、徐尘言杂文《辮发之类》、徐昌洲杂文《再论“他妈的”》，发表顾骧《人情与文艺》。

《奔流》第7期刊登该刊编辑部为落实作品政策告作者、读者的公告，给苏金伞的《肃清文学上的教条主义》、李白凤的《写给诗人们底公开信》等文章平反及恢复名誉。

《作品》第9期发表牧惠杂文《“深可畏”者》。

《随笔》丛刊第11集“玫瑰园”专栏发表硕平杂文《读书权利得来不易（外一篇）》、木之青杂文《用人琐谈》、天纵杂文《事实和说谎》、司马玉常杂文《红尘漫语》，“读书与思考”专栏发表林剑鸣杂文《古代法制杂谈》（《“株连”起于何时》《“刑讯”并非上策》《执法尚“平”》）、一德杂文《逻辑与洪承畴》，“齐放与争鸣”专栏发表王国荣杂文《“九儒”说略考》、兼子杂文《福尔摩斯翻生与曹操翻案》。

《广州文艺》第9期发表曾敏之杂文《立信·立行·“瓜蔓抄”》。

《读书》第9期发表恽逸群杂文《平凡的道理——略谈个人崇拜》、周修睦杂文《从〈国际歌〉和〈东方红〉说起》、庞煌杂文《皇帝的指头》、高崧杂文《国失良才，便成僵尸——关于圣西门的〈寓言〉》。

《书林》第 5 期发表肖亦仑杂文《文坛“关系学”》。

《新时期》第 5 期发表王威宣杂文《愚昧焉能治国!》、魏天祥杂文《“逐贫”还是“安贫”?》。

《新观察》第 5 期发表唐挚《文艺体制要下决心改革——从赵丹之死和他的遗言说起》、钟怀杂文《盾牌链条取胜有感》、石工杂文《浪费与节约》、王有盛杂文《姜女庙里的是非》。

《鲁迅研究》第 9 期发表舒展杂文《鲁迅与孝道》。

《红旗》第 18 期发表沙童《对文艺不要横加干涉》。

《民主与法制》第 9 期发表评论员文章《要真正做到以法治国》、周修睦《个人迷信的祸害与成因》、秉灵杂文《审势与法治》、余心言杂文《该收起来的威风》、金性尧杂文《清官出于人治说》。

《理论与实践》第 9 期发表阮铭《思想战线一个重要的任务》。文章说，为了实现我国的现代化和政治生活的民主化，必须旗帜鲜明地提出肃清封建影响这个很重要的任务。

《学术研究》第 5 期发表张怀平杂文《“不忿”解》、雷庆翼杂文《河伯不用再“掉转头来”》、黄秋耘杂文《做会思想的芦苇》、杨越杂文《不能不补的一课》、张又君杂文《走自己的路》、吴颖杂文《且说“回避”》。

人民文学出版社出版黄秋耘杂文集《锈损了灵魂的悲剧》，收入五十至七十年代末杂文、随笔 40 余篇，主要有《不要在人民的疾苦面前闭上眼睛》《刺在哪里?》《锈损了灵魂的悲剧》《犬儒的刺》《心有余悸与心有余毒》《“文艺法庭”刍议》《借古讽今辩》《杂文应当复活》等。作者在“后记”中说：“本书所收的篇章，除文字上略作修改加工外，内容基本上保持原貌。因为一时有一时的见解，似乎不必因时而异。况且有些话，虽然是在五十年代写下来的，直到今天可能还有一点参考价值。”“本书题名为《锈损了灵魂的悲剧》，只是随便选取其中一篇的题目作为书名，并没有什么深意。当然，这些年来，我仿佛做了一场又一场悲剧性的噩梦，但扪心自问，灵魂尚未完全锈损，在一定程度上仍然保持着纯真，有时还坦率地说出了一些衷心的话，给自己招引来种种麻烦。”

天津人民出版社出版李洪林《科学与迷信》。收入作者 1976 年 12 月至 1979 年 1 月间所作评论、杂文等 25 篇，另有附录 5 篇。主要有《科学与迷信》《领袖的威信是怎样建立的》《读书无禁区》《野蛮与文明》《再谈野蛮与文明》《我们坚持什么样的无产阶级专政》《为了不让惨剧重演》《主人能批评仆人吗?》《我们坚持什么样的党的领导》《谁是真正了解神农氏的人》(故事新编)等。

十月

1日,《新华日报》发表高空蔚(姚北桦)杂文《有声的中国》。

2日,《解放军报》发表彭湘福《要重视肃清封建主义残余影响》。

同日,《文汇报》发表沈柔坚杂文《“百花齐放”随感》。

3日,《人民日报》发表张之闻《“下不为例”可以休矣!》。

同日,《桂林日报》发表秦似杂文《知识和信仰》《小感想》。

4日,《人民日报》发表黄宗江《文艺领域不能容忍官僚主义》、石羽《领导要从多方面关心文艺工作者》、蓝光《文艺体制一定要改革》、林杉《认真总结经验　改善领导方法》、石联星《把每个文艺工作者装在心中》、鲁军《文艺要立法》、古元《只强调经济规律来领导文艺行吗?》。

同日,《文汇报》发表高低杂文《“档案袋”定终身?》。

6日,《文艺报》编辑部召开座谈会,讨论改善党对文艺工作的领导,改善文艺体制问题。

同日,《西安晚报》发表于虑杂文《略论尾巴的性质与功能》。

7日,《解放日报》发表冯英子杂文《说假》。

同日,《湖北日报》发表张聿温杂文《巴豆的哲学》。

8日,《人民日报》在“改善党对文艺的领导,把文艺事业搞活”的讨论专栏里发表赵丹《管得太具体　文艺没希望》。文章提出,党领导国民经济计划的制定,党领导农业政策、工业政策的贯彻执行;但是,党大可不必领导怎么种田、怎么做板凳、怎么裁裤子、怎么炒菜,大可不必领导作家怎么写文章、演员怎么演戏。文艺,是文艺家自己的事,如果党管文艺管得太具体,文艺就没有希望,就完蛋了。“四人帮”管文艺最具体,连演员身上一根腰带、一个补丁都管,管得八亿人民只剩下八个戏,难道还不能从反面激发我们警觉吗?!此文发表后引发广泛争议。29日,《人民日报》发表金山《马克思主义宇宙观引导着他的艺术道路》、李准《领导要改善　体制要改革》、何俊英《放手支持改革　不要统得过死》回应赵文。

是日，张光年日记载："今天《人民日报》发表了赵丹的临终遗言《管得太具体，文艺没希望》。读之令人痛心。"①

9日，《桂林日报》发表秦似杂文《毛遂易有吗？》《小鞋小议》。

10日，《解放日报》发表陈冠柏杂文《科学"死"于一言堂》。

是日，贾植芳日记载："今日8时许，偕敏（任敏——引者）去学校在大操场碰到经济系教授笪移今，招呼后，他又回头说，过去我们只能在厕所里打招呼说话。我和敏说，提起厕所，这在'文化大革命'中成了知识分子的'客厅'，只有在这里相逢，才敢相互寒暄，甚至交换一些见闻；我有许多关于厕所的记忆，可以写一篇文章，内容保证丰富多彩，足以显示出毛时代的风格特色，前无古人。说到这里，又想起这些年的流行语'一丘之貉'，知识分子都被用这句古语联系过，批判过，甚至自我批判过，这是历史悲剧，富有时代印记，也是那时的一大贡献也。"②

11日，《北京晚报》发表曾白融杂文《画像·黥面·剃阴阳头》。

11—12日，《大公报·大公园》发表巴金《再论说真话》。

12日，《解放日报》发表言微（束纫秋）杂文《车帘之研究》。

同日，《文汇报》发表舒展杂文《曹雪芹的平等观念》。

同日，《浙江日报》发表王家甫杂文《人民的审判》。

同日，《桂林日报》发表秦似杂文《生育论种种》《六亲之类》《亲亲与爱众》。

13日，《人民日报》发表蒲剑（林林）杂文《蒲剑小集》。

14日，中纪委通报商业部部长王磊在饭店吃喝不照付费的错误，并表扬陈爱武的斗争精神。7月中旬，中央纪委接到陈爱武揭发某些领导干部和所谓"关系户"在北京丰泽园饭庄吃喝（所谓"客饭"），不照付费的错误，其中特别指出商业部部长王磊的错误的信件后，责成北京市纪委筹备组核实，并转发了北京市纪委筹备组的检查报告。

同日，《北京日报》发表余心言杂文《苏东坡贺人退休》。

同日，《解放日报》发表方守玉《个人偏爱与百花齐放》。

同日，《天津日报》发表赵建文、佟玉琨《真理岂能放之四海而皆准？》。

15日，《大公报·大公园》发表巴金《写真话》。文章说："十年浩劫

① 张光年：《文坛回春纪事》，海天出版社1998年版，第195页。

② 贾植芳：《解冻时节》，长江文艺出版社2000年版，第257—258页。

绝不是黄粱一梦。这个大灾难同全世界人民都有很大的关系，我们要是不搞得一清二楚，作一个能说服人的总结，如何向别国人民交代！可惜我们没有但丁，但总有一天会有人写出新的《神曲》。所以我常常鼓励朋友：'应该写！应该多写！'”“当然是写真话。”

同日，《人民日报》发表韶华《文艺作品由谁“审批”?》、伊阙杂文《横得出奇》。

同日，《北京晚报》发表曾白融杂文《冯道》。

16日，《桂林日报》发表秦似杂文《民主不是装饰品》《谈老虎屁股》。

17日，《羊城晚报》发表吴有恒杂文《〈东方红〉这个歌》。文章说：《东方红》这个歌，现在人们不大作兴唱它了。《国际歌》说“从来没有什么救世主”，这个歌却说有大救星。一个唱无神论，一个唱有神论，互相矛盾，唱了几十年，直到近来，人们才发现“大救星”说不妥，不唱它。这未免是觉悟得太迟了。世上没有所谓大救星，本来是很简单的科学常识，除了拜神婆，谁也不肯老把大救星挂在嘴上，反复叨念的。然而过去我们却是几亿人口，天天念，天天唱，唱到自己也昏头昏脑，糊涂起来。

同日，《山西日报》发表任铎夫杂文《用人也搞乱点“鸳鸯谱”?》。

18日，《工人日报》发表仲呈祥《病榻遗言　出自肺腑——读赵丹遗文〈管得太具体，文艺没希望〉有感》。

同日，《羊城晚报》发表穆夫杂文《“看碟子”只能收起》。

是日，贾植芳日记载：“这个事件（胡风事件——引者）的发生，是左倾思想的产物，它的根源，是封建专制主义，对一些批评意见，进行压制、打击以及围剿、镇压，是一次文字狱的表现，是走向封建化的一大步，是倒退行为。”①

19日，中共中央办公厅转发中央纪律检查委员会《关于瞿秋白同志被捕问题的复查报告》，为瞿秋白彻底平反，恢复名誉。

同日，《新华日报》发表马国征杂文《“冯唐易老”析》。

20日，中共中央书记处会议决定，在今后二三十年内，一律不挂现任中央领导人的像，以利于肃清个人迷信。

同日，《人民日报》发表浙江绍兴五中章玉安《假如他还活着——献给敬爱的鲁迅先生》，纪念鲁迅逝世44周年。写道：“假如他还活着，我不

---

① 贾植芳：《解冻时节》，长江文艺出版社2000年版，第261—262页。

知道人们将对他怎样称呼？假如他还活着，我不知道他会怎样向后辈嘱咐？他也许正身居高位，但也许——不过是普通一卒。官高，他不忘甘为孺牛之诺，位卑，他绝无丝毫奴颜媚骨！他也许已经得到了种种荣誉，但也许——才刚刚从狱中放出。荣誉中，他感受到新的呐喊、彷徨，监狱里，他会写出新的《准风月谈》《伪自由书》……他也许不再用那张印花包裹去装他的讲义，但决不会盛气凌人地昂首阔步；他也许要出席一些重要会议，但不会跟着三个警卫，两个秘书。他也许坐上了现代化的轿车，但决不用窗帘把路边的一切挡住，他会把手伸向每一个流浪者，他要静听读了很多书的待业青年的倾诉……他也许时时在洒墨讴歌'新的生活'，但也许——正在弹毫针砭时弊世痼。他也许有了较多的欢愉和喜笑，但也许——正在经历着新的不安与愤怒……"

同日，《解放军报》发表卢纯田《克服官僚主义必须改革制度》。

同日，《文汇报》发表岳平《正确理解党的领导与人民民主》。

21日，《大公报·大公园》发表巴金《"腹地"》。

同日，《人民日报》发表闻华杂文《面子与真理》。

22日，《人民日报》报道：《放心、放手、放下架子——中共辽宁省委领导文艺工作印象记》。报道说，有一次，在听取文艺工作的汇报会上，有的同志说，文艺工作者心有余悸，是惊弓之鸟。省委第一书记任仲夷同志听后沉思片刻，说："是呵，不要总盯着'鸟'，要认真研究研究'弓'，你老把'弓'张着，'鸟'能不惊吗?"他又说："文艺事业是离不开党的领导的，是需要党的领导的，但为了更好地坚持党的领导，就必须认真改善领导。"

同日，《解放日报》发表岳平《扩大民主必须革除官僚制》。

23日，《人民日报》发表蒲剑杂文《蒲剑小集》。

同日，《桂林日报》发表秦似杂文《扔的余谈》《淡淡的血痕》。后文指出："号称为史无前例的'文化大革命'，却把深重的灾难带给了传播文化种子的一些人，施以比上断头台还更残酷得多的死刑，用水淹，用土活埋，用尖刀挖心肝……不是一个两个，……对人类历史的玩弄，可谓到了极点了!"

24日，《人民日报》发表雷声宏《百家争鸣实际上是"两家争鸣"吗?》、薛木铎杂文《扫除奥勃洛摩夫习气——读书札记》。

25日，《大公报·大公园》发表巴金《再说小骗子》。文章说：那些造神召鬼、制造冤案、虚报产量、逼死人命等等的大骗子是不会长期逍遥法外的。大家都在等待罪人判刑的消息，我也不例外。

同日，《人民日报》发表梁信杂文《物质生活·人的尊严及其他》。

同日，《文汇报》发表亥木《个人崇拜一点也要不得》。

26 日，《解放日报》发表林放杂文《西崽相》。

同日，《羊城晚报》发表牧惠杂文《论“好使人同己”》。

同日，《新晚报》（香港）发表望云杂文《权术与自卫术——读史随笔》[①]。

同日，《桂林日报》发表秦似杂文《说“大”》《勤和懒》。

27 日，《大公报·大公园》发表巴金《赵丹同志》。

28 日，《羊城晚报》发表何芷杂文《卓别麟如是说》。

29 日，《大公报·大公园》发表巴金《“没什么可怕的了”》。

同日，《人民日报》发表戴白夜《文艺政策要放宽》。

同日，《解放日报》发表罗竹风《反封建是当前文艺创作的一项重要任务》。

30 日，《大公报·大公园》发表巴金《究竟属于谁?》。

同日，《人民日报》发表牛钊杂文《辞职和“致仕”》。

同日，《文汇报》发表凌春《正确理解“没有条件创造条件也要上”》、许锦根杂文《争鸣的风度》。

同日，《桂林日报》发表秦似杂文《假如我是一个……》《无题有感》。

31 日，《大公报·大公园》发表巴金《作家》。文章说：作家是战士，是教员，是工程师，也是探路的人。他们并不是官，但也绝不比官低一等。

本月

中国首次在区县级直接选举人大代表，其中北京海淀区的人民代表中出现了自由竞选。

下旬，《红旗》杂志社文艺部邀请首都文艺界部分作家、理论家和文艺报刊编辑负责人先后举行 3 次座谈会，就文艺界的近况和文艺的领导体制如何改革等问题交换意见。第 22 期《红旗》刊登综述《文艺的领导体制必须改革》。

《宣传动态》第 42 期刊登《关于改革党和国家领导制度的理论宣传》，提出，“要打破对资本主义研究的禁区。有的同志说，现在我们一方面强调要肃清封建主义残余，一方面却又借封建社会的历史人物、典故轶事做文章，发议论，这并非不可，但要恰当。在今天，我们能够从资本主义社

① 《新华文摘》1981 年第 1 期转载。

会继承借鉴的地方，远比从封建社会要多得多。当然，对资本主义的腐朽思想必须坚持批判。由于过去批‘资’扩大化，至今对资本主义社会的研究还存在一些禁区，在不少问题上还缺乏实事求是的认识。资本主义在管理社会政治、经济、文化生活各方面的成就，比封建主义前进了一大步。资本主义国家的先进科学技术要引进，科学的经济管理方法和经验要学习和借鉴，就是资本主义国家的政治管理体制和方法，它所积累起来的经验，我们也应当认真研究，从中吸收有益的东西。我们只能在人类已经取得的文化成就的基础上从事社会管理制度的改革工作，否则就将是不切实际的。”第 43 期加编者按刊登《对“四人帮”组织、思想上的残余不可低估》，“编者按”说：“邓小平同志八月十八日的讲话再次提出：对‘四人帮’在组织上，思想上的残余不可低估。我们在这点上一定要头脑清醒。这样说是以事实作根据的。下面这则材料就很值得我们注意。在林彪、‘四人帮’横行时期，由于种种错综复杂的原因，上当受骗，犯错误的人不少。粉碎‘四人帮’后，这些人中的多数已先后觉悟过来了。但是，还有为数极少的帮派骨干。他们并不是一般的思想中毒，而是在‘四人帮’篡党夺权的总目标下行事的。经过清查之后，他们还不服输，还在搞两面三刀，甚至公开威胁：‘再过十年你们要给我平反。’他们至今仍在互相串连，此呼彼应，一有机会就闹。有的人竟然贴大字报攻击三中全会以来党的路线，攻击中央领导同志。对此，我们一定要十分重视。第一，要经常敲敲警钟，记住‘四人帮’组织上、思想上的残余还存在，天下并不平安。第二，对顽固干扰破坏我们工作的帮派骨干分子，应该坚决揭露，分别不同情况进行适当处理。第三，对于贴大字报、散发传单，攻击中央和中央领导同志的，更应依法查究。”

《文艺报》第 10 期开设“怎样把文艺工作搞活”专栏，发表巴金、叶圣陶、夏衍、林默涵、刘白羽、陈登科等人书面发言。巴金主张对文艺要“多鼓励，少干涉”；叶圣陶认为“批评要与人为善，切不可对人施加压力。要确实保证受批评的人有反批评的权力，而且不一定要他表态。在文艺的领域里，接受或者不接受批评应该是自由的，表态不表态也应该是自由的”；陈登科认为“文艺创作是一种复杂的个体精神劳动，这种精神劳动最容不得专断、霸道和瞎指挥。所谓党对文艺工作的领导，指的只是党在文艺方针、政策、理论上对作家、艺术家的宣传、引导和影响，而决不意味着各级党委可以有权命令作家、艺术家写什么和怎么写。作家不是党委的秘书，不能让他写什么他就写什么，让他怎么写他就怎么写。”发表沙叶新《扯“淡”》，作者“斗胆的认为，这次在北京举行的剧本创作座谈会，是在‘四人帮’倒台后既开了自由讨论的先河，也开了变相禁戏的先例。”

《散文》第10期发表牧惠杂文《从堵嘴的“检讨”到可怕的“表扬”》。

《芒种》第10期发表吴士余杂文《杂谈“共同频率”》、王世烈杂文《有感于“对台戏”》。

《上海文学》第10期发表杨曾宪杂文《有感于“片言只语吃香”说》、刘官民杂文《“指南”与“套子”》。

《安徽文学》第10期“议政·议经·议文”专栏发表段儒东杂文《总统救火的联想》、吴宗铭杂文《独家饭店有感》、中耀杂文《看见过的不能说没看见》。

《奔流》第10期发表易准、谢望新《关于敏感及“放”与“争”的思考》。

《花城》第7期发表王若望杂文《说假话大观》。

《作品》第10期发表祝辉杂文《“知音”、“识器”及其他》、杜埃杂文《谈艺术民主——文艺领导问题片语》、郑艾杂文《“社会效果”对话录》。

《雪莲》第3期发表冯英子杂文《咏史三首并跋》（《读秦史》《观〈最后的晚餐〉》《题〈马克思恩格斯书信集〉》）。

《读书》第10期发表梁长峨杂文《破除颜回式的迷信》、李连科杂文《为“批判”正名》。

《新观察》第7期发表费孝通《社会主义民主的新起点》、戴煌《终生革命，不等于终生当官》。第8期发表陈允豪、胡靖杂文《神话与僵化》、王荆（王景山）杂文《未庄舆论种种》、邵燕祥杂文《“讳癞忌光”与“丑化”——鲁迅“丑化”了阿Q吗?》。

《民主与法制》第10期发表张友渔《法律面前人人平等和司法独立》、周谷城《关于民主与法制》、赵超构《寄厚望于新闻报刊这个“渠道”》、陈念云《民主杂议》、苗埒杂文《法治欤？人治欤?》。

《理论与实践》第10期发表王功熹杂文《“朴素感情”不一定朴素》。

《社会科学》第5期发表周伟明杂文《拼命与科学——从“渤二”事故说起》、陈其钦杂文《“三不主义”与“言者无罪”》以及编辑部来信来稿综述《关于“万岁”口号一文的意见》。

上海人民出版社出版李洪林《社会主义与自由》。作者“序”说：“西方资产阶级把他们的社会叫作‘自由世界’，认为社会主义是消灭自由的社会。”“不幸，在社会主义的队伍中，确实有人把自由看成洪水猛兽，一提到自由，便把它和资产阶级联系在一起。好象在人类历史上，只有资产阶级需要自由，而无产阶级却不要自由。于是便有一种奇怪的现象：反对社会主义的人和某些赞成社会主义的人，各从相反的立场出发，却都认为社会主义没有自由。”“其实，人类社会的历史，从一定意义上讲，就是一部向自然界和社会本身争取自由的历史，是从有限的自由到取得较多自由的历史。到了社会主义社会，自由只能比过去更多，而不会比过去更少。当然，这要对自由有一个科学的理解，不是随便什么东西都能叫作自由的。”

十一月

1 日，《文汇报》发表林帆杂文《“本地姜不辣”考》。

同日，《北京晚报》发表曾白融杂文《文艺的社会功能》。

2 日，《解放日报》发表林放杂文《“老家伙”应当多说话》。

同日，《浙江日报》发表董佑勤杂文《莫把“开头”当“过头”》。

3 日，《人民日报》发表钟沛璋《一代民主新风——评厨师批评部长》、徐占焜杂文《武大郎小店里的大个子》。钟文说：特权是封建遗毒。虽然皇帝在中国土地上早已绝迹了大半个世纪，皇帝们建立的等级特权观念，却像幽灵似的还在人们头上徘徊。……严重地腐蚀着我们党和社会的机体，毒害着人们的心灵。

同日，《羊城晚报》发表敏歧（许敏岐）杂文《论“复道窥人”》。

4 日，《人民日报》发表杨柳榭杂文《救救官僚主义者》、李庚辰杂文《需要“伯乐加赵普”》。

5 日，《南方日报》发表柳嘉杂文《非洲鲫鱼式的依附》。

6 日，《人民日报》发表周锋杂文《哨子·棍子·囤子》。文章说：我认为，中国之所以不富，其症结恐怕不仅在于人口增长之速，而在于阻碍革弊伐惰、固本浚源的礁石之顽，在于官僚主义积习之重。

7 日，《人民日报》发表张雨生杂文《虎皮鹦鹉之死》。

7—8 日，《大公报·大公园》发表巴金《长崎的梦》。文章说：“历史的经验不能不注意。忘记了过去惨痛的教训，一定会受到严厉的惩罚。广岛和长崎的悲剧，我们十年的浩劫，大家都必须牢记在心。怕什么呢？我们没有理由回避它们。我并不想回避，我还不曾讲完我的梦呢！”“在梦里我终于憋得透不过气了，当着朋友的面我叫喊起来：‘让我说！我要告诉一切的人，绝不准再发生广岛、长崎的大悲剧！绝不准再发生‘文革’期间的十年大灾祸！”“说完了我自己想说的话，我的梦醒了。”

8日，《人民日报》报道：最近，《文艺报》编辑部邀请在京的30多位文艺工作者举行座谈会，讨论文艺体制的改革等问题。到会同志指出，新中国成立以后31年的历史说明，对文艺创作粗暴干涉的现象，不只是某些文艺领导部门的思想作风、工作水平造成的，也与我们现行的文艺体制有关。座谈会上，大家列举事实，对文艺单位普遍存在的机构庞大臃肿、官僚主义和衙门化作风等提出了批评。

9日，《羊城晚报》发表巴金《探索集·后记》。文章说：“我经历了‘十年浩劫’的全过程，我有责任向后代讲一点真实的感受。”“在总结十年经验的时候，我冷静地想：不能把一切都推在‘四人帮’身上。我自己承认过‘四人帮’的权威，低头屈膝，甘心任他们宰割，难道我就没有责任！难道别的许多人就没有责任！不管怎样，我要写出我的总结。我准备花五年的功夫，写完五本《随想录》。这是我的责任，也是我的权利。”

同日，《光明日报》发表阎纲《对粗暴干涉要公开抵制》。

同日，《解放日报》发表张德功（王中）杂文《谜语新闻好——读报有感》、冯英子杂文《我的“条件反射”》。

同日，《文汇报》发表杨柳榭杂文《养猫的得失及其他》。

11日，《黑龙江日报》报道：胡风担任文化部文学艺术研究院顾问。

同日，《人民日报》发表李洪林《“信仰危机”说明了什么?》。

12日，《人民日报》“改善党对文艺的领导，把文艺事业搞活”专栏发表邵燕祥《肃清封建主义残余影响》、唐因《文艺领导体制的改革势在必行》、蔡天心《对如何把文艺事业搞活的几点意见》等文章。

同日，《福建日报》发表傅绍良杂文《说“面子”》。

13日，《人民日报》发表王志欣杂文《论资排辈小考》。

同日，《羊城晚报》发表吴有恒《偶然有感于杂文——序老烈的杂文集》。文章说，假如我们认为我们所处的时代，已没有不光彩的东西，已不需有揭露，不需有批评，那么，我们学鲁迅，学他什么呢？不幸的是，“杂文过时论”流行，学习鲁迅，成为虚语。到了林彪、“四人帮”祸国时期，又变本加厉，反革命分子窃取了国家大权，假学习鲁迅之名，行反革命文化“围剿”之实，不准人对窃国大盗们的倒行逆施有任何揭露和批评，也不准人对社会弊病有任何揭露和批评。凡是真正学习鲁迅之人，尽皆遭殃，写杂文的人，首当其冲，有的被杀，有的被关，有的被迫写服罪书。总之，十年黑暗。人们噤不敢言，鸦雀无声，竟有点像是已无人再敢学鲁迅，杂文时代已过去的样子。然而，地下火运行着，鲁迅精神存在。1976年4月，北京的人民群众走上天安门广场，用诗词、杂文，也用悲愤的沉默，开始了对窃国大盗们的反击。反革命集团被粉碎了，人们再次得到解放，文艺也得到了解放，于是又有更多的人学习鲁迅，又更多地见到鲁迅式的杂文。几年以来，无论是对敌斗争或揭露与解决人民内部矛盾，杂文又恢复其作为批评的武器的作用，唤起新时代的新觉醒，促进社会进步。

同日，《桂林日报》发表秦似杂文《动机论》《说“适”》。

是日，陈登科日记载：“参加《当代》座谈会，李準讲了一个故事。”“伟大领袖五八年到某县视察，事后，该县为了纪念此盛事，便在主席站立过的田头，建造了一座小亭，亭中别无他物，只放了一把木椅，这把木椅也是伟大领袖在县里休息时坐过的。这纪念亭长期无人看管，结果成了麻雀的家园。一日，公社书记到此参观，见亭内鸟粪遍地，木椅上厚厚尘土。心中大为惊恐，此事要被县里知道，定犯对领袖污秽之罪，便在公社里挑选一三代老贫农来看管。这位老贫农也很虔诚，将纪念堂内外打扫得干干净净。一天，他七岁的小孙子随他到亭子内玩，老人打扫卫生时，他便爬上木椅玩耍，不料被路过此地的公社书记看见，书记立即找贫农谈话，这是‘万岁椅’你的小孙子怎么能随便坐呢？这位老贫农，后因孙子坐了‘万岁椅’，而惊吓成疾，一命呜呼。”[①]

14日，黎澍在山东大学举行的义和团运动80周年学术讨论会上发言[②]，指出：鸦片战争以来中华民族遭受无数的磨难，给后人留下了惨痛的教训，即“必须坚决反对任何形式的文化专制主义和闭关主义”，“现代化是实现社会主义的前提，没有现代化，不可能实现社会主义或者实现的不可能是社会主义”。提出，我们“应当有勇气把‘中学为体，西学为用’

① 陈登科：《陈登科文集》（第8卷），北京燕山出版社2003年版，第496页。

② 后以《中西文化问题》为题发表于《历史研究》1989年第3期。

这种流行的观念颠倒过来”。坚持西学为体，就是“承认马克思主义是指导我们思想的理论基础”，学习西方一切优秀的文化成果。[①]

同日，《人民日报》发表舒展杂文《“老正确”及其他》。

16 日，《大公报·大公园》发表巴金《说梦》。

18 日，《人民日报》发表蒲剑杂文《蒲剑小集》。

19 日，《人民日报》发表焦勇夫《“干预生活”一解——从柳青的一份建议谈起》。

同日，《福建日报》发表卓英杂文《“掩杀”》。

20 日，最高人民法院特别法庭开庭公审林彪、江青两个反革命集团主犯，确认上述两个集团都是以夺取党和国家最高权力、推翻人民民主专政为目的的。次年 1 月 25 日，对江青等 10 名主犯做出了判决。

21 日，《文汇报》发表高晓声《写自己熟悉的人》、白桦《时代在呼唤作家》、陆文夫《写人》。

同日，《桂林日报》发表秦似杂文《最怕“管不了”》《官小权大》。

22 日，《光明日报》发表冯英子杂文《说净》。

23 日，《解放日报》发表萧丁杂文《这一鞭打得好》。

25 日，《文汇报》发表陈虞孙杂文《最后一场》。

同日，《宁夏日报》发表吴金成杂文《赞造父摄辔》。

26 日，《人民日报》发表刘宾雁《认真总结历史教训》、钱中文《一个曲解文学真实性的公式——评“难道……是这样的吗?”》。

27 日，《人民日报》发表闻一杂文《红色、白色、刀剑及其他》。

同日，《内蒙古日报》发表孙甲杂文《“三旨相公”小论》。文章说：“铲除封建专制思想的利器又是什么呢？这个利器就是：发扬社会主义民主。”

是日，陈登科日记载：“如何改善党对文艺工作的领导呢？我认为首先应了解作家，群众在想什么，做什么。”“文艺工作要加强党的领导，谁也不会反对的，但是，我们应该从过去的三十年中，很好的总结一下，那些对的，那些是错的，很好的改善党的领导。”“最近，粗暴干涉有所抬头，我是这样认为的。双百方针没有很好贯彻，这也是我多次讲的。有人讲，对文艺界只能说好，不能说坏，我认为这话不够准确，问题是你说的

---

① 徐宗勉、黄春生：《黎澍集外集》，社会科学文献出版社 2003 年版，第 320 页。

在不在理，在不在行。”“做文艺工作的人，最反对阿谀逢迎的。但是，也要注意，别人对自己的阿谀逢迎。”[①]

28 日，《羊城晚报》发表周书文杂文《“众文嚣嚣”好》。

30 日，《光明日报》发表杂文《打棍子和柴大官人》。

同日，《桂林日报》发表秦似杂文《时间的独白》《现代之遐想》。

本月

《文艺报》第 11 期“怎样把文艺工作搞活”专栏发表李准（《文艺界要不要改革?》）、黄苗子（《不该管的乱管，该管的不管》）、雁翼（《改革体制的几点建议》）、缪俊杰（《文艺问题要搞综合治理》）、秦晋（《从改革制度入手》）、孟伟哉（《要采取点实际措施》）、梅朵（《改革体制必须解放思想》）等人文章，发表丹戈《改革文艺体制，刻不容缓》，“随笔”专栏发表陈辽杂文《也议“为民请命”》、王若望杂文《不要虚张声势》。陈辽强调：“作家生活在人民之中，他的任务之一，就是以艺术的笔墨反映人民的生活、斗争、感情、愿望、理想、灵魂，能在人民的疾苦面前闭上眼睛吗？遇到损害人民利益的人和事，能不起来抗争，‘为民请命’吗?”

《战地》第 6 期发表毛书征杂文《审判“官僚主义”》、石城（黄连城）杂文《饭桌上的学问》、冯英子杂文《严嵩的妹妹及其他》、石工杂文《权威与科学》、隋喜文杂文《奉旨申斥》、晋驼杂文《人民要起来“护法”》、杨剑杂文《“皮球”为何老踢不完》、韩宇红杂文《“竖加干涉”》。

《散文》第 11 期发表蓝翎杂文《“一言堂”追根》。文章说，根治“一言堂”的最好办法是废除终身制，打破“铁饭碗”，实行民主选举。

《北方文学》第 11 期发表曾白融杂文《论中庸》。

《芒种》第 11 期发表王愚杂文《不知奸邪，所以为奸邪》、王龙思杂文《由左思的慨叹想到的》、田洪斌杂文《有感于召公劝谏》。

《文汇增刊》11 月号发表王春元《历史的惰力——评文艺与政治关系问题的几个观点》、王文生《文艺与政治关系的历史经验》、李士钊《〈武训传〉问题是一个学术问题》、子冈《熙修和我》、戴晴《消失了的号音》、萧离《沈从文先生二三事》、钟灵《宝刀不老——看方成漫画展览》、楼适夷杂文《今天来谈“样板戏”》、恽逸群杂文《论新八股》（此文为作者的遗作，作于 1973 年 8 月 4 日）、陆诒《悼念恽逸群同志》。

① 陈登科：《陈登科文集》（第 8 卷），北京燕山出版社 2003 年版，第 502—503 页。

《雨花》第11期发表赵瑞蕻《赠巴金先生》、段儒东杂文《所谓“国情”》、甘竞存杂文《假如阿Q活着……》。

《安徽文学》第11期“议政·议经·议文”专栏发表叶至诚杂文《偶感》、黄秋耘杂文《孤莫孤于自恃》、刘伶杂文《曹操仍不能说是老实人》、余百川杂文《“人死观”种种》。

《随笔》丛刊第12集“玫瑰园”专栏发表黄秋耘杂文《这不算是件小事》、海耕杂文《看“看变戏法”》、任力杂文《漫谈识别人才》、江南月杂文《从嵇康的〈绝交书〉谈起》、牧惠杂文《门外人语》、程怀周杂文《时间和生命》、韦杏良杂文《读书·吃书·抄书》，“文史荟萃”专栏发表蒋星煜杂文《牛鬼蛇神考略》，“史缝杂想”专栏发表闲人杂文《吕留良的〈自题僧装像赞〉》，“读书与思考”专栏发表林锦泉杂文《一万和万一》、汪汝洋杂文《创新、不服老及其他》（《被视为“异端”的李贽》《知识不等于智慧》《寿命新解》《叹老、不服老及其他》《书信琐谈》），“戏史杂谈”专栏发表陶雄杂文《不可等闲视之》、王延龄杂文《刘阿斗的传说（外二则）》（《〈捉放曹〉的真相》《〈华容道〉是刘备失策》）。

《读书》第11期发表林春、李银河《与传统的封建文化告别》，张焕《让带刺的玫瑰盛开》。林春等认为：“建设现代化的每一步都是对封建传统文化的挑战；同样，保护封建文化的每个举动都是对现代化的挑战。”发表顾准《科学与民主》，指出“唯有立足于科学之上的民主，才是一种可靠的民主”。孟南杂文《从灵山事件说到肃清封建遗毒》，指出：“专制杀人，封建误国，官僚乱政，迷信败党……我们必须在马克思主义的指导下，掀起一个新的启蒙运动，肃清封建遗毒！”

《书林》第6期发表金性尧杂文《晚明的太监政治》、冯英子杂文《〈我的前半生〉读后》、姜德明《徐懋庸注〈阿Q正传〉》。

《新观察》第9期发表唐挚《文艺体制要下决心改革——从赵丹之死和他的遗言说起》、马识途《江青为什么要扼杀〈红岩〉》、于晴杂文《如此辩护士》、敢峰杂文《提倡厚道》。第10期发表东方既白杂文《“生前为料事，留于后人补”》、舒展杂文《官商种种》、雷克杂文《自荐的悲剧》。

《新时期》第6期发表廖沫沙《历史怎样才不会重演?》、严家其《“皇权”和“皇位”——论专制主义的两个特征》、江成龙杂文《“假而优则仕，真而优遭诛”何时了?!》、李少军杂文《漫谈封建等级制》、王春瑜杂文《溺爱·挂黑牌》、李杜杂文《头发和胡子》。廖文说：“一个社会的变革，只有从经济基础到上层建筑、意识形态，彻底地变革了，过去的历史才不会重演。”

《群众》第 11 期发表宗正才《日记和私人通信能否定反革命罪》、陈忱杂文《革掉“五官科”》、张明理杂文《看〈包公赔情〉想到的》、成中杂文《抬轿与坐轿》、惜今杂文《欧阳修谈吏治》。

《民主与法制》第 11 期发表顾执中《没有民主，何来法制》、秦岷《几位老同志谈上海的“一言堂”》、徐铸成《上海的“那个”》、冯英子杂文《吃饭以外》、魏克明杂文《慎哉！慎哉!》。

《实践》第 11 期发表严谔之杂文《马或奔踶而致千里》。

《复旦学报》第 6 期发表朱文华、许锦根《要把〈讲话〉作为历史文件看待》。

《学术研究》第 6 期发表老烈杂文《切忌“一刀切”》、牧惠杂文《学风种种》、杨越杂文《“补课”再议》、黄秋耘杂文《治学的“三种境界”》。

人民日报出版社出版《邓拓散文》。收入《从借书谈起》《废弃庸人政治》等散文、杂文作品 38 篇。

广东人民出版社出版廖沫沙小品文集《鹿马传》，收入作者四十年代所做历史小品 7 篇。

蒋元明作杂文《漫画的讽刺》[①]。

十二月

2 日，《人民日报》发表章廉德杂文《“黄狸黑狸，得窜者雄”》。

同日，《解放日报》发表方斜杂文《“酸派”和“精神法庭”》。

同日，《无锡日报》发表章云杂文《“塞进去”和“拉下来”》。

4 日，《人民日报》发表徐柏容杂文《也谈南郭先生》。

同日，《桂林日报》发表秦似杂文《异闻录》《关系学》。

7 日，《光明日报》发表王若望杂文《“重视”之忧》。

同日，《北京晚报》发表曾白融杂文《九千岁与立生祠》。

同日，《浙江日报》发表孙信华杂文《“小河有水大河满”》。

9 日，《人民日报》发表郑异凡《列宁怎样领导文艺工作》。

10 日，《人民日报》发表苏予《领导放手　文艺才能搞活》。文章说，

① 收入氏著《嫩姜集》，山西人民出版社 1983 年版。

党怎样领导文艺，才能把文艺事业搞活？我以为重要的有三条：一是解放思想，二是落实政策，三是领导放手。

11日，《人民日报》发表丁玲《沉痛地告别过去　勇敢地面向未来——致青年人》。

是日，陈登科日记载："下午三点去《清明》编辑部拿来二十六期《动向》，无意中发现在《大陆文坛的一场大辩论》的文中，说：陈登科怒斥不尊重艺术的作风。我很奇怪，仔细阅读，文中这样写道：作家陈登科谈及电影《瞬间》的被禁，愤怒非常：'中国有十亿人，一个俱乐部，究竟能代表多少人，究竟谁给了它这么大权力，就这么轻易地把多少艺术家的辛勤劳动和国家近八十万元的投资毁掉了？这么重大的损失究竟由谁来赔偿？而某些人自恃着官高权重，直至今天，他们动辄还借着非常'革命化'的幌子，举起所谓'自由化'、'丑化军队'的棍子，对文艺创作棍棒交加，横加干涉，他们不懂得在作品面前必须人人平等，不懂得在艺术的法庭面前，是没有长官和下级，领导与被领导之分的。他们长期以来对作家、艺术家的精神劳动极不尊重，习惯了在领导文艺工作中搞唯我独尊，发号施令，颐指气使，乱加干涉，我认为，文艺创作所以至今还不能充分繁荣，这就是关键所在。""我看了这段全文，方知是摘录十月份我在文艺报上发表的那篇小文章，本来没事，它这一摘引，定要引起非议，非议对我来说，已习以为常，可香港这些刊物，总是在帮倒忙呢？"①

12日，《人民日报》发表彭湘福、郑仲兵《论"一元化领导"》。文章说，在我们国家，只有人民才是国家的主人，他们的最高权力机关是全国人民代表大会。全国人民代表大会制定的法律，任何个人、任何组织都必须遵守，都必须执行。共产党员、党的组织尤其应当成为执行的模范。党的任何一级组织都只能是在宪法和法律的范围内实施领导和进行工作，而不能违反宪法和法律，更不能不按法定程序随意自立什么"法律"要群众去遵守。我们的党只能引导和组织人民更好地去行使自己的权利。这是改善和加强党的领导始终不能忘记的根本原则。

是日，陈登科日记载："中央电视台两名导演来看我，说了一个'雷峰塔'与雷锋的故事：去年某省一剧团排演禁锢多年的传统剧目《白蛇

① 陈登科：《陈登科文集》（第8卷），北京燕山出版社2003年版，第507—508页。

传》，在演出的头一天，请来有关领导和文艺界人士审查。看罢戏，请文教书记发表指示，这位书记还是很谦虚的，想了好半天说：'这个戏嘛，我个人看是可以演的。不过，你们应考虑，雷峰塔倒了，这个问题嘛，嗯，还值得商榷，学雷锋，这是我们伟大领袖提出来的，他老人家去世了，学雷锋运动我们还是要搞的嘛，这一倒，我们还要不要学雷锋。'他这一问，把在场的人都问得目瞪口呆。""文化人毕竟文化人，书记一走，便赠送这位书记一首打油诗：不懂就不懂，千万别装懂。戏中雷峰塔，怎可比雷锋。""打油诗并没有什么惊人之句，使人感到震惊的是，像这样的文教书记，掌管全省的文化艺术工作，我们的文化艺术，如何能繁荣的起来呢？"[①]

13日，《北京晚报》发表曾白融杂文《大奸大恶》。

同日，《广西日报》发表秦似杂文《"下九流"辨》。

14日，胡耀邦在回答希腊《黎明》报主编的提问时说，我们党的一致看法是，所谓"文化大革命"的十年，是一场灾难。这十年使我国经济、文化、教育、政治思想、党组织都遭受很大破坏。我们实行的改革是两个方面。第一是政治方面，主要是健全社会主义民主和法制，恢复党的好传统好作风。第二是对经济体制的改革，当前重要的是进行经济调整。[②]

同日，《桂林日报》发表秦似杂文《"客饭"推论》《推论之余论》。前文指出：一大二公，唯其大才算公，而凡公者必大。公家东西有的是。共"公家"之产的，不幸也多的是。何止"客饭"而已！

15日，《人民日报》发表胡鉴《党员的"地位"不能高于群众》。

同日，《文汇报》发表罗竹风、吴强《真正贯彻"双百"方针　不要一花独放、一家独鸣》。

17日，《人民日报》发表任白戈《〈徐懋庸杂文集〉序》。

19日，《人民日报》发表路知音杂文《"白手起家"的妙法》、石飞杂文《少放"空炮"》。

20日，是日，陈登科日记载："美林（韩美林——引者）从北京回来，说柯岩要他转告我，今后在公开场合，不要再乱放炮了。""据说，我在北

① 陈登科：《陈登科文集》（第8卷），北京燕山出版社2003年版，第508—509页。

② 《中华人民共和国日史》编委会：《中华人民共和国日史（1980年）》，四川人民出版社2003年版，第275页。

京一次什么座谈会上，讲过这样的话：政治家都没良心的，最有良心的是作家。我在什么地方讲的，我已记不清了，她的关心我应铭记的。”“我仔细回想，是好像与人讲过类似的话，参加公审四人帮，我就得出一个结论，那些所谓的政治家，心灵实在太肮脏，要说心灵干净，看来还是作家。政治家没良心，作家有良心，我也是有所指的，并不是泛指，就好比作家中也有出卖灵魂的一样，看来有人在传话中，斩头去尾，也许是我的口齿不清，有些人没听明白。”“我承认我这个人有偏激之处，但是，我绝对没有去故意伤害谁，如果因这些话，引起某些人的不快，那我也就实在抱歉的很了。”“是非功过任人说，我一听了之。”[①]

同日，秦牧作杂文《骨朽人间骂未销》[②]。

21日，《江西日报》发表赵希龙杂文《包公的黑脸与领导的面子》。

22日，《人民日报》发表曾慧民杂文《推磨有感》。

23日，《解放日报》发表严修杂文《郭橐驼种树与郑板桥养鸟》。

是日，张光年日记载：“下午近4时，匆匆赶去安儿胡同。周扬、荒煤、敬之已在等候。周扬同志谈了对当前形势的感想。我说要维护党中央战胜困难，可以小道理服从大道理。但想事说话，要照顾前言（三中全会）后语（六届人大），警惕官僚主义反扑。”[③]

28日，《光明日报》发表秦似杂文《迎春漫笔》。

同日，《桂林日报》发表秦似杂文《“管不了”一例》《竟有尤甚于封建者》。

30日，《解放日报》发表曹正文杂文《曹丕学驴叫的遐想》。

31日，《人民日报》发表杨柄《文艺创作如何掌握歌颂与暴露的关系?》。

本月

《文艺报》第12期继续开设“怎样把文艺工作搞活”专栏，“随笔”专栏发表谢云杂文《“社会效果”漫笔》、奚巍鸣杂文《牢骚及其他》、吴小如杂文《“终不悔”与“千百度”》，发表荒煤《并非闲话，而是期望》（肯定沙叶新《扯“淡”》一文）、凤子《也扯〈扯“淡”〉》（质疑沙叶新《扯“淡”》一文）。

---

① 陈登科：《陈登科文集》（第8卷），北京燕山出版社2003年版，第511页。

② 收入氏著《晴窗晨笔》，花城出版社1981年版。

③ 张光年：《文坛回春纪事》，海天出版社1998年版，第210页。

《人民文学》第 12 期发表章明杂文《剑花小集》(《自豪与羞愧》《语言的魔力》《两种“梯人”》《以“鼻”取人》《“潜台词”的变化》《聪明与落后》)。其“题解”说：岭南有一种剑花，枝干绿色，呈四方形，肉多刺，花大如莲房，味美可食。药书上称它“清凉、润肺，可治咽炎、感冒”。

《上海文学》发表王元化《文学的真实性和倾向性》。

《文汇增刊》12 月号发表王若望杂文《“重视”之忧》。

《雨花》第 12 期发表顾尔镡杂文《也谈突破》、黑子杂文《文学的“路”》、徐乃建杂文《别了，文学的裹脚布》、恽建新杂文《如何“突破”》。顾文说：“政治上突破，最主要的是‘四项原则’。‘四项原则’，我们是要坚定不移遵守的，怎么又要突破呢？首先，‘四项原则’本身也是在发展的；其次，我们对‘四项原则’的认识也是在不断加深的。突破的问题，就由此而产生。”

《安徽文学》第 12 期“议政・议经・议文”专栏发表王若望杂文《“御用……”之类》、肖民杂文《从 O 说起》，发表吴章胜《政治、文艺及其家》。

《随笔》丛刊第 13 集改由花城出版社出版。发表舒展杂文《张志新与鲁迅先生》、穆扬杂文《红绿灯前所悟》、蓝翎杂文《了了录・从海瑞的“家伙”单想起》、袁云杂文《八十年代话“枕头”》、冉至也杂文《难答的问题》、马良杂文《己生正，令乃行》、柯安杂文《学史断想——从古今关系说到“以古讽今”》、陶雄杂文《人到老年》。

《新文学论丛》第 3 期发表曾白融杂文《“文以载道”辨(外二则)》(《镜子》《主流》)。

《新华月报》(文摘版)第 12 期发表王功熹杂文《“朴素感情”不一定朴素》。

《读书》第 12 期发表胡平杂文《从“手莫伸”谈起》、徐景祥杂文《“停年格”与终身制》。胡文指出，历史昭示我们：一个绝对的权力，对于它的行使者几乎总是会造成不可避免的腐蚀；一个绝对权力的位置，又总是对那些权欲熏心的野心家产生巨大的诱惑而使本身随时处于被窃据的危险之中。所以，造成这么一种权力，对于实行阶级的统治、人民的统治是完全不利的。

《新观察》第 11 期发表一剑杂文《“蝤蛴”戒》、朱红杂文《知了的理由》、焦勇夫杂文《说“秀才”》。第 12 期发表张效仁等《春风吹到了虎头山——昔阳县学大寨运动初步考察》，谢昌逵杂文《报纸批评好人的历史考查》，陈允豪、胡靖杂文《好“经”与“歪嘴和尚”》。

《群众》第12期发表瞿季木《近代资产阶级以法制清除封建基础》。

《民主与法制》第12期发表于浩成等《政治体制改革笔谈》、吴家麟《民主三题》、蒋国田《干部终身制与封建主义》、王若望《“上海一霸”二三事》、陆诒杂文《谈一点民主之道》、尚丁杂文《人的胜利》。

天津人民出版社出版宋振庭杂文集《讴歌与挥斥》，收入《马尾巴、蜘蛛、眼泪及其他》《从读史想到的……》《“头朝下”》《活着的、战斗中的老共产党员都应该像她这样》《变两代人之间的隔膜为友爱》《唯以平等待人方可谈友爱——再谈“变两代人之间的隔膜为友爱”》《应给道德、伦理、修养等问题也落实政策——三谈“变两代人之间的隔膜为友爱”》《文艺与政治管见》《致友人，谈文艺》《对怎样写杂文的一点看法》《唯一律癖》《谈“聚堆”》《谈别钻牛犄角》《大眼眶子的“批评家”》《思想解放问题札记》等杂文52篇。王朝闻在《挫万物于笔端——〈讴歌与挥斥〉读后（代序）》中指出：“一提到杂文，我不能不联系到匕首和投枪。这本文集反复打击着形形色色的极左思潮和各种各样的非无产阶级思想；但这种打击，并不靠剑拔弩张，而是举重若轻，委婉动人的。许多年来，我国流行着一种吓人战术。思想斗争仿佛不板着面孔，不咬牙切齿，就丧失了立场；其实，那种外强中干的八股调儿，是一种以压服为动机、缺乏说服人的自信的表现。本来，严肃的思想内容与轻松活泼的形式的对立统一，是我国小品文的优良传统，但是这种传统长期受到压抑，好像将要失传似的。大而无当的断语满天飞，简直是一种精神上的灾难。”提出：“现在叫作小品文的这种文体，其实是一种复杂多样而又灵活的文体。根据我们常见的，其中有政论性的小品，叙事性的小品，寓言式的小品，抒情式的小品等等，当然这并不是科学的分类，只是说这种文体包含很广。但是不管哪一种，也不管某一个作者有什么样特殊的风格，作为小品文，都必须有些共同的特点，那就是：具有锋利的短兵相接的战斗性，流畅的易于为人接受的文学语言，活泼的隽永的风格，深厚的感染人的力量。一般地说，小品文虽然所论、所述、所评的范围不大，或指一事一情，一题一物，但是都应该从中引伸和启发人们联系到更深刻一些的思想，能从具体的问题出发，揭示出生活中、斗争中的一般真理，使人读了能够有所得，有所警醒，有所感触。正因为它有这些特性，所以它才能站得住脚，它能做到的常常是别的文章所做不到的也代替不了的。”

蒋元明作杂文《棺材之类》[①]。

本年

《夜读》创刊号发表廖沫沙杂文《从另一方面看……》。

① 收入氏著《嫩姜集》，山西人民出版社1983年版。

第四章　反“左”反“右”：1981年中国杂文档案

1月29日，中共中央作出《关于当前报刊新闻广播宣传方针的决定》，要求要认真进行关于坚持四项基本原则的宣传，对怀疑、诋毁四项基本原则的思想和言论，不能放任、容忍，更不允许利用党的宣传工具加以散布，而必须进行有力的批驳。

2月25日，全国总工会等九个单位，联合向全国特别是青少年发出倡议：开展以讲文明、讲礼貌、讲卫生、讲秩序、讲道德和心灵美、语言美、行为美、环境美为内容的“五讲”、“四美”文明礼貌活动。

3月27日，邓小平在同解放军总政治部负责人谈话时指出：“解放思想，也是既要反‘左’，又要反右”，“要批判‘左’的错误思想，也要批判右的错误思想”；“对‘左’对右，都要做具体分析”，“要针对每个单位、每个人的不同情况去做思想工作”；“纠正‘左’的倾向和右的倾向，都不要随意上‘纲’，不要人人过关，不要搞运动”。

6月27—29日，中共十一届六中全会在北京举行。会议审议和通过了《关于建国以来党的若干历史问题的决议》。决议对新中国成立以来重大历史事件特别是“文化大革命”，对毛泽东的功过是非和毛泽东思想的基本内容与指导意义作出总结和评价。指出：“文化大革命”不是也不可能是任何意义上的革命或社会进步，而是一场由领导者错误发动，被反革命集团利用，给党、国家和各族人民带来严重灾难的内乱。

7月17日，邓小平在同中央宣传部门负责人谈思想战线方面的问题时，严肃指出，当前更需要注意的问题，是存在涣散软弱的状态，对错误倾向不敢批评。对于资产阶级自由化等错误倾向，我们不能再搞反右派运动那样的政治运动，但批评的武器一定不能丢。邓小平重申坚持四项基本原则的重要意义，指出：资产阶级自由化的核心就是反对党的领导，而没有党的领导，肯定会天下大乱，四分五裂。

8 月 3—8 日，中共中央宣传部在北京召开全国思想战线座谈会，传达讨论邓小平的重要谈话，研究加强党对思想、文艺战线领导的问题。胡耀邦在会上指出，邓小平谈话的基本点和核心是一句话：我们党对思想战线的领导处于软弱的状态，必须改变这种状态。

9 月 25 日，鲁迅诞辰 100 周年纪念大会在北京举行。胡耀邦在大会讲话中特别赞扬了鲁迅严格的自我解剖精神以及他所倡导的“文艺必须有批评”的观点，认为要促进文艺的健康发展，正确地开展批评与自我批评是十分必要的。

一月

1 日，美联社电，中国曾自诩为有着数千年文明的礼仪之邦，如今报章却要教人说最基本礼仪之语。尤其是北京人，服务态度之恶劣到了举国尽知的地步。

同日，《解放日报》发表林放杂文《新年的祝愿》。

是日，陈登科日记载：“回忆往事，我们痛心疾首，尤其这场史无前例的文化大革命，中国人民也遭受了史无前例的大灾难，中国古老的文化也遭受了史无前例的大浩劫。十年动乱，中国经济到了崩溃的边缘，谁也不会料到，在建设社会主义中，成千成万中华儿女流血牺牲，他们不是死在国民党的枪口下，也不是死在地主、资本家残酷压榨下，而是在披着共产党外衣的林彪、江青这帮野心家的淫威下，死于迫害，死于无辜。不管人们是否承认，中国这段历史说明了这样一个现实。尤其要指出的，至今，相当一部分人，心灵中巨大的创伤尚未愈合，脑子中还有深刻的‘教训’，历史的悲剧能不能重演，人们都回答‘不能！’可历史的悲剧会不会重演，人们的回答……”“任何时候，任何情况下坚持实事求是，这是人人应该遵守的，可在我们生活中，仍有那么一些人，不是依靠坚持真理过日子，不承认实践是检验真理的唯一标准，而是靠唬人、打人、捧人过日子，他们不尊重事实，而是看人观风向，人云亦云，危害极大。林彪不是高声叫喊过：‘谁反对毛主席，全党共讨之，全民共诛之。’可要杀毛泽东的也是他林彪。还有：‘主席健在，我们是大树底下好乘凉。’然而事实呢，要砍倒大树的人，也正是江青这帮野心家、阴谋家。他们可是三十八年的夫妻啊?”[①]

3日，《太原日报》发表许传海杂文《“与民作主”和“作民之主”》。

4日，《北京戏剧报》发表曾白融杂文《话说百家》。

同日，《文汇报》发表楚云飞杂文《老百姓》。

同日，《桂林日报》发表秦似杂文《我有旨酒》《眼药》。

6日，《人民日报》发表黄裳杂文《反封建离不开旧戏》。

同日，《文汇报》发表宋永毅《科学地研究鲁迅——从〈庆祝沪宁克复的那一边〉谈起》。文章说：鲁迅是伟大的。但是如果我们匍匐在这个“伟大”面前来研究他，会把“伟人”错当成“完人”，把他当成不可企及的神像，以致造成文学评论界的宗教迷信。

7日，《人民日报》发表基凯《正确理解“无为而治”》。

同日，《北京日报》发表金戈杂文《多思有益》。

9日，《人民日报》发表胡平《知识的价值和知识分子的历史命运》、李宗禹《卢森堡关于社会主义民主的观点——读〈论俄国革命〉》、黄裳杂文《难答的问题》。

10日，晚，白桦找到胡耀邦，请胡观看电影《太阳和人》，被拒绝。[②]

11日，《北京日报》发表吴昊杂文《应声虫》。

同日，《桂林日报》发表秦似杂文《“女皇梦”末章》《三种笑》《大恶口中的“小事”》。

13日，《人民日报》发表评论员文章《充分相信和依靠我们自己的知识分子》。

同日，《中国青年报》发表徐汉炎杂文《堵而抑之不如疏而导之》。

---

① 陈登科：《陈登科文集》(第8卷)，北京燕山出版社2003年版，第514页。

② “我(白桦——引者)求见胡耀邦，请他看看片子。可能他是考虑到方方面面的情况，拒绝了我的请求。他告诉我：‘这部影片没有审查通过之前，我不看。昨天晚上在中南海放了这部片子，我没有去。听说有人反对，有人支持。我们家看过电影的就是两派。我的儿子是赞同你们的，我的秘书就不赞同。’他说：‘我也不打算看，什么时候电视里放，那就是通过了。’”《南方人物周刊》编：《前辈》，21世纪出版社2012年版，第355页。

14 日，《人民日报》发表评论员文章《坚持马克思主义的文艺批评》。

同日，《解放日报》发表周原冰《人性和人道主义》。

14 日—2 月 1 日，总政治部召开全军政治工作会议，会上对电影《太阳和人》和白桦予以严厉批评。

15 日，《南通日报》发表辛丰（李继治）杂文《善进者必善退》。

16 日，于浩成作杂文《批“衙内”就是搞株连吗?》[①]。

是日，陈登科日记载：“参加省委工作会议，会上有人对文艺工作提的问题，也值得我们重视，但有些意见多少有点偏激，如说：赵丹临死时，写文章不要党的领导。赵丹的文章，我也看过，我没有看出他是提倡不要党的领导，他只是希望如何改善党对文艺工作的领导。”“还有人说：现在的文学叫暴露文学，在人民群众中起了很不好的作用，是在丑化党。这话说的太过分了，哪有丑化党的作品呢？更有甚者，说暴露文学，把人心都搞散了，心都灰了，哪还有心思干四化。我不相信文学作品会有如此大的作用。”“说有的电影是教唆犯，对青年影响很大，这也是不实事求是的态度，说如今的电影，宣扬爱情多，宣传革命精神少，影响青少年的思想，请问四人帮时代，电影小说都不写爱情，那时的青少年又如何呢?”[②]

18 日，《桂林日报》发表秦似杂文《“这算得什么!”》《天高皇帝近》。

19 日，是日，巴金致信王仰晨：“我一不怕苦，二不怕死，只是热爱社会主义祖国和人民。长官点名，我不会害怕。倘使一经点名，我就垮掉，那算什么作家？点名之说早已传到耳里，我无所谓，据说是在外事工作会上讲的。但后来他又派秘书来找小林（巴金女儿）谈话，劝我不要相信别人的挑拨。我仍然不在乎。作家不是为了受长官的表扬而写作的。”[③]

21 日，《重庆日报》发表曹廷华杂文《“对号入座”的乱弹》。

26 日，《人民日报》发表岳平杂文《马克思为封建官僚画像》、骆继宾杂文《帕金森定律与官僚主义》。

27 日，《人民日报》发表记者调查《首都知识分子现状的调查说明：

---

① 收入氏著《当代杂文选粹・于浩成之卷》，湖南文艺出版社 1986 年版。

② 陈登科：《陈登科文集》（第 8 卷），北京燕山出版社 2003 年版，第 517—518 页。

③ 夏榆：《〈随想录〉“享受”到的特别“待遇”——巴金研究会副秘书长周立民披露背后的故事》，《南方周末》2008 年 10 月 30 日。

还要继续纠正对知识分子的政治偏见》。

同日，《人民日报》发表黄裳杂文《二丑》。

28日，是日，张光年日记载："下午3时，贺敬之来。他向我谈了文艺界情况，及中宣部对一些问题的意见。……他表示很同意我对当前文艺界学习、调整的一些意见，希望在中宣部学习会上多讲一点。我很担心有些同志故意制造紧张局面，破坏了生动团结局势，提醒他当前运动中要瞻前（三中全会）顾后（下次党代、人代、政协、文代会）。"①

30日，是日，张光年日记载："上午……罗荪转述了陆石传达的王任重前天在中宣部办公会上对《文艺报》的粗暴批评（甚至提到编辑人员要调整）。我提出：有则改之，无则加勉，事实如有出入，可以适当说明，不要着急，照常学习，调查研究多种倾向材料，写出有说服力的文章。"②

31日—2月1日，中共中央书记处召开湖南工作座谈会。会议提出要清理"左"的思想，并指出，在干部中"左"的东西有多少之分、深浅之分、觉悟迟早之分，没有有无之分。

本月

《宣传动态》第4期刊登《陈云同志最近对〈人民日报〉的一些意见》。文章说："中央工作会议之前，陈云同志说，'经济工作搞不好，宣传工作搞不好，会翻船的。'""陈云同志办公室来电话说，陈云同志讲的宣传工作，不是光讲报纸宣传工作，实际上包括党的整个思想政治工作。陈云同志并不是说现在报纸宣传工作犯了什么大错误，而是说要把宣传工作搞好。""陈云同志在一次汇报会上说，《人民日报》副刊（八版）消极的东西多，最近我看了较长的一段时间，大概三十天的副刊，有二十天是都有一些消极的东西。"

《文艺报》改为半月刊。改刊后的第1期《编后》强调："使它真正成为旗帜鲜明、丰富多彩的百家争鸣的园地"；"更加鲜明有力地反映时代精神，进一步提高文艺创作的质量，更好地满足人民群众精神生活不断增长的需要，是当前文艺工作面临的重要问题。"同期全文发表胡耀邦1980年2月间在中国剧协、中国作协、中国影协联合召开的剧本创作座谈会上的

① 张光年：《文坛回春纪事》，海天出版社1998年版，第221页。

② 同上。

讲话。第 2 期发表季凯《文艺要发出昂扬的时代声音》。

《十月》第 1 期发表王若望杂文《〈步步设防〉续篇》。

《大地》第 1 期发表郁进杂文《储秀宫里歌德赋》。

《新港》第 1 期发表王若水《关于人道主义》。

《文汇增刊》更名为《文汇月刊》。发表胡风《向朋友们、读者们致意》、黄秋耘《时代的特征——写在〈风雨年华〉前面》、秦似杂文《神、造神和信仰危机》、林放杂文《伽利略心有余悸》、阿星《应当重新评价电影〈武训传〉》。

《芒种》第 1 期发表陈允豪杂文《"活"与"放"的随想》、唐汉周杂文《艺文札记》(《"源流"考》《"标准"议》)、庐湘杂文《"对号入座"新考》。

《安徽文学》第 1 期发表梅寒杂文《愚公转世的悲剧》、赵秋立杂文《凑热闹种种》、褚水傲杂文《效颦的另一种》、刘克《〈飞天〉作者谈〈飞天〉——刘克致本刊编辑部的信》、章圻《文艺评论与政治鉴定——从对〈飞天〉的批评想到的》。

《清明》第 1 期发表寒鸿玉杂文《个人迷信与文字术》、吕剑杂文《灶王爷与三尸神》。

《艺谭》(季刊)第 1 期发表耿庸杂文《这里只谈没有了的东西》、韩盈杂文《历史的总账》、冯英子杂文《岳庙诗话》、张禹杂文《柏拉图和说谎者》、杨力(贾植芳)杂文《温故而知新》。

《山东文学》第 1 期发表李广鼎《文艺不做政治的奴婢》。文章认为:"我们的政治和文学应该是相互促进的两兄弟,而不应该是一种奴役与被奴役的主仆关系。因此,我们的作家作为人民的一员,有权利把文学和政治放在一个平等的位置上,既可以利用政治来褒贬我们的文学,也可以利用文学来干预我们的政治。"

《作品》第 1 期发表江励夫杂文《有术与无术三题》。

《湘江文艺》第 1 期发表孙健忠《不应从属政治而应服从生活》、李元洛《反封建是当前文学的重要任务》、王福湘《"我希望五九年的历史不再重演"》、童吟杂文《"愚公""智叟"异议》、叶元章杂文《"以职位取诗"小识》。

《水仙花》(广西)第 1 期发表秦似杂文《从"成败论英雄"说起》。

《四川文学》第 1 期发表钟文杂文《有感于"以耳代目"》、吴野杂文

《对台戏为什么唱不起来》、林亚光杂文《“有争议的作品”名实议》。

《宝鸡文学》第 1 期发表商子雍杂文《小轿车考》。

《戏剧论丛》第 1 期发表黎澍《旧剧中的封建意识问题》、曾白融杂文《怕变》《影射》。黎文指出：“现在回顾过去，可以说，从五四运动以后就没有对封建主义进行过系统的批判。带封建色彩的事物，在解放后不是受到批判，往往由于我们的忽视在无意中受到保护，认为有那么一点点旧东西不足为怪。”

《读书》第 1 期发表编辑部文章《两周年告读者》、孙越生《试论“兴无灭资”》、黎澍《论提高》、于浩成《实现出版自由是重要问题》、任白戈《〈徐懋庸杂文集〉序》、绿原《为诗一辩》、高汉铭《归来吧，学者风度！》。编辑部文章强调，我们重申我们赞成“读书无禁区”的主张。孙文指出：实行一个以错误的方针对待某种历史发展过程的战略口号，就像实行一个没有经过周密考虑就大规模绝灭某个生态环节，从而破坏生态平衡的人为措施一样，会招致灾难性的“社会历史生态危机”。这是历史唯物主义一条颠扑不破的真理。不久前的一次“伟大实践”已经痛苦地从反面证明了它的正确，致使我们今天在四化的征途上不得不面临一场严重的反封建补课的长期斗争。

《文史知识》创刊号发表廖沫沙杂文《谈谈历史的辩证法》。

《书林》第 1 期发表金性尧杂文《杨贵妃与裙带政治》、沈鹏年杂文《〈十日谈〉和“打鬼运动”》、庄葳杂文《皇帝征蟋蟀》、林家箴杂文《说“勤”》、陈高华杂文《也说“九儒十丐”》。

《新观察》第 1 期发表杨继绳《渤海二号翻沉真相》、韩勇前杂文《“树挪死、人挪活”及其他》、舒展杂文《论土皇帝》。第 2 期发表宋世珍杂文《杀风景古今谈》、梁父杂文《有感于》。

《新时期》第 1 期发表阮铭《人的异化与人的解放》、李洪林杂文《我们需要什么样的猫？》、王若望杂文《关系学初探》、郭砚杂文《批评公仆以后》、詹文元杂文《为“学而优则仕”正名》、隋汶杂文《“万岁”杂谈》、张宿宗杂文《谈“忙”》。

《民主与法制》第 1 期发表秉灵《高度的民主一定要与完备的法制结合起来》、虞尚仁《废除不成文的“报刊点名法”》、苗埒杂文《赵构应治何罪？》。

《群众》第 1 期发表红树杂文《大家都是“花花面”吗？》、殷国安杂文

《论“死而未已”》、李文友杂文《说“走”》。

《学术研究》第1期发表杨文杂文《得天下与治天下》、韦石杂文《“人”的哲学随感》、钟夏杂文《从一段演说词说起》。

《自然辩证法通讯》第1期发表许良英《试论科学和民主的社会功能》。指出：“民主的……核心内容是：人民在法律上和人格上都是平等的，都有不可侵犯的人权（包括享有人身自由和言论自由的权利），人民自己当家作主，而不劳别人替他们作主，人民是国家的主人，享有对国家和各项事业的管理权，各级管理机构都由人民选举产生，任何行政管理人员都是人民的公仆，不是人民的主人（不是口头上的‘公仆’实际上的主人或老爷），都必须随时接受人民的监督，在人民认为不称职时即可按照法定程序予以罢免。就是说，我们不仅要在理论上承认人民是抽象的历史的主人，还要承认人民应该是实际的国家政权的主人。由此可见，把人民作为被领导者的‘群众路线’或‘民生作风’，原则上是不能代替以人民作为主人的‘民主’的。前者近乎‘为民作主’，后者则是让人民自己作主。中国历史上一些起过进步作用的人物是有‘为民作主’的传统，但却没有‘民主’的传统。因此，要树立真正的民主思想，必须经历艰苦的努力，首先是要同反民主的封建遗毒进行不懈的斗争。”

《鲁迅研究》（季刊）在北京创刊，鲁迅研究学会主办。

三联书店编辑出版《生活》（半月刊）试刊第1期。范用为其拟定的“发刊旨趣”说：“《生活》是一个思想性的半月刊。它要求以生动优美、犀利简明的笔调，写出文理清新、汪洋恣肆、幽默泼辣、韵味隽永的简短文章，来论述政治、经济、哲学、教育、文学、历史、自然、社会生活、道德风尚、青年修养、思想方法、工作作风等诸般问题。凡散文、随笔、杂感、记事、纪行、回忆、读书笔记、社会调查、读者来信、寓言警句等形式均可采用。……思想性是这个刊物的灵魂，生动优美、引人入胜而又深入浅出的文体是这个刊物的表达形式。”此期出版后，该刊即告停刊。

《圣经》在中国出版。

二月

1日，《甘肃日报》发表杨春寒杂文《历史的嘲弄》。

是日，陈登科日记载：“白桦来电话，……他说《太阳和人》命运还未定，据讲部队政工会议上，对他攻的很厉害。这就更不足为奇了，部队的人，一直都在骂他，今天还能说他的好话。”[①]

2日，是日，张光年日记载：“上午去安儿胡同（周扬住地——引者）参加核心组会，在周扬同志主持下，讨论了电影《苦恋》的正确处理办法，……最后讨论了《新观察》问题。万里、王任重同志对该刊意见都很尖锐。该刊确实有方向性问题，……我明确表示：这样一个政治、社会、文艺综合半月刊，作协是管不了、管不好的。”[②]

3日，《人民日报》发表刘瀚《健全法制是发展民主的保障》、蒲剑杂文《蒲剑小集》、黄裳杂文《舞台上的曹操》。

4日，《人民日报》发表评论员文章《文艺要为建设精神文明作出贡献》、林放杂文《欢迎共产党员谈端正党风》。

是日，张光年日记载：“同袁鹰、唐达成通电话，要求对耀邦同志剧本创作会讲话有所宣传，很多人不知道这篇重要文献。从电话里得知，某公在某会上说：‘《人民文学》不够好，还可以办得更好一些，如果人力不够，可以加强些么。’”“下午翻阅《人民文学》1月号，看了秦兆阳的小说，张志民的诗，刘宾雁的报告文学，意识到某公为何不高兴，不禁笑了。”[③]

8日，《人民日报》发表社论《国家的民主化改革必须在安定团结的条件下逐步实现》。

是日，陈登科日记载：“去看广涛（李广涛——引者），他讲中央党校看了《太阳和人》电影，意见很不一致，有的说这是毒草，也有人说好，还有人说白桦本来就是右派。看来搞文学工作的人太危险了。”[④]

9日，《人民日报》发表诚伟杂文《话开明》。

同日，《解放军报》发表孔黔《评“反对官僚阶级”》。

同日，《北京日报》发表余心言杂文《“社会效果”小议》。

同日，于浩成作杂文《怎样对待我国固有的精神文明？》[⑤]。

12日，中共中央宣传部召开“文艺部门党员领导骨干会议”。会议持

① 陈登科：《陈登科文集》（第8卷），北京燕山出版社2003年版，第525—526页。

② 张光年：《文坛回春纪事》，海天出版社1998年版，第221—222页。

③ 同上书，第222页。

④ 陈登科：《陈登科文集》（第8卷），北京燕山出版社2003年版，第527页。

⑤ 收入氏著《当代杂文选粹·于浩成之卷》，湖南文艺出版社1986年版。

续三个多月。会议结束时，周扬作总结报告。① 周扬在对文艺形势的估计与文艺的任务分析时指出："从领导的角度来看，阻碍三中全会以来方针路线顺利贯彻执行的，不利于四项基本原则的，主要是'左'的倾向，是长期以来根深蒂固'左'倾错误思想的影响。这一点我们要有清醒的认识，足够的估计。因此，应该着重清理的是'左'的思想影响，同时也要纠正右的放任自流的倾向。但必须明确，清理'左'的思想影响，在文化战线上如在经济战线上一样，是我们一个主要任务。""在我们党内，尤

① "出席会议的开始是 120 人，逐步扩大到学习结束时近 200 人。周扬同志主持这次会议。会议中心论题是讨论贯彻年前召开的中央工作会议精神。会上有所谓'三四左右'之争。'四项基本原则'与党的三中全会精神理应是统一的，但是会上有则强调坚持'四项基本原则'，侧重反右；有则强调三中全会精神，仍应反'左'。形势有些严峻。……中央一位领导人提出警告：一个经济，一个宣传（新闻、文艺）搞不好要'翻船'。另一位领导人严厉地批评宣传工作有严重缺点，对'四项基本原则'宣传不够，对否定'四项基本原则'批判斗争不力。继胡耀邦同志之后任中宣部部长的王任重同志批评'文艺界某些人自由化倾向严重'。针对周扬同志说过'《假如我是真的》（话剧）、《在社会档案里》（电影剧本），在台湾即使被拍成电影也没有什么了不起'的话，王任重说：'《骗子》（即《假如我是真的》）、《在社会档案里》已在台湾开拍，这说明什么问题？过去进步作家就因为一篇文章，被国民党抓起来坐牢、杀头，为什么现在有些人写的作品受国民党赞扬？这究竟是什么性质的问题？'（1981 年 1 月 28 日）'文艺作品中反映反右派、反右倾搞错了、反映冤假错案的内容，前一段写一些是可以理解的，有的也是好的；但今后不宜写得太多。……党是妈妈，不能因为妈妈错打了一巴掌就怨恨党。'王任重还批评《人民日报》第八版（文艺版）'思想路线不正确'。'赵丹遗言有原则错误，却被奉为"宝贵的遗言"。'……胡乔木在社科院党委会上讲话，说现在社会上有一股反对党的领导的风气，粗鲁地说'赵丹临死还放个臭屁。'……当时担任部队文艺领导工作的一位负责人，明确地说，'第四次文代会以后，文艺上有方向、路线错误。'他责问道：'你们这几年把文艺引导到什么地方去了？'另一位文艺界领导人也明确宣称：当时经济上要反'左'，文艺上要反右。这是这次会议的背景。"（顾骧：《此情可待成追忆》，王蒙、袁鹰主编：《忆周扬》，内蒙古人民出版社 1998 年版，第 452—453 页）"他（周扬——引者）的观点，概括起来，就是：文艺界在三中全会以来的成绩是主要的，是执行了中央的路线、方针的，但存在着一些问题，如文艺作品揭露阴暗面的问题，一些在政治思想上与中央不一致的文章的问题。这些问题归结起来就表现为一种自由化倾向，应引起文艺界各部门领导人的注意。但要分清艺术创作和学术研究上的自由与资产阶级自由化的界限。面对着有些人对文艺界的指责，周扬的估计是清醒的，实事求是的。大约一个月后，我们在编辑部听到传来的消息说，邓颖超同志给邓小平同志写了一封信，说'不要过分地指责文艺界'，邓小平同志将这封信批转给有关部门了。……刘白羽在 4 月 15 日的党员骨干学习会上作长篇发言，批评文艺界有些人反对党对文艺的领导：王若望歪曲'无为而治'；赵丹说，'如果党管文化管得太具体，文艺就没有希望，就完蛋了'；安徽《戏剧界》文章说'我向"长官意志"论者疾呼：中国有宁愿被你们抛弃一百次，而不愿被人民抛弃一次的志士。'江苏《雨花》上发表《也谈突破》说：'政治上突破，最主要的是"四项原则"。'批评文艺界有人要孤立地把反封建主义作为文艺创作的主要任务。呼吁批判和反对文艺领域里的资产阶级自由化。本来预定由周扬作总结报告的，由于发生了一系列事情，……因此，起草好的总结报告稿胎死腹中，会议没有总结，无疾而终。"（刘锡诚：《在文坛边缘上——编辑手记》，河南大学出版社 2006 年版，第 519—524 页）

其是文艺界，'左'的思想有着长久的历史根源和深刻的社会根源与认识根源。'左'的思想早在三十年代就有。建国以后，文艺方面从批判电影《武训传》到批判《海瑞罢官》，一个运动接着一个运动，批判资产阶级思想。不仅是批判，而且搞成运动。五十年代后期，'左'的东西逐渐滋长发展，十年内乱发展到顶点。二十多年，文艺战线'左'和右的错误都有，但就主体和主导思想而言，是'左'的错误。……我们工作中'左'的错误，在十年内乱中，为林彪、江青反革命集团所利用和恶性发展。林彪、江青一伙是反革命，但是，不能否认他们推行的极左路线，和毛泽东同志晚年'左'的错误，和我们工作中'左'的错误，有着渊源的关系。""……当然，应该看到，在批判'左'的过程中，右的思想有所滋长，应该引起我们的严重注意；但是过低的估计'左'的影响，认为三中全会以后，'左'的倾向已成过去，右的倾向已经是主要的了，这是不符合实际的。"①

同日，《大公报·大公园》发表巴金《三谈骗子》。

13日，《厦门日报》发表横眉杂文《李义府的升迁与孟浩然的遭贬》。

是日，陈登科日记载："巴老已事先在院中等我们，一见面就问我：你去北京了吗？我不由得愣一下：去北京，没有呵。他笑笑：上海在传说，北京找你去谈话，你写了检讨。吴强在旁补充道：上海的谣言很多，说中央点名批评四个人，你，白桦、王若望，还有赵丹，说白桦哭了一场，你写了检讨。我说：我在合肥也听人讲，上海批评四个人，一是巴老，二是赵丹，三是王若望，还有沙……吴强抢着说：他称不上，把《盛大节日》的作者和巴老相提并论，群众也不会同意的。我说：北京有人批评我，在一次座谈会上讲，政治家是没良心的，有良心的还是作家。我这两句话是指四人帮而言，并不是泛指，何罪之有呢？巴老很关怀地对我说：今后讲话要注意，被抓住一句两句，很难说清楚。我说：他想抓你，再注意也没用，一篇文章，或一次讲话，给你斩头去尾，挑出一两句，谁都可以挑出毛病。"②

14日，《广西日报》发表秦似杂文《想起玻璃菜》。

---

① 顾骧：《此情可待成追忆》，王蒙、袁鹰主编：《忆周扬》，内蒙古人民出版社1998年版，第455页。

② 陈登科：《陈登科文集》（第8卷），北京燕山出版社2003年版，第528—529页。

是日，陈登科日记载：“看来上海的空气，比安徽沉闷得多，几乎没有人讲话，就是讲话的，都是经主持者一再上门动员，才开口说几句官话，虽然大家不愿听，可也挑不出什么毛病。”“茶话会后去看宗英（黄宗英——引者），见面时我吃一惊，赵丹去世不到半年，她已如此地憔悴，她告诉我从北京到上海都有传闻，要批赵丹，批什么呢？就他死前的两句话吗？”“赵丹在离开人间之前，是讲过：电影不能管得太死，管得越死，电影就越没有希望，难道这是反对党对电影的领导吗？我慨叹一声：遗憾的是批评稍晚了一点，他自己听不到，也无辩解权了。”“宗英说：子女可以为他辩护，社会可以裁判，历史也可以为他裁判。”“历史是无情的，当年上海一霸（指曾任上海市委第一书记的柯庆施——引者），看了安徽一个话剧《毒手》，定为毒草，可如今怎样，被否定的不是《毒手》，而是否定《毒手》的人。现在有些人，为何不从当年上海一霸身上吸取点经验，我看将来亦难逃同样的命运。”①

15 日，《甘肃日报》发表吴正中杂文《所谓“无毒不丈夫”析》。

16 日，《人民日报》发表姜立《言论自由必须依法实现》、蒲剑杂文《蒲剑小集》。

是日，巴金致信萧乾：“点名问题几个月前就传过，说法不一，最近又流传起来。有人替我担心，其实我毫不在乎。这应当是最后一次的考验了。这一年多来我身体不好，很少参加活动，写字吃力，但还是写完了两本小书。我哪里有精力和时间去支持什么人？然而我的‘随想’可能得罪了谁，才有人一再编造谣言。我不怕什么，也不图什么，反正没有几年可以工作了。”②

17 日，《人民日报》发表吴祖光杂文《“蜕”辩——读报偶记》。

是日，陈登科日记载：“下午梁信又来看我，又谈起《太阳和人》，他认为是部好片子，看来强加毒草罪名的人，是不得人心的，公开批判更不得人心。”③

18 日，《人民日报》发表周先慎杂文《简笔与繁笔》。

19 日，《人民日报》发表黄裳杂文《〈一捧雪〉的启示》。

---

① 陈登科：《陈登科文集》（第 8 卷），北京燕山出版社 2003 年版，第 529—530 页。

② 夏榆：《〈随想录〉“享受”到的特别“待遇”——巴金研究会副秘书长周立民披露背后的故事》，《南方周末》2008 年 10 月 30 日。

③ 陈登科：《陈登科文集》（第 8 卷），北京燕山出版社 2003 年版，第 531 页。

20 日，中共中央、国务院发出《关于处理非法刊物非法组织和有关问题的指示》，要求各级党委、政府对非法刊物、非法组织进行严肃处理。

是日，陈登科日记载：“白桦告诉我两件事：一关于《太阳和人》的最新消息，年初二小平同志看了片子，意见不详，耀邦同志有批语，请周扬与夏衍同志处理。他一到北京，夏公便找他谈了自己的意见。昨天已初步拟出修改方案，补镜头已不可能了，只有在原片上做些剪接工作，另外有些对话，可再做重录，我祝他早日修改成功。”“刘宾雁约我去梁信家做客，肖玉、金迈等人都在场，听他们谈起部队文艺思想比地方上还乱，学习三中全会时，根本没有人抓，如今学习七号文件，抓得特别紧，连请假都不准，并说《太阳和人》是毒草，要组织批判。”①

21 日，《人民日报》发表王蒙《〈香草集〉序》。② 文章说：“这本集子里搜集的一些作品，大都是 1957 年前后，国外所谓的‘百花’时期所出现的作品。作品的作者大多是二十几岁的年轻人。作品在热情地称颂新中国、新社会的同时也批判了生活中的一些阴暗面。但是这些——应该说是很温柔地、脉脉含情地——对我们党内、领导机关内和人们的头脑内的一些令人不快的东西进行批判的初步尝试，招致了十倍严厉的和持久的批判和打击。二十年甚至更长一些，这些作品成了‘毒草’，成了禁品。我建议国内外读者用一种新的，理性的，心平气和的批判眼光看待这些作品。这里所说的批判眼光，大概是我们向往的第四个批判了。我们应该老老实实地承认这些作品的思想的简单、幼稚和艺术的粗糙，我希望读者对于这些作品的兴趣会逐渐淡漠起来。……我以为，我们更需要的是斯宾诺沙式的冷静，在回顾我们的错综复杂的历程的时候，我们需要的是理性和科学态度。像斯宾诺沙所说的：不哭，不笑，而要理解。这样，今天的我们就会真的比昨天的我们更聪明，而明天也会比今天有所进步。”

22 日，《中国青年报》发表梁京生杂文《宋薇引起的思索》。

同日，《文汇报》发表公今度杂文《邯郸学步》。

23 日，《人民日报》发表李庚辰杂文《说胆》。

同日，《文汇报》发表宏谷杂文《于谦与他的〈入京〉诗》。

---

① 陈登科：《陈登科文集》(第 8 卷)，北京燕山出版社 2003 年版，第 531 页。

② 英文版《香草集》由香港三联书店出版，内容多选译自上海文艺出版社出版的《重放的鲜花》。

是日，张光年日记载："上午到周扬家开碰头会，着重谈了白桦的电影《太阳和人》修改问题，取得一致意见。但白羽、默涵咄咄逼人，碰得夏衍老头气恼不置。会上周扬说我不赞成贺敬之这时候去党校学习，一时夏、陈、刘、林、巍峙等都表示不赞成。贺说了自己愿意去的话，周扬生气说，那我就要另找一个副部长。""贺敬之在关键时刻抽腿，这点看清了。"①

24日，《人民日报》发表黄志坚调查报告《究竟应当如何认识这一代青年?》、蒲剑杂文《蒲剑小集》。

27日，是日，贾植芳日记载："今天礼拜五，下午政治学习，一时半先在资料室集中，听副书记讲话，说是要加强政治思想工作，学习四个坚持，以正面教育为主，树立正面人物，对于有思想问题的人，也不戴'持不同政见者'、'反党反社会主义'的政治帽子，不搞运动，但对于这种有思想问题的人，也要选个典型，进行批评和自我批评，说校宣传部已花了工夫，订出提纲来了。重点是学生，但也不是说没教师的事，教师是教书又教人也要做政治思想工作。"②

28日，《湖北日报》发表评论员文章《加强和改善党对文艺的领导》。

是日，贾植芳日记载："在多年的极左干扰下，我们的文学，只是写神和鬼，把写人列为严禁区，'不准吸烟'，'严禁火种'，成了'神鬼文学'，实际上是宗教文艺，不惜调动一切力量和手段，把人们赶回中世纪去。现在又有人跃跃欲试，但我敢断定：好梦难成，人民和历史总是前进的，因此也是无情的。"③

本月

《宣传动态》第5期刊登《出席全军政治工作会议的同志对宣传工作的意见和建议》。文章说，许多同志认为，宣传工作上存在的问题主要有：一、宣传思想基本原则不力。二、理论宣传比较混乱。某些报刊发表文章对诸如"个人服从组织"，"大公无私"，"一不怕苦、二不怕死"，"毫不利己、专门利人"这些属于社会主义、共产主义精神文明的庄严的革命口号，进行荒谬的"批判"，造成了思想混乱，使许多青年人失去精神支柱。有的文章对"集中指导下的民主，民主基础上的集中"这一正确的组织原

① 张光年：《文坛回春纪事》，海天出版社1998年版，第223—224页。

② 贾植芳：《解冻时节》，长江文艺出版社2000年版，第323页。

③ 同上书，第325页。

则，也加以否定。相反，对亟需批判的那个根本没有也不可能有的所谓“官僚主义者阶级”的荒谬观点，却不见有文章加以批判。三、文艺作品中问题不少。一是爱情充斥戏剧、电影、电视、文学作品，形成了新的模式，新的“赶时髦”。有的不必要、不应该写爱情，也硬塞上些恋爱情节。二是有的作品，包括电影，调子低沉，缺乏鼓舞人、教育人向上的力量，甚至严重脱离现实，社会效果不好。三是文艺评论工作还未走上正常轨道，有的评论缺乏全面分析，好就绝对的好，坏就绝对的坏；被评论者受到表扬就头脑昏昏然，受到批评就一触即跳，听不进不同意见。四、有些理论上、学术上的讨论文章，与现行政策相矛盾，不加区分、不适当地扩大宣传，也造成了一些思想混乱。

《文艺报》第 3 期开始刊登文艺界研读胡耀邦讲话之后所写的文章，主要有克勤《艰难的起飞》、赵寻《文艺家是生活前进的鼓舞者》等。第 4 期发表周扬《解放思想，真实地表现我们的时代》、于晴《春回大地的时刻——读胡耀邦同志的〈讲话〉有感》、杜高等《怎样评价“剧本座谈会”？——读沙叶新的〈扯“淡”〉想到的》。

《文汇月刊》第 2 期发表顾骧《知识·知识分子·现代化建设》、吴泰昌《人道主义·创作·流派——作家孙犁答问》、黄秋耘杂文《作家自杀之谜》、杨柳榭杂文《面对一幅历史照片》、吴祖光杂文《训子篇》。

《芒种》第 2 期发表郭因杂文《脏水与婴儿》、沈志冲杂文《有感于“客位榜”》。郭文说，“民族的灾难来自万马齐喑”，“民族的生机在于人人敢想、敢讲，而且敢做。手无寸铁、只能放空炮的人，反人民，人民不会允许；为人民，你压他干什么？既然你自以为是代表人民利益的。”第 4 期发表列夫杂文《也说“脏水与婴儿”》，质疑郭文观点。

《雨花》第 2 期发表邓小秋杂文《击鼓·滚钉板及其他》。

《江南》（季刊）创刊，创刊号发表谢广田杂文《皇帝·千里马及其他》、冀汸杂文《张果老的哲学》、稼圃杂文《谈“眼不见为净”》。

《安徽文学》第 2 期发表寒泻玉《打油赠荒芜》、穆斯林杂文《焦大何以不爱林妹妹》、黄自强杂文《“伤筋动骨”别议》、邵江天杂文《扯皮》、黄奕谦杂文《“生命在于运动”》、沈敏特《门外哲理谈——兼谈重视文艺的作用》。

《龙门阵》第 2 期发表牧惠杂文《坐轿与抬轿》。

《飞天》第 2 期发表丹晨（陈丹晨）《资产阶级自由化与自由的文学》。

《读书》第2期发表李以洪《人的太阳必然升起》、王石杂文《偏向的批评》、谷林杂文《丑行与美举》、牧惠杂文《读书与走路》、何新《为〈论自由〉声辩》、胡言杂文《勇气和真理》、胡迅雷杂文《罗莎的眼睛》、王学太杂文《读〈反金人铭〉》。李文说：“神的太阳落下去了，人的太阳必然升起。神的太阳是靠人升起的，而人的太阳的升起却不能靠神力。要创造这真正壮丽的日出，全靠我们自己。让我们摆脱幻想，行动起来，以真诚的热情投入社会主义现代化建设吧！阳光将照耀着我们的前程，新的雁阵，将把这大写的‘人’字——写上那万里长空！”

《新观察》第3期发表章瑞杂文《“醒过来的人的真声音”》、费逸杂文《略谈“生意经”》、胡靖杂文《论“费厄泼赖”尚不能完全实行》。

《新时期》第2期发表吴克《“左”倾错误与知识分子的遭遇》、王年一《1959年庐山会议为什么由反“左”变成反右?》、王春瑜杂文《说“天地君亲师”》、袁心一杂文《扫荡“套八股”》、张隆高杂文《埋葬“靠山学”》、丹赤杂文《提倡“跑冷门”》、秦淮杂文《有感于“过手便酸”》。

《人物》第2期发表牧惠杂文《孙权与张昭》。

《民主与法制》第2期发表曹思源《关于修改宪法十点建议》、吴家麟《重在违法必究》、陈虞孙杂文《劝惩——读〈阅微草堂笔记〉》、吴兴人（邵传烈）杂文《门的风波》。

《群众》第2期发表缪润生杂文《“通情”才能“达理”》、春海杂文《滥用权力的危险》、潘文俊杂文《盛情非难却》、李伟杂文《武侯祠断想》、潘望喜杂文《“末尾”与“先头”颠倒不得》。

《社会科学》第1期发表冯英子杂文《人才学和人事学》、林放杂文《愚公三题》、铸成（徐铸成）杂文《谈“尾巴”》。

《学术月刊》第2期发表关振东杂文《话说“卖论取官”》。

群众出版社出版李洪林《我们坚持什么?》，收入《我们坚持什么?(代序)》《我们坚持什么样的社会主义?》《我们坚持什么样的无产阶级专政?》《我们坚持什么样的党的领导?》《“信仰危机”说明了什么?》《领袖和人民》。

三月

2日，是日，张光年日记载：“上午到周扬处参加核心组例会，……黄钢借《太阳和人》电影事件向中纪委写报告，要求调查出笼经过，追查支持者。周扬在会上征求意见，默涵支持黄钢，贺赞成调查，陈荒煤和我表示反对，夏衍、赵寻、陆石等也不赞成作为违纪事件处理。我第一次同默涵公开争执。”①

3日，是日，张光年日记载：“上午文学组第六次学习会，继续讨论文艺形势。艾青、玛拉沁夫、阮章竞、戈扬、秦兆阳、刘宾雁、李凖相继发言，都从不同角度肯定文艺形势，特别是文学形势大好。玛拉强调错误的估计会产生错误的指挥，要求中宣部领导重温毛、周、邓、胡提出的方针。”②

5日，《大公报·大公园》发表巴金《我和读者》。

6日，《人民日报》发表周汝昌杂文《一种危机》。文章说：“现在大家已然在关怀精神文明问题，我妄撰一个名词，‘精神危机’，或‘美学危机’，不知通与不通？假如有点过甚其词，那么姑取‘危言’之义也可。”

是日，张光年日记载：“上午主持文学组第七次学习会，说明大家对文艺看法一致。今天起检查工作中严重缺点，特别是对作协及其刊物意见，但会上发言还是继续谈形势。唐因提出一系列问题，认为同中央不一致来自‘左’的方面。江晓天列举大量事实，证明文艺形势大好，李凖介绍了山西省团委调查青年对文艺意见材料，说明某内刊以实用主义手法蒙骗中央，引起与会同志愤慨。……晚听友人谈广播局情况，有位副局长要查放了多少爱情节目，放了多少为作家平反节目，怪甚。青岛张坤权来信，说那里文化局也在制造紧张局势。”③

7日，是日，张光年日记载：“胡德培来访。说报刊评论更无人写稿，《光明日报》向他们求援。”④

9日，是日，张光年日记载：“露菲电话：说冯牧写了一份检讨，说到发表沙叶新文章，上纲过高（政治性错误、请求处分)，她不以为然。我打电话给罗荪，约他晚上来谈了，请他明天上午去看冯牧，转达我俩意见。”⑤

10日，《人民日报》发表由胡耀邦主持撰写的社论《用批评与自我批

---

① 张光年：《文坛回春纪事》，海天出版社1998年版，第225页。

② 同上书，第226页。

③ 同上书，第226—227页。

④ 同上书，第227页。

⑤ 同上书，第228页。

评的方法清理“左”的思想》。社论说：“1957 年后，‘左’的东西又逐渐滋长发展，十年‘文化大革命’达到了顶点。二十来年的‘左’，其范围之广，破坏之大，流毒之深，都是空前的。我们每一个同志，都身历其境，身受其苦。事实说明，‘左’的东西在我们这个国家里，有着深刻的社会根源和历史根源。中国革命主要是在克服了‘左’的错误后才取得胜利的。我们的四个现代化建设，也只有在认真清理并纠正了‘左’的错误后，才能走上健康发展的轨道。”

11 日，《文汇报》发表评论员文章《统一认识的关键在于清除“左”的影响》。

同日，《解放日报》发表储大泓杂文《对一则谚语的异议》。

12 日，《桂林日报》发表秦似杂文《漫不经心（一）》。

13 日，《人民日报》发表伍杰《这种出版“热”应该冷却》。提出：大量印销旧小说之风应该制止，出版《三侠五义》这类书籍“热”应该冷却！

同日，《南京日报》发表治泉杂文《选奴才与选人才》。

14 日，新华社报道，教育部最近给各地教育部门发出通知，提出从 1981 年秋季开始，小学各年级普遍设立思想品德课。

同日，《湖北日报》发表《“左”镜不可戴》。

15 日，《文汇报》发表舒展杂文《离婚·一见钟情及其他》。

是日，张光年日记载：“晚饭后朱穆之来访，探询我和文学组对中宣部有哪些意见。我谈了我对王任重、赵守一讲话不同意处，如题材上的清规戒律，夸大了资产阶级自由化等等，指导精神偏‘左’，造成不良效果，使文艺界伤了感情。7 号文件低估了‘四人帮’和极‘左’思潮影响，9 号文件容易混淆两类矛盾，这些希望设法弥补，还谈了‘新文艺八条’建议，他承认 7 号文件对极‘左’估计不足，对自由化现象不能夸大。”①

16 日，《人民日报》发表特约评论员文章《一定要纠正不正之风》。同日，《文汇报》发表评论员文章《摆脱“左”的束缚　振奋革命精神》。

同日，《羊城晚报》发表马冰山杂文《枣木小集》。

19 日，《人民日报》发表短评《决策要讲科学》。

① 张光年：《文坛回春纪事》，海天出版社 1998 年版，第 229 页。

同日，《桂林日报》发表秦似杂文《漫不经心（二）》。

22 日，《新华日报》发表窦天语杂文《拂拭尘瑕与敞开心扉》。

24 日，《北京晚报》发表曾白融杂文《徒猛干不行》。

25 日，《人民日报》以《关于政治和文艺的关系》为题，发表周扬 1980 年 2 月 11 日在剧本创作座谈会上的讲话《解放思想，真实地表现我们的时代》的第三部分（全文发表于《文艺报》1981 年第 4 期）。指出：如何正确处理文艺和政治的关系，是关系到我们的文学艺术事业发展的重大问题。提文艺为人民服务、为社会主义服务，比单提为政治服务更适合、更广阔。文艺可以“干预生活”，但我希望这个口号不要把文艺创作引到专门揭露阴暗面的方向去。

同日，《人民日报》加编者按摘发《中国青年》杂志编辑部《献给人生意义的思考者》。“编者按”说：1980 年春，《中国青年》杂志开展“人生的意义究竟是什么？”的讨论，引起了青年们强烈的反响和各方面的关注。即将出版发行的《中国青年》1981 年第 6 期发表编辑部文章，作为讨论告一段落的总结。

27 日，邓小平同解放军总政治部负责人谈话时指出：“解放思想，也是既要反‘左’，又要反右”，“纠正‘左’的倾向和右的倾向，都不要随意上‘纲’，不要人人过关，不要搞运动”。①

同日，茅盾（沈雁冰）逝世。

同日，《人民日报》发表崔永生杂文《胆与识》，回应该报 2 月 23 日所发李庚辰杂文《说胆》。

同日，于浩成作杂文《一个值得注意的倾向——关于个人阴私案件不应公开审理与报道的问题》②。

29 日，《桂林日报》发表秦似杂文《“坐死草”和“挖崩山”》。

30 日，《北京日报》发表廖沫沙杂文《读书·文明·社会主义》。

31 日，《人民日报》发表蒲剑杂文《蒲剑小集》。

本月

《宣传动态》第 9 期刊登《一个值得深思的问题》。文章说，最近，在

---

① 邓小平：《关于反对错误思想倾向问题》，《邓小平文选》（第二卷），人民出版社 1983 年版，第 279—282 页。

② 收入氏著《当代杂文选粹·于浩成之卷》，湖南文艺出版社 1986 年版。

中央召开的某省工作座谈会上，中央领导同志讲话指出：“应该清醒地认识到，一般说来，在干部中‘左’的东西只有多少之分，深浅之分，觉悟迟早之分，没有有无之分。不讲清这个问题，可能会有些同志只批上面的‘左’，别人的‘左’，而不清理自己的‘左’，并且还可能继续用‘左’的观点和方法对待上级，对待别人。”文章指出，我们在“左”的空气中生活了多年，思想上不可能不留下深刻的痕迹。常见的一种表现，就是在思想方法上好走极端，把事情看过头，抓住一点现象，动辄上纲上线，或者提到这样那样的原则高度，尖锐得悖乎事理。这种远远超出实际事物界限的绝对化思想，正是在“左”的错误影响下所产生的，或恶性膨胀发展的。这个问题在不少人身上已经成为一种积习。如果不认真解决，实际工作中的“左”不可能得到彻底纠正，并且在新的形势下又可能形成另一种偏向。

《文艺报》第5期发表吴言《时代呼唤新的精神战士》、刘绍棠《爱护以指引——读胡耀邦同志的〈讲话〉的感想》、丁一三《理解与感想——读胡耀邦同志的〈讲话〉的一点体会》。

《诗刊》第3期加批评性编者按语发表孙绍振的论文《新的美学原则在崛起》。

《中国青年》第3期发表评论员文章《让祖国的春意更浓》。鼓励人们建立相互间的新型关系。

《时代的报告》第3期发表署名“牛在旧”的《“桃花可是生了气”》和“方孜行”的《〈时代的报告〉的提法完全没有错》。文章认为：“《苦恋》的题旨到底是不是爱国主义的，恰是‘增刊’讨论的中心”；“在半封建、半殖民地社会的旧中国，人们对知识分子作‘政治排队’时，所使用的最低尺度是看他爱国还是卖国；在当前，知识分子成员中在这个问题上也还存在着两种倾向，一是文艺界的少数（个别）人，就是连起码的爱国主义精神也没有，在那里创作或者演出宣传卖国主义的东西，二是科技界的少数（个别）人，在三中全会以后，党对他们落实了政策的情况下，竟然对建设四个现代化的社会主义祖国不感兴趣，心甘情愿地跑到异国他乡吃起‘洋饭’来了。”

《文汇月刊》第3期发表徐铸成杂文《小楼随笔》、黄秋耘杂文《矫枉必须过正辨》、秦似杂文《纯》、闻性真《黄荃改画的启示》。

《青春》第3期发表邵燕祥《与人民共忧乐》。文章说：“在革命道路上，在文学道路上，我天真地奔走过，赤诚地呼号过，我盲从过，我迷惘过，我也曾被赶出到路旁，辗转于沟壑。但我从来没有为我最初选择的道路后悔过。今天在这条道路上，我当然也唯有继续与人民共甘苦共命运，与人民共忧乐共悲欢。面对着敌对者的切齿和虚无者的讥诮，我不后悔。”“我是党和人民的永不悔改的儿子。这是我唯一的骄傲。”

《随笔》丛刊第14集“玫瑰园”专栏发表黄文锡杂文《“父母官”与“儿子”》、雷群明杂文《“禁书”漫谈》、陈嵩生杂文《事在人为》、李卓君杂文《锁呵锁!》，“园丁手记”专栏发表黄药眠杂文《教育与教育者》，“‘文革’一角”专栏发表遇罗克遗作《出身论》，“读书与思考”专栏发表柯安杂文《重读梁任公两篇文章有感》，“文史荟萃”专栏发表牧惠杂文《从〈拉郎配〉到〈红楼梦〉》，发表王延龄杂文《由〈贵妃醉酒〉想起的(外二篇)》(《高力士姓冯》《谈太监遗风之类》)。

《湘江文艺》第3期发表孟起杂文《“放大”与“归结”》。

《读书》第3期发表乐陶《左与“左”》、顾志兴杂文《河豚鱼种种》、柳松杂文《割掉“尾巴”》、于其化杂文《杂文给我哀和乐》。乐文说：把左字从引号中解放出来，是有利于把人们的思想从左的牢笼中解放出来的。

《书林》第2期发表培根随笔《论青年与老年》《论求知》《论真理》、东方既白杂文《争鸣不是争名》、周采泉杂文《“候补”和“花样”》。

《新观察》第5期发表王荆杂文《郑人买履之后》。第6期发表东方既白杂文《新春二三事》、费逸杂文《有感于头发》。

《新时期》第3期发表王涵杂文《保持教育领域的“生态平衡”》、徐林林杂文《从斥贿到受贿》、黄芥田杂文《请杜阿谀余风》、纪珉杂文《李世民下棋》。

《民主与法制》第3期发表陈伟斯《林昭之死》、于浩成杂文《既要理直气壮又要有说服力》。

《新疆青年》第3期发表陈平杂文《写给“名气”的一封信》。

《群众》第3期发表高家标杂文《为“改造世界观”正名》、洪钟杂文《“入奢”和“入俭”》。

《文史知识》第4期发表张烈杂文《“焚书坑儒”小议》。

《学术研究》第2期发表刘焜炀杂文《“伯乐相马”别议》、于燕郊杂文《论“左”及拨“左”反正》、怀亮杂文《也赞“人同此心”》、江南月杂文《话说“卖论取官”》。

四月

1日，《人民日报》发表刘金《〈“御用……”之类〉异议》，批评《安徽文学》1980年第7期所发王若望《“御用……”之类》。《安徽文学》第7期发表吴国琳等《也谈〈“御用……”之类〉》，反驳刘文观点。第11期发表刘金《再谈“御用”和歌颂问题——答〈也谈“御月……”之类〉》，为自己辩解。1982年第1期发表沈敏特《批评不能靠臆测——与刘金同志商讨》、第3期发表吴国琳等《究竟谁离真理更远？——答刘金同志》，再驳刘金两文观点。

同日，《解放日报》发表陈学昭杂文《应该从开始来开始》。

3日，秦似在《南宁晚报》开设杂文专栏“未是小康居漫笔”，发表杂文《漫话缓急》。

4日，《光明日报》发表于浩成杂文《有感于茅盾同志恢复党籍》。

5日，《大公报·大公园》发表巴金《悼念茅盾同志》。

同日，《新华日报》发表孟济元杂文《劝君栽种“思人树”》。

9日，《文学报》在上海创刊。发表林放《门外汉的献礼》。文章说：“一愿：提倡大家平等、实事求是地交换意见。这就要继续肃清‘四人帮’残留的那种霸道文风，少登那种‘起诉书’、‘判决书’气味的文章，更不要在文艺界内搞那套‘一审定案、不准上诉’的风气。切不要在文艺问题上再搞一言堂。二愿：争鸣不能回避是非问题，但文坛的是非终归只是文艺思想问题，决不要把文艺思想的是非界限扯到‘罪与非罪’的界限上去。因为文坛毕竟不是法庭。三愿：《文学报》主要是文艺界的园地，但是这块园地也要采取门户开放政策，留几扇窗户让门外汉看看满园春色，沟通沟通园内外的空气。不然的话，关门演戏，光是后台喝彩，是最乏味的。”

同日，《南宁晚报》发表秦似杂文《诗与物理》。

11日，《桂林日报》发表唐峻杂文《“煞风景”考》。

是日，张光年日记载：“看了《文艺报》第七期上关于中篇小说的两篇综合评论，内容可读，但以肯定口吻赞扬了某几篇作品中的人性、人性复归、人道主义，值得注意。”①

14日，《北京晚报》发表曾白融杂文《苏轼·贾谊·陆贽》。

---

① 张光年：《文坛回春纪事》，海天出版社1998年版，第238页。

16 日，《大公报·大公园》发表巴金《现代文学资料馆》。文章说：文学是民族和人类的财产，它是谁也垄断不了的，是谁也毁灭不了的。

同日，《南宁晚报》发表秦似杂文《从“马相胡同”说起》。

17 日，《解放军报》发表社论《坚持和维护四项基本原则》。指出：“有的作品公然违背四项基本原则，把我们的党和国家描写得一团漆黑，歪曲和糟蹋爱国主义，向社会主义制度和人民民主专政发泄不满，恶意嘲弄和全盘否定毛泽东同志和毛泽东思想，像这种在政治倾向上有严重错误的作品，难道不应该批评吗？对那些社会效果不好，不利于安定团结，有损于我们党和国家的形象、有损于人民军队的尊严和荣誉以及对青年起腐蚀作用的作品，难道能够听之任之，不加以抵制吗？”

18 日，《解放军报》发表 3 封部队读者批评《苦恋》的“来信”。其中来自武汉部队题为《一部违反四项基本原则的作品》的信呼吁：我们看了电影文学剧本《苦恋》，深深感到这个剧本和党中央一再提出的四项基本原则的精神背道而驰。对这样有严重错误的作品，我们希望报刊展开批评，使人们具体生动地看到：什么样叫违反四项基本原则，怎么样才能更好地坚持和维护四项基本原则。

20 日，《解放军报》发表特约评论员文章《四项基本原则不容违反——评电影文学剧本〈苦恋〉》。发动了对白桦创作的电影文学剧本《苦恋》的批判。文章认为，《苦恋》的出现不是孤立的现象，它反映了存在于极少数人中的无政府主义、资产阶级自由化以至否定四项基本原则的没有任何限制的绝对自由。全国除《人民日报》《文汇报》等少数几家报纸外，绝大多数报纸转载了此文。《红旗》杂志、《北京日报》《长江日报》《湖北日报》《文学报》等都发表了批判白桦的文章。23 日，《时代的报告》（季刊）出版增刊，刊登该刊电影观察员文章《〈苦恋〉的是非，谁与评说》、该刊文艺评论员黄钢《这是一部什么样的“电影诗”?》，并全文转载了《苦恋》剧本。[①]

① “胡耀邦到浙江杭州，打电话到上海，要文教书记去杭州汇报工作。两位书记一同去了，听说，主管报纸工作的书记在汇报工作一开始，就向胡耀邦提出：我们上海有全国影响的文汇报，总编辑马达不听招呼，站在错误的立场上，不转载解放军报批《苦恋》的特约评论员文章，市委认为这是个严重问题……他想等待胡耀邦说一句严厉批评或者立即查办马达的意思的话。胡耀邦仔细听了他们的汇报，沉思了一会，说：‘这篇特约评论员文章我也看了，可以转载，不转载也应该是可以的吧。’他们没有想到胡耀邦这样回答，再讲也就没有意思了。”（马达：《〈文汇报〉拒绝转载批判〈苦恋〉文章内情》，《书摘》2005 年第 7 期）“（《人民日报》）报社文艺部同志同文艺界领导同志商量，认为这篇文章带有‘文革’时‘打棍子’和‘大批判’的色彩，不能以（转下页）

21日,《光明日报》发表特约评论员文章《人民民主专政实质上是无产阶级专政》。

同日,秦似在《广西日报》开设杂文专栏"芒花小集",发表杂文《"新"辨》《惩罚之后》。

22日,《南方日报》刊登部分作者在该报就如何提高杂文的质量,发挥杂文的功能等问题举行的座谈会上的发言:秦牧《探索和发展杂文艺术》、岑桑《杂文杂议》、柳嘉《杂文的杂与不杂》、杨群《杂文与时代》。除上述作家外,与会者还有苏烈、于厘、马冰山、刘家泽、关振东、何芷、周敏、杨樾、黄浩、黄树森等人。杨群说,长期以来在"左"的思想支配下,杂文遭逢的命运也特别险峻,"歌颂保险,揭露危险",写几篇杂文被划为"右派",可谓开了新社会文字狱的先河。到了十年浩劫时期,杂文更成了罗织入罪的文字狱中的大量"冤犯"。但是,"十七年里杂文的坎坷历程,十年浩劫中杂文的特殊厄运,恰恰证明了杂文有特殊的生命力;证明了时代需要杂文,杂文推动时代的前进。"秦牧针对报刊上杂文"精彩的并不很多","有不少是写得比较凡庸,缺乏深刻思想和艺术魅力"的现状,呼吁,我们必须进一步提倡和鼓励杂文,进一步探索和发展杂文,使杂文艺术这枝花更加绚丽灿烂。并提出要写好杂文必须做到以下几点:一、"应该具有较深刻的思想,分析事物,鞭辟入里,透过现象,揭发本质";二、"杂文作者应该敏捷地写,报刊应该敏捷地发表";三、"赋予作品以形象的感染力";四、"笔锋常带感情";五、讲究语言艺术,做到"警语叠出,妙趣横生,譬喻独特,语言新鲜,音节和谐,文采灿目";六、"写得丰满和深厚些"。柳嘉谈到杂文"杂与不杂"的辩证统一,所谓"杂",从内容上说,杂文可以接触广阔的生活

(接上页)理服人,如果《人民日报》一转载,就表明中央同意他们的观点和他们的做法,所以我们坚持不转载。《人民日报》这种按兵不动的态度,对文艺界和广大读者的惶惶不安情绪是一种安慰。"(胡绩伟:《劫后承重任　因对主义诚——为胡耀邦逝世十年而作》,《书屋》2000年第4期)"当时,《解放军报》登了黄钢一篇大文章(是《时代的报告》增刊而非《解放军报》——引者注),用'以阶级斗争为纲'的观点,批判作者反党反社会主义。文化界思想界都很受震动。文艺界的不少同志看了很不满意。《苦恋》与《太阳和人》虽然水平不高,有重大缺陷,但不能这种批判法。大家有山雨欲来风满楼的惊恐感,好像'文革'又来了,大批判又来了,言谈之中,都很不以为然。文艺界在'文革'中饱受摧残,本来就是惊弓之鸟,心有余悸,好不容易恢复了一点元气,再搞一次大批判怎么得了!"(丁东:《唐达成访谈录》,《百年潮》1998年第1期)

面，宇宙之大，苍蝇之微，国家的时事，社会的百象，读书的偶得，生活的感受，无一不可以信手拈来，涉笔成趣；从形式上说，是文体的兼收并蓄，既具有论文说理之锐气，又具有散文描画之优美。它可以叙事、状物、抒情、议论，因小见大，发微知著，十分生动活泼而耐人寻味。所谓“不杂”，便是杂文要写得精炼，不要面面俱到、重复拖沓、粗糙冗长，好的杂文应当以最少的字数、最精练的语言、最典型的事例，表达出最深刻的含义。

23日，《光明日报》发表特约评论员文章《坚持人民民主专政是不可动摇的政治原则》。

同日，《南宁晚报》发表秦似杂文《论“围墙风”》。

是日，贾植芳日记载：“前天《解放日报》转载了《解放军报》批白桦《苦恋》的文章，帽子一大堆，上纲法又来了，好像又回到了50年代或‘文化大革命’前夕。”①

24日，《人民日报》发表评论员文章《执行三中全会路线　坚持四项基本原则》。

27日，《人民日报》转载《解放军报》评论员文章《以四项基本原则为武器克服错误思想影响》。

同日，《人民日报》发表余心言杂文《“衣食足则知荣辱”析》。

28日，中共中央宣传部发出《关于认真检查和整顿刊物的通知》。

同日，《广西日报》发表秦似杂文《一眚与大德》。

30日，新华社报道：中共中央书记处书记胡乔木看过影片《天云山传奇》后，写信给该片导演谢晋，在肯定这部影片的同时，指出片中地委书记家庭陈设太豪华等不足之处。

同日，《南宁晚报》发表秦似杂文《街头与学问》。

是日，贾植芳日记载：“小魏送来登载白桦剧本《苦恋》的《十月》。晚上看竟，作者显然缺乏题材所包括的真实生活，凭借想象，有些情节、场景以及细节都不够真实，但他概括‘文化大革命’中的知识分子的悲剧命运，它的主题却是真实的。听说，《解放军报》的批评文章，执笔者是刘某，人家把这篇文章比之为姚文元的《评海瑞罢官》。”②

---

① 贾植芳：《解冻时节》，长江文艺出版社2000年版，第350页。

② 同上书，第352—353页。

本月

《人民文学》第4期发表周扬《文学要给人民以力量》。

《文汇月刊》第4期发表子真杂文《气节与顽固》。

《萌芽》第4期发表王戎杂文《苍蝇的完美和战士的缺点》。批评1月6日《文汇报》所发宋永毅《科学地研究鲁迅——从〈庆祝沪宁克复的那一边〉谈起》一文。

《江南》第2期发表何满子杂文《绸缪身后名说》、谢广田杂文《从“澹然自守”的邵正谈起》、冀汸杂文《从盲骑士到瞎指挥员》。

《随笔》丛刊第15集“玫瑰园”专栏发表种炎杂文《人的价值——古今一大难题》、穆扬杂文《浅剖“人身依附”》、柯安杂文《另一种“注释”》、章明杂文《“翘尾巴”小议（外一篇）》（《有礼、失礼与多礼》）、谢云杂文《话说“身后事”》、廖晓勉杂文《为千里马铺平跑道吧！》、金钦俊杂文《“心想事成”?》、李林杂文《“烧书”与“偷诗”》，“‘文革’一角”专栏发表陈学昭《灾难的年月——浮沉杂忆》，“读书与思考”专栏发表牧惠杂文《焦大的遭遇》。

《湘江文艺》第4期发表杨第甫《题李锐同志〈龙胆紫集〉》、吴敏士杂文《略谈“司空铎夫人”及其他》。

《读书》第4期发表王春瑜杂文《慈菇和“万万顺”》。

《新观察》第7期发表费逸杂文《由“名牌”想起的》、李一萍杂文《武大郎的可憎与可爱》。

《新时期》第4期发表沙夏杂文《如此“上下同心”》、喜闻杂文《人·动物及温饱》。

《民主与法制》第4期发表评论员文章《清理“左”的思想彻底纠正一切冤假错案》、铸成杂文《初春时节》、闻烈杂文《想起了阮玲玉》。

《群众》第4期发表吴宁杂文《刺世与治世》、陆是杂文《“神药”也有副作用》。

《社会科学》第2期发表罗竹风杂文《肩胛与气量》、肖丁杂文《时髦与复旧》、何满子杂文《论歌颂与暴露》、张德功杂文《不是咬文嚼字》、尚丁杂文《“四五”随想》以及《恽逸群遗作选——关于〈李白与杜甫〉致郭沫若书》。

新华社主办的《瞭望》杂志创刊，初为月刊，1984年1月改为周刊。创刊号发表一见杂文《“尾巴”小议》、陈四益杂文《“越老越空”辩》、姚昌淦杂文《沈渠献策与发掘人才》。

香港三联书店出版巴金《随想录》第二集《探索集》。

五月

3日，《文汇报》发表林放《杂文之春》、谢云杂文《“走马看花”话得失》。林文说：“四十多年前，鲁迅说他喜欢杂文，是因为它‘言之有物’；是因为它‘使中国的著作界热闹，活泼’；是因为它‘使不是东西之流缩头’。我们的文艺界应当永远保持热闹、活泼的局面，‘不是东西之流’是会经常冒出来不肯‘缩头’的。因此，杂文的任务是艰巨的，其生命也是无穷的。”

同日，《解放日报》发表姜德明杂文《“文坛轶事”之类》。

4日，是日，张光年日记载：“下午3时半访夏衍，谈一个半小时，他听说《诗刊》评奖中有白桦、叶文福的诗，担心矛盾激化。”①

6日，《广西日报》发表秦似杂文《乒坛的启示》《人才难得》。

7日，《羊城晚报》发表牧惠杂文《就怕一个“坐”字》。

同日，《南宁晚报》发表秦似杂文《博学与虚心》。

是日，张光年日记载：“周扬同志主持召开的老作家座谈会，我没去，从电话中得知，王健、沈一帆代表民盟中央邀集的文艺座谈会（我辞谢了）成员王瑶、黄药眠、朱光潜、李何林等，这次都参加了。老教授们对解放军报批白桦文章很紧张，北大师生大都反感。”②

10日，《文汇报》发表舒展杂文《偏偏不爱贾宝玉》、郑万泽杂文《谈“国格”》。

11日，《羊城晚报》发表舒展杂文《〈阿Q正传〉的知音者》。

是日，张光年日记载：“朱子奇、邹荻帆、吴家瑾来，带来刘白羽以总政文化部和他自己的名义写给诗歌评委会的长信，表示坚决反对叶文福的《将军，你不能这样做》一诗入选。考虑到白羽并未反对白桦歌颂三中全会的诗获奖，为维护团结，避免矛盾激化，主张放弃《将军》（邹、吴说另选叶的一首）。这要说服评委们，首先要说服艾青，使评委会最后一次会上不致分裂。我当时打电话给贺敬之，贺表示完全同意我的意见，说

① 张光年：《文坛回春纪事》，海天出版社1998年版，第246页。

② 同上书，第247页。

设想得很周到。”[①]

是日，贾植芳日记载：“这两天为《解放军报》事，议论很多，据说学校也出现了一些学生的小字报，表示抗议，北京大学学生贴了三条标语，一曰‘白桦是人民的作家’，二曰‘白桦何罪之有？’三曰‘《苦恋》万岁！’”[②]

12日，《人民日报》发表许寅杂文《“临表涕泣”》。

同日，《南京日报》发表治泉杂文《城隍老爷的正论》。

13日，《人民日报》发表王澈杂文《“儿童不宜”》。

14日，《光明日报》发表特约评论员文章《论现阶段中国的社会性质》。

同日，《南宁晚报》发表秦似寓言小品《欺骗邻居的狐狸》。

17日，胡耀邦就目前对《苦恋》批判与中国文联及各协会以及中央文化部的负责人谈话。指出：“首先，文艺战线形势是好的，成绩是主要的，缺点、错误是次要的。正确与错误是相伴而行的。所以必须首先肯定成绩，也必须克服前进过程中出现的不成熟或有害的东西，接受过去的教训，就是吃了不肯定主流的亏。毛主席为什么犯了‘文化大革命’的错误？就是因为没有肯定主流。不要因为看到局部少量不好的东西，忘了大量好的东西。”“第二，我们克服缺点错误，办法一定要稳妥。由于文艺界多年搞批判运动，大家特别敏感。文艺界是‘惊弓之鸟’，由于过去遇到了多次‘弓’与‘弹’，更应特别注意。前些日子对《苦恋》的批评是可以的。但是现在看来批评的方法如果更稳妥，效果会更好些。批评是有好处的，为了帮助他们。但回过头来看，方法如果好一点，效果则会更好些。……写《苦恋》的作家还是写了些好作品，但这篇（作品）是不健康的，有害的。军队对他的态度还是好的，但军报那种批评的措词，用的方法不稳妥。（批评）我过去提过，是否可叫评论？大家叫惯了也可以。但批评是卫生运动，是洗脸，这是一。其次，争取作者作自我批评，作者反批评也可以。第三，发表批评文章，一定要用个人名义。第四，要把批评作品与批评作者分开，不要混在一起，第五，要充分说理。说理不容易。（批评文章）不要全国报纸一起登。各报可转载，可不转载，不要强制人家转载。我和××谈了这个问题。对

① 张光年：《文坛回春纪事》，海天出版社1998年版，第247页。

② 贾植芳：《解冻时节》，长江文艺出版社2000年版，第355页。

《苦恋》的批评现在国内外反映强烈，台湾还转发了（日本）《读卖新闻》的消息，说我们党内意见不一致，说胡耀邦、邓颖超反对这个批评。我们建议先把这场风波平息下来，现在国内还没有平息下来。用一两句话把这事冷却下来。不要再批判了。过一段再说，有些事情处理方法就应该这样。”①

19 日，《北京晚报》发表曾白融杂文《杂家者流》。

是日，张光年日记载：“今天耐心地看了《时代的报告·增刊》上黄钢批《苦恋》的长文（此文上纲过高，增刊在大街叫卖，引起群众和文化界惊异）及其他几篇文章。”②

20 日，《广西日报》发表秦似杂文《追源和补课》。

21 日，是日，贾植芳日记载：“昨日学生送来《解放军报》（本月 19 日)，上有某人写的一篇评《苦恋》的文章，这是近来轰动国内外的一件大事，有人又想点火，但柴湿了，会燃不起来，反而熏起满天烟雾，熏得点火的人满眼是泪。”③

同日，《南宁晚报》发表秦似寓言小品《常马和野马的赛跑》。

22 日，《光明日报》报道：《文艺报》编辑部对全国文艺期刊情况作了调查，初步统计，全国省、地、市级文艺期刊共 634 种，其中省级以上 320 种。

26 日，《人民日报》发表于浩成杂文《也析“衣食足而知荣辱”》。

27 日，《广西日报》发表秦似杂文《开步走》。

是日，张光年日记载：“上午到周扬同志处参加核心组会，讨论了有关整风学习小组、作协评奖等问题。默涵也来了，……谈起‘新八条’，又同他顶嘴，遗憾!”“下午参加报告文学组座谈，听了几个同志发言后，我也作了半小时安定人心的发言。去宾馆匆匆晚餐后，去警卫局礼堂看引起风波的电影《太阳和人》，太过分了!”④

28 日，《南宁晚报》发表秦似杂文《十字头歌》。

29 日，《大公报·大公园》发表巴金《〈序跋集〉序》。文章说：我把

① 顾骧：《此情可待成追忆》，王蒙、袁鹰主编：《忆周扬》，内蒙古人民出版社 1998 年版，第 456—457 页。

② 张光年：《文坛回春纪事》，海天出版社 1998 年版，第 250 页。

③ 贾植芳：《解冻时节》，长江文艺出版社 2000 年版，第 359 页。

④ 张光年：《文坛回春纪事》，海天出版社 1998 年版，第 252 页。

五十几年中间所写的“前言”、“后记”搜集起来，编印出来，只是想把自己的心毫不掩饰地让人们看个明白。我所走过的曲折的道路，我的思想变化的来龙去脉，五十几年的长期探索、碰壁和追求……等等，在这本集子里都可以找到一些说明。

同日，《人民日报》发表冯并杂文《重说“和为贵”》。

本月

《宣传动态》第25期刊登《文艺批评应注意之点》。要求：第一、对错误的，有害的东西，应该进行批评；第二、最好争取作者作自我批评，也允许反批评；第三、批评文章一般宜用个人名义；第四、不要把批评作品同对作者个人的评价混在一起。可以批评作品中反映的政治态度、作者的艺术手法，但都要充分说理；第五、重要的批评文章也不一定所有报纸都登，完全允许有的报纸不登。

《文艺报》第9期发表丹晨《为了文学事业——记巴金同志近况》。第10期发表郑汶《坚持文艺为人民服务，为社会主义服务》、秦牧《我是怎样走上文学道路的》、署名“钟枚”的综述《对〈苦恋〉的批判及反应》。综述列举了报刊上批评《苦恋》的文章后写道：目前本刊收到的来稿及来信共12件，除对《苦恋》提出自己的看法外，其中10件针对上述对《苦恋》进行批判的做法提出了不同意见，认为军报特约评论员文章对文艺创作的批评“采用了不够慎重的方法”，“使得社会效果适得其反”。

《诗刊》第5期发表黄永玉讽刺诗《圈圈谣·正确大王颂》。

《文汇月刊》第5期发表刘宾雁《我们应是个文艺富国》、黄秋耘杂文《AX的解毒剂》、秦牧杂文《猴子的模仿和人类的创造》、吴欠杂文《我对“神话”鲁迅的看法》。

《随笔》丛刊第16集“玫瑰园”发表吴伯箫杂文《诉衷情》、叶似飞杂文《要尊重伯乐》、吴越杂文《伯乐的感叹》、吴昊杂文《“鸡口”赞》、穆扬杂文《盆景的遐想》、方约杂文《“彭文席是不是外国人?”》、李卓君杂文《絮语老虎》，“读书与思考”专栏发表韦戈杂文《如果鲁迅还健在……》、章明杂文《讲真话与听真话——读史札记》、钟子硕杂文《献给今日“强项令”一束玫瑰花》，“诗文漫步”专栏发表沙予、文铨杂文《“索隐”今昔谈》。

《青海湖》第5期发表冯英子杂文《心之官则思》。

《新疆文学》第5期发表陈思杂文《从“惊恐症”谈起》[①]。

《读书》第5期发表阮铭《向世界文明学习》、廖沫沙杂文《读书与文明》、马驹《社会主义民主的重要措施》、隋喜文杂文《“猫职不修”议》、何新《时代风云的一叶——读〈科学与迷信〉文集》。马文说：“巴黎公社证明，无产阶级在获得统治时，不能继续运用旧的国家机器来进行管理，而必须打碎旧的国家政权并以新的真正民主的国家来代替它。马克思、恩格斯指出这个新的真正民主的国家的制度主要有两条：公职人员由人民选举产生，随时可以被撤换；这些人员不论职位高低，都只付给同其他工人同样的工资，取消一切特权。”“要防止党和国家蜕化变质，要发扬社会主义民主，使人民群众真正当家作主，要实现我国社会主义的四个现代化建设，最根本、最重要的就是要在党的领导下坚决贯彻巴黎公社的这两项措施。”

《书林》第3期发表黄裳《〈书边草〉序》、马良杂文《“言者无罪，闻者足戒”考》。

《新观察》第10期发表焦勇夫杂文《要为改革者助威》、耿介杂文《吹喇叭、抬轿子小议》、余心言杂文《甘当人梯的美德》、冰之杂文《给自己“穿小鞋”，好！》、李庚辰杂文《把不是脸的地方去掉》。

《瞭望》第2期发表蓝翎杂文《薛平贵与人才学——金台杂录之一》、于丛杨杂文《“国骂”可以休矣》、世纬杂文《全才、偏才和歪才》。

《民主与法制》第5期发表尚丁杂文《闲话“混世魔王”》、则鸣杂文《也说“人言可畏”》。

《学术研究》第3期发表钟子硕杂文《现代“滥竽者”种种》、杨越杂文《从“知识分子成堆”说起》、思丹杂文《想起了“拔白旗”》、韦石杂文《“人”的哲学随感之二》。

三联书店出版《秦似杂文集》，收入作者1940—1980年所写杂文341篇。

上旬，公刘作杂文《三祭岳坟》[②]。文章记述1956年、1974年、1980年三次拜谒岳飞墓的所见所思，从一个侧面反映了1949年以后社会的面

---

① 张光年1981年5月30日日记载：“翻阅各地期刊，发现《新疆文艺》上《惊恐症》一文，认为是一篇有胆识的杂文，建议《文艺报》转载；为此同唐因通话甚长，讨论了《文艺报》近期安排。”张光年：《文坛回春纪事》，海天出版社1998年版，第253页。

② 后刊于香港《新晚报》，并收入氏著《活的纪念碑——公刘随笔》（知识出版社1991年版）、《纸上声——公刘随笔》（作家出版社2000年版）。

貌和知识分子的心态。文章说：“文徵明真不愧目光尖锐的思想家！老实说，800 年过去了，君主专制早已为人民共和所取代，然而，像文徵明这样有胆有识一针见血的人又有多少？好不愧煞人也！禁锢已化作美德，愚昧可冒充忠贞。只有年青一代无所忌讳，他们告别了成为民族遗传的惶恐与迷信，因此我才能不止一次地听到胆大妄为的评论：四个铁人不够数，那个真正为首的倒叫他给溜了！我心上清楚，所谓那个真正为首的，岂不就是指的高宗皇帝赵构！是的，赵构才是风波狱的幕后策划者和头号刽子手！秦桧之流固然难辞他们的一份罪责，但说到底，不过是迎合了赵构的不可告人的私欲和执行了赵构的朕即国家的旨意而已！”“我希望有生之年还能第五次、第六次去杭州，希望能亲眼看到那儿跪着的铁人不仅仅是三男一女，还能添上那不向人民认罪却向敌人屈膝但又神圣不可侵犯的偶像——宋高宗。当然，这也许永远是一种幻想，因为我也清楚，在中国，最强大的势力是习惯——即我们大家习惯了几千年的习惯。”

六月

2 日，是日，贾植芳日记载：“小李下午送来上月 25 号的《朝日新闻》（夕刊），那上面有该报上海特派员田所的巴金访问记。其中巴金对记者说：‘胡风批判那时，由于自己的“人云亦云”，才站在指责胡为反革命的人的一边。现在他已恢复了名誉，并没有所谓反革命的事实。我对于自己当时的言行进行了反省。必须明白真相才能行动。’这是我见到的第一个为反胡风而向国外发表声明的中国作家，而这样的人在中国如恒河沙数也。”①

4 日，《南宁晚报》发表秦似杂文《谈奢侈品》。

8 日，《人民日报》发表署名“顾言”的《开展健全的文艺评论》。文章说：“开展健全的文艺评论，正如党中央所要求的：必须避免抓辫子、戴帽子、打棍子和其他的简单粗暴的错误做法。要提倡实事求是、入情入理、恰如其分、令人信服的批评，反对吹毛求疵、谩骂攻击、罗织入罪、无限上纲、置人于死地的‘批评’。批评者有批评的权利，被批评者也有

① 贾植芳：《解冻时节》，长江文艺出版社 2000 年版，第 362 页。

申述自己意见和反批评的权利。”①

9日,《人民日报》发表敢峰杂文《缰绳的哲理》。

10日,《广西日报》发表秦似杂文《入俗、通俗和媚俗》《如此“流行曲”》。

11日,《解放日报》发表廖沫沙杂文《文化遗产三题》。

同日,《南宁晚报》发表秦似杂文《再谈奢侈品》。

12—13日,《大公报·大公园》发表巴金《怀念丰先生》。

13日,中宣部文艺局召开会议,听取情况汇报,研究文艺形势,健全文艺批评,布置评论选题。袁鹰发言说:“光讲有‘左’反‘左’、有右反右,是不够的。作为领导人的指导思想来讲,‘左’的东西还远远没有肃清。当前看来,‘左’的东西与资产阶级自由化不能相提并论。不偏不倚,容易引起模糊。目前还是应该旗帜鲜明地批‘左’。今年过去半年了,短篇小说没有好作品出来。至少与去年同期相比,好作品减少了。‘四月逆流’过去后,要重整旗鼓。唐达成发言说:今年以来‘百花齐放’的局面较好,而‘百家争鸣’的局面则不好。”②

17日,《解放日报》发表水牧杂文《鲁迅的“作息观”》。

是日,曹禺日记载:“读《探索集》,巴金的真话,实在的。他勇敢、诚实,言行一致,一生劳动,求学问、求真理。巴金使我惭愧,使我明白,活着要说真话。我想说,但却怕说了很是偏激。那些狼一般‘正义者’将夺去我的安静与时间,这‘时间’,我要写出我死前最后的一二部剧本。”③

---

① “1981年6月初,我在周扬同志授意下,根据耀邦同志讲话精神,撰写了《开展健全的文艺评论》一文,以‘顾言’的笔名,发表在8日《人民日报》上。对‘苦恋’事件中的种种过‘左’的做法,从正面阐述中作了批评。像这样的文章,由我个人署名,显然压不住,不适宜,但胡耀邦同志讲话,写评论文章要个人署名,所以也不便于用‘专论’、‘评论员’等名义,便用了这样一个笔名。此文经周扬同志审阅,将原题《开展‘健康’的文艺评论》易一字为‘健全’的文艺评论,避免刺激,还是他老到。由于自批《苦恋》事件开始,《人民日报》一直未表态,岿然不动,所以这篇文章发表引起敏感的在京外国新闻记者的注意,当日,美联社、路透社、共同社、法新社发出十几条消息。有的说:‘中共迅速平息了一场新的整肃知识分子的运动。’……《开展健全的文艺评论》发表,公开批《苦恋》事件告一段落。到中宣部组织的唐因、唐达成合写的《〈苦恋〉的错误倾向》和白桦的检讨发表.《苦恋》事件表面上算是正式画上了一个句号。”顾骧:《此情可待成追忆》,内蒙古人民出版社1998年版,第458页。

② 刘锡诚:《在文坛边缘上——编辑手记》,河南大学出版社2006年版,第577页。

③ 曹禺:《没有说完的话》,山东友谊出版社1998年版,第23页。

19 日，《羊城晚报》发表穆夫杂文《论据从何而来》。

20 日，《大公报·大公园》发表巴金《〈序跋集〉再序》。

21 日，《成都日报》发表李致杂文《挂牌子与说真话》。

22 日，是日，张光年日记载："下午 3 时去刘白羽处，默涵也去了。……默涵提问：现在创作繁荣，究竟对青年思想起什么积极作用？他特别举 1980 级大学生思想及叶文福在师大讲话为例。白羽也强调社会效果、宣传作用、战争题材，强调深入工农兵。我说我看到的作品，还是好的多，希望他们今后对作协工作继续关心帮助，思想上可以争论，不是大是大非问题。"①

26 日，《人民日报》发表周扬《按照人民的意志和艺术科学的标准来评奖作品》。指出："艺术研究是一门科学，要用艺术科学的标准，给作品以正确的批判，而不是错误的、粗暴的批判。……我们应该鼓励作家创新的勇气。他们在创作的探索中犯了错误，我们要给以善意的批评，帮助他们改正错误，并为他们分担一定的责任。批评要采取正确的态度和方法，要实事求是，与人为善。党的文艺政策应该帮助作家提高自觉和社会责任感，使他们心情舒畅，敢于讲话，敢于负责，而不是不敢讲话，不敢负责。"

本月

《中国青年》第 6 期发表编辑部文章，总结 1980 年 5 月开始的"人生的意义是什么"的讨论。文章呼吁："社会应当重视'人的份值'，集体应当重视'个人价值'，个人应当自觉地按照社会需要提高'自我价值'。"强调："'人的价值'问题的提出，也是对马克思主义重新认识的结果。""社会主义社会应当在客观条件许可的范围内，努力满足个人正当的物质和精神生活的需要，逐步创造每个人全面发展其品格、才能、体力和多样化的个性，成为社会真正主人的客观条件。"

《文艺报》第 11 期发表社论《文学艺术的新局面》、黄毓璜杂文《"剧终"之前》、袁行霈杂文《文学与时尚》。第 12 期发表陈思杂文《从"惊恐症"谈起》。

《人民文学》第 6 期发表巴金《文学的激流永远奔腾》。

《广西文学》第 6 期发表秦似杂文《漫谈左右》。文章说："尽管经过了

① 张光年：《文坛回春纪事》，海天出版社 1998 年版，第 257 页。

十年的大灾难，宁左勿右的阴魂并不容易散去，任何东西，带上了某种‘教’的意味，要改变就不容易了。”

《南风》第12期发表于浩成杂文《从海瑞说到周作人》①。

《读书》第6期发表陈丹晨《战士的性格——从〈爝火集〉到〈随想录〉》、黄永玉杂文《书和回忆》、黄裳杂文《咏怀堂诗》。陈文指出，（巴金）一九七九年所发表的这三十篇随想，中心主题就是：鞭挞“四人帮”、批判封建专制、反对现代迷信。他反复抒写的是强调解放思想、发扬民主、独立思考。他认为经过十年浩劫的教训，人们应该“比较成熟了吧，我们不再是小孩了。总得多动脑筋，多思考吧！”因此，他对于那种强加于人、愚弄人民、搞蒙昧主义、人云亦云等等思想僵化、封建专制的做法特别反感。他清醒地指出，“封建毒素并不是林彪和‘四人帮’带来的，也不曾让他们完全带走。”不管这些人怎么表演，“他们的戏箱里就只有封建社会的衣服和道具”。今天要大反封建，“绝不能带着封建流毒进入四个现代化的社会”。

《新观察》第11期发表墨耕杂文《从四不像说到创新》、方天白杂文《从老虎不吃人谈起》、甘海岚杂文《文艺批评与文风——读鲁迅杂文想到的》。第12期发表严秀杂文《重谈“雷峰塔的倒掉”》、孙士杰杂文《游园乱弹》。

《瞭望》第3期发表黄秋耘杂文《外行不宜当领导》、崔永生杂文《且说“看脸色行事”》、东书杂文《艄公多了“肯”烂船》。

《民主与法制》第6期发表叶秀杂文《我们现在怎样做子女？》。

《新时期》第6期发表隋喜文杂文《“暮夜金”与“慎独”》。

《群众》第6期发表叶适《“左”的概念及其由来》、李永法杂文《“下马”与折腾》、谢小帆杂文《劝君莫做“无肩人”》、徐勇杂文《“一天上三个班”有感》。

《学术月刊》第6期发表刘奔《权力崇拜及其根源——谈现实生活中的一个异化现象》。

《社会科学》第3期发表冯英子杂文《批评四愿》、温枫杂文《清醒与朦胧之间》、林帆杂文《联想·批评·社会效果》、王中杂文《解除了“棍子们”手中的武器》。

---

① 《读书》1982年第2期发表姚洛《〈从海瑞说到周作人〉读后》，呼应此文。

七月

4日，《人民日报》报道：纪念鲁迅诞辰一百周年，《阿Q正传》影片开拍。

6日，《广西日报》发表秦似杂文《人之患》《一个表尺》。

7日，是日，张光年日记载："下午3时贺敬之来。赵寻先来，传达了王任重在中宣部一个会上讲话，对文艺工作、作协评价、周扬文章、《人民日报》《文艺报》多所指责，有些话不尽符合新四项原则。"①

12日，《人民日报》发表荣亚《署名的讲究》。

同日，《解放日报》发表冯英子杂文《要一点移山精神》。文章说："尽管孙中山先生的辛亥革命，革掉了诸侯们的头头，但百足之虫，死而不僵，大大小小山崖海角边的诸侯，依然阴魂不散，甚至还能借尸还魂，乔装改扮。地方主义、山头主义、本位主义等等，若隐若现，若无若有，上则唯我独尊，下则人身依附，进退维谷，看来这些都还不曾完全退出历史舞台。有人说这是一种'封建残余'，我也但愿它只是一种'残余'。""因此，要拿出一点移山的精神，把这些山头铲掉，四化建设的大军才能顺利通过。"此文发表后，引发较大争议。②

15日，国务院发出《关于制止商品流通中不正之风的通知》。

15—17日，中共中央宣传部、文化部、中国文联，邀集首都文艺界领导干部和知名人士举行座谈会，畅谈学习六中全会精神的心得体会。夏衍在发言中说："在我党的历史上，有过右的错误，也有过'左'的错误，而'左'的错误是反复出现，时间很长，甚至出现像'文化大革命'那样

---

① 张光年：《文坛回春纪事》，海天出版社1998年版，第260页。

② "《解放日报》的一位编委，约我写篇杂文，正好我看到《祸起萧墙》这篇小说，讲某些地方山头主义严重，我就写了篇《要一点移山精神》给他们，文章经分管副刊的副总编辑签了字，用了。但过了两个月，也是这位发稿的副总编辑，却用'振千'笔名写了一篇对我无限上纲，迎头痛击的杂文，题为《也要移一移》（载9月13日《解放日报》——引者），说山头主义并不是这样严重，而是我的思想、立场，却应该好好地移一移。""振千的这篇文章，指名道姓，对我严厉批评，在北京的曾彦修（严秀）同志，看了之后，大为不解，他于9月16日向周扬同志写信，讲了他的意见，并要将两文转请任重（王）仲勋（习）乔木（胡）耀邦同志一阅。周扬于10月13日批示'照转'，由赵守一、朱穆之两人联署。耀邦同志于10月15日即作了批文，这样才使我避免了一场灭顶之灾。"（冯英子：《我何以要写杂文》，《书屋》1998年第1期）《民主与法制》第11期发表史文熊杂文《严肃的批评与"联想式"的批评》，《文汇月刊》第12期发表骆微杂文《谈联想》，《人民日报》12月10日发表余焕春杂文《诚意的批评与联想的批评》，批评振千杂文《也要移一移》。

长时间的‘左’的错误。这就说明，‘左’的错误是根深蒂固的，要引起我们的特别重视和注意。对于右的东西也不能忽视。我们贯彻《决议》的最实际的行动，就是用《决议》的精神，认真总结历史经验教训，肃清‘左’的思想对文艺的影响，使文艺更健康地发展。”

17日，邓小平同中央宣传部门负责人谈思想战线方面的问题。邓小平指出：“党对思想战线和文艺战线的领导是有显著成绩的，这要肯定。工作中也存在着某些简单化和粗暴的倾向，这也不能否认和忽视。但是当前更需要注意的问题，我认为是存在着涣散软弱状态，对错误倾向不敢批评，而一批评有人就说是打棍子。现在我们开展批评很不容易，自我批评更不容易。”邓小平指出，“坚持四项基本原则的核心，是坚持共产党的领导。”“资产阶级自由化的核心就是反对党的领导，而没有党的领导也就不会有社会主义制度。”“党的领导和社会主义制度都需要改善，但是不能搞自由化，搞无政府状态。”“我们坚持实行百花齐放、百家争鸣的方针，坚持正确处理人民内部矛盾，这是不会改变的。我们在思想文化的指导工作中还存在着‘左’的倾向，这也必须坚决纠正和防止，但是，这丝毫不是说可以不进行批评和自我批评。坚持‘双百’方针也离不开批评和自我批评。”邓小平还提出了解决思想问题的方法问题，指出，搞运动，搞围攻的方法不能再运用。在谈到电影《太阳和人》时，邓小平指出：“《太阳和人》是根据剧本《苦恋》拍摄的电影，我看了一下。无论作者的动机如何，看过以后，只能使人得出这样的印象：共产党不好，社会主义制度不好。这样丑化社会主义制度，作者的党性到哪里去了呢？有人说这部电影艺术水平比较高，但是正因为这样，它的毒害也就更大。这样的作品和那些所谓‘民主派’的言论，实际上起了近似的作用。”“关于《苦恋》，《解放军报》进行了批评，是应该的。首先要肯定应该批评。缺点是，评论文章说理不够完满，有些方法和提法考虑得不够周到。《文艺报》要组织几篇评论《苦恋》和其他有关问题的质量高的文章。不能因为批评的方法不够好，就说批评错了。”“提出坚持四项基本原则以后，我们的思想界比较清醒了一些，再加上对非法组织、非法刊物采取了坚决取缔的措施，所以情况有了好转。但是我们现在仍然要保持警惕。”① 8月11日，中共中央印发了这个谈话。

---

① 邓小平：《邓小平文选》（第二卷），人民出版社1994年版，第389—393页。

同日，《人民日报》发表张铭清杂文《礼物的异化》。

是日，张光年日记载：“下午赵寻带骆文来，谈湖北文艺情况。那里情况不好，文艺界感到苦闷。”[①]

18 日，新华社报道：7 月 15 日下午，中国社会科学院院部召集一部分专家、学者座谈学习《决议》的心得体会。法学家张友渔说，不实行社会主义民主，就不能巩固人民民主专政，而要彻底地实现社会主义民主，就必须加强社会主义法制，也就是要把民主制度化、法律化。轻视法制的观点是错误的。

是日，张光年日记载：“上午……应邀去周扬同志处。他向我传达了昨天小平同志邀他和中宣部王（任重）、朱（穆之）、新闻界胡（绩伟）、曾（涛）谈文艺问题情况。小平同志要求文艺界写一篇有说服力的评论《苦恋》的文章，《文艺报》发表，《人民日报》转载，结束这场争论。我说这篇文章可让唐因、唐达成合写。……下午三时半，二唐应邀来。……对承担写作任务有顾虑，总想推给别人。我帮助解除了顾虑，提出几点建议。”[②]

20 日，中纪委发出通告，要求杜绝“关系户”不正之风。

同日，《羊城晚报》发表穆夫杂文《楼梯的故事》。

21 日，《北京晚报》发表邵燕祥杂文《从两句唐诗说起》。

23 日，《中国财贸报》发表张宝林杂文《礼貌与文字》。

同日，《广西日报》发表秦似杂文《读历史》。

24 日，上海市委宣传部、上海市文联等举行座谈会，交流学习中共十一届六中全会重要文献的体会，巴金在会上作《学好〈决议〉，继续清“左”的流毒》的发言。

25 日，《解放军报》发表刘金杂文《愿这出老戏终于演完》。

30—31 日，《大公报·大公园》发表巴金《十年一梦》。文章说：“奴隶，过去我总以为自己同这字眼毫不相干，可是我明明做了十年的奴隶！”“没有自己的思想，不用自己的脑子思考，别人举手我也举手，别人讲什么我也讲什么，而且做得高高兴兴，——这不是‘奴在心者’吗？”“那动乱的十年，多么可怕的一场大梦啊！”

---

① 张光年：《文坛回春纪事》，海天出版社 1998 年版，第 257 页。

② 同上。

本月

《宣传动态》第 39 期刊登《关于个人崇拜》。文章说："个人崇拜在理论上是站不住脚的，在实践中是有害的。个人崇拜，并不止是肯定一个人的正确方面，而是把他作为一个完人加以推崇，加以神化。本来领袖人物是来自群众，同群众一起的，个人崇拜把两者之间的平等关系变成上下尊卑的关系，严重妨碍群众发挥主动性积极性。本来无产阶级政党的领袖是一个集体，个人崇拜却把一个人突出到不适当的地位，这就不能不损害党的民主集中制原则。毛泽东同志晚年的错误正是同个人崇拜现象滋长分不开的。《决议》正是总结了历史的经验教训，把反对个人崇拜提到关系建设一个什么样的党的原则高度。我们一定要深刻领会这个思想。"

《文艺报》第 13 期发表何西来《为千千万万劳动人民服务的文学》。第 14 期发表任白戈《徐懋庸及其作品》①。

《文汇月刊》第 7 期发表高晓声杂文《摆渡·船艄梦》、秦牧杂文《贪婪生下的儿女》、黄秋耘杂文《速朽》。

《安徽文学》第 7 期发表拙木《新论，还是老调？——评亦木的一篇文章》。批评 1980 年 4 月 23 日《解放日报》所发亦木《抽象肯定与具体否定——评王若望同志关于党领导文艺的一些言论》。第 11 期发表亦木《也不过是老调重弹——答拙木同志》，反驳拙木文章观点，并继续批评王若望。1982 年第 1 期发表拙木《老调子还没有唱完——敬答亦木同志》，再驳亦木。

《广州文艺》第 7 期发表徐尘言杂文《拼命与玩命》。

《随笔》丛刊第 17 集"玫瑰园"专栏发表司马玉常杂文《士与知己》、南丁杂文《焦裕禄的悲剧》、张光昌杂文《从列宁的一张画像谈起》、王国荣杂文《谁持"真迹"?》、张禹杂文《禅宗的"杀佛"和牛顿的皈教》、马良杂文《"同志"小议》、木之青杂文《哲学曾使我糊涂》，"诗文漫步"专栏发表荆莘杂文《骂人的戏及其他》、晓江杂文《爱情不等式（二则)》(《爱情≠政治》《性爱≠性欲》)，"读书与思考"专栏发表牧惠杂文《钱神絮语》。发表高晓声《改革和创作》。

《湘江文艺》第 7 期发表进言杂文《"文格"与"人格"》。

《书林》第 4 期发表林冲杂文《中国历史上的娃娃皇帝》。

---

① 这是作者为四川人民出版社《徐懋庸选集》写的序言。

《新观察》第14期发表白桦《春天对我如此厚爱》[①]、舒展杂文《论起哄》。舒展指出：“还有一种高级流氓，乃‘四人帮’专制主义横行时的产物，他们的常用战法之一与前者并无二致，曰，起哄。”其起哄的手法不外乎“目标极左，看风使舵法；只言片语，无限上纲法；拉帮结伙，铲除异己法；攻其一点，全面打倒法；大吹大擂，唯我独革法；引经据典，装腔吓人法；一遇强手，逃之夭夭法……”

《新时期》第7期发表全一毛杂文《要“求是”必先“求实”》、李庚辰杂文《“墙里的花”为啥香不起来?》。

《瞭望》第4期发表蓝翎杂文《“金台夕照”的余晖——金台杂录之二》、牛振武杂文《珍视“清水衙门”》、李人凤杂文《杂感八则》。

① 此文发表后，引发很大争议。8月7日，胡乔木就对这篇文章提出批评。他在致冯牧和戈扬的信中说：“看了今年第十四期《新观察》发表的白桦的一文，觉很不妥当。”“我热烈地希望你们对此有所纠正和补救。”在随后召开的“思想战线问题座谈会”上，戈扬在发言中，详细地谈到了白桦文章发表的情况：“关于《苦恋》问题，我的认识是比较迟缓的。《苦恋》剧本，我没有读过，直到这次思想战线座谈会期间我才读了一遍。《太阳和人》电影，我看过一次，对于它的情节和细节的离奇、不真实，我非常反感。……但是《苦恋》应当作为一种错误思潮的代表作品来批评，是在这次思想战线座谈会上才认识的。正因为我对《苦恋》的认识是如此的缓慢，《新观察》第十四期发表白桦同志的文章《春天对我如此厚爱》，这就不是偶然的了。同时这篇文章的发表，也集中反映了我们编辑部的软弱涣散状态。”“这篇文章是七月上旬编辑部约请白桦写的。刊物销数下降，同志们感到不安，有人提出《晚报》发表白桦所在党支部的一个简短消息，抢购一空，《新观察》也应当注意人们关心的问题。我们从侧面了解白桦这个阶段表现不错，除了接受意见修改《苦恋》影片，还新写了两个剧本。便决定请他写一篇关于自己的情况的报导，以回答国内外敌人的造谣，说明党内的知识分子政策和‘双百’方针是坚定不移的。约白桦写的这篇文章，原计划在15期发表，不想14期付印前一天（7月14日），文章寄到了。编辑部为了抢独家新闻竟破例抽换稿件发在14期。而由于发稿匆忙，又在稿件的修改上出现了许多差错，如为了回避《苦恋》问题，将文中‘看修改后的《苦恋》样片’句中的《苦恋》字样以及其他有关《苦恋》的字样全部删去了，文中写军区领导去看作者的字句也删去了。而稿件又未送请作协党组审查就发表了。当时我虽不在北京，但这个责任是应当由我负的。第一，约请白桦写文章是我同意的；第二，编辑部在处理一篇稿件中所反映的错误思想，应当说也是我的思想的反映；第三，更重要的是军报批评《苦恋》以来，我没有领导编辑部就这个问题进行座谈讨论，以客观的科学的态度对剧本作实事求是的分析研究，以致长期以来在这个问题上未能取得一致的看法。”（以上均见徐庆全《风雨送春归——新时期文坛思想解放运动记事》，河南大学出版社2005年版，第406—409页）为了补救这一“过失”，9月15日出版的第17期《新观察》发表署名“冯明”（这是时任作协秘书长杨子敏化名写的，“冯明”是“奉命”的谐音——引者）的读者来信，题为《也谈春天的“厚爱”》，对《春天对我如此厚爱》的文章作了温和的批判。文章说，此文“虽然没有直截了当提到《苦恋》受批评的事，但是毋庸讳言，这篇文章正是从这件事引发出来的。……我们无从推测这些（给白桦）函电的内容，不知道它们对《苦恋》是褒是贬。只是从周围人们的议论中听出，对《苦恋》确有赞扬支持的，但持批评态度者也委实不在少数。有些意见还很尖锐，很严厉。我个人觉得，人们的批评意见是有道理的，值得白桦同志重视。”

《新疆青年》第7期发表钟子硕杂文《敞开心扉给人看》。

《民主与法制》第7期发表周咏杂文《威信与权威》。

《法学》第4期发表于浩成杂文《犯罪与电影》。

《学术研究》第4期发表武克仁杂文《弓张鸟不惊：批判小议》、张其光杂文《在批判者面前》、石流杂文《两句话》、陈秋舫杂文《争当奖引后进的勇士》。

耿庸作杂文《“棍子”问题》[①]。

三联书店出版杨绛散文集《干校六记》。全书收入《下放记别》《凿井记劳》《学圃记闲》《“小趋”记情》《冒险记幸》《误传记妄》共“六记”。钱钟书在“小引”中说：“杨绛写完《干校六记》，把稿子给我看了一遍。我觉得她漏写了一篇，篇名不妨暂定为《运动记愧》。”“学部在干校的一个重要任务是搞运动，清查‘五一六分子’。干校两年多的生活是在这个批判斗争的气氛中度过的；按照农活、造房、搬家等等需要，搞运动的节奏一会子加紧，一会子放松，但仿佛间歇疟，疾病始终缠住身体。‘记劳’，‘记闲’，记这，记那，都不过是这个大背景的小点缀，大故事的小穿插。”“现在事过境迁，也可以说水落石出。在这次运动里，如同在历次运动里，少不了有三类人。假如要写回忆的话，当时在运动里受冤枉、挨批斗的同志们也许会来一篇《记屈》或《记愤》。至于一般群众呢，回忆时大约都得写《记愧》：或者惭愧自己是糊涂虫，没看清‘假案’、‘错案’，一味随着大伙儿去糟蹋一些好人；或者（就像我本人）惭愧自己是懦怯鬼，觉得这里面有冤屈，却没有胆气出头抗议，至多只敢对运动不很积极参加。也有一种人，他们明知道这是一团乱蓬蓬的葛藤账，但依然充当旗手、鼓手、打手，去大判‘葫芦案’。按道理说，这类人最应当‘记愧’。不过，他们很可能既不记忆在心，也无愧怍于心。他们的忘记也许正由于他们感到惭愧，也许更由于他们不觉惭愧。惭愧常使人健忘，亏心和丢脸的事总是不愿记起的事，因此也很容易在记忆的筛眼里走漏得一干二净。惭愧也使人畏缩、迟疑，耽误了急剧的生存竞争，内疚抱愧的人会一时上退却以至于一辈子落伍。所以，惭愧是该被淘汰而不是该被培养的感情；古来经典上相传的‘七情’里就没有列上它。在日益紧张的近代社会生活里，这种心理状态看来不但无用，而且是很不利的，不感觉到它也

① 收入氏著《回收集》，海峡文艺出版社1985年版。

罢，落得个身心轻松愉快。”

八月

1 日，《宁夏日报》发表冯竝杂文《轿说》。

3—8 日，中宣部在北京召开全国“思想战线问题座谈会”，会议讨论了邓小平 7 月 17 日的谈话。会上，胡耀邦就如何加强党对思想战线的领导，改变涣散软弱状态的问题作了讲话。胡耀邦说，开展批评应该正确对待历史经验。我们党有两种历史经验。一种是正确的历史经验，这就是我们确立了并且坚持了的理论联系实际、密切联系群众和自我批评的三大优良作风。另一种是错误的历史经验，“文化大革命”就是个典型。那种无限上纲，乱批乱斗，乱打一通，永远不能搞了。胡耀邦认为，在我们面前，还有两类矛盾，一种是敌我矛盾，或者带敌我性质的矛盾，我们不能掉以轻心。还有一种更大量的，是人民内部矛盾。他指出属于这类矛盾的错误倾向，不教育、不批评、撒手不管，或者批评不当、教育不当，都可能出乱子。在谈到白桦和《苦恋》时，胡耀邦说，全党必须学会运用批评和自我批评这个武器来增强团结，改进工作。并说：“对白桦同志，还是要从团结的愿望出发，不要一棍子打死，白桦同志还是写了好作品的嘛。但是《苦恋》就是对人民不利，对社会主义不利，应该批评嘛！”“帮白桦同志和一些别的同志洗个澡，我觉得，对他们是有好处的。”[①] 8 日，胡乔木在讲话中多次提到《苦恋》，并由《苦恋》对文艺界提出严厉的批评：像对于《苦恋》这样显然存在着严重政治错误的作品，我们的文艺批评界竟然长时间内没有给以应有的批评，直至让它拍成电影。在《解放军报》发表批评以后，一些同志除了指责这些评论文章的缺点以外，仍然不表示什么鲜明的态度。这不但是软弱，而且是失职。在社会科学和其他思想工作领域内，也有一些类似的情况。我们再不能容忍这种状态继续存在下去了。[②] 思想战线问题座谈会后，在文艺界开始了克服和检查软弱涣散状态及反资产阶级自由化。中国作家协会党组从 8 月 13—17 日连续召开四次扩大会议，接着举办了党组、书记处联席会议，开展批评与自我批评，检查

① 胡耀邦：《在思想战线问题座谈会上的讲话》，中共中央文献研究室编：《三中全会以来重要文献选编》（下册），人民出版社 1982 年版，第 898 页。

② 转引自徐庆全《风雨送春归——新时期文坛思想解放运动记事》，河南大学出版社 2005 年版，第 397 页。

软弱涣散状态。《文艺报》和《新观察》成为中国作家协会检查的两个重点。8 日，胡乔木在会上发表题为《当前思想战线的若干问题》的讲话（后经整理，发表于第 13 期《红旗》杂志），讲话共谈了五个问题：第一，六中全会以后，为什么要开这样一次会呢？跟六中全会的传达、讨论、贯彻是不是协调，会不会分散全党的注意力？党对思想文化工作的政策有没有变化？第二，资产阶级自由化的思潮，怎样影响着党内，形成党内思想战线的涣散软弱状态，以及怎样来扭转这种状态。第三，怎样开展正确的批评。第四，怎样认识毛泽东同志的文艺思想。第五，文艺作品应该怎么样来对待“文化大革命”一类历史问题，以及怎样对待现实生活中的阴暗面。姚雪垠在发言中说：“白桦同志的这部电影不是当前社会上和文艺战线上的一个偶然现象，也不是一个孤立现象，而是反映着和代表着一种错误的社会思潮。这种错误的社会思潮影响到党的文艺战线，而文艺战线上也有极少数同志迎合了这种错误思潮。这种错误思潮的内容即认为马克思列宁主义、毛泽东思想已经过时，社会主义不如资本主义，中国不如外国，新中国不如旧中国，共产党不如国民党……等等。这是当前社会思潮中一股逆流，不可忽视。……白桦同志的《太阳和人》的关键问题是代表了或迎合了这一错误思潮，影片中所反映的思想感情与这种错误思潮互相投合，沆瀣一气。我们今天批判《太阳和人》的重要意义正是在这个地方。批判《太阳和人》，决不仅仅是一个电影剧本的问题，而是对于批判目前的一种错误思潮和整顿我们党的思想战线、文艺战线，提高文艺队伍的战斗力，都有迫切的现实意义。”

4 日，是日，张光年日记载：“上下午都去中宣部放映间举行小组会，我们是第四组，……我在会上首先发言，对邓、胡讲话表示赞同，承认作协指导思想上有软弱状态，也谈到文艺领导骨干的涣散，涣散与软弱互为因果。”“黄钢、李何林攻击周扬，我在插话中指出其与事实不符之处。”①

5 日，是日，张光年日记载：“上午小组会发言：姚雪垠（批《苦恋》、对作协提出建议）、唐因（对右的左的都软弱）、柯蓝（希望对自由化下定义，重大批评不要提数字、定指标）、李庚（希望会议延长一两天）。”②

① 张光年：《文坛回春纪事》，海天出版社 1998 年版，第 264—265 页。

② 同上书，第 265 页。

7日，丁玲在吉林省纪念鲁迅诞辰一百周年学术讨论会闭幕式上作题为《关于杂文》的讲话。[①] 指出：“现在报纸上也有杂文，讽刺几句霸权主义；或者是针对我们自己：高干子女的工作问题，房子问题，后门问题，或者结婚花钱讲排场的问题等等；相声里面也常批评、讥讽这些事。这里面确有一些好文章，但大部分却写得没有力量，问题挖得不深，道理说得太浅，有的还夹杂一些庸俗之见。这自然就很难吸引人。杂文不能往深里写，原因可能是这样：有的人怕批评，文章还没有说到他，他自己就对号入座；有的人自己怕闯祸，分明看出问题了，也有很好的意见，但前车有鉴，因文取祸，最好还是少管闲事。鲁迅则不然。我以为鲁迅后期不写小说而写杂文，是形势逼出来的。因为写小说太慢，而身边发生的事太多、太快，只好放下那个武器，操起更灵便的武器杀了出去。杂文来得快，打敌人打得准，打得狠。自然，小说作品，有其伟大的地方，可以反映一个较完整的社会，一个时代，一些较深刻的问题。只是写一部小说，需要的时间较多。而且，又较含蓄，问题、思想，都需要让读者自己慢慢体会、悟解出来，而且有的人一时还不一定悟得出来。杂文就不一样。杂文紧紧抓住一环，痛快淋漓地打，鲁迅就主张打落水狗。鲁迅在他的杂文中，留下许多杰作，令人永远欣赏他锋利精辟的语言和明快的思想。”“现在党中央正领导全国各族人民，奋发自强，振兴中华，我们应该欢迎有识之士针砭时弊，即使有错也可以百家争鸣，大家讨论。”“我又想到杂文是不是只有像鲁迅的一种写法呢？我想不是。我们现在写杂文应该学习发展鲁迅杂文的文风，更多种多样，比鲁迅写得更明确写得更明朗些！更痛快些！更直接些！因为现在我们社会主义民主，可以自由讨论。可以揭发问题，针砭时弊，也可以歌德，拥护什么，提倡什么。为什么杂文只能写打倒什么，不能写拥护什么呢？我们也可以用杂文的形式说明我们拥护什么，提倡什么。”“现在说我们还需要杂文，不只是学习鲁迅的战斗精神，单枪匹马去战斗，而是要把这一种形式的文章丰富发展，运用于各方面。文章思想要明白，立场要正确，文字要隽美，提的问题要准，打击敌人要狠，歌颂人民要热情。要结合时代，有现实意义。一切为了团结人民，向旧社会遗留下来的封建余毒，向外来的资产阶级的腐化庸俗，勇猛进攻。而对新的生活，对党的事业，对社会主义建设，对民族的优良传统，人民的善良

① 收入氏著《丁玲选集》（第三卷），四川人民出版社1984年版。

心灵，要强烈的拥护和颂扬。”

7 日，是日，张光年日记载：“上午小组会，我先发言四十分钟，大意是听了个各省市主管宣传工作同志们发言，感到同我们一样珍惜文艺局面，力避简单粗暴，这一点要负责地向作协同志和作家传达。今后注意互相通气，当然也有姚雪垠所说的那种情况，也值得注意，省市同志也不要以为我们多袒护有毛病的作家。接着介绍了白桦诗《春潮在望》给奖情况，说明这样做是对的，就此驳斥了黄钢，提出：究竟是我们的软弱为敌人利用，还是你们粗暴批评引起轩然大波，使他人有隙可乘？还就李何林、黄钢提出的‘小集团、小宗派’，建议他们有根有据地向中央、中宣部提出报告，现在这样是不严肃的，影响安定团结。对此李何林、黄钢有所辩解，没有内容。艾青发言，证明 3 月间周扬讲了要批《苦恋》，驳了黄钢的指责。”①

8 日，是日，张光年日记载：“下午去怀仁堂，听乔木同志作总结讲话，很好，很有说服力，惜后段为写作题材划禁区（十年、十七年左的错误），说再写下去，就会走向反面，讲的过当了。”②

8—9 日，《大公报·大公园》发表巴金《致〈十月〉》。

12 日，《广西日报》发表秦似杂文《长短亭》《假山匠》。

14 日，《人民日报》发表马温（郭罗基）《要认真杜绝个人崇拜》。

是日，张光年日记载：“上午党组扩大会，就反右反左问题展开民主讨论。张僖从中南海来电话，说习仲勋同志邀我 11 时去勤政殿谈谈。我去时，周扬同志已在。习出示乔木今日离京前写给他的信，为保证文联座谈会开好，建议他邀集周、夏、林和我等几个同志谈谈。座谈会上一定都按照邓、胡讲话精神，只进行自我批评，不批评（也不转弯抹角批评）别人，求得平息与团结。习谈了些有关情况，说这回一定要跟邓、胡保持一致。”③

15 日，是日，张光年日记载：“下午开党组扩大会，……留下半小时，就《文艺报》《新观察》三篇有碍团结文章考虑补救办法。我要求两编辑部写出有自我批评精神的书面说明，党组转报上去。”④

① 张光年：《文坛回春纪事》，海天出版社 1998 年版，第 265—266 页。

② 同上书，第 266 页。

③ 同上书，第 267—268 页。

④ 同上书，第 268 页。

17日，是日，张光年日记载："下午去沙滩参加党组书记处联席（扩大）会，……艾青发言，指斥白桦是持不同政见者，是骗子。陈企霞不同意这样讲，反驳时情绪激动。袁鹰、戈扬、刘宾雁等有简短发言。"[①]

18日，《人民日报》发表评论员文章《掌握好文艺批评的武器》。指出，纠正"左"的指导思想和反对自由化是两项不可分开的任务，必须实行两条战线的斗争。

19日，徐铸成作杂文《小沧桑》[②]。

20—25日，文化部和中国文联联合召开首都部分文艺工作者座谈会，贯彻全国思想战线问题精神座谈会，解决文艺界"涣散软弱"问题。

同日，全一毛作杂文《走路的学问——随笔一则》[③]。

21日，《大公报·大公园》发表巴金《〈序跋集〉跋》。文章说："《序跋集》是我的真实历史。是我心里的话。不隐瞒，不掩饰，不化妆，不赖账，把心赤裸裸地掏了出来。不怕幼稚，不怕矛盾，也不怕自己反对自己，事实不断改变，思想也跟着变化，当时怎么想怎么说，就让它们照原样留在纸上。替自己解释、辩护，已经成为多余。"

23日，《解放日报》发表许寅杂文《从修桥补路谈起》。

30日，新华社报道：中共中央宣传部根据党中央的决定，最近在北京召开了全国思想战线问题座谈会。会议讨论了邓小平七月十七日同中央宣传部门有关负责同志的谈话。胡耀邦在会上就如何加强党对思想战线的领导，改变涣散软弱状态的问题作了重要讲话。会议强调要认真开展批评和自我执评，以利于及时地克服各种错误倾向。特别是对于那种要脱离社会主义轨道、脱离党的领导、搞自由化的倾向，要进行严肃的正确的批评和必要的适当的斗争。

同日，《湖南日报》发表蔡栋杂文《顾璘此举不足取》。

31日，《中国青年报》发表子冈杂文《塑像》。

是日，胡乔木在致于蓝的信中说："关于你所提出的问题，我认为你

---

① 张光年：《文坛回春纪事》，海天出版社1998年版，第269页。

② 收入罗竹风主编《上海杂文选（1979—1983）》，上海文艺出版社1986年版。

③ 收入氏著《全一毛文集》，学林出版社2005年版。

所说的第二种理解是对的。[①] ……总之，对于文化大革命中的打砸抢、悲惨、阴险、丑恶、残酷、野蛮的场面在电影中出现过多是不利于下一代人或下几代人的教育的，我们这一代人能够理解党和人民的这一页伤心史，也是费了很大的代价和努力，何况下一代呢？更不必说儿童了。《望乡》是一部好影片，但是有一些少女却只从中学会了卖淫（有些男少年也一样），这不是令人震惊么！历史无疑是不能割断的，但是第一不要太多地回顾，第二回顾后的作品应当是令人鼓舞的，因为我们是胜利和前进了。（一个人太多太久地回顾就无法前进，更无法与大多数人前进；当然写长篇历史小说的人有些不同，但究竟只能是少数）匆匆不及详谈，在整理我的讲话时希望能说得稍为充分一些。”[②]

本月

《文艺报》第15期发表白桦《对于文艺批评中某些现象的看法》[③]、黄裳

① 于蓝在8月24日致胡乔木信中说："由于对您的信任，我想把我和一些同志尚未认识透的一个问题再向您求教，请给我们以帮助。即您讲话（按：指1981年8月8日胡乔木在思想战线问题座谈会上的讲话）的第五部分'关于文艺作品怎样表现"文化大革命"、反右、反右倾运动的历史'这一部分。我个人听后曾认为党要求我们不要再写、再拍摄有关这三段历史题材的文艺作品了。但是，也有很多同志认为我的理解是不准确的，因为七号文件和您的讲话都没有说不能写，只是少写或不写，特别不能从消极方面来写，这一点同志们都很能接受，但是认为如完全不能写，也是不合乎历史的实际。因为历史终归是历史，就是写当前为四化而战斗的人们，也难以割断他们的历史……为此大家争论极为热烈。"《胡乔木传》编写组编：《胡乔木谈文学艺术》，人民出版社1999年版，第203页。

② 《胡乔木传》编写组编：《胡乔木谈文学艺术》，人民出版社1999年版，第204页。

③ "《文艺报》第15期（8月7日出版）上，发表了白桦的一篇短文《对于文艺批评中某些现象的看法》，很快引起了有关同志的注意。在8月13日的党组扩大会上，张光年说：《文艺报》和《新观察》最近发表的文章，说明了我们领导的涣散。白桦的文章一登出来，与邓小平同志的讲话尖锐对立起来。周扬同志给我打电话，说帮了倒忙，起了不好的作用，马上就会有简报上去，说矛头指向什么人。在这之前，《新观察》第14期上发表白桦的《春天对我如此厚爱》，《苦恋》的事还没有完，在这个时机发表这样的文章，不好。《论起哄》，文章很恶劣，不忍卒读。《文艺报》的同志不是不知道目前紧张的局面，好在只差一步。我们工作涣散，要弥补，要检查错误。周扬同志的意见，《文艺报》下期就发表一篇文章，也顺便把《新观察》上的两篇错误文章写进去。我们口头上讲团结，下面又两面三刀，违反了中央的意见。""在张光年和周扬批评后，我们立即就《文艺报》第15期发表的白桦文章《对于文艺批评中某些现象的看法》，上演了一出双簧戏，由我们编辑部内部同志化名赵星写了一篇《要理直气壮地开展文艺批评》的短文，加上经张光年修改审定的《编者的话》，发表在最近出版的第17期（9月7日出版）上。《编者的话》说：本刊第15期，'读者论坛'栏中发表了读者白桦同志的《对于文艺批评中某些现象的看法》一文后；收到了读者赵星同志的来信。他对于当前文艺思想斗争形势提出了自己的看法，批评了本刊在开展文艺批评，特别是在对待某些不利于四项基本原则的作品和观点方面，表现出软弱状态。赵星同志的批评是正确的。我们竭诚欢迎广大读者对本刊的批评和鞭策。最近本刊编辑（转下页）

《散文与杂文》、端木蕻良《散文中，也须有人在》。黄文说：五四新文学运动的功绩主要是在它的反封建、反礼教的内容上。我们今天已经看得比较清楚，反封建的任务后来并不曾坚持下去，五四以后不久就夭折了，一直到今天还是一个严重的未完成的任务。第16期发表王元化《将人提高一解》。王文指出：“在我们的文艺界，歌颂和暴露向来是一个有争议的问题。我很怀疑文学作品能不能按照长期形成的习惯划分为歌颂文学和暴露文学，我更不能赞同把那些根据现实主义写真实的原则创作出来的揭露丑恶或揭发弊端的作品看作是违反社会主义文学将人提高的使命的。我认为，这是一种误解。倘使追源溯流，应该说它根源于古老的美学偏见。”

《文汇月刊》第8期发表林科夫《二十五年话“双百”》。

《芒种》第8期发表王龙章杂文《关键在于“坐轿子的人”》、张啸虎杂文《唉！人到晚年……》。

《广州文艺》第8期发表于浩成杂文《古已有之，于“今”为烈!》。

《瞭望》第5期刊登《半月谈》编辑部和本刊编辑部文章《邓小平同志谈毛泽东思想》，指出：“邓小平同志在几次讲话中讲到，我们现在正是把毛泽东同志已经提出、但还没有做的事情做起来，把他反对错了的东西改过来，把他没有做好的事情经过我们的努力把它做好。今后相当长的时期，还是做这么几件事。邓小平同志还反复强调，我们要研究新情况，解决新问题，丰富和发展毛泽东思想，用新的结论来代替旧的结论。”发表李锐《一个期望》，强调：“三十一年来，我们办的大小事情，不合国情的、战略失误的太多。总之，‘左’的东西太多了。虽然三中全会以来在大力纠正，但积习太深，积重难返，今后必须时刻注意，努力克服。”

《新观察》第15期发表蓝翎杂文《为了让逝者真正“安息”》。

《新时期》第8期发表王若水《党风和民主》、杨连仲杂文《“坐轿”·“抬轿”》。王文指出：实际上，“文化大革命”是最大的不民主，是少数人强加在八亿人民头上的。如果我们国家有真正健全的社会主义民主和法制，就根本不可能发生“文化大革命”。

（接上页）部正在根据中央加强思想战线工作的精神，总结工作，决心克服编辑工作、评论工作中确实存在的涣散软弱状态，在文艺界和广大读者的支持下，使刊物做到切实的改进。”“至于《新观察》上发表的两篇文章（白桦的《春天对我如此厚爱》和舒展的《论起哄》），赵星的短文里容纳不下这样多的内容，只能各人自扫门前雪了。”（刘锡诚：《在文坛边缘上——编辑手记》，河南大学出版社2006年版，第587—588页）

《民主与法制》第 8 期发表王若望杂文《从“十景病”想到的》、白慧杂文《排名种种》。

《社会科学》第 4 期发表胡风《关于鲁迅丧事情况——我所经历的》、吴中杰《鲁迅杂文中的社会批评》、徐铸成杂文《历史的镜子》、史文熊《杂文小议》。

百花文艺出版社出版黄秋耘散文集《丁香花下》。除大部分为散文外，还收有杂文《这不算件小事》《做会思想的芦苇》《仲夏夜断想》。

九月

1 日，《人民日报》发表社论《克服涣散软弱状态是当前思想战线的重要任务》。

2 日，《北京日报》报道：中共北京市委召开思想战线问题座谈会。市委第一书记段君毅指出，《苦恋》在北京市的文艺刊物《十月》上发表，没有及时进行批评，是软弱无力的表现。

同日，《人民日报》发表孙犁《文集自序》。文章说：“我是信奉政治决定文艺这一科学说法的。即以此文集为证：因为我有机会参加了抗日战争和土地改革，我才能写出一些反映这两个时期人民生活和斗争的作品。十年动乱，我本人和这些作品同被禁锢，几乎人琴两亡。绝望之余，得遇政治上的拨乱反正，文集才能收拾丛残，编排出版。文艺本身，哪能有这种回天之力。韩非多才善辩，李斯一言，就‘过法诛之。’司马迁自陷不幸，然后叹息地说：‘余独悲韩子为“说难”，而不能自脱。’有些作家，自托空大之言，以为文艺可以决定政治。如果不是企图以文艺为饵禄之具，历史上并没有这样的例证。我是不相信的。”

5 日，《文汇报》发表曹开宾《要坚持“少宣传个人”的方针——与马温同志商榷》。

6 日，《安徽日报》报道：中共安徽省委召开思想战线问题座谈会。省文联主席赖少其、陈登科为《安徽文学》刊登为《飞天》《在社会档案里》等有资产阶级自由化倾向的作品辩护的文章作自我批评。

同日，《解放日报》发表赵家璧《鲁迅印象记》。

是日，张光年日记载：“晚韦君宜来，携来黄秋耘从旧金山来信。……信上说海外华侨听说又要批《苦恋》，怕发展为反右运动，十分忧虑。他要求君宜代他访光远、光年，希望运用我们的影响，不使事情发展到那样严重的地步。我请君宜带话给他：六中全会后，大局是好的，不会有大的反复。文艺小局不免受些影响，但批评一下也有好处。……君宜说，就她们人民文学出版社来稿看，明年没有出色的作品。”①

是日，贾植芳日记载：“好久不写了，缺乏这样的心情——中国的上空，又开始乌云聚集，意识形态领域，又有些风雨欲来之势。好些人物，又发出了叫声。”②

7日，新华社报道：文化部代部长周巍峙在五届人大常委会第二十次会议上汇报了目前文化艺术工作的一些情况和问题。周巍峙说，文艺界中，有些人把解放思想、双百方针同四项基本原则对立起来。有的甚至说四项基本原则是框框，是四根棍子。有的人不要党的领导，甚至有的人鼓吹剧作家要“长几块反骨”。有的人认为文学艺术就是文艺家的自我表现，反对文艺创作要考虑社会效果。这些情况，反映了文艺界有少数人要求“绝对自由”，争取极端个人主义的“权利”，要脱离共产党的领导，脱离社会主义轨道，搞资产阶级自由化。电影文学剧本《苦恋》，在这方面具有代表性，应当进行严肃的批评。但对作者白桦同志要采取团结、教育、帮助的态度。他说，过去，在文艺战线上搞了不恰当的、过火的批评斗争，后果不好。我们一定要接受过去的教训，一定不搞运动。……现在国内外、海内外，确有极少数人总想找点什么由头，造谣诬蔑，胡说什么中国的文艺方针、知识分子政策又变了，文艺上要“收”了，“寒潮又来了”，又要走老路，搞运动了等等。……谣言总是要破灭的。我们一定要坚持双百方针，开展健全的文艺批评，来促进社会主义文艺的新的繁荣。

8日，《人民日报》发表张聿温杂文《彭大将军害怕什么?》。

9日，新华社报道：首都部分文艺工作者最近举行座谈会，讨论文艺界如何加强领导，改变涣散软弱状态，增强团结，改进工作等问题。一些同志在发言中对电影文学剧本《苦恋》，从政治内容到艺术技巧作了具体的分析和严肃的批评。有些同志在发言中作了自我批评。

10日，《文汇报》发表陈学昭杂文《读〈谣言世家〉》。

16日，《广西日报》发表秦似杂文《再谈创新》。

① 张光年：《文坛回春纪事》，海天出版社1998年版，第273—274页。

② 贾植芳：《解冻时节》，长江文艺出版社2000年版，第383页。

22日，《人民日报》发表毛泽东1937年10月19日在延安陕北公学鲁迅逝世周年纪念大会上的讲话《论鲁迅》。

25日，鲁迅诞辰一百周年纪念大会在京举行。胡耀邦讲话。

同日，《人民日报》发表社论《鲁迅精神永在》。

26日，《人民军队》发表路滔杂文《生活，不能没有批评》。

本月

巴金率中国作家代表团赴巴黎参加第四十五届国际笔会大会。①《文艺报》第17期转载《人民日报》评论员文章《掌握文艺批评的武器》、发表仓涟《坚决改变文学领导工作的涣散软弱状态——中国作家协会党组、书记处联席会议简讯》、岑桑《写出“自己的”东西》。此外，为配合改变涣散软弱状态、批判资产阶级自由化倾向，该刊还接连发表了唐因和唐达成

① “（9月14日晚上，我）来到巴老房间。我刚坐下，巴老就问：‘他们倒没有叫你写批《苦恋》的文章。现在这种做法太恶劣，比过去还要恶劣！’……巴老还激动地说：‘过去，我们从政治上相信上面，叫做什么就做什么。说胡风是反革命，我们也跟着说。这样的事情到现在也还没有一个交代！’‘现在又搞这样的批判，怎么可以这样强加于人呢！硬要人家改！那你来好了！（那时文艺界的领导们对《苦恋》的处理有许多方案，其中有的主张根据上面指示修改，改好了，再许放映。有的不主张再让改，就现在这样，拿出来批判。——晨按）有的是作品中人物说的话，怎么可以当成作家的话来批呢？’（如影片中有人物说：‘你爱这个国家，国家爱你吗？’其实，这句话在钱钟书的《围城》，老舍的《茶馆》里就有过。——晨按）我说：‘您这次到国外去，外国人，记者肯定要问你对批《苦恋》的看法，挺麻烦的！’巴老说：‘不要紧，如果问我，我就说，我没有看过（影片《苦恋》），我不知道，我身体不好，我不说总可以吧！’后来，他在巴黎接受世界报记者阿兰·佩罗贝的访问时，果然问到这个问题。他回答说：‘我还没有看过这部电影，但是我认为一部文学作品引起不同的评论这是正常的。虽然有些批判，这无关紧要。你永远可以进行辩护。归根结底，只应由读者作出评判。’（《参考资料》第18880期，1981年9月28日）这样的回答传回国内，又引起某些长官的不满，认为与上面的口径不一样。中国作协有两位翻译将此消息转告了他。他说：‘不管他，有意见就有意见好了。随它去！’那天，我刚好去燕京饭店看望他，听他和他的女婿小祝说这番话。”“我想想，也够巴老为难的了！于是，我又说起曹禺在一次会上的发言。他说看了《苦恋》，气愤极了，恨不得一头把电影银幕撞碎（大意）。……我问巴老：‘他为什么这样？难道过去的教训还不够吗？’巴老沉吟了一会，说：‘嗨！一个人有一个人的想法和做法……’后来我在《巴金全集》中看到巴老给曹禺、萧乾的信里，总是劝他们把心中最美好的东西献出来，认为他们比他有才华，可以写出优秀作品来。他恳切地提醒他们：不要‘随便听指挥，随便按照“长官意志”办事。’最后弄得一事无成。他还劝告曹禺：‘你得少开会，少写表态文章，多给后人留一点东西。’他这一番话，显然是有针对性的，真是对朋友的金玉良言，苦口婆心啊！我总是想，‘文革’的历史教训够惨痛沉重的了！谁还会不从中吸取点教益，警戒自己不要再重复过去的错误。上面也一再保证为文艺创作创造良好的环境，发誓不搞运动不搞大批判了。没有想到，话音还未落地，这样的大批判又来了。所以巴老特别生气。巴老说：‘一部作品总会有缺点，有缺点就可以这样搞啊！?’‘今天这样说，明天那样说，这怎么行呢！?’”（陈丹晨：《走进巴金四十年》，江苏文艺出版社2008年版，第107—110页）

合写的《论〈苦恋〉的错误倾向》（第19期）、魏易（唐因）的《积极开展马克思主义文艺批评》（第20期）、胡余（丹晨）的《把目光注视着今天》（第22期）等短评。在第20期上，又发表了综述《部分省市文艺界积极开展批评和自我批评》，报道了北京、四川、新疆、湖南、贵州、山西、江苏、吉林、山东、广东、辽宁等省市开展克服资产阶级自由化和改变领导涣散软弱状态的动态。[①]

《人民文学》第9期"纪念鲁迅先生诞生一百周年"专栏发表唐弢《"我可以爱!"》、臧克家《有的人死了，他还活着——纪念鲁迅先生诞生一百周年》、严秀《我以我血荐轩辕——今天我们从〈聪明人和傻子和奴才〉中可以学得什么?》。

《芒种》第9期发表萧军《纪念鲁迅　检查自己——为鲁迅先生诞生百年而写》。

《散文》第9期发表刘征杂文《非"砸"即"拜"小议》[②]。

《收获》第5期发表巴金《怀念鲁迅先生》。

《萌芽》第9期发表陈学昭杂文《读〈唐朝的盯梢〉》。

《文汇月刊》第9期发表秦似杂文《忙与闲》。

《安徽文学》第9期发表徐尘言杂文《辫发之类》。

《随笔》丛刊第18集"玫瑰园""诗文漫步"专栏发表施蛰存杂文《乙夜偶谈》(《真实和美》《官僚词汇》)、李汝伦杂文《话说眼睛》，"玫瑰园"专栏发表柯安杂文《传统·风气·精神文明》、于浩成杂文《"亡国之音"与"清谈误国"》、闲人杂文《闲话"让妻"，想及"让贤"》。

《湘江文艺》第9期发表余开伟《提倡正常的健康的文艺批评》。

《读书》第9期发表楼适夷《读家书，想傅雷》，严秀杂文《从"劣币驱逐良币"的规律说起》，钱锺书《〈干校六记〉小引》，吴立华、罗志野《"怀疑一切"没有错》。

《书林》第5期发表葛朗杂文《"适度"与"失度"》、方本炎杂文《说"冷"》。

《瞭望》第6期发表宁远杂文《从"未经本人审阅"谈起》、邵燕祥杂

① 刘锡诚:《在文坛边缘上——编辑手记》，河南大学出版社2006年版，第596页。

② 改题为《"砸"和"拜"》，收入曾彦修等主编《中国新文艺大系（1976—1982）·杂文集》，中国文联出版公司1987年版。

文《谈“实际上”》。

《新时期》第9期发表高放《共运史上反对个人崇拜的斗争》、芥子杂文《小心魔鬼摄去你的灵魂》。

《法学》第9期发表于浩成杂文《洗心与革面》。

《学术研究》第5期发表章明杂文《略谈“官瘾”及其他》、韦石杂文《最后的愿望：人的哲学随感之三》、杨嘉杂文《鲁迅：中国的但丁》。

十月

2日，是日，张光年日记载：“上午9时参加胡耀邦同志召集的宣传座谈会，……他讲了五个问题，……王任重插话，说当前主要是反资产阶级自由化，实际是反右（不那么讲），左的不多了。这个说法，被耀邦同志否定了。”①

4日，《甘肃日报》发表刘仲文杂文《辛亥革命与皇帝》。

7日，《人民日报》转载《文艺报》第19期刊登的唐因、唐达成合写的题为《论〈苦恋〉的错误倾向》的文章。12月23日《解放军报》刊登了作家白桦致《解放军报》《文艺报》编辑部关于《苦恋》的通信，其中谈到对《苦恋》剧本错误的认识。

13日，中国作协主席团会议在京召开。决定恢复胡风的作协会籍。

是日，巴金与胡耀邦会面。会面一开始，胡耀邦就表示了应当结束当时对某一作品（指《苦恋》——引者注）的批判的意思，并希望巴金能给中青年作家以正确的引导。巴金认为对中青年作家，要吸取以前极“左”的、打棍子的教训。总之，要相信他们。他说：“文艺家受了多年的磨难，应该多鼓励，少批评。特别是对那些有才能、多产的中青年作家，例如对白桦。”②

15日，是日，贾植芳日记载：“敏（任敏——引者）说看到《人民日报》胡风恢复了中国作协会籍，并加以标题，这大约也有安抚文艺界的作用，因为鲁迅纪念会上党主席的讲话，其中有些激烈的措辞，可能在知识分子群中，又惹起波动了。”③

---

① 张光年：《文坛回春纪事》，海天出版社1998年版，第283页。

② 吴泰昌：《我亲历的巴金往事》，文汇出版社2003年版，第73页。

③ 贾植芳：《解冻时节》，长江文艺出版社2000年版，第391页。

16日，是日，贾植芳日记载：“夜间，在灯下读了好些篇香港《大公报》刊载的巴金《随想录》，写得都很真实（在感情思想上），这就是‘人之将死，其言也善’吧。”①

17日，《解放日报》《文汇报》发表文章批评戴厚英小说《人啊，人》。小说的“后记”写道：“我写人的血迹和泪痕，写被扭曲的灵魂和痛苦的呻吟，写在黑暗中爆出的心灵的火花，我大声疾呼‘魂兮归来’，无限欣喜地记录人性的复苏。”

同日，《云南日报》发表徐志福杂文《在死亡的威胁面前——学习鲁迅的战斗精神》。

19日，中共湖北省委召开思想战线问题座谈会。检查湖北文艺界存在的资产阶级自由化错误倾向，并对《苦恋》作了剖析。

22日，《解放日报》发表亦木、万水《评〈文艺的“无为而治”〉》，批评《红旗》1979年第9期所发王若望《谈文艺的“无为而治”》一文。

23日，王若水在一个讨论会上作题为《探索毛主席发动“文化大革命的原因”》的发言。指出：“‘个人迷信’问题，教训太大，还是提高警惕好。粉碎‘四人帮’后一段时间内，新的个人迷信不是又出来了吗。搞这一套，喜欢这一套，无论对党还是对自己，都是很危险的。连毛主席这样伟大的人物都在这个问题跌了跤，我们能不引以为戒吗？”②

是日，贾植芳日记载：“下午去系内听报告，传达的是胡乔木在思想战线会议上的长篇讲话，其中评毛时有云：毛对中国政治人物和作家不理解，因之在胜利后对这些人发动了一次又一次的暴风雨的斗争云。传达到这段内容时，听众有些动容。大概这是新鲜的东西了。”③

本月

《文艺报》第19期发表周巍峙《关于目前文化艺术工作的一些情况和问题》，唐因、唐达成《论〈苦恋〉的错误倾向》，吴中杰《鲁迅杂文的艺术力量》。第20期发表魏易《积极开展马克思主义文艺批评》、杰理《部分省市文艺界积极开展批评和自我批评》。

《北方文学》第10期发表王观泉《为“遵命文学”辨证》。文章说：

① 贾植芳：《解冻时节》，长江文艺出版社2000年版，第392—393页。

② 王若水：《智慧的痛苦》，三联书店（香港）有限公司1989年版，第248页。

③ 贾植芳：《解冻时节》，长江文艺出版社2000年版，第395页。

"我以为鲁迅的'遵命文学'的主张的主要含义是：一、文学要表现时代，要有益于实现社会的改造，要遵照革命的前驱者的命令，有所为而写；二、写自己愿意写的和可能写成功的事物；三、要顾及社会效果，但要符合所反映的社会生活和人物性格的逻辑，不能生搬硬套一个'光明的尾巴'；四、应当记住文艺以助成无产阶级革命胜利为己任，但要切记是文艺，不是别的什么宣传工具。鲁迅就曾经指出，说文艺是一种'工具'也无不可，但是'万不要忘记他是艺术，他之所以是工具，就因为他是艺术的缘故。'"

《文汇月刊》第10期发表方祖中杂文《X德谈话录》。

《读书》第10期发表严秀杂文《"深入浅出"及其他》、符号杂文《析"书生气"》。

《瞭望》第7期发表殷国安、姜正高《"又要搞运动了"吗?》，夏雨（季鸿寿）杂文《关系学和扯皮学》，马国征杂文《从"灵隐寺"的香火谈起》，袁心一杂文《不拘一格选人才》。

《民主与法制》第10期发表冯岗《回忆恽逸群同志》、若希（王若望）杂文《鲁迅"打官司"》。

《群众》第10期发表朱同广杂文《警惕"衍太太"的喝彩》、余焕然杂文《岂非"罗刹鬼骨"乎?》、陈春啸杂文《"涓流不止，溪壑成灾"》。

《新闻战线》第10期发表新洲杂文《话说"谎报军情"》。

《社会科学》第5期发表胡从经《鲁迅杂文的渊源及与中国现代杂文运动的关系》、吴仲杂文《从"碰客摇摆舞"谈起》、刘炳贤杂文《吹尽狂沙始到金》。

十一月

1日，北京市人民政府发布通告：天安门广场是国家举行政治性集会和迎宾的重要场所。未经市政府批准，不准书写、散发、张贴、悬挂、铺摆任何内容的宣传品。禁止进行任何形式的有损国家声誉、扰乱公共秩序、妨碍公共安全、有碍市容观瞻的一切活动。

3日，《新华日报》发表笪祖煌杂文《要"爱而知其恶"》。

5—12日，中宣部召开文学创作会议。会议指出，必须看到，文学创作中也确实存在着资产阶级自由化倾向和其他错误倾向。除了电影文学剧本《苦恋》以外，还有极少数作品，背离了四项基本原则，反映了摆脱党的领导、摆脱社会主义轨道的错误思潮，例如叶文福同志的部分言论和作品就是突出的代表。有的作品，不能正确表现我国新民主主义革命特别是社会主义革命的历程，对现实生活作了歪曲的描写。有的作品，否定人的阶级性和社会性，歌颂剥削阶级和敌对分子身上的“人性”。有的作品，艺术趣味庸俗低级，胡编乱造，甚至追求刺激性的和色情的描写。此外，创作上的雷同化、概念化，艺术上的粗制滥造，以及短篇不短，长篇过长的长风，也都是需要克服的。会上谈到，文学创作中的这些问题，对于文学的繁荣发展，对于充分发挥文学在建设社会主义精神文明中的重要作用，都是不利的。与会者说，思想战线问题座谈会以后，对于资产阶级自由化的批评，有了初步成效。但是，文艺界还有少数同志，态度不够鲜明，有的甚至仍然怀疑自由化倾向的存在，这是不对的。另一方面，也要防止简单化扩大化，要区别主流和支流，区别不同性质的问题，不要把什么问题都当成资产阶级自由化。批评自由化的目的，在于促进文学创作的进一步繁荣和健康发展，进一步调动作家积极性。“一年来，反‘左’批右，检查涣散软弱状态，批判资产阶级自由化，《扯‘淡’》问题，《也谈突破》问题，《苦恋》问题，叶文福问题，……一个接着一个，全国文艺界都在开会开展批评与自我批评，检查和改变软弱涣散状态，作家们普遍心情困惑和忧虑。除了张洁的《沉重的翅膀》外，文学创作基本上没有什么上乘作品问世。文学不能长时期处于疲软状态，而要改变这种疲软状态，光讲那些大道理是不能完全奏效的，重要的是要给作家艺术家创造一个平安宁静、舒缓自由的环境和心态。否则，怎么会有好作品出世呢？于是，中央决定召开文艺工作会议，目的就是要总结成绩，克服缺点，团结一致，振奋精神，向前看。”①

8日，《新华日报》发表张聿温杂文《“好好先生”并不好》。

同日，《解放日报》发表李庚辰杂文《文人相捧》。

10日，《文汇报》发表严家其《民主制的发展——兼谈社会主义民主制的三个特征》。

12日，《文汇报》发表王涵《关于民主问题的札记》。

13日，《文艺报》编辑部召开“散文创作座谈会”。沈从文、夏衍、季

① 刘锡诚：《在文坛边缘上——编辑手记》，河南大学出版社2006年版，第613—614页。

羡林、臧克家、李健吾、吴伯箫、吴组缃、萧乾、严文井、郭风等参加座谈会，叶圣陶、冰心等写来书面发言。

同日，《羊城晚报》发表李翰杂文《说删书》。

14日，《人民军队》发表路滔杂文《动机·方法·效果》。

16日，中国女排战胜日本女排，以七战七捷的战绩夺得世界杯冠军。当晚，北京大学的学生喊出了“振兴中华”的口号。

18日，《光明日报》发表于木《“知识是劳动者解放的武器”——知识和知识分子问题漫谈》。

20日，《解放军报》发表雷云《极左路线与封建遗毒》。

29日，是日，贾植芳日记载：“今天遇绿原，他说，郭（沫若）死后西德《镜报》关于他的记载只有三段：一、他说要烧书（自己的）；二、称颂江青为伟大的旗手；三、粉碎‘四人帮’后，他那首反江青帮的名诗，此外不多加一字。”①

30日，曹禺日记载：“我在近四十年的艺术生涯中，领悟出来一个真理：一个艺术家在小有成就之后，应当保持自己良好的艺术晚节。永远不要为赶潮流而随波逐流，不要靠一点小小的成就而止步不前，在虚荣中度过自己的一生。”“为了人民，党不党，算个什么！现在大家干，不为着党，是为着国家，为着未来应该好好地干，才算个人。”②

本月

赵紫阳在五届人大四次会议上所作的政府工作报告中指出：“精神文明的范围很广，它的主要内容必须包括两个方面：一方面是教育、科学、文化、艺术、卫生、体育事业的发展规模和发展水平。这是一个社会文明与否和文明程度的标志。任何社会都要发展它所需要的这方面的精神文明。而社会主义制度要求这方面的精神文明，有更普遍更迅速的发展……另一方面是社会政治思想和伦理的发展方向和发展水平。这是由社会制度的性质所决定，并且强烈地反作用于社会制度性质的。”

本月起，上海《文汇报》结合小说《人啊，人》的讨论，对人道主义进行了广泛的学术争鸣。

---

① 贾植芳：《解冻时节》，长江文艺出版社2000年版，第408页。

② 曹禺：《没有说完的话》，山东友谊出版社1998年版，第40页。

下旬，巴金写作杂文《“鹰的歌”》[①]。文章说：“倘使不是一位朋友告诉我……我还不知道我纪念鲁迅先生的文章在香港发表的不是全文，凡是与‘文化大革命’有关或者有‘牵连’的句子都给删去了，甚至鲁迅先生讲过的他是‘一条牛，吃的是草，挤出来的是奶和血’的话也给一笔勾销了，因为‘牛’和‘牛枷’有关。读完被删削后的自己的文章，我半天讲不出话，我疑心在做梦，又好像让人迎头打了一拳。我的第一部小说同读者见面已经是五十几年前的事了。难道今天我还是一个不能为自己文章负责的小学生？删削当然不会使我沉默。鲁迅先生不是给我们树立了很好的榜样？我还要继续发表我的‘随想’。”

《文艺报》第21期发表巴金《在国际笔会第四十五届大会上的讲话》。第22期发表孙静轩《危险的倾向　深刻的教训》。

《散文》第11期发表蓝翎杂文《签名与倒牌子》。

《文汇月刊》第11期发表秦牧杂文《一份精美别致的讣告》、秦似杂文《吃的文化》。

《芒种》第11期发表李准杂文《票房价值和社会效果》。

---

① 此文最初收入人民文学出版社1980年版《真话集》。“（12月19日，与巴金）聊天时，说到连续刊登随想录的香港大公报副刊，竟把他最近一篇随想《怀念鲁迅先生》删去了很多关于‘文革’的话。巴老非常生气地说：‘我以后不给他们写了！我写信给他们说，你们怎么这样对待一个有五十年写作历史的老作家？罗承勋（即罗孚，当时香港大公报副总编辑兼新晚报总编辑——晨按）听说了这个情况，就要我以后把随想录转移到新晚报去登载。’”（陈丹晨：《走进巴金四十年》，江苏文艺出版社2008年版，第114页）“就在巴金访问法国期间，一件令他气愤的事情发生了。出国之前，为纪念鲁迅诞辰100周年，巴金撰写《怀念鲁迅先生》一文，但文章在香港《大公报》发表时，却因受到《苦恋》风波影响，凡涉及反思‘文革’的内容，均被删节。巴金在这篇文章里曾这样写道：十年浩劫中我给‘造反派’当成‘牛’，自己也以‘牛’自居。在‘牛棚’里写‘检查’、写‘交代’混日子已经成为习惯，心安理得。只有近两年来咬紧牙关解剖自己的时候，我才想起先生也曾将自己比做‘牛’。但先生‘吃的是草，挤出来的是奶和血’。我呢，十年中间我不过是一条含着眼泪等人宰割的‘牛’。但即使是任人宰割的牛吧，只要能挣断绳索，它也会突然跑起来的。”“巴金回国后，方从朋友处获知上述文章均遭删削。气愤中，他再写《‘鹰的歌’》，倔强地发出自己的声音：读完被删削后的自己的文章，我半天说不出话，我疑心在做梦，又好像让人迎头打了一拳。删削当然不会使我沉默。鲁迅先生不是给我们树立了很好的榜样？我还要继续发表我的‘随想’。”（李辉：《1980年代的曹禺：与巴金相比，我简直是混蛋》，《同舟共进》2011年第2期）“当时的背景是这样的：1981年9月，在鲁迅百年诞辰之前，国务院外事办的负责人召集了香港几家报纸的总编辑在北京开了一个会，会上外事部门的负责人对各报总编主编说，海外报纸发表关于‘文革’的文章太多了，有负面影响，中央既往不咎，可是今后再发生这样的事情，就要打你们屁股了。”（潘际坰：《〈随想录〉发表的前前后后》，转引自夏榆《〈随想录〉“享受”到的特别“待遇”——巴金研究会副秘书长周立民披露背后的故事》，《南方周末》2008年10月30日）

《读书》第11期发表徐盈杂文《妙手空空话官商记》。

《社会科学》第6期发表萧丁杂文《开闸放水之后》。

《书林》第6期发表温功义杂文《明代的廷杖》。

《瞭望》第8期发表程彬杂文《“哄起论”可以休矣》。

《民主与法制》第11期发表于浩成《论高度民主》、楚云飞杂文《剪辫子的“痛苦”》。

《学术研究》第6期发表于燕郊杂文《小论“三个更加”》、钟子硕杂文《想起了另一位愚公》、东文杂文《赞“愿作‘中间派’”》。

于浩成作杂文《镜子仍不可少》①。

十二月

5日，《福建日报》发表王亚平杂文《论“爱面子”》。

12日，《羊城晚报》发表王荆杂文《“吹毛求疵”辩》。

15日，是日，贾植芳日记载：“这两天报载波兰新闻，那里党和政府已经失去作用，由当权派组织了一个什么民主革命委员会，实行军事管制，这个波兰党已走到人民的对立面了，正如这几天报载，柬埔寨波尔布特的共产党宣告解散一样，这都是历史的悲剧，东方国家在马克思主义旗帜下革命走向歧途的悲剧。这些悲剧的演出，是马克思主义创始人梦想不到的，值得历史家深思，因为这里面包括着严重的教训。”②

15—17日，中国文联主席团召开扩大会议。就文艺界调整、改革，加强中国文联领导机构，文艺界目前状况和文联今后工作等问题交换了意见。周扬在讲话中强调文艺战线要坚持四项基本原则，社会主义文艺要提倡民族化、大众化，要反对自由化、商业化，他还强调指出，要开展两条战线的斗争。周扬希望文联和各协会积极做好老中青年作家、艺术家的团结工作，使整个文艺队伍紧密团结在一起，广开文路，广开艺路，为繁荣文艺创作，建设社会主义精神文明而共同奋斗。他说，文艺界要消除不团结现象和各种不正之风，希望文人相轻变成文人相亲的新风尚。文人无行的时代应该结束了。

15—23日，中央召开省、市、自治区党委书记座谈会。胡耀邦提出

① 收入氏著《当代杂文选粹·于浩成之卷》，湖南文艺出版社1986年版。

② 贾植芳：《解冻时节》，长江文艺出版社2000年版，第416页。

1982 年的目标：第一，要两手抓，物质文明和精神文明都取得令人满意的成就。第二，经济上努力争取扎扎实实、没有"水分"的发展速度，提高经济效益。第三，争取社会治安、社会风尚和党风有一个好转。

17 日，《人民日报》发表于浩成杂文《这也是一种不正之风》。

同日，《羊城晚报》发表穆夫杂文《切勿依样画葫芦》。

18 日，《人民日报》发表李步云《什么是公民?》。

18—21 日，中国作协三届理事会二次会议在北京举行。会上巴金当选为中国作协主席。巴金在讲话中感谢作家们对他的信任。他说，我们要保卫社会主义文学事业，有必要让社会更多、更正确地了解文学的功用，更关心文学事业；他希望作家们团结起来，努力创作，为繁荣社会主义文学事业共同奋斗。周扬在闭幕会上说，党中央多次提醒文艺界要注意反对资产阶级自由化倾向，克服文艺界领导的软弱涣散，这是很必要的。他又说，作家之间要团结。作家不应讲面子，应该讲真理。

19 日，《人民日报》发表徐逊杂文《写好自己的历史——读史随笔》。

21 日，是日，曹禺日记载："上午到人大浙江厅，乔木同志接见作协理事会部分人员。巴金谈'无为而治'，'爱护作家'等。乔木同志大谈'有为与无为，治与不治'，实即反驳。"①

23 日，《解放军报》《文艺报》《人民日报》刊载白桦《关于〈苦恋〉的通信——致〈解放军报〉〈文艺报〉编辑部》，检查自己创作《苦恋》的错误思想。

27 日，胡耀邦在会见出席全国故事片电影创作会议的代表时说：有些作品、有些同志，政治情绪不健康。主要是忽视和否定中国人民社会主义事业的伟大成就，而把我们工作中的失误和林彪江青反革命的破坏都看成是社会主义制度不好。白桦同志的《苦恋》在政治上是不健康的，对人民思想是有害的。经过批评，他认识了错误，做了自我批评，这就很好。白桦同志还是党员，还是作家，还要继续写作。为了我们的伟大事业，无论是谁，犯了错误都应当进行批评和自我批评。但是一定要尊重事实，与人为善，决不能乱批一通。② 至此，《苦恋》风波得以平息。

---

① 曹禺：《没有说完的话》，山东友谊出版社 1998 年版，第 41 页。

② 肖冬连：《历史的转轨——从拨乱反正到改革开放（1979—1981）》，香港中文大学出版社 2008 年版，第 439 页。

同日,《人民日报》发表立雪(蓝翎)杂文《"小闹钟"闹到何时了》。

28 日,《人民日报》发表公今度杂文《物的奴隶》。

29 日,《人民日报》发表史非杂文《无题有感》。

30 日,《文汇报》发表舒展杂文《论老好人》。

本月

《文艺报》第 23 期发表魏易《一个严肃的问题——有感于文艺作品中的爱情描写》。第 24 期发表胡乔木《关于提高文化修养问题的一封信》,致信周扬、张光年,肯定唐因、唐达成《论〈苦恋〉》一文"写得很好"、"显然是苦心经营之作",并指出该文在文字上的若干问题。

《人民文学》第 12 期发表刘宾雁《从〈人妖之间〉引起的》。

《春风》第 12 期发表杨荫隆《文学应该成为"真理的火炬"》。

《新观察》第 23 期发表谢云杂文《"位""政"新观》。

《读书》第 12 期发表钟书河《"中国本身拥有力量……"》、袁亮杂文《用人与成败》。

《红旗》第 24 期发表方文、李振霞《彻底清除个人崇拜的影响》、郑伯农《文艺体制应当科学化、民主化》。

《瞭望》第 9 期发表通芳、宏奇杂文《晏子退高缭的启迪》,周国华杂文《馋鱼的联想》。

《民主与法制》第 12 期发表钟言杂文《从乌拉图被解职谈起》。

《社会科学》第 6 期发表王若望《反官僚主义和"干预生活"》、肖丁杂文《开闸放水之后》、林帆杂文《似应是"人浮于'制'"》、张德功杂文《文明教子》。

花城出版社出版蓝翎随笔集《断续集》。作者"序"说:"我写文章已三十年,不能写的时间要比能写的时间多,从事文艺工作的时间不及不让从事文艺工作的时间多,最宝贵的年华被断断续续地付之东流。然而我不后悔,也不悲伤,总算是在断断续续的时间里,断断续续地思考了一些问题,断断续续地写了一些非起哄的文章,这是不能连续地系统地专门地进行研究的遗痕,集起来名曰:《断续集》。断而能续,不要再断,也许还能写出点像样的文章,是愿望,也是希望。"

本年

年末出版的《随笔》丛刊第 19 集"玫瑰园"专栏发表司马玉常杂

文《关系学第一章》、费逸杂文《踢皮球（外一篇）》（《迷信与忌讳》）、辛夷杂文《谈酒》、金马杂文《一个被颠倒着的世界》、柯安杂文《年龄的折扣和加码（外一篇）》（《简单和复杂》）、邓黔生杂文《“刀下留人！”》，“诗文漫步”专栏发表沈翀杂文《挽联种种》、韦明铧杂文《“姓名学”奇谈》、陈炜湛杂文《倒楣的鼻子》，“读书与思考”专栏发表牧惠杂文《衙内——水浒随笔》、宋协周杂文《“难得糊涂”琐议》、孙吴杂文《流言家的风月谈》。发表马良杂文《“研究”的妙用》。

人民文学出版社出版《唐弢杂文选》《聂绀弩杂文集》、巴金《探索集》。

三联书店出版杨绛《干校六记》《傅雷家书》。

人民日报出版社出版冯亦代、周汝昌、黄苗子、黄裳、潘际坰、吴泰昌、吴德铎、峻骧等合著散文、杂文集《八方集》。

河北人民出版社出版孙犁《耕堂杂录》。收入《我的自传》《书衣文录》《烽烟余稿》等。《书衣文录·序》说：“七十年代初，余身虽‘解放’，意识仍被禁锢。不能为文章，亦无意为之也。曾于很长时间，利用所得废纸，包装发还旧书，消磨时日，排遣积郁。然后，题书名、作者、卷数于书衣之上。偶有感触，虑其不伤大雅者，亦附记之。此盖文字积习，初无深意存焉。”“今值思想解放之期，文路广开，大江之外，不弃涓细。遂略加整理，以书为目，汇集发表，借作谈助。蝉鸣寒树，虫吟秋草，足音为空谷之响，蚯蚓作泥土之歌。当日身处非时，凋残未已，一息尚存，而内心有不得不抒发者乎？路之闻者，当哀其遭际，原其用心，不以其短促零乱，散漫无章而废之，则幸甚矣。”

第五章　清理整顿：1982年中国杂文档案

1月11日，中共中央发出《紧急通知》。《通知》针对一些干部甚至一些负责干部不同程度地存在着走私贩私、贪污受贿，把大量国家财产窃为己有的严重违法犯罪行为，明确提出：对于这个严重毁坏党的威信，关系我党生死存亡的重大问题，全党一定要抓住不放，雷厉风行地加以解决。

1月11日、13日中共中央政治局召开会议，讨论中央机构精简问题。邓小平在会上作题为《精简机构是一场革命》的讲话。他指出：精简机构是一场革命。当然，这不是对人的革命，而是对体制的革命。

4月13日，《中共中央、国务院关于打击经济领域中严重犯罪活动的决定》向全国公布。《决定》指出：经济领域的各种犯罪活动，远比1952年“三反”时严重，已经和正在腐蚀我们的干部队伍，损害我们党、政府、军队的肌体和国家的信誉。打击经济领域的严重犯罪活动，进行反对腐化变质的斗争，关系到我国社会主义现代化建设的成败，关系到我们党和国家的盛衰兴亡。

12月4日，第五届全国人民代表大会第五次会议通过中华人民共和国宪法，并公布施行。《宪法》“序言”规定：“全国各族人民、一切国家机关和武装力量、各政党和各社会团体、各企业事业组织，都必须以宪法为根本的活动准则，并且负有维护宪法尊严、保证宪法实施的职责。”

12月30日，中共中央发出《关于清理领导班子中“三种人”问题的通知》。

一月

1 日，《新民晚报》复刊。赵超构撰写的《复刊的话》说："我们将努力做到这样的报风：'千言只作卑之论'也就是'卑之，毋甚高论'。力戒浮夸，少说大话，实事求是，不唱高调，发表一些常识的、切实的、平凡的报道和论说。"副刊"夜光杯"随之复刊。复刊第一天的"夜光杯"上，赵超构以"林放"为笔名的杂文专栏"未晚谈"也开始与读者见面，在题为《暂别归来》的开篇中，林放说："《新民晚报》有福了，十年动乱中，你没有欠下多少假大空的孽债。这十年对于《新民》报史是一片沉默。沉默也是生命史的一页；沉默，在某种情况下是好事。""一个冬天的沉默，加上一个冬天的酝酿，《新民晚报》这棵饱经风霜的五十多年的老树，终于重发新姿，绿叶成荫，吸取阳光雨露，散发清新空气。"这个专栏的头花，是一只猫头鹰，后来，牛也成为"未晚谈"的固定头花，这是赵超构最喜爱的两种动物。①

2 日，《新民晚报》发表林放杂文《韩愈三上书》。

3 日，《新民晚报》发表林放杂文《"难得糊涂"》。

4 日，《新民晚报》发表林放杂文《写给"庙里来的"朋友》。

5 日，《新民晚报》发表林放杂文《保卫"神童"》。

6 日，张光年在中国作家协会天津分会第二次会员大会上讲话时指出："我们对文艺上的资产阶级自由化进行坚决斗争的时候，不能忘记邓小平同志在第四次文代大会祝词中对我国文艺队伍情况的正确估计和评价。他说：'斗争风雨的严峻考验证明，从总体来看，我们的文艺队伍是好的。有这样一支文艺队伍，我们党和人民是感到十分高兴的。'事实上，在我们文艺队伍中，拥护党的领导，拥护社会主义道路的，是大多数，好人是绝大多数。坚持反党反社会主义的资产阶级自由化分子或真正的右派分子是很少数。把相当多的知识分子、文艺工作者看成是反对四项基本原则、反党反社会主义的右派分子，那是十分错误的，危险的。如果这种夸大敌情的判断可以成立，那就只能说我国知识分子、文艺工作者多数是不好的，不可靠的，党中央对文艺队伍的估计搞错了，如果不错，那就是这个党不好，社会主义不好，所以引起知识界、文艺界那么多的人反对它。大家不难看到，

① http：//news. sohu. com/20040830/n221801106. shtml.

这样的判断是多么荒谬！离开党的政策多么远！如果按照这种判断动手动脚，会造成何等危险的后果！前事不忘，后事之师，我们要牢记以往的教训。”“总的说来，对资产阶级自由化倾向，一是不能放松警惕，一经发现，就要进行批评和斗争；二是要相信我们大多数同志是好的，是跟党走的，至少是爱国的。在今天的中国，爱国主义本身就带有社会主义倾向。所以，对资产阶级自由化情况的估计，既不能扩大，也不能缩小它。”①

同日，《新民晚报》发表黄苗子杂文《画个圈儿替》。

同日，《陕西日报》发表林牧《谈所谓“政策多变”》。

7日，《新民晚报》发表公今度杂文《幸福不是“阵头雨”》。

同日，《黄石日报》发表黄芥田《“摇篮”里的畅想》。

8日，周扬与顾骧谈起草文艺八条事。周扬说：“文学艺术是我们国家事业，应有明确的规章制度。我想来想去，这个文艺几条应该搞。”在谈到第二条“正确估计文艺形势”时，周扬提出反对“无害论”与“亡国论”，反对过高或过低估计文艺的作用。文艺亡不了国，现在大有文艺要亡国的样子。在谈到第三条“总结历史经验”时，周扬说：“不再提文艺从属政治，这是几十年来革命文艺的历史经验重要总结，也是对文艺方针的重要调整，这不仅是理论问题，也是个实践问题。”在谈到第五条“发扬艺术民主，保障两个自由”时，周扬说：“文艺创作是精神劳动，没有自由怎么行？精神劳动最需要自由。要强调艺术多样化，强调艺术个性，强调风格、流派，强调自由创造与自由讨论。要保障批评与反批评。”②

10日，《新民晚报》发表林放杂文《包公与伯乐》。

11日，《新民晚报》发表林放杂文《不耻最后》。

12日，《人民日报》发表隋喜文杂文《海瑞和他的〈督抚条约〉》、许锦根杂文《把“孩子”拾回来》。

同日，《新民晚报》发表林放杂文《蔺相如的一件事》。

同日，《南京日报》发表尚之杂文《“难得糊涂”辨》。

13日，《文汇报》发表谢云杂文《两代人与两种人》。

16日，新华社报道：我国1979年除台湾省外共出版图书17212种，

① 张光年：《惜春文谈》，上海文艺出版社1993年版，第117页。

② 顾骧：《此情可待成追忆》，王蒙、袁鹰主编：《忆周扬》，内蒙古人民出版社1998年版，第460—461页。

占世界第十位，重入世界十大出版国行列。

17日，《新民晚报》发表吴祖光杂文《论昼寝》。

18日，《人民日报》发表胡鉴杂文《要讲究“认真”》。

同日，《新观察》编辑部召开漫画创作座谈会。

20日，《新民晚报》发表林放杂文《我还要诅咒》。

是日，张光年日记载：“下午翻阅报刊。《奔流》一月号头条阎纲文章《文学艺术的新阶段》第四段谈五年来的‘暴露文学’（指伤痕文学），断定是我国社会主义文艺的反常现象，一个‘插曲’，‘一个特殊的历史阶段’，不具备‘我国社会主义文艺的普遍特征’，不属于文学艺术的‘新阶段’（歌颂光明、歌颂四化）。这些结论是很奇怪的。”①

21日，《大公报·大公园》发表巴金《〈怀念集〉序》。

同日，《人民日报》发表李候森杂文《“言多必失”小议》。

同日，《新民晚报》发表林放杂文《再说“老家伙应当说话”》。

25日，《新民晚报》发表林放杂文《狗年抓耗子》。

同日，《湖北日报》发表汪金友杂文《有感于“梨园三怪”》。

27日，《解放日报》发表冯岗杂文《春节的希望》。

同日，《新民晚报》发表林放杂文《“宁左勿右”与“肝胆相照”》、荆中棘（束纫秋）杂文《过于执》。

29日，《人民日报》发表张黎洲杂文《刹一刹保护不正之风的不正之风》。

31日，《人民日报》发表华君武《谁说“收”了？》。文章说，去年以来，国内外有些心怀各种动机的人说党的文艺政策要“收”了，有一些糊涂思想的人跟着也喊百花齐放不行了。从全国漫画展的开幕来看，从这些发展的数字和情况来看，谁说“收”了？

同日，《解放日报》发表许寅杂文《“‘毛遂’老是碰‘高俅’，咋办？”》。

本月

《文艺报》第1期发表赵寻《党的文艺方针政策的一致性和一贯性》。

《昆仑》第1期发表秦牧杂文《哀“八旗子弟”》。

《文汇月刊》第1期发表萧乾《挚友，益友和畏友巴金》、茹志鹃《我心目中的巴金先生》。

① 张光年：《文坛回春纪事》，海天出版社1998年版，第324页。

《江南》第1期发表陈学昭《哭林淡秋同志》、炼虹《敬悼林淡秋同志》。

《艺谭》第1期发表何满子杂文《理想国·文人岛·未庄》、耿庸杂文《写于鲜花盛开的五月》、冯英子杂文《一种战法》。

《百花洲》第1期发表黄文锡杂文《猫头鹰·圆舞曲》。

《创作》第1期发表刘雪苇、聂绀弩《关于杂文"文体"的通信》。刘雪苇提出:"我以为我们这个和鲁迅先生相关联的杂文概念,是个狭义的杂文概念。即'战斗的社会论文'概念,不是'各种散文体式的凑合'概念(鲁迅先生自己有时也使用这个概念的,如《写在〈坟〉的后面》《南腔北调集·题记》)。以论战形式作社会的搏击才是鲁迅意义的杂文,这杂文当然是论文的一种。于是,和散文(比如《为了忘却的记念》)应该区别,和散文诗(如《野草》)应该区别,不用说,和小说(如《非攻》《理水》)更应该区别了。要不,特别对于无往而不战斗、无处不在战斗的、革命精神极其充沛的鲁迅先生,他的作品便几乎无一不是杂文了。"聂绀弩认为:"我们有时把杂文说得广时,便似乎天下什么都是杂文。特别我,常常把寓言、童话等等当作杂文来写而不是当作艺术作品来写。""杂文还没有定型在一种特定的格式里,只要觉得有战斗性、讽刺性,特别是有寓言性的便行了。"

《雪莲》第1期发表牧惠杂文《朱元璋删〈孟子〉》(作于1979年)、骆宾基杂文《"阿随"随想》、惜醇杂文《"推敲"的另一面》。

《柳泉》第1期发表王朝闻杂文《真实感与魅力》。

《新观察》第1期发表舒展杂文《练一练演说吧》、李庚辰杂文《管住自己的嘴巴》。第2期发表舒展杂文《从〈夏伯阳〉想到写作胆识》、胡靖杂文《"不近人情"辨析》、崔永生杂文《话说"自我感觉良好"》。

《读书》第1期发表雪苇《一个提法》、子冈《聂绀弩和他的旧体诗》、杜哉杂文《书市杂感》。雪苇提出:"现在很多书里,在提到共产主义社会建设任务时,往往出现这样的提法:'消灭智力(脑力)劳动与体力劳动的差别'。这说不通。"

《瞭望》第1期发表周扬《为创造社会主义新文艺而奋斗》。

《民主与法制》第1期发表白慧杂文《如何看待"平等"》。

《文艺研究》第1期发表王了一《谈谈小品文》。指出,好的小品文大约要有下列一些特点:第一,好的小品文常常是幽默的。幽默并不就是滑稽。滑稽只是逗笑,而幽默则是让你笑了以后想出许多道理来。"幽默"

的正确含义是用严肃的态度来逗笑，好的小品文要做到你笑我不笑。第二，好的小品文要做到言浅意深，言近旨远。言浅，因为讲的往往是日常生活琐事，人人看得懂；意深，因为其中包含着哲理，只有聪明人看了才会发出会心的微笑。言近，因为讲的往往是眼前的事物；旨远，因为从这一件小事可以推类引申出许多大道理来。第三，辱骂和恐吓决不是战斗。即使是对敌人，小品文也只能是冷嘲热讽，而不是肆意谩骂。鲁迅说得好：必须止于嘲笑，止于热骂，而且是嬉笑怒骂皆成文章，使敌人因此受了伤或致死，而且自己并无卑劣的行为，观者也不以为污秽，这才是战斗的作者的本领。

《社会科学》（月刊）第 1 期发表闻雄杂文《关于“山”、“魂”及其他》、姚奔杂文《谈批评》、王新铭杂文《“敢于为美好理想而拼搏”赞》。

《晋阳学刊》第 1 期发表方治杂文《为“批判”正名》。

二月

3 日，《人民日报》“答读者”专栏发表编者文章《左和“左”如何用法》。文章说，左和“左”怎样用，要根据文章所叙述的具体情况而定。如果表示不是真正的左，是假左或过左，在文中作为贬义词使用时，就应该加上引号，如“左”的指导思想，“左”的错误等。左倾、极左等就不必加引号，因为这个左已经说明是偏向，当然是错误的了。

同日，《新民晚报》发表林放杂文《小猫的屁股可以摸一摸了》。呼应 1 月 29 日《人民日报》张黎洲杂文《刹一刹保护不正之风的不正之风》。

同日，《江西日报》发表彭佑祥杂文《说“妒”》。

4 日，《人民日报》发表丹赤杂文《如此“恩义”》。

同日，《新民晚报》发表林放杂文《甜食不应供应多》。

同日，《羊城晚报》发表穆夫杂文《让和尚都去挑水》。

5 日，《人民日报》发表陈原《写在〈汉译世界学术名著丛书〉刊行之际》。文章说，任何一个充满自信力的民族，即使有困难有苦楚，却绝不会害怕同外来的思想文化接触。不，正相反。

6 日，《大公报·大公园》发表巴金《小端端》。

同日，《广西日报》发表秦似杂文《从奶名“阿银”说起》。

同日，《春城晚报》发表石俊杂文《狗拿耗子不是多管闲事》。

7 日，《内蒙古日报》发表万炜明杂文《慧眼与俗眼》。

8 日，《新民晚报》发表楚云飞杂文《“墙内开花墙外香”》。

9 日，《人民日报》发表东方既白杂文《从布袋和尚说起》。

10 日，《南宁晚报》发表秦似杂文《新型的“知识竞赛”质疑》。

11 日，商务印书馆建馆 85 周年纪念会在京举行。

同日，《人民日报》发表李培垣杂文《“群胆”和“孤胆”》。

同日，《新民晚报》发表林放杂文《得其所哉！得其所哉?》。

11—13 日，《大公报·大公园》发表巴金《怀念马宗融大哥》。

12 日，《人民日报》发表余心言杂文《河豚鱼与永某氏之鼠的教训》。

14 日，《羊城晚报》发表王荆杂文《谈“情”说“爱”》。

15 日，《人民日报》发表李洪林《浅谈理论上的坚定》、黄裳杂文《诗人的争论》。

同日，《新民晚报》发表林放杂文《“为民作主”还是“以民为主”?》。指出：现在的问题不是小民做稳奴隶或做不稳奴隶，而是人民群众当稳了主人翁或当不稳主人翁的问题。

16 日，《人民日报》发表隋喜文杂文《送礼的和收礼的都该打》。

同日，《新民晚报》发表林放杂文《论“太平官”》。

17 日，《人民日报》发表陈宝云《文学要给社会前进以助力——也谈歌颂与暴露问题》。

同日，《解放日报》发表孙犁杂文《谈妒》。

同日，《新民晚报》发表黄苗子杂文《歪与不正》。

18 日，《人民日报》发表杨际岚杂文《从胡屠户说到“势利眼”》。

同日，《解放日报》发表司徒伟智杂文《李泌论“官”与“爵”》。

同日，《新民晚报》发表林放杂文《大老鼠为什么不上钩?》。

19 日，《羊城晚报》发表刘宾雁杂文《笑，是可爱的》。文章说：“笑，并不可怕。历史的教训恰好相反：不去嘲笑应该灭亡的势力和应该消失的现象，倒有点危险。”

同日，《云南日报》发表夏雨杂文《良史岂有所私?》。

是日，贾植芳日记载：“陈仁炳来访，带来覃树谦信，并在此午饭。费明君的未亡人及一女儿来。费为 1955 年案病死青海劳改工地，他的妻子及七个儿女无法存活，发配到敦煌后又被赶至安徽，他们为了生活，在安徽卖掉三个女儿，而今天来的被卖的女儿，又卖过自己的女儿。费是翻译家和教授，他的七个子女却都是文盲。最可怪的是他们的大女儿和女婿在

'文化大革命'中逃到上海流浪，大女儿在收垃圾中捡到三条黄金，她出于赤诚，向有关造反单位上缴了，自以为清白，甚至是忠诚的立功表现，却想不到为此惹出祸事：当天夜间，门口来了一部车子，把他们可怜的行李扔在车上，强迫他们离开了上海，押回安徽的劳改农场。现在费已平反，但他们的生活仍无着落，真是呼天不应，呼地不应。""在费师母和她的女儿的叙述时，陈仁炳谈到自己一家的遭遇，安慰她们。陈的老父 1949 年夫妇俩乘飞机由伦敦回国迎接解放，在北京作为全国基督教协会的负责人受到优遇。1957 年他被划为右派，被赶出大房屋，只借到一间十二平方米的小屋，夫妇入居，陈父终忧愤而亡。陈的大弟弟是南开大学教授，留美博士，1951 年回国，'文化大革命'中被划为'漏网右派'，在劳动中忧闷而殁。他的大儿子精神分裂，至今成为废人。他的妻子是 1933 年燕大毕业生，因无工作，每月只领十五元生活费。陈的三弟是留美博士，原成都第七军医大学外科主任，'文化大革命'中被游斗，在路中被拳打脚踢而死，被打断七根肋骨，两根肋骨插入腰部……""这些素材，就是中国知识分子命运的写照。"①

20 日，《人民日报》发表题为《坚决打击经济领域的犯罪活动》的社论，指出：这场斗争是关系到我们党和国家盛衰兴亡的大问题，非搞好不可。

21 日，《光明日报》发表舒展杂文《论演员的发胖》。文章说，请原谅我说句真话吧：缺乏竞争的铁饭碗，体制之不合理，机构的痈肿，这才是导致发胖现象增多的症结所在。

22 日，《北京晚报》发表阮晚杂文《鲁迅说"不必看……"》。

24 日，《文汇报》发表罗竹风杂文《谈学术与政治的关系》、孙犁杂文《谈才》。

同日，《新民晚报》发表林放杂文《小仙姑不必脸红》。

25 日，《人民日报》发表若水杂文《也谈宋太祖怕史官》。文章说：法律制裁加上舆论制裁，贪官是最害怕的。

同日，《保定日报》发表扈瑞清杂文《读两则"戴高帽"的笑话》。

26 日，《人民日报》发表黄裳杂文《盛况的变迁》。

同日，《新民晚报》发表林放杂文《一定要称鲁迅为"同志"吗?》。

---

① 贾植芳著：《早春三年日记——1982—1984》，大象出版社 2005 年版，第 7—8 页。

27 日,《大公报·大公园》发表巴金《〈随想录〉日译本序》。文章说:是的,我还要续写《随想录》。我是从解剖自己、批判自己做起的。

28 日,《人民日报》发表栗正杂文《李赤们的镜子》。

同日,《羊城晚报》发表舒展杂文《“疗妒汤”之类》。

本月

《时代的报告》第 2 期开辟“重新学习《在延安文艺座谈会上的讲话》”专栏,发表张晓生《试论〈讲话〉对解放思想的重大意义》、燕铭《加强对小资产阶级思想的引导》。专为该专栏撰写的“本刊说明”称:“毛泽东同志于 1942 年所作的《在延安文艺座谈会止的讲话》,迄今已将四十年。这是继列宁同志的《论党的组织与党的文学》之后,马克思主义文艺理论、文艺科学中的重要的纲领性的文件。在四十年中,它指引我们的文艺继承和发扬鲁迅的革命传统,进一步与工农兵结合在一起,对人民群众推动历史的前进,起到了巨大的作用。实践一再证明:《讲话》现在仍然是社会主义文艺的指路明灯。”“但是,从‘文化大革命’以来的十六年中,《讲话》也曾受到来自‘左’的和右的歪曲或篡改。林彪、江青一伙反革命,用极左的办法,把为工农兵服务的人民文艺演变成为林、江反党集团篡党夺权的阴谋文艺。粉碎‘四人帮’后,有些人则又把《讲话》当作框框来突破,结果不能不使自己陷进资产阶级自由化的泥坑……”“鉴于这一情况,我们认为,在贯彻六中全会《决议》的过程中,很有必要重新学习与重温《讲话》。”其中“‘文化大革命’以来十六年”的提法引发争论。

《芒种》第 2 期发表沈志冲杂文《争鸣·争明·争名》、吴吉子杂文《洋刀片·胡须及其他》。

《上海文学》第 2 期发表金梅杂文《文学上的雅量》。

《文汇月刊》第 2 期发表秦牧杂文《隔膜的笑剧》。

《新观察》第 3 期发表崔永生杂文《话说“自我感觉良好”》、陈允豪杂文《成名之后》。第 4 期发表谢云《杂文的地位和命运》、李庚辰《杂文应以批评为主》、孙士杰《杂文的风格要多样化》、胡靖《借鉴鲁迅笔法》、刘甲《我们时代杂文的特征》、方成《出个主意》,发表周方杂文《别让祸生家庭之内》。

《瞭望》第 2 期发表崔永生杂文《“领导现代化”与“现代化领导”》、沈宝祥杂文《画诺、画行、画圈与拍板》。

《民主与法制》第 2 期发表浩成杂文《从一首诗引起的议论》、林帆杂文《“狗年”的随想》、郭文杂文《谈谈“发牢骚”》、覃思杂文《“迎合”辨》。

《名作欣赏》第2期发表王子野杂文《名文未必无讹》。

三月

1日，《人民日报》发表李洪林《民主的权威——关于权威的札记》、金戈杂文《“软”“硬”孰为先?》。

同日，《新民晚报》发表林放杂文《让法律女神抬起头来》。

3日，《文汇报》发表谢云杂文《“任之”，“任之”》。

4日，《新民晚报》发表黄苗子杂文《生与死》。

10日，《浙江日报》发表夏衍《〈学人谈治学〉序》。

同日，《新民晚报》发表林放杂文《“汽车大王”的兴灭》。

11—12日，《大公报·大公园》发表巴金《〈小街〉》。文章说：“去年在巴黎我回答法国记者说，我不喜欢‘伤痕文学’这种说法。十年浩劫造成的遍地创伤，我不能否认。揭露伤痕，应当是为了治好它。讳言伤痛，让伤疤在暗中溃烂，只是害了自己。但也有人看见伤疤出血就惊惶失措，或则夸大宣传，或则不准声张。这些人都忘记了一件更重要的事情：人们应当怎样对待那些伤痕。这半年来我反复思考的正是这个。”

12日，《文学评论》编辑部召开人性和人道主义座谈会。

同日，《人民日报》发表萧乾杂文《文明小议》。

14日，中共中央提出到本世纪末人口控制在13亿以内的目标。

同日，《羊城晚报》发表王荆杂文《功·罪·法》。

15日，《人民日报》发表评论员文章《做清醒的马克思主义者》、李庚辰杂文《“严肃处理”要严肃》。

同日，《成都晚报》发表卢杨村杂文《也从杜甫说起》。

16日，《人民日报》发表杨群杂文《说话算数》。

17日，《南宁晚报》发表秦似杂文《以鄙野为耻》。

18日，《新民晚报》发表一张（张林岚）杂文《好名与捧场》。

同日，《羊城晚报》发表穆夫杂文《浦来士之耻》。

同日，《成都晚报》发表李致杂文《有感于齐人妻妾》。

20日，《山西日报》发表金戈杂文《讲点“温良恭俭让”》。

20—22日，《大公报·大公园》发表巴金《三论讲真话》。

21日，《新民晚报》发表林放杂文《锄草还得种花》。

23日，《人民日报》发表既白杂文《探春一席话》、韩嗣仪杂文《休言“力挽人间风气难”》。

同日，《常州报》发表乐明杂文《“下不为例”也是例》。

24日，是日，张光年日记载：“今天上午王任重在中宣部会议宣布中央决定：任命邓力群为中宣部长，朱穆之为文化部长，中央书记处下设思想工作小组，胡乔木为组长、邓力群为秘书，周扬为中宣部顾问及思想工作小组成员。”①

26日，《人民日报》报道，原“北航红旗”造反派头头刘汉如曾直接参与迫害彭德怀，被取消预备党员资格，并撤销其某厂科研所副所长职务。

同日，《人民日报》发表穆福田杂文《漫谈事业心》。

同日，《厦门日报》发表罗竹风杂文《无刺的蔷薇》。

27日，《北京晚报》发表蓝翎杂文《“老外”外考》。

28日，《人民日报》发表立雪杂文《打虎·打猫·打狗》。

同日，《新民晚报》发表林放杂文《婆婆太多了》。

29日，《新民晚报》发表林放杂文《江东子弟今犹在》。指出：如果我们糊里糊涂地把一批江东子弟提拔为接班人，那末十年之后不就是一个卷土重来的局面吗？要是这种事能引起我们的警惕，有预防措施，那才能保证他们不至于卷土重来啊。

同日，《人民日报》发表春树杂文《“棘吏”》、乙白海杂文《从造明堂说到写文件》。

30日，《大公报·大公园》发表巴金《〈靳以选集〉序》。

本月

《芒种》第3期发表方劲戎杂文《“讲面子”琐谈》。

《收获》第2期发表邵燕祥杂文《麻雀篇》。

《文汇月刊》第3期发表冯亦代《天真的小丁》、雷抒雁《仙人掌的意象——诗人公刘印象》。

《安徽文学》第3期发表王若望《回答与说明》。反驳《安徽文学》1981年第11期所发亦木《也不过是老调重弹——答拙木同志》一文。文章说：“在亦木同志撰此大作后的一周，周巍峙同志谈到‘关于目前文化

① 张光年：《文坛回春纪事》，海天出版社1998年版，第342—343页。

艺术工作的一些情况和问题'时，也讲到了'心有余悸'。他说：'过去，在文艺战线上搞了不恰当的、过火的批评和斗争，后果不好，使许多同志心有众悸……''这是十年动乱遗留下来的消极影响，是可以理解的。应该把我们如何进行文艺评论工作的道理讲清楚，用开展健全的文艺批评，用热心培育出的繁花硕果来解除那些善意的忧虑和担心。'周巍峙同志这个讲话无疑是积极引导人们消除'余悸'的心理的正确意见。对比之下，亦木君的'卸妆'论，怕是只能令人生'悸'的吧！"

《朔方》第 3 期发表阿茂（汪宗元）杂文《批评家的雅量》。

《新文学史料》第 2 期发表丁玲《延安文艺座谈会的前前后后》。

《新观察》第 5 期发表蒋元明杂文《勇当"拉拉"队》。第 6 期发表舒展杂文《变大黔驴为小老虎》、崔兴林杂文《当好"二传手"》、南昌明杂文《"后门"之出口》。

《读书》第 3 期发表金性尧杂文《实事求是的"国情观"》。

《民主与法制》第 3 期发表徐铸成杂文《造反世家》、秉灵杂文《截贪鄙与反腐蚀》、曾敏之杂文《随笔二题》（《古人的警语》《空谷足音》）。

《社会科学》第 3 期发表黄裳杂文《自孔夫子以来》。

公今度作杂文《"怪"岂"自败"》[①]。

人民文学出版社出版曾敏之散文、杂文集《望云海》。收入《从庾信说起》《一念之差》《史家的末路》《"文士之笔端"议》《"辩士"道穷》《知人之术》《立言·立行·"瓜蔓抄"》《退休与恋栈》《荐贤举能》《法权之间》等杂文 20 篇。

福建人民出版社出版郑朝宗《护花小集》。"综观《护花小集》二十一篇文章，可分四类：一是杂感，如《说风度》从民族古老文明说到风度美决定于心灵美，《阴影》从生活中和文学描写中的光明面与阴暗面的辩证关系说到提倡美育是当务之急，《为苍蝇画像》对比约翰·拉斯金与韩愈刻画苍蝇的不同文学风格，《因"乌台诗案"而想起的》呼吁把文字狱之类的封建渣滓扫除干净；二是忆旧和游记；三是追记故人；四是讨论文艺问题。"（魏拔《"一事能狂便少年"——读〈护花小集〉》，《读书》1983 年第 9 期）

① 收入氏著《魂兮归来》，福建人民出版社 1983 年版。

四月

1日,《人民日报》发表评论员文章《坚定不移地同腐败现象作斗争》、柳萌杂文《从标语想到店名》。

2日,《人民日报》发表巴金《〈序跋集〉跋》、舒展杂文《鞭炮声的遐想》。

同日,巴金获1982年但丁国际奖。

是日,贾植芳日记载:“沈元山来,……沈说:下午开了个传达文件的会议,说胡耀邦讲话,要加强反走私斗争,包括反思想文化领域里的‘走私斗争’,又提出了防止‘和平演变’的问题,说胡耀邦讲话中说到,有的中级干部竟然信口说什么‘三十年来上了共产党的当’,由此可见当前思想混乱之一斑了。”①

8日,是日,张光年日记载:“下午翻阅《文艺报》第四期。在讨论会栏目,登了来自湖北的全盘否定电影《天云山传奇》的文章,下期有文反驳。我打电话给冯牧:反驳适可而止。”②

8—9日,《大公报·大公园》发表巴金《怀念满涛同志》。

10日,邓小平在讲话中指出:经济犯罪这股风来得很猛。如果我们党不严重注意,不坚决刹住这股风,那末,我们的党和国家确实要发生会不会“改变面貌”的问题。这不是危言耸听。

同日,《大公报·大公园》发表巴金《说真话之四》。

11日,《解放日报》发表效平杂文《“翻过筋斗”以后》。

同日,《新民晚报》发表林放杂文《愧对科赫》。

12日,是日,张光年日记载:“晨接冶方(孙冶方——引者)同志电话。他看了《文艺报》讨论会栏目有反对《天云山传奇》意见,表示要写文章。”③

同日,《北京日报》发表曹宪文杂文《贿·权·利》。

同日,《新民晚报》发表一张杂文《流风所被》。

13日,《新民晚报》发表言微杂文《各人自扫门前雪》。

① 贾植芳:《早春三年日记——1982—1984》,大象出版社2005年版,第15页。

② 张光年:《文坛回春纪事》,海天出版社1998年版,第346页。

③ 同上书,第347页。

15日，《新民晚报》发表林放杂文《有感于〈说岳全传〉》。

同日，《湖北日报》发表张宿宗杂文《“很像鼠”的猫》。

16日，《人民日报》发表丹赤杂文《上当与上钩》。

18日，《解放军报》发表王续琨杂文《科学不仅是“吃得的”》。

22日，《大公报·大公园》发表巴金《未来（说真话之五）》。文章说：“最近遇见几位朋友，谈起来他们都显得惊惶不安，承认‘心有余悸’。不能怪他们，给蛇咬伤的人看见绳子会心惊肉跳。难道我就没有恐惧？我在《随想录》中不断地提出问题，发表意见，正因为我有恐惧。不用说大家都不愿意看见十年的悲剧再次上演，但是不弄清楚它的来龙去脉，不把它的来路堵死，单靠念念咒语，签发支票，谁也保证不了已经发生过的事不再发生。难道对于我们的未来中可能存在的这个阴影就可以撒手不管？我既然害怕见到第二次的兽性大发作，那么为什么要把自己的恐惧埋葬在心底？为什么不敢把心里话老实地讲出来？”

同日，《新民晚报》发表林放杂文《一帘之隔》。

23日，《南方日报》发表司马玉常杂文《所谓“之最”》。

28日，《人民日报》发表王若水《文艺·政治·人民》[①]。文章指出：“政治和文艺一样，本身不是目的；它们都要为人民服务——文艺作为精神生产，要满足人民的精神需要，这比‘为政治服务’的内容丰富得多——文艺和政治的关系，不是单方面地服务和被服务关系，而是互相影响——文艺和政治对社会主义经济基础都既有适应的一面又有不适应的一面——创作的自由和作家的责任是统一的——与其提一切服从政治，不如提一切服从人民的利益，因为在社会主义国家里，人民是目的，人民是主人。”

同日，《新民晚报》发表林放杂文《花花公子的行情》。

30日，《新民晚报》发表林放杂文《一语便俗》。

本月

《文汇月刊》发表第4期何满子杂文《“他们的菩萨灵”主义》。

《江南》第2期发表蒋椿芳《严冬深情祭淡秋》。

《艺谭》第2期发表王戎杂文《说脸谱兼论该为曹操洗脸》。

《雪莲》第2期发表牧惠杂文《绣春囊的风波》、惜醇杂文《朽与不

① 本文是作者1980年8月在庐山召开的全国高等学校文艺理论讨论会上讲话的一部分，发表时作了修改和补充。

朽》、骆树基杂文《尽信书，则不如无书》、王伯华杂文《金鱼与苍蝇》。

《新观察》第 7 期发表何北仁杂文《也谈“关系网”》、林君雄杂文《道是无情却有情》、栗正杂文《短长拾零》、章仲锷杂文《文德三诫》。第 8 期发表胡靖杂文《略论“青黄不接”》、古正雄杂文《就是要有“盖”的精神》、赵竣防杂文《小实卖镜》。

《读书》第 4 期发表美籍华裔学者王浩《由鲁迅来印证几项感想》、费孝通《英伦杂感》、谷林杂文《“应该做的事情”》、小哨杂文《论各执一词》。

《红旗》第 8 期发表胡乔木《关于资产阶级自由化及其他》。本文是对《红旗》1981 年第 23 期所发《当前思想战线的若干问题》一文的补充、修改。

《民主与法制》第 4 期刊登本刊评论员《决不能让这些人卷土重来》。文章说：“人们，要警惕啊！决不能让林彪、江青反革命集团的残渣余孽卷土重来！按照历史的发展规律，反动的腐朽的势力是一定要灭亡的，但是如果我们自己不争气，而又丧失警惕，历史的暂时的倒退现象还是有可能出现的。十年内乱这个教训，永远不能忘记！”发表冯英子杂文《让杜牧敲响警钟》（呼应林放《江东子弟今犹在》一文）、陈朗杂文《苍蝇与老虎》。

五月

4 日，《羊城晚报》发表三流（胡希明）杂文《闲话“OO”》。

同日，《辽宁日报》发表李长文杂文《“外国人说……”》。

5 日，《人民日报》发表社论《良好的开端　深刻的革命》。社论说，部门林立，机构重叠，层次繁多，公文旅行，人浮于事，热衷于无效劳动等等，都已成为我们建设现代化的社会主义强国的严重障碍。

同日，《大公报·大公园》发表巴金《解剖自己》。

同日，《文汇报》发表郑万泽杂文《“爸爸问题”》。

6 日，《中国青年报》发表陈小川杂文《“家”，是滥称不得的》。

同日，《新民晚报》发表林放杂文《过犹不及》。

6—12 日，中国文联、中国社会科学院文学研究所在北京联合召开毛泽东文艺思想讨论会。周扬 12 日到会讲话。他指出，对待毛泽东文艺思想，一要坚持，二要发展。从《讲话》到现在，时代发生了巨变。工人、农民、知识分子三者之间的关系也起了很大的变化。理论要研究新情况，回答新问题。历史的观点就是发展的观点，不发展就要停滞，而停滞是没有前途的。

他强调，不要把毛泽东文艺思想和整个毛泽东思想割裂开来，不要把毛泽东思想和马列主义割裂开来，也不要把毛泽东文艺思想和“五四”新文艺运动割裂开来。

7日，《大公报·大公园》发表巴金《西湖》。

9日，《人民日报》发表夏茫（蓝翎）杂文《不要脑袋冲着酒缸——听相声偶感》。文章说，相声的特点和功能，主要是讽刺——当然还有别的，此处暂且不说。讽刺不是心狭量小的挖苦，不是耍贫嘴的油腔滑调，而是体现了表演者政治的热情，道德的高尚，艺术的真诚，趣味的健康。忽视了这些，为笑而笑，反而把应该讽刺的现象淡化了。

同日，《中国青年报》发表缪建新杂文《袁绍为什么要杀田丰?》。

同日，《解放日报》发表黄安国杂文《“好快刀”》。

同日，《人民铁道报》发表徐尚武杂文《獭·鲢鳙·猪笼草》。

10日，马寅初逝世，终年101岁。

11日，《人民日报》发表焦勇夫杂文《鼠·猫·虎》。

12日，《解放日报》发表孙犁杂文《谈名》。

同日，《文汇报》发表吴平（陆磊）杂文《从吴晗改文章想起》。

是日，张光年日记载：“今天上午周扬同志为毛泽东文艺思想讨论会讲话，整个讨论会我未参加，看了简报，听说周今天讲的好。”①

13日，《大公报·大公园》发表巴金《思路》。

14日，《新民晚报》发表林放杂文《说捧场》。

是日，贾植芳日记载：“施昌东来，他又继续谈他的故事，并拿出他搜求到的一本上海市委1980年11月印的《宣传通讯》，那上面载关于‘胡风集团’的复查报告，显然是那个中央文件的复写文，但却略去原文件给我加的那个历史尾巴，只提出‘胡风和一些分子有政治历史问题，但一般属于人民内部矛盾’，只有张中晓有反动思想言论云云。又说‘1965年由中央批准，1965年判处胡风有期徒刑十四年，剥夺政治权利六年。1966年判处阿垅、贾植芳有期徒刑十二年。其余诸人免于刑事处分，降职降级，党员开除党籍。文化大革命中，加判胡风无期徒刑，收监关押。1978年胡风不服，向中央提出申诉’等等，这些话（文字）在我是第一次看

① 张光年：《文坛回春纪事》，海天出版社1998年版，第355页。

到，故为之记。”[①]

15 日，孙犁作杂文《谈谀》《谈谅》。

17 日，《人民日报》发表张雨生杂文《莫强人拜佛》。

18 日，《人民日报》发表曹瑞天杂文《谈穷说富》。

同日，《羊城晚报》发表穆夫杂文《隔靴抓痒》。

22 日，经中央书记处批准，陈云 1943 年 3 月 29 日在党的文艺工作者会议上的讲话《关于党的文艺工作者的两个倾向问题》发表。中共中央宣传部加的按语指出：党的文艺工作者，应该首先把自己看成是一个普通党员，而不应该把自己看成是一个文化人。把自己改造、提高成为一个真正符合党员标准的文艺工作者，这是全体从事文艺工作的党员当前和长远的根本任务。

同日，《光明日报》发表王向东杂文《解石钟山命名之“谜”的启示》。

23 日，《人民日报》发表毛泽东 1939—1949 年给文艺界人士的 15 封信。

同日，《人民日报》发表评论员文章《坚持和发展毛泽东文艺思想》。评论员文章说，贯彻“双百”方针，一定要继续解放思想，保障两个自由，艺术上的自由创造和学术上的自由争论。有批评的自由，也有反批评的自由。批评和斗争是“双百”方针的应有之义，不能把正常的批评和简单粗暴等同起来。

24 日，《人民日报》发表社论《坚持四项基本原则是修改宪法的总的指导思想》。

同日，《工人日报》发表苏清杰杂文《身处脂膏不自润》。

26 日，《人民日报》发表林默涵杂文《幻想与迷信》。

同日，《光明日报》发表曾敏之杂文《关于用才》。

同日，《文汇报》发表孙犁杂文《谈谀》。

是日，贾植芳日记载：“谈话间，由蒋天枢谈到他的老师陈寅恪先生，章（章培恒——引者）说蒋现在整理陈遗著，大部分已出版，说陈在‘文革’前被任命为科学院历史所所长，他因郭沫若当院长，不愿屈居其下，辞而不就。‘文革’中陈作为反动权威要受批斗，和他同在中山大学任教授的他的学生刘节因为老师年纪大了，愿意代受批斗，事后，造反派问他

---

① 贾植芳：《早春三年日记——1982—1984》，大象出版社 2005 年版，第 21—22 页。

有何感想，他说，他能代老师挨斗，实在光荣云。章在此说这个故事，颇有其意。”①

27日，是日，张光年日记载：“上午看了耀邦同志在书记处会上关于思想政治工作的长篇讲话记录，非常好，批给党组同志传阅。君宜（韦君宜——引者）出示中宣部邓（邓力群——引者）、廖（廖井丹——引者）部长在文艺局汇报会上关于《沉重的翅膀》的严厉批语，文艺局认为修改本仍保留了几处错误言论。”②

28日，《人民日报》发表公今度杂文《有感于〈三个和尚〉》。

是日，孙犁作杂文《谈慎》。

31日，《人民日报》发表隋喜文杂文《官冗弊多》。

本月

《宣传动态》第24期刊登《关于左和左倾打不打引号的问题》，提出：今年二月，中央文献研究室给胡乔木同志写了一份报告，谈关于左和左倾打不打引号的问题。报告说：在历史文献中，左倾有不同的两种含义。一种含义是指倾向于进步。另一种含义是指过左的错误倾向。为了避免引起混乱，报告建议仍恢复解放以来我国通行的用法，即：不论左字单独使用，还是左倾两字连用，凡是褒义的都不打引号，贬义的都打引号。乔木同志同意这个建议。请各报刊、出版单位和宣传战线的同志今后使用时注意。第27期刊登《警惕精神的糖衣炮弹》，指出：糖衣炮弹不只是一种，至少有两种：一种是物质上的糖衣炮弹，像金钱、美女、洋货等，这是从物质上腐蚀我们；还有一种是精神的糖衣炮弹，像资本主义的思想观点、文化艺术、生活方式等，这是从思想上腐蚀我们，以松懈我们的斗志，瓦解我们的信仰，搞乱我们的思想。对这两种糖衣炮弹，我们都要警惕。文学艺术，特别是电影、话剧，要防止不加区别地过分地学习西方的技巧、手法。对肆无忌惮、明目张胆地散布资产阶级毒素的人，要批评。对屡教不改，坚持错误的，要处理。从思想上放毒，造成了严重后果的，也可以构成犯罪。我们搞社会主义，如果不靠马克思主义维系我们的人心，靠什么呢？我们为共产主义奋斗的精神支柱一垮，坚持四项基本原则这四根支柱一垮，我们中华民族这个大厦还不倾倒呀！一个民族只要精神上一瓦

① 贾植芳：《早春三年日记——1982—1984》，大象出版社2005年版，第26页。

② 张光年：《文坛回春纪事》，海天出版社1998年版，第359页。

解，至少是政治、经济、文化会一蹶不振。前车之鉴很多。

《文艺报》第5期发表胡乔木《当前思想战线的若干问题——一九八一年八月八日在中央宣传部召集的思想战线问题座谈会上的讲话》。“作者前记”说：“这篇讲话已经发表过几次。每次发表前，作者都曾经作过一些修改和补充。现在，在《文艺报》要发表和人民出版社要出单行本的时候，作者又作了一些修改和补充。因此，它和最初发表的样子已经有了不少差异。这是需要向读者说明的。”发表蓝翎杂文《〈家书〉的启示》。

《时代的报告》第5期发表署名“丁实”的短论《警惕“和平演变”》。

《文汇月刊》第5期发表洁泯《重新学习——学习毛泽东文艺思想的笔记》。

《新观察》第9期发表谢云杂文《骗子、骗术和受骗》、曹宪文杂文《一事三感》、方天白杂文《“从中国来的……”》、王闻杂文《对谁负责》。第10期发表宋振庭杂文《观察家和从不见蚂蚁到全是蚂蚁》、木之凡杂文《谈“声势”》、余焕春杂文《也谈“江东子弟”》、司马言杂文《古代最佳演员》。

《读书》第5期发表黄苗子《读〈傅雷家书〉》，秦似《忆〈野草〉》，谷林杂文《读书的苦乐》，王延龄杂文《藏书家的厄运》，辛雨杂文《留取丹心照汗青》，巴金《〈十卷本巴金选集〉后记》，夏衍、李子云《〈夏衍论创作〉自序、编后记》，黄裳《〈黄裳论剧杂文〉跋》。夏衍说：“现在看来，我写的东西极大部分是为了配合政治，为政治服务。文艺为政治服务这个口号，经过多年的实践检验，证明了它不仅不很完善，而且很明显地带有左倾思潮的烙印”，“五十年代以后，我担任了行政职务，讲话和做文章就不免要受到所处地位的限制，在左风压人的时候，也难免有违心之论，歌德之词。”

《文艺研究》第3期发表方成《谈幽默和讽刺》。

《艺丛》第3期发表耿庸杂文《这个话有待驳倒》。

《红旗》第10期发表丁振海、李准《关于歌颂与暴露》。

《民主与法制》第5期刊登本刊评论员《民心不可违》，发表冀汸杂文《文抄公的进化》、燕隽杂文《舆论的正与邪》、钟言杂文《读〈随想录〉的随想》、华默杂文《说“语”》。

《社会科学》第5期发表张德功杂文《“又来了”》、张循杂文《“三次摇摆”辨》（与4月11日《解放日报》所发效平杂文《“翻过筋斗”以后》商榷）、吕晓明杂文《不要为尊者饰非——从杜甫评画说起》。

六月

1 日,《大公报·大公园》发表巴金《“人言可畏”》。

2 日,《光明日报》发表曾敏之杂文《化作春泥更护花》。

3 日,《人民日报》发表德民杂文《从“肮脏的废纸”说起》。

3—4 日,《大公报·大公园》发表巴金《上海文艺出版社三十年》。

7 日,《人民日报》发表黄裳杂文《〈西湖梦寻〉及其他——春游杂感之一》。文章说,早在六七百年前,就已有人把亡国的责任推在词人身上了。为了两句“有三秋桂子,十里荷花。”就把侵略者招引进来。文艺作品竟自有这般的伟力,这恐怕是著名流行歌词名手的柳三变做梦都没有想到的。

8 日,《文汇报》发表王元化《关于文艺理论的若干问题》。文章说:“提高精神文明就要善于独立思考,而不能随声附和,必须要有明是非、辨善恶、识美丑的能力。”“文艺创作是精神劳动,没有自由,没有民主怎么行?‘二为’离不开‘双百’。现在有一种情况,就是容易形成‘一窝风’和‘一面倒’,一谈到四个坚持,就不再谈艺术民主了。”“写作要有自由,这是艺术规律。我并不是主张搞资产阶级的自由化,或提倡爱写什么就写什么,而不顾及社会效果。四项基本原则必须坚持,社会效果必须考虑,这是作家的责任。但是作家一旦进入了写作过程,临时抱佛脚式的勉强自己用人工方式,增加一些与作品自然流露出来的思想感情格格不入的标签,这种在主题思想上追求急功近利的作法,是违反艺术规律的。作家如果认为自己的作品在社会效果上会产生不良影响,那就不要发表好了。违反艺术规律去追求艺术效果是不行的。”

同日,《辽宁日报》发表邹德安杂文《说“人言可畏”》。

9 日,《新民晚报》发表林放杂文《闲煞与忙煞》。

9—10 日,《大公报·大公园》发表巴金《三访巴黎》。

10 日,《人民日报》发表孙犁杂文《谈慎——芸斋琐谈》。

同日,《新民晚报》发表林放杂文《假如茅盾不当部长》。

同日,《成都晚报》发表刘德鑫杂文《阿 Q 的影子》。

11 日,《人民日报》发表黄裳杂文《香市——春游杂感之二》。

12 日,《羊城晚报》发表吴有恒杂文《古今八股》。

同日,《团结报》发表陈开瑞杂文《二宋异趣》。

14日,《人民日报》发表刘春生杂文《“鞭靴不已,必及金玉!”》。

15日,《新民晚报》发表林放杂文《浩劫遗风》。

17—18日,《大公报·大公园》发表巴金《知识分子》。

19—25日,中国文联四届二次会议在北京举行。会议讨论了《关于文艺工作的若干意见》(草案),讨论并通过了《文艺工作者公约》。会议闭幕后举行茶话会,胡乔木在解释为什么不再用过去流行的“文艺为政治服务”的提法时说,这两个口号虽然不是截然不同的两回事,但有很大的不同。其根本不同之处是,“文艺为人民服务,为社会主义服务”,把人民当作一切努力和服务的对象。为人民服务,为社会主义服务,范围要比为政治服务广阔得多,内容要深刻得多。他说,政治本身不是目的,是达到目的的手段。虽然可以说是非常重要的手段,但它只能是手段,目的只能是为人民的利益。政治要从属于人民,从属于社会主义,才是正确的。不从属于人民,不从属于社会主义的政治是错误的,这样的政治是有的,过去有过,现在也有,我们不但不能服从它,而且要加以反对或纠正。他说,政治要为人民生活中的各种需要服务,它不得不为经济,文化教育,包括文艺等一切人民所需要的东西服务。在谈到党的事业和人民的事业的关系时,他说,党是为人民服务的,不能把人民的各项事业统统说成是党的事业的一部分,例如,把文学事业说成是整个党的事业的一部分。他说,我们在建设社会主义,整个社会主义事业党都要领导到底,一直到共产主义。但不能把社会主义事业仅仅看作是党的事业,它首先是人民,劳动人民的事业。他强调,党的性质决定了党只是为人民服务的工具,必须永远全心全意地为人民服务。如果不是这样,党就要犯错误。胡乔木说,文学艺术也可以为狭义的政治服务,如宣传画,这是需要的,也可以产生好作品,但不能代表文学艺术的一切、全体。不能把人类历史上的一切文学艺术,都贴上为政治服务的标签,这是贴不上去的。我们是为人民的利益服务的,对反映人民的感情文学作品,只要不是分裂人民、侮辱人民的,都要欢迎。例如音乐,就不能说不为政治服务,不为今天的政治服务的乐曲,都要从音乐史上划去。我们不是这种胸怀狭窄的人,那样做是不能领导十亿人口的国家前进的。他指出,我们提倡文学的主流要拥护社会主义和人民的利益,要表现强烈的政治主题,但我们并不是认为除了这样的文学以外一切作品就不是文学,人民就不需要。属于各个门类的艺术,那范围就更为广阔了。

21日，中共广西自治区委员会作出为秦似在1957年受到错误处分平反的决定。

同日，《新民晚报》发表周建人杂文《略谈智慧》。

22日，《新民晚报》发表闻纪之（司徒伟智）杂文《起名的哲学》。

23日，《人民日报》发表周扬《一要坚持　二要发展》。提出："对毛泽东文艺思想一定要坚持。坚持不等于原封不动，而要在发展中坚持。从《讲话》到现在，国内外起了空前巨大的变化。有些同志只是拘泥于旧口号，这样就跟不上时代前进的步伐。"

是日，贾植芳日记载："想起这个题目'神话与鬼话'，这两种'话'可以形象地概括我国的政治文化生活实质内容，当然是说'文革'之前后的时代。"①

24日，《光明日报》报道4名教师被殴打事件。

是日，贾植芳日记载："晚饭后去看王中……和他谈起遇罗锦的小说《春天的童话》，他说，这篇小说的要害，是真实地写了老干部马培文的形象，此人系反右英雄，'文化大革命'又造反，粉碎'四丑'后，又大力提倡思想解放，提出实践检验真理问题，鼓吹平反冤假错案。这个形象牵涉到现在台上的一些人的品质与灵魂，这是被禁的要害所在。"②

27日，《内蒙古日报》发表吴志远杂文《不要忘了"历史的责任"》。③

是日，张光年日记载："上午在空军招待所参加作协工作会议全体会。播放了前晚乔木同志在中宣部、文化部茶话会上讲话的录音。因文联小组会上还有舒强等人指责中央不该改掉文艺为政治服务的老口号，乔木专就文艺与政治关系做了精辟的分析。"④

是日，贾植芳日记载："陈子展来访，谈到心理学，他说：'自杀是对生命的自我惩罚'，'为了使他灭亡，先要使他疯狂'，'革命是整个社会发昏'……"⑤

28日，《人民日报》发表秦似杂文《从另一四川大佛想起的》。

---

① 贾植芳：《早春三年日记——1982—1984》，大象出版社2005年版，第33页。

② 同上书，第33—34页。

③ 后改题为《〈取经归来图〉絮语》收入曾彦修等主编《中国新文艺大系（1976—1982）·杂文集》。

④ 张光年：《文坛回春纪事》，海天出版社1998年版，第366页。

⑤ 贾植芳：《早春三年日记——1982—1984》，大象出版社2005年版，第35页。

是日，贾植芳日记载：“读《花城》上的《春天的童话》，据说在广州这本杂志因受禁，黑市要卖大洋贰拾元，这真是一个莫大的讽刺，这件事本身就是一篇童话。”“封建社会的官吏没有一个不是利令智昏的，但在社会主义文明时代，却是一个悲剧情节。”①

29日，是日，贾植芳日记载：“‘四人帮’之流所说的‘改造与反改造的斗争’实质上是‘毁灭与反毁灭的斗争’。徐志摩诗的题名：‘人变兽’。”②

30日，《人民日报》发表评论员文章《文艺要用共产主义思想教育人民》。

本月

《文艺报》第6期发表何西来《在改造客观世界的同时不断改造主观世界——关于文艺工作者的世界观改造问题》。

《文汇月刊》第6期发表敏泽《愤慨之余——谈〈春天的童话〉》、虞丹杂文《诸葛亮斩马谡赞》。

《随笔》丛刊第21集“诗文漫步”专栏发表舒展杂文《大观园里的讽刺家》，“文史荟萃”专栏发表韦明铧杂文《“姓名学”余谈》。

《读书》第6期发表周修睦杂文《理论文章的风格和个性》、王畅杂文《郦道元、酷吏及其他》。

《新观察》第11期发表冯英子杂文《面子和脸》、元三杂文《副市长勇救落水儿随想》、蓝翎杂文《“时髦”的变迁》、南昌明杂文《“锈”从何来?》。第12期发表孙智林杂文《“风头”与“风尾”》、杜卫东杂文《杀来使、收张绣及其他》。

《民主与法制》第6期刊登本刊评论员《宪法的权威》，发表阮铭《宪法与人民民主》、冯英子杂文《差役哪里去了?》、曾敏之杂文《随笔两题》(《古人的警语》《空谷足音》)、鹿鸣杂文《“不怕有人说错话”》、姚奔杂文《民主和集中》。

《学理论》第6期发表于浩成《迷信与信仰》。

《社会科学》第6期发表许宏海杂文《“聪明累”》。

《语文园地》第12期发表吴蒙(秦似)杂文《从“国骂”说开去》。

湖南人民出版社出版章明杂文集《剑花小集》。收入《剑花小集》《乒

① 贾植芳:《早春三年日记——1982—1984》，大象出版社2005年版，第36页。

② 同上书，第37页。

乓赛与绣王冠》《有礼、失礼与多礼》《“亲自……”》《讲真话与听真话》《我以我血荐轩辕》《论“赔本赚吆喝”》《说“脊梁”》《“翘尾巴”小议》《买牛与登月的启示》《漫谈“金口玉牙”》《忧国忧民“罪”》《关于朱温的一件小事》《从“不要发明自行车”谈起》《辞旧布新》《莫当“现代刘老老”》《“锥”与“囊”》《解铃与系铃人》《光荣因为责任重》《关于“歌德”及其他》《开门大吉》《吹牛者的悲哀》《买书有感》《“官瘾”之盛衰》《一脉相传》《文艺扒手的“三部曲”》《“有法有天”》《最后的表演》《“女皇”跳墙》《“社会关系商品学”》《请勿臆造“历史”》《令人气闷的“朦胧”》等杂文 32 篇。

七月

4 日，《解放日报》发表顾廷龙杂文《书海沧桑》。

5 日，《人民日报》发表鹿鸣杂文《“不怕有人说错话”》。

6 日，《人民日报》发表严家其《论改革》。

9 日，《文汇报》发表吴平杂文《脱帽·加冕·起飞》。

11 日，《解放日报》发表孙犁杂文《谈谅》。

是日，贾植芳日记载：“中午，刘北天陪同谢挺宇来访，谢现任辽宁作协副主席，我们从 1940 年初分手后，四十多年不见了。谈了彼此多年的不幸。他说：‘我们都是幸存者。’打倒‘四凶’后，他因出于正义感，在当地报纸著文揭发了张志新临刑前被割断喉管的惨闻惹起很大麻烦，几乎也被割出了喉管。他说：‘我那篇文章只是没有指出这是封建法西斯暴行。’”①

15 日，《光明日报》发表孙士杰杂文《关于“突破”的一孔之见》。

同日，《新民晚报》发表陈虞孙杂文《优生学与〈红楼梦〉》。

同日，《成都晚报》发表卢杨村杂文《“文”“人”并重》。

是日，孙犁作杂文《谈迂》。

16 日，《人民日报》发表朱商《关于言论能不能构成犯罪的问题》、叶子杂文《〈诸葛亮答法正〉的一点启示》。

19 日，是日，贾植芳日记载：“下午午睡后，颜海平来，前些日子《解放日报》有人写文‘批判’她的剧作，又是上纲上线、影射云云。总

① 贾植芳：《早春三年日记——1982—1984》，大象出版社 2005 年版，第 40 页。

之还是整人一套的老法术。据说，作者系‘四人帮’写作班子人员，历史曲折，这些害人虫，本性不改，又在摩拳擦掌了。人们被个人利益蒙蔽了眼睛，利令智昏，硬是不接受惨痛的历史教训。他们的幸福是以人民的受难作代价的，但混账的是他们却认为这是‘革命的’‘为人民服务的’等等。更可悲的是，他们没有时间观念，好像地球这些年来没有转动过，可悲也夫！”①

20日，《湖北日报》刊登署名贾名《有感于读者来信用笔名》。8月28日，《人民日报》全文转载该文。

21日，《新民晚报》发表王若望杂文《武侯祠所见》。

是日，贾植芳日记载：“这些年以前的文学创作，可称之为‘神鬼文学’，正面人物——神化；反面人物——鬼化，而独独没有人。说明这个社会还不认识‘人’，人权、人道、人的尊严与价值、人格等等，都早作为资产阶级货色批倒批臭了，兽化与兽性，就成为一些假马克思主义政治骗子的‘造人’理想，这真是莫大的历史悲剧，民族灾难。”②

17—24日，中宣部在河北涿县召开建国以来的第一次文艺评论工作座谈会。贺敬之在会上强调，要做坚定的、清醒的、有作为的马克思主义文艺评论家。

22—27日，中国法学会成立大会在北京举行。彭真作了题为《发展社会主义民主，健全社会主义法制》的讲话。

23日，是日，张光年日记载：“下午王蒙来谈二小时。他出示乔木去青岛前写给他的短简，劝他注意文风，勿学西方现代派末流。”③

26日，是日，贾植芳日记载：“写‘文化大革命’时期的生活（回忆录），书名不妨称为‘大夜弥天录’，因为这是比中世纪还野蛮和黑暗的‘史无前例’的历史时期，是中华民族的空前受难时期，也是人类文明的耻辱。正如法国兰波诗集的题名《地狱的季节》是也。这是文明、文化、科学、人类的良知被残害的受难时期，中国的知识分子和革命者，这些中国的脊梁和火光，被推向灭亡的深渊，走向死亡的边沿，他们过着地狱中的生活，并真如火中的凤凰，又获得了新生，展翅飞翔了。”④

① 贾植芳：《早春三年日记——1982—1984》，大象出版社2005年版，第42页。

② 同上书，第43页。

③ 张光年：《文坛回春纪事》，海天出版社1998年版，第373页。

④ 贾植芳：《早春三年日记——1982—1984》，大象出版社2005年版，第45—46页。

29日，《新民晚报》发表陈虞孙杂文《再说〈红楼梦〉》。

同日，《成都晚报》发表卢杨村杂文《还要讲一点谦逊》。

本月

《当代》第4期发表蓝翎杂文《杂谈“招批”》。文章说，我们的文体学也真混乱。什么“文艺随笔”、“文艺杂谈”、“艺海拾零”、“文坛漫步”等等，难以分别界限在哪里。实际很简单，就是杂文——谈文坛现象的杂文是也。但报刊上真正标着“杂文”的杂文，又和什么“短论”、“短评”、“群言堂”等难以区别，搞得不知杂文究竟是什么。我看也需要精简一下“文体结构”，都归入短文，即文艺性的短论，即杂文，以壮大声势。本来杂文的内容无所不包。杂文的表现形式无限丰富，一框死就杂不起来，何必作茧自缚？

《上海文学》第7期发表冯英子杂文《注家·选家和摘家》。

《文汇月刊》第7期发表冯英子杂文《说残余》。

《花城》第4期发表王西彦《岁月从窗外流逝——〈炼狱中的圣火〉自序》。文章在谈到知识分子在“文革”中的命运时说：“我生活在20世纪60年代的文明世界，未曾经受过中世纪的宗教裁判所的酷刑。但据说那是天主教会用来镇压‘异端’和‘异端嫌疑者’的。看起来，我们已经被认为是革命的‘异端’和‘异端嫌疑者’，我们的世界也已经倒退到黑暗的中世纪了。情形既然是这样，如果你未能结束自己‘罪大恶极’的生命，就只有在中世纪式的虐待和屈辱中苟活下去。……‘文化大革命’的一个严重罪恶，就是以最堂皇的名义，最革命的辞藻，颠倒美与丑、善与恶的标准，摧毁人们对美与善的信念。”

《艺谭》第3期发表冯英子杂文《〈马前卒〉前的独白》、王戎杂文《现实主义和席勒式、鱼子酱和畅销书》。

《新观察》第13期发表冯英子杂文《也谈忍让》、陈允豪杂文《“最佳”之称未必最佳》、崔兴林杂文《见怪不怪和少见多怪》、王涵杂文《“合作”的教训》。第14期发表老荒杂文《文林谈屑》、崔永生杂文《为了公章的尊严》。

《民主与法制》第7期刊登本刊评论员《珍惜和捍卫公民的权利》，发表李元明《论共产党员的权力》、冯英子杂文《论“算不算”》、水牧杂文《现在中国社会的“行情”》、姚奔杂文《鹿不是马》。

八月

1 日,《光明日报》发表曾敏之杂文《珠宝与德才》。

2 日,《河北日报》发表夏明（高扬）杂文《论诬告》。指出：诬告成风，它影响党内团结，加剧派性分歧，涣散干部斗志，妨碍党政机关的正常工作。许多正直干部早已疾首蹙额，主张纠正之，清除之。

4 日，是日，贾植芳日记载：“写一篇 1966 年出狱后的精神状态的小说，题名《下车伊始》，由这次出狱的生活细节、精神状态联系到历史上(旧社会）三次进出狱房的生活场景（细节）和精神感受、波动和激动(不是常说的什么感激之类，因此本篇题目也可叫做《没有感谢》，不过这又太直、太露骨了)。”“近来又看了一些有关左翼文艺运动的史料，包括外来影响（日本、苏联）的干预和对于当时的各种文学流派（如新月、自由人、现代派之类）的批判尺度和方法方式，我们是在历史上靠了‘左’的棍棒起家，这是我们成功的本钱和方法，但由于它使我们掌了权成了功，因此在建国后，变本加厉地使用这种棍棒战术，使我们吃了大亏，既断送了艺术，又搞垮了或弄坏了我们的政治。结果是落了个‘白茫茫大地真干净’，使我们在文化和精神上陷于赤贫的境地——自我破产、自我毁灭。”“看 1981 年出的《外国文学研究》，罗大冈谈《罗曼·罗兰——资产阶级人道主义的破产》一书的写作经过和现在的认识，他引用了罗曼·罗兰的话，说是做思想学术工作的人要敢于‘一个人反对大伙’（uncontretous)，又说‘反对大伙，其实仍是为了大伙好’。这本书出版于‘四凶’粉碎初期，它暴露了知识分子的软弱和投机，——这种人性的弱点，正是一些政治骗子狡计得逞的一个历史和社会根据，这些家伙正是利用人性（尤其是表现在知识分子的身上更为典型、突出）的这个本质上的弱点（求生和自卫的本能)，来残酷地毁灭一切美的东西，即把人间变成了兽圈。”①

6 日,《羊城晚报》发表黄裳杂文《人言可畏》。

7 日，是日，贾植芳日记载：“读《傅雷家书》，不仅文章好，也很真诚。他关于中西文化传统精神的异同的论述，颇有所见，中国知识分子不同于西方知识分子之处，在于中国知识分子对人生的认识和态度是取‘超脱’观点，西方知识分子却缺少这种精神传统。我想这种精神要求正是长

---

① 贾植芳:《早春三年日记——1982—1984》，大象出版社 2005 年版，第 49 页。

期的封建专制政治下的产物，人远不能正确地认识自己的价值和尊严的结果。因此，‘超脱’‘潇洒’，这些中国知识分子的精神状态的形容词外国人不会懂，也不能理解。这种精神状态也许是中国社会长期陷于停滞状态的一种因素。它们其实就是‘苟全性命’的雅说而已。傅雷的书关于艺术和做人的许多见解，对今天的青年是有益的，我们这些年来只教育青年人做‘齿轮’‘螺丝钉’（或如六十年代称之为‘驯服工具’），就是不准教育青年人如何做人。因此听说这本书颇为风行，是热销书，这是可喜现象，恢复人的价值与尊严，应该是拨乱反正的一项重要内容。”[①]

8 日，是日，贾植芳日记载：“读杨绛女士的《干校六记》，写得朴实、干净，真是使人有往事历历在目之感，它记录了‘史无前例’时期的知识分子的生活和精神风貌，那是些平凡而深刻的悲剧时代的生活点滴。又记述了干校四周的农村生活，贫穷、饥饿和野蛮的偷窃风，以及精神上的愚昧，好像历史并没有什么前进，人民还生活在苦水中。”[②]

9 日，是日，贾植芳日记载：“二十五年的非人生活是一笔宝贵的财富，它的历史意义是极为深刻的，非凡的，不把它们写在纸上留之子孙，才是真正的犯罪。因为历史要前进，人民要幸福，这些生活实际中形成的历史往往就是推动生活正确前进的燃料（能源）。”[③]

10 日，《人民日报》发表章仲锷杂文《当铺作风与货郎精神》。

同日，《成都晚报》发表谷冰杂文《也谈为人与为文》。

15 日，《中国农民报》发表官伟勋杂文《装神弄鬼的宋真宗》。

17 日，《新民晚报》发表黄苗子杂文《多》。

18 日，《光明日报》发表秦似杂文《学术与权术》。

20 日，《宁夏日报》发表李德忠杂文《悔过还须先“自恨”》。

22 日，《羊城晚报》发表李昶林杂文《三种钟馗》。

22—23 日，《大公报·大公园》发表巴金《最少的干扰》[④]。

23 日，《人民日报》发表司徒伟智杂文《“卫生评比标准”存疑》。

24 日，《人民日报》发表陆定一在中共十一届七中全会小组会上的发言《关于批评与自我批评》。发言说：批评与自我批评，有两种方法，或

① 贾植芳：《早春三年日记——1982—1984》，大象出版社 2005 年版，第 51 页。

② 同上书，第 52 页。

③ 同上。

④ 收入人民文学出版社 1984 年 12 月《病中集》时改题为《“干扰”》。

者说有两条路线。一种方法是“残酷斗争，无情打击”。这是王明、康生从苏联搬来的。在王明路线统治时期，在延安“抢救运动”中，在“文化大革命”中，都用了这种方法。其共同特点，是把同志间的批评，搞成对敌人的打击，随意陷害，无限上纲。王明捏造了许多“路线”。“抢救运动”捏造出许多“特务”。“文化大革命”捏造出许多“走资派”。对同志的自我批评，总是说“不彻底”、“不彻底”、“不彻底”。谁作自我批评，谁就倒霉。这样搞的结果：第一是党内民主没有了，民主集中制被破坏了，第二是造成肃反扩大化，第三是搞个人崇拜，第四是坏人掌权，第五是党的变质。这种错误的方法，“一棍子打死”，初看起来很“痛快”，“彻底”，“过瘾”，但实际上会亡党亡国。另外一种方法，是一九四二年延安整风时，毛主席提出的整风的方法。通过学习，开展批评和自我批评，弄清思想，分清是非，团结同志。现在，有的同志不敢批评，也不敢作自我批评。这不能全怪这些同志。这种现象，是“文革”以后出现的一种“反动”，是会消失的。我们要促其消失。我们的党是需要批评和自我批评的，如果大家都来个“一团和气”，党的生活庸俗化，就没有希望。现在党准备在十二大之后，进行整风。一定要用一九四二年的方法，不用“残酷斗争，无情打击”的方法，达到全党的空前团结。

26日，《大公报·大公园》发表巴金《再说现代文学馆》。

28日，是日，贾植芳日记载：“晚上看电视，上海的‘四人帮’八人被判处有期徒刑，最多十八年，从电视上看这八个人身体都很好，说明他们的监禁生活是优待的，不同于一般犯人，按照罪行都算重罪轻判，与我的无罪而判真有天渊之别了。这就是中国法律的特点，等级性，内外有别。但这已算一个进步，‘四人帮’总算判过了，他们之所以被‘重重举起，轻轻放下’，正也说明了中国政治之复杂性，前进一步要花极大的力气与努力。”①

31日，《人民日报》发表舒展杂文《不可抗御的力量》。

是日，张光年日记载：“上下午小组会，讨论党章草案，着重讨论了党纲部分，大家提了不少值得重视的修改意见。我认为党内民主和民主集中制，在党纲中反映得太不充分了，看不出是深切接受了这方面的痛苦教训。阳翰老（阳翰笙——引者）发言支持我的意见，主张专写一段。下午

① 贾植芳：《早春三年日记——1982—1984》，大象出版社2005年版，第60页。

的会上，大家就此问题谈了不少，讨论是生动热烈的。”[①]

本月

《文艺报》第8期刊登《文艺工作者公约》。

《半月谈》第15、16期发表评论员文章《破除“共产主义渺茫论”》《共产主义在实践中前进——再谈破除“共产主义渺茫论”》。

《读书》第8期发表聂绀弩杂文《侠女、十三妹、水冰心》。

《新观察》第15期发表蒋元明杂文《总得讲点服务精神》、谷绍华杂文《谨防“拍花”人》、时青杂文《莫让老先生们“磕头了”》。第16期发表张沛杂文《“幻想世界”的幻灭》。

九月

1—11日，中国共产党第十二次全国代表大会在北京举行。在开幕词中，邓小平第一次提出了“建设有中国特色的社会主义”这一纲领性主张。

2日，《新民晚报》发表虞丹杂文《替管仲说几句话》。

3日，聂绀弩在致舒芜信中说：“我看见过忘记了名字的人写的文章。说舒芜这犹大，以出卖耶稣为进身之阶。我非常愤恨。为什么舒芜是犹大，为什么是胡风的门徒呢？这比喻是不对的。一个卅来岁的青年，面前摆着一架天平、一边是中共和毛公（毛泽东——引者），一边是胡风，会看［不］出谁轻谁重？我那时已五十多了，我是以为胡风这边轻的。至于后果，胡风上了十字架。几千几万，几十万，各以不同的程度上了十字架，你是否预见到，不得而知，我是一点未想到的。正和当了几十年党员，根本未想到十年浩劫一样。我说两小不忍乱大谋，也是胡说。然而人们恨犹大，不恨送人上十字架的总督之类，真是怪事。我以为犹大故事是某种人捏造的，使人转移目标，恨犹大而轻恕某种人。”[②]

9日，《北京晚报》发表罗贤佑杂文《元代并无“九儒十丐”》。

12日，《大公报·大公园》发表巴金《修改教科书的事例》[③]。

22日，《新民晚报》发表林放杂文《杂文之味——序〈公今度杂文选〉》。文章说：“鲁迅赞扬杂文的好处是‘言之有物’。杂文，正因为它是

① 张光年：《文坛回春纪事》，海天出版社1998年版，第384页。

② 《聂绀弩全集》（第9卷），武汉出版社2004年版，第416页。

③ 收入人民文学出版社1984年12月《病中集》时改题为《修改教科书的事件》。

处于生活前沿的哨兵，是最敏锐地接触生活、反映生活的，所以才能言之有物。而如果脱离常青的生活之树，文章也成为枯枝败叶，枯燥干瘪，装腔作势，言之无物，流于假、大、空一套，那还有什么杂文的气味呢?”

29日，是日，贾植芳日记载：“昨日读《解放日报》转载《解放军报》一文《一篇有严重错误的文章》，说8月28日《解放军报》（和《解放日报》同日发）发了一篇赵易亚的文章《共产主义思想是社会主义精神文明的核心》。赵文是以反资产阶级自由化为名恢复极‘左’观点。那文里说‘林彪、“四人帮”的反动并不因为他们的文化低，张思德等英雄人物，文化水平不高，也可以有崇高的思想品德’。换言之，照此说法，还是知识越多越反动的老调重弹，文化知识和思想品德是互不相容的，此文把邓小平的四句话‘有理论、有道德、有文化、守纪律’改为‘三句话’削掉了‘有文化’。这显然还是老调重弹，重复多年仇视知识文化的农民意识，这种‘保卫’，实质上是保卫特权，老子所谓‘民之难治以其有知也……’维护封建特权统治，是以蒙昧主义为前提的，方法就是愚民，此文仍说，一切要作‘阶级分析’，连‘自动生产线’也说成是资产阶级的东西，说明他反对一切科学和文化，就是反对现代化，这篇驳斥的文章写得好，说明革命队伍里的顽固派已转到人民的对立面去了，他们还在做高踞在人民头上的梦，反对中国的现代化，继续仇视知识分子，实际上已变成反动派，因为他们已成为阻碍社会前进的东西。”[①]

30日，《福建日报》发表社论《论“老虎”与“苍蝇”》（作者项南）。10月8日，《人民日报》加“编者按”予以转载。

本月

《红旗》第17期发表编辑部文章《共产主义思想和我们的实践》。

《文艺报》第9期发表刘锡诚《文学与当代生活——谈新时期文学的社会作用》、刊登林泽生《秦牧谈杂文写作》。秦牧认为：“杂文常常有刺，它同样是文学园地中的一朵花。”“光歌颂不批评就不全面，两者是相辅相成的；不敢鞭挞不良事物，就不会有强有力的歌颂。批评本来是很平常的事，有如一个人脸上有污秽，提醒他抹干净，可是现在不容易，有的不仅‘老虎屁股摸不得’，甚至连‘猫的尾巴’也摸不得。”“一个报纸刊物如果没有批评的东西、战斗的声音，就没有什么生命气息。何况现在有些流毒

① 贾植芳：《早春三年日记——1982—1984》，大象出版社2005年版，第69页。

仍较厉害，外来的资本主义影响也在侵蚀着某些人的肌体，因此报刊仍须有杂文这种颇受群众欢迎的作品。……我们不但要和敌人斗争，也应使那些搞歪风邪气的人哭笑不得，彻底唾弃错误的东西。”“‘曲笔’的写法，新社会就不需要吗？‘四人帮’时就要曲笔。新社会也有的人作风很不正，情况也比较复杂，有时从批评和作必要斗争的策略上考虑，运用一下曲笔也应允许。手法可以是多种多样的，要看事物性质来定下笔的轻重，随着杂文的发展笔法也会有新的变化。”

《散文》第 9 期发表鲍昌杂文《梦的杂感》。

《文汇月刊》第 9 期发表虞丹杂文《被民主遗忘的角落》、楚云飞杂文《嘤其鸣矣》。虞丹说：“我国国情复杂。从半殖民地半封建社会脱胎出来，不过三十三年。我们固然要盯住国情中半殖民地这一半，坚决反对资产阶级自由化；但也不可忽视国情中半封建这一半，不可忽视还有被民主遗忘的角落。”

《读书》第 9 期发表巴金《〈说真话〉后记》。文章说：“我所谓‘讲真话’不过是‘把心交给读者’，讲自己心里的话，讲自己相信的话，讲自己思考过的话。我从未说，也不想说，我的‘真话’就是‘真理’。我也不认为我讲话、写文章经常‘正确’。刚刚相反，七八十年中间我犯过多少错误，受到多少欺骗。别人欺骗过我，自己的感情也欺骗过我。不用说，我讲过假话。我做过不少美梦，也做过不少噩梦，我也有过不眠的长夜。在长长的人生道路上我留下了很多的脚印。”

《书林》第 5 期发表耿庸杂文《吹牛和“信仰危机”》。

《新观察》第 17 期发表谢云杂文《“混之法”种种》、孙犁杂文《芸斋琐谈》、胡靖杂文《让“国骂”绝声》。第 18 期发表刘沉杂文《回到正确的一点上来》、白朝蓉杂文《剪辫子、献眼珠与精神文明》、刘思夳文《话说“卓别林的另一面”》。

《民主与法制》第 9 期刊登本刊评论员《党必须在宪法和法律的范围内活动》，发表公今度杂文《“不能察”和“必以情”》。

十月

1 日，《文汇报》发表舒展杂文《国庆谈“干”》。

2 日，夏衍作杂文《莫听“小道”》[①]。

① 收入氏著《杂碎集》，四川人民出版社 1983 年版。

9日，《解放军报》发表评论员文章《科学地认识和处理阶级斗争问题》，《人民日报》《光明日报》同时刊载。

13日，《人民日报》发表评论员文章《发挥文艺在精神文明建设中的积极作用》。

16日，《成都晚报》发表卢杨村杂文《论阿斗之成为阿斗》。

17日，《大公报·大公园》发表巴金《一篇序文》。文章说："现在，我的座右铭是：尽可能多说真话；尽可能少作违心的事。"

同日，《解放军报》发表舒展杂文《气魄·度量·大局》。

18日，《人民日报》发表社论《回答一个问题——翻两番为什么是能够实现的》。

19日，《新民晚报》发表林放杂文《"灵姑破案"及其他》。

是日，贾植芳日记载："今天是我的生日。六十七年前的今天，我头一天来到这个世界，开始了自己的人生路程。我今年六十七岁，已在远离家乡的江南大城市生活了近四十年，吃过新旧社会的各一次政治官司——旧社会一年半，新社会十一年，外加'劳改'十三年，即是说有二十五年半，我过的是非人的生活，但我却都是历史的胜利者，整我的那些人都早进入历史垃圾箱了，我还是我，一个大字写的'人'！"①

21日，《人民日报》发表社论《当前落实知识分子政策的关键》。社论说："在现在的情况下，如果说团结知识分子，那就同团结工人、农民一样；如果说教育知识分子，那就同教育工人、农民一样；如果说改造知识分子，那就同改造工人、农民一样，不应该也不必要在工人、农民之外单独提出对知识分子'团结、教育、改造'的口号。"

同日，《新民晚报》发表林放杂文《临表涕泣》。

24日，北京、天津、上海、杭州等29个城市对外国人开放。

25日，是日，贾植芳日记载："历史的内容并无本质的区别，封建主义，这就是中国社会长期动乱和停滞的总根源，中国前进的最大障碍。"②

26日，《解放军报》发表公今度杂文《假凤凰何时休!》。

27日，第三次人口普查结果公布。总人口10亿8千万，其中，大学以上学历的占0.6%，12岁以上文盲半文盲占23.5%。

---

① 贾植芳：《早春三年日记——1982—1984》，大象出版社2005年版，第76页。

② 同上书，第79页。

同日，《新民晚报》发表林放杂文《还想“决心歌颂我们没有文化”吗？》。

28 日，《新民晚报》发表林放杂文《也谈“人微言轻”》。

29 日，《人民日报》发表社论《十个方面的根据——为什么说现在是建国以来最好的历史时期之一》。

31 日，《新民晚报》发表林放杂文《“下不为例”之风不可长》。

是日，张光年日记载：“晚吴泰昌来。说下期《文艺报》转载了徐迟提倡现代派文章，同时发了李基凯的‘质疑’文章。我觉不妥，但这期已经付印了，听后不胜忧虑。半夜醒来，越想越不对，应当提意见。”[①]

本月

《红旗》第 19 期发表评论员文章《努力建设高度的社会主义精神文明》。

《文艺报》第 10 期刊登社论《为开创社会主义文艺的新局面而奋斗》、发表张光年《文艺界的光荣职责》。

《芒种》第 10 期发表郭因杂文《生活应该怎样？》。

《雪莲》第 4 期发表惜醇杂文《鸿冰那复计东西》、胡其伟杂文《漫议语义的“异化”》、徐尘言杂文《咬“咬艺”》。

《读书》第 10 期发表舒芜《忠贞的灵魂——读〈冯雪峰论文集〉》、张大明《杂文还活着——聂绀弩杂文很值得一读》、杨廷福杂文《传说和历史》、纪训杂文《求知难》。

《新观察》第 19 期发表张宿宗杂文《待到春风化成雨》、南昌明杂文《已成“习惯法”之“关系学”》、丹赤杂文《笔下留神》。第 20 期发表陈允豪杂文《杂谈“三真”》、赵竣防杂文《“神”是怎样来到人间的》、崔永生杂文《“应付了事”者戒》。

《新疆青年》第 10 期发表毛荣富杂文《病梅的联想》。

十一月

1 日，《新民晚报》发表陈从周杂文《美的秩序》。

2 日，《光明日报》发表聂绀弩杂文《我爱金圣叹》。

3 日，《大公报・大公园》发表巴金《一封回信》。

是日，张光年日记载：“下午看了《文艺报》第十期上洪明批评文艺

① 张光年：《文坛回春纪事》，海天出版社 1998 年版，第 401 页。

上现代派思潮的长论文《论一种艺术思潮》。写得还好，有分析，但一开头就断定我国此刻已形成此种思潮，则估计过重了。”①

5日，《新民晚报》发表黄裳杂文《〈老人的胡闹〉》。

是日，张光年日记载：“晚贺敬之来。谈到批现代派，他表示赞成我的意见，也谈到补救措施。”②

9日，《解放日报》发表王朝闻杂文《实践与愿望》。

同日，《新民晚报》发表林放杂文《“五讲”之外又一“讲”》。

10日，《人民日报》发表邵而为杂文《“我还没玩够呢”》。

11日，《人民日报》发表黄裳杂文《曹雪芹的头像》。

同日，《新民晚报》发表林放杂文《说“牢骚”》。

12日，《新民晚报》发表林放杂文《关于“投鼠忌器”》《“下不为例”之风不可长》。

是日，贾植芳日记载：“本日《文汇报》登出评论员文章，关于纠正对知识分子的‘左’的观点的影响，说明落实知识分子政策实在不易，因为从农民和小生产者的观点来看，文化科学知识分子都是异己力量。这几十年的教育，又深入骨髓，要扭转过来是个历史过程。”③

13日，《新民晚报》发表林放杂文《心中有“底”》。指出：《人民日报》说到这次整党和“文化大革命”中的做法“截然相反”，这就有极丰富的内容。这就保证“文革”的悲剧决不重演。

14日，《人民日报》发表邵而为杂文《传记不是传奇》④。

18日，《新民晚报》发表黄裳杂文《治僵化法》。

是日，贾植芳日记载：“昌东上午来，送本期《文学报》，谈起‘文化大革命’中的见闻，他说，林彪死后，他在四川看到一次抓人游街，游犯头上顶着一个篮子，篮子上绑着一只鸡，说这个人是个投机犯，我说这个倒是一件象征派创作，在过去的政治运动中，真是帽子展览会，有些‘天才’，更是挖空心思，起帽子名称，这些名称其实是泼妇骂街的人身侮蔑，人们对此习以为常，而不以为怪，说明我国人民的愚昧，给一些坏人坏事

① 张光年：《文坛回春纪事》，海天出版社1998年版，第403页。

② 同上。

③ 贾植芳：《早春三年日记——1982—1984》，大象出版社2005年版，第84页。

④ 收入氏著《当代杂文选粹·蓝翎之卷》时改题为《诗人也曾尿过炕》。

以广阔的用武之地。”①

22 日，《光明日报》发表李步云《党必须在宪法和法律的范围内活动》。

是日，贾植芳日记载：“看老耿（耿庸——引者）昨天送来的冯牧本年 10 月在华中师院教育部召开的《中国当代文学》教材审稿会议的讲话，他在第四部分谈到‘如何反映当代文学发展历史上几次重大事件和思想斗争’时说：‘当代文学发展史上的几次重大事件和思想斗争，实际上都形成了程度不同的运动，或者叫群众运动，或者叫政治运动，或者叫阶级斗争。比如，批评胡风问题到后来就变成了阶级斗争，进而扩大化而成为对敌斗争。这是我们文学史上，也可能是世界文学史上相当少有的现象’，这个历史认识是正确的。”②

22—23 日，《新观察》杂志社编辑部召开座谈会，就杂文漫画创作及有关问题进行了讨论。提出要努力开创杂文漫画创作新局面。不少与会者联系自己的创作实践，畅谈体会，深切感到：从事杂文、漫画创作，困难是不少的。过去，政治运动一来，杂文往往是最先受冲击，好多杂文、漫画作者因此受迫害。近几年来，由于“左”的影响继续存在，人们对杂文创作缺乏全面的认识，误认为杂文作者是“专门挑刺儿”的，贬杂文作者为“杂家”，杂文作者的潜力没有充分挖掘出来。因此，比起其他文艺形式的创作，杂文创作还不是很繁荣的，没有广泛形成一支专业和业余的创作队伍。这样的情况与我们的时代要求是不相称的。与会者认为，在建设高度的社会主义精神文明和高度的社会主义民主的过程中，杂文、漫画的创作是大有可为的。与会者指出，杂文创作要打开新局面，领导部门必须重视起来，帮助杂文作者解除思想负担，培养青年杂文作者队伍。对杂文作者来说，更要注意刻苦学习，讲究杂文的艺术性，也要讲究杂文的社会效果，把杂文写得更尖锐泼辣，开创繁荣杂文漫画创作的新局面。座谈会由《新观察》主编戈扬主持。在会上发言的有：宋振庭、唐弢、廖沫沙、袁鹰、蓝翎、丁聪、焦勇夫、胡靖等。夏衍送来了书面发言。出席座谈会的还有舒展、曾岛、姜德明、沈同衡、江帆、王乐天、毕克官等。③ 该刊第 24 期和次年第 1 期发表上述与会者发言。

---

① 贾植芳：《早春三年日记——1982—1984》，大象出版社 2005 年版，第 86 页。

② 同上书，第 88 页。

③ 《人民日报》1982 年 12 月 8 日。

25 日，《新民晚报》发表秦似杂文《重阳节有感》。

27 日，《新民晚报》发表陈虞孙杂文《论古装现代戏》。

28 日，《成都晚报》发表宁可杂文《人才与气量》。

本月

《红旗》第 21 期发表胡耀邦《坚持二分法，更上一层楼》。第 22 期发表列宁《党的组织和党的出版物》及中共中央编译局列宁斯大林著作编译室《〈党的组织和党的出版物〉的中译文为什么需要修改?》。后文指出，列宁文章原误译为《党的组织和党的文学》，“这一提法就容易使人误认为文学这一社会文化现象是党的附属物。因此，我们认为有必要对译文重新加以校订，改正原来的误译”。

《文艺报》第 11 期刊登专论《光荣的历史使命》、转载徐迟《现代化与现代派》(原载《外国文学研究》第 1 期)。

《随笔》丛刊第 23 集“哲坛撷拾”专栏发表姜念涛杂文《“三个臭皮匠，抵个诸葛亮”辨》。

《读书》第 11 期发表王蒙《一个值得探讨的问题——谈我国作家的非学者化》、艾青《机智、聪明和幽默》、钱锺书《〈写在人生边上〉和〈人兽鬼〉重印本序》。

《新观察》第 21 期发表舒展杂文《从〈夏伯阳〉想到写作问题》、焦勇夫杂文《话说怎样对待拍马屁》、张聿温杂文《金钱的另一面》。第 22 期发表余心言杂文《实惠和共产主义》、肖啸杂文《从玩“魔方”说起》、高歌今杂文《“中国人”和“西崽相”》。

十二月

2 日，《人民日报》发表陈正宽杂文《“马路拉锁”》。

同日，《解放日报》发表林帆杂文《有感于“猴子报案”》。

同日，《成都晚报》发表谷冰杂文《摸、抵，摩、砥，摸底》。

3 日，《人民日报》发表隋喜文杂文《应当破除“资格论”》。

6 日，《新民晚报》发表林放杂文《这一条最重要》。指出，这一次的新宪法特别有一条规定：任何组织或个人都不得有超越宪法和法律的特权。这一条是新宪法的创举。坚决执行这一条，才能有新宪法的最大权威性和最高法律效力。我们要监督宪法之实施，就得从这一条上进行监督。一位解放军代表说得好，宪法是高于一切，大于一切的。宪法是不容许被任何特权所超越的。

是日，贾植芳日记载：“晚上通过电视看京剧《六月雪》，窦娥在冤案问斩被押往法场的途中及到了法场后有大段唱腔，公开喊冤，冤天冤地，演员表演得也很认真。通过张志新临刑前被割断喉管之事，说明在那个异族统治下的元代社会司法活动中，犯人在临刑前还有冤天冤人的权利保证（她这段唱腔不亚于屈原的《天问》篇，真是词意悲壮、气冲斗牛也），比所谓‘四人帮’旗号为社会主义的天下里，还有很‘高度’的民主，在那个反动社会，统治者还把犯人当人看，而‘四人帮’这伙封建法西斯，在他们的血腥统治下，‘犯人’（就是人民）却不被当作人。他们割断‘犯人’的喉管，不准‘犯人’在死前说话，说明他们实在愚不可及和做贼心虚的反动本性，他们没有‘人’的观念，说明这是一伙畜类，有五千年文明的中国，竟然在‘人民’的旗号下出现这类东西，真是中华民族的奇耻大辱，这些假马克思主义政治骗子把历史倒退到原始社会，甚至连原始社会还低级的洪荒时代了，这伙披着人皮的畜牲，两脚兽，将永远被钉在耻辱柱上，‘虽孝子贤孙，百代不能改也’。”①

7 日，《文艺报》编辑部连续两次召开作家、评论家座谈会，讨论现实主义的发展与研究借鉴西方现代派文学的问题。

同日，《人民日报》发表罗竹风《要同歧视知识分子的偏见作斗争》、冯并杂文《由“人治”到“法治”》、水放杂文《应有下文》。

8 日，《人民日报》发表水放杂文《应有下文》。

10，《人民日报》刊登记者金凤、余焕春《全党要重视科学技术和知识分子——访全国政协副主席陆定一》。陆定一说：“林彪、江青的反革命危害，在‘文化大革命’中暴露无遗。他们终于被全国人民打倒了。但他们的许多‘左’的流毒，至今尚未肃清。”“现在，对知识分子戴帽子、打棍子的现象少了。但是，对于他们提出的正确的意见不理不睬的情况还是很多的。据说，有的地方，当知识分子提意见的时候，领导者就问他要不要共产党的领导？如果还要，就要‘听我的’。这是把‘党等同于我’，从政治上和组织上来说都是不能允许的。”

12 日，《新民晚报》发表林放杂文《喜见“人格”又归来》。

14 日，《北京晚报》发表若水杂文《好与坏之间》。

---

① 贾植芳：《早春三年日记——1982—1984》，大象出版社 2005 年版，第 95 页。

16日，《文汇报》发表冯英子杂文《“起来！不愿做奴隶的人们！”》。

同日，《新民晚报》发表林放杂文《“落实”何须乌纱帽?》。

17日，是日，贾植芳日记载：“这几天传说纷纷的是关于知识分子增加工资，据说建议遭到工人、干部的反对，现在干部也加（十一级以下），工人明年加算是摆平了。外面有民谣云：‘老九上了天，老大靠了边，老二分了田，不三不四的人赚了钱。’反映了对提高知识分子待遇和地位的不满和抗议情绪。这都是多少年来煽动工农与知识分子对立、歧视和打击知识分子的极‘左’路线和政策的结果，因为科学和民主相连，是封建专制的死敌，更是造神运动的莫大威胁。这种反知识分子的逆流在我们这个农民社会上是有广阔市场的，这也就是社会停滞和倒退现象的本质原因，‘文革’这场史无前例的民族灾难的总根源。”①

19日，《新民晚报》发表林放杂文《外行的症结在哪里》。指出：症结在于对待知识分子的政策，在于视知识分子为异己、歧视知识分子、压制知识分子的种种偏见。

21日，《人民日报》发表沈潭杂文《细菌试验室、“七十六号”及其他》。

同日，《羊城晚报》发表刘思杂文《“阿谀我者是吾贼”》。

22日，《新民晚报》发表林放杂文《“成堆”有什么不好?》。

23日，《新民晚报》发表林放杂文《“脱胎”乎?“脱帽”乎?》。

24日，《羊城晚报》发表穆夫杂文《与沙漠竞赛》。

25日，《中国青年报》发表舒展杂文《唱国歌的联想》。

28日，《文摘报》报道：《时代的报告》编辑部作检讨。

同日，《西安晚报》发表张定亚杂文《“乐在声色狗马之上”》。

是日，贾植芳日记载：“昨日从内部书店花大洋两元八角购来一套（两册）《春风化雨集》（上海通讯编辑室编，群众出版社版），这都是这些年来历次政治运动及‘文革’所制造的各式冤假错案资料汇编，这是一本血泪书，间隙时看了两篇，那些被称为‘四人帮’的爪牙，其残害人民，无恶不作，想方设法地以蹂躏人民为乐的兽行与暴行。比较起来，解放前后唱的《白毛女》中的恶霸黄世仁，宣传一时的收租院的刘文彩，比起这些号称‘全心全意’‘完全彻底’‘为人民服务’‘勤务员’来，简直是小

① 贾植芳：《早春三年日记——1982—1984》，大象出版社2005年版，第104页。

巫见大巫，不足道哉了。”[1]

29 日，公刘作《也算自传》[2]。

31 日，《人民日报》转载《新民晚报》所发沙华杂文《精神贿赂小议》。

本月

《红旗》第 24 期发表江霞杂文《“舍长责短”和“扬长补短”》。

《文艺报》第 12 期发表邵燕祥《读〈白色花〉》。文章说，创作向评论呼吁公正，并且要求在文学史家的座右，镌刻如下的铭文：“可以偏爱，不可以偏废”，“吾爱吾师，吾尤爱真理”。

《上海文学》第 12 期发表顾骧《革命文艺历史经验的重要总结——关于社会主义文艺的总口号》。文章说：“文艺‘为人民服务，为社会主义服务’这个总口号，……一方面和把文艺只看成是阶级斗争、政治斗争的工具的狭隘功利主义、实用主义划清了界限；另一方面，也和为艺术而艺术、为单纯表现小我而艺术的艺术至上主义、个人主义划清了界限。”

《广州文艺》第 12 期发表杨汝絅杂文《关于周作人“杂学”的杂感》、韦明铧杂文《孺子可师》。

《新观察》第 23 期发表英国诺斯古德·帕金森杂文《官场病（帕金森定律）》、司马言杂文《作者是谁》。第 24 期“努力提高杂文漫画的创作质量”专栏发表夏衍《杂文复兴首先要学鲁迅》、唐弢《对杂文的几点意见》、廖沫沙《要培养新的杂文作家》、袁鹰《杂文也难也不难》，发表云泥杂文《编辑啊编辑！》、邵燕祥杂文《人是有尾巴的吗？》[3]、徐福钟杂文《从“好好先生”谈起》、章仲锷杂文《编辑道德与“终南捷径”》。夏衍说：“近年来的杂文（包括政论、时评、今日谈类）的气势，似乎（这是我个人的看法）比以前差一点了。人们不是一直把杂文比做投枪和匕首么，枪和匕首总是有锋芒的，四平八稳，左顾右盼，钝刀割肉，温文尔雅，都不是杂文的本色。”“文艺复兴，杂文复兴，我认为首先是要学鲁迅。”

《读书》第 12 期发表杨新民杂文《从庄生蝶梦所想到的》、余光杂文《包公写诗和诗写包公》、舒芜《谈〈榆下说书〉》。舒文说：“一九五六年，在一个小会上，听到一位理论家谈杂文，大意说：批评大白菜贮运销售中的

---

① 贾植芳：《早春三年日记——1982—1984》，大象出版社 2005 年版，第 110 页。

② 后刊于 1983 年 4 月 14 日《文学报》。

③ 写于 1980 年 10 月 12 日。

缺点，这种文章也是很需要的，但这不是杂文，杂文是谈‘世道人心’的。我一直记得这几句话，觉得的确抓住了杂文之所以为杂文的特点。”

《民主与法制》第12期刊登本刊评论员《再论宪法的权威》。文章说：“由于宪法和法律没有权威，我们长期没有一个安定团结的政治局面，白白丧失了许多本来可以致力于建设的宝贵时间；由于宪法和法律没有保障，公民的权利像随时可以吹灭的蜡烛，我们至今还要平反许多冤假错案。要永久记住这个教训：如果制定了宪法，就一定要像保护自己的眼珠一样保护它的尊严和权威。”发表潘汉年旧作《鲁迅杂文的战斗性》、谢云杂文《不折不扣》、刘彤杂文《有感于格里果列夫式的法盲》。

《社会科学》第12期发表费孝通《中国的现代化和知识分子问题》、石毅《个人专断与个人崇拜》、周咏杂文《批评家的道德》。费文说：“总的说来：第一我要讲，我国现代化很紧迫，大家要看到这一点。第二是现代化离不开知识分子。第三是中国的知识分子有他们的特点，他们爱国，甘心在艰苦条件之下为现代化提供自己的力量，这一点是很不容易、很可贵的。这不是偶然的，是有历史形成的条件的。”

本年

年内出版的《随笔》丛刊第20期“玫瑰园”专栏发表孟溪山杂文《谈古二题》（《从批封建和读古书想起的》《历史的足迹和时代的声音》）、柯安杂文《可怕的历史淡忘》。

人名索引

H

J

K

L

参考文献

本书写作中，参考了下列书籍、报刊，因篇幅体例限制，正文中未能一一注明，特列于此，谨表谢忱。

邓小平：《邓小平文选》（第二卷），人民出版社 1994 年版。

马齐彬等：《中国共产党执政四十年（1949—1989）》，中共党史资料出版社 1989 年版。

苏东海等：《中华人民共和国风云实录》，河北人民出版社 1993 年版。

［日］竹内实：《中国近现代论争年表》，中国文联出版社 2005 年版。

於可训主编：《中国文学编年史·当代卷》，湖南人民出版社 2006 年版。

姚春树、袁勇麟：《二十世纪中国杂文史》（下），福建教育出版社 1997 年版。

曾彦修主编：《中国新文艺大系（1976—1982）·杂文集》，中国文联出版公司 1991 年版。

朱铁志主编：《中国新文学大系（1976—2000）·杂文卷》，上海文艺出版社 2009 年版。

何满子主编：《中国当代文学作品精选（1949—1999）·杂文卷》，北京十月文艺出版社 1999 年版。

严秀、牧惠主编：《当代杂文选粹》第 1、2、3、4 辑，湖南文艺出版社 1986、1987、1988、1996 年版。

牧惠、朱铁志编：《中国杂文大观》（四），百花文艺出版社 1995 年版。

北京市杂文学会编：《北京杂文选集（1979—1992）》，北京出版社 1995 年版。

罗竹风主编：《上海杂文选（1979—1983）》，上海文艺出版社 1986 年版。

乐秀良等主编：《江苏杂文选（1979—1989）》，江苏人民出版社 1990 年版。

中国作家协会广东分会杂文创作委员会编：《岭南杂文选》，花城出版社 1991 年版。

《北京晚报》编辑部编：《百家言》，陕西人民出版社 1984 年版。

解放日报《朝花》副刊编：《朝花作品精粹（1956—1996）》，汉语大词典出版社 1996 年版。

解放日报《朝花》编辑部选编：《朝花五十周年精品集（1956—2006）》，上海三联书店 2006 年版。

文汇报《笔会》编辑部编：《走过半个世纪——笔会文粹》，文汇出版社 1996 年版。

新民晚报副刊部编：《夜光杯文粹（1982—1986）》，上海远东出版社 1999 年版。

新民晚报副刊部编：《夜光杯杂文精选》，文汇出版社 2000 年版。

邹镇等主编：《五十年花地精品选·杂文随笔卷》，花城出版社 2008 年版。

成都晚报副刊编辑部编：《夜谈》，重庆出版社 1984 年版。

刘锡诚：《在文坛边缘上——编辑手记》，河南大学出版社 2004 年版。

杜文远主编：《杂文百家专访》，学苑出版社 1989 年版。

赵元惠编：《杂文创作百家谈》，河南教育出版社 1989 年版。

潘旭澜主编：《新中国文学词典》，江苏文艺出版社 1993 年版。

《人民日报》《光明日报》《中国青年报》《北京晚报》《解放日报》《文汇报》《新民晚报》《羊城晚报》《文艺报》《上海文学》《文汇增刊》《雨花》《安徽文学》《艺谭》《随笔》（丛刊）《新观察》《读书》《红旗》《新时期》《民主与法制》《新华文摘》等。

后　记

这是继《“香花”与“毒草”：1955—1957年中国杂文档案》之后，我的“中国当代杂文档案”系列的第二本书。

以1978年5月开始的真理标准问题讨论、11月召开的中共十一届三中全会为标志，中国社会进入了改革开放、思想解放的历史“新时期”。由此带来的是中国的政治、经济、思想、文艺、学术诸多方面的变化。

敏锐地感知、反映新时期新变化、新气象的，是文学。1978—1982年的中国文学，不仅及时回应着改革开放、思想解放的点滴变化，甚至引领着改革开放、思想解放的时代风潮。小说《班主任》《伤痕》，诗歌《小草在歌唱》《从刑场归来》，话剧《于无声处》，报告文学《哥德巴赫猜想》，随笔《随想录》等，都曾引发了全民的关注、讨论、思考。尤其是杂文这一特殊的文学体裁，更以其反应的敏锐、形制的短小、言词的犀利、批判的深刻而备受瞩目。秦牧的《鬣狗的风格》、宋振庭的《马尾巴、蜘蛛、眼泪及其他》、陈虞孙的《“还我头来”》、乐秀良的《日记何罪》、邵燕祥的《切不可巴望好皇帝》、王春瑜的《“万岁”考》等，都很好地传承了“五四”文学所开创的批判、战斗的现实主义传统，对这一时期的否定“文革”，批判封建主义以及民主法制建设等，发挥了应有的“匕首”、“投枪”作用。

当然，历史的发展、进步从来都不是一帆风顺的，总会有潮起潮落。就本书涉及的短短的五年而言，既有春暖花开，也有乍暖还寒，反映到杂文创作中，既有复兴，也有沉落。

在前一本书的《后记》中，我写了这样几句话：

> 写作本书时，给自己设定的目标是追求工具性与学术性的统一：一方面，通过对纷繁复杂的文献、史料的爬梳、整理，尽可能地逼近

历史的原貌，从而为中国当代杂文研究提供一份较为翔实、可靠的文献、资料，最大限度地克服当下文学史研究中“以论代史”、“以论带史”的弊端；另一方面，在这种爬梳、整理中，尽可能地反映自己对中国当代杂文生成、演进背景、历程、规律的观察、思考、理解、认识，展示属于自己的中国当代杂文史观。

基于这样的目标定位，写作过程中，始终坚持一种开放的又是审慎的、文学的又是历史的、审美的又是理性的眼光与标准，既追求史料的丰富性、准确性，也追求史识的客观性、学理性；既追求对中国当代杂文发展背景的描述，也追求对同期杂文发展规律的揭示；既追求杂文文本价值的呈现，也追求作者写作心态的揣摩。

研究、写作过程中，尽可能发挥编年体在处理史料方面自由、灵活的特长，除了尽可能完整、系统地收录与杂文创作、研究有直接关联的文献、资料外，还将视野扩展到政治、文化、思想领域，以此来展示杂文与时代政治、文化、思想之间的纠缠、复杂的关系；与此同时，除了注意从各种公开发表、出版的报纸、杂志、书籍中收录资料外，也注意截取那些为宏大叙事的正史里常常容易忽略的文字，如私人日记、书札、检讨书、揭发信、批判文章和发言记录之类。后者尽管由于出自个人之手，难免个人经验、情感的局限；由于写于特殊年代，亦难免时代风潮、思想的印记。但有一点是确定的：作为一种特殊的历史记录与历史见证，它们如同一沙一石，一砖一瓦，尽管微小，普通，却都是筑造历史不可或缺的材料。这样做的目的只有一个：逼近、还原、呈现历史的真相与原貌。也许在读者看来，书中的资料可能显得有些芜杂，这除了自己的眼界、能力使然外，更有有意为之的原因：一定程度上，历史本身就是如此的复杂甚至芜杂。

这，依然是本书写作的志趣、追求所在。

本书的出版，要感谢宁夏大学优秀学术出版基金的评委们，他们的包容使得本书的出版成为可能；感谢范培松、丁东、谢泳、鄢烈山、龚明德、冉云飞、狄马诸位先生，他们对前一本书的鼓励，成为写作本书的动力；感谢马春宝、安正发先生同意先期发表本书部分内容，得以有机会听到学界的意见；感谢宁夏杂文学会会长牛撇捺先生为本书赐序并多有鼓励；感谢我的研究生倪万军、张伟、姜应龙、黄丽蓉、李苏、马婷参与本书部分资料的收集和全部书稿的校对，一定程度上避免了遗珠之憾和错漏之失；感谢责任编辑郭晓鸿博士，她的专业和干练，使得本书得以顺利出版。

衷心地期待着您的批评、指谬、赐教。我的联系方式：wangys6450@163. com。

二〇一五年六月三十日